她所处的位置，就是当年的那个烂尾楼。
她站着的地方，就是当年的那个秘密天台。
她死了以后，
傅应星买下了这栋楼
然后，他在天台上种满了花

我死后的第十年

云炽·著

上海故事会文化传媒有限公司
上海文化出版社

图书在版编目（CIP）数据

我死后的第十年 / 云炽著. -- 上海：上海文化出
版社, 2025. 7. -- ISBN 978-7-5535-3218-9

Ⅰ. I247.5

中国国家版本馆 CIP 数据核字第 2025GM3812 号

责任编辑　蔡美凤
特约编辑　娄　薇
装帧设计　Insect　唐卉婷
图片绘制　carrrrie 加里　画画的兔巴妹
印务监制　周仲智
责任校对　言　一

我死后的第十年
云炽 著

出　　版　上海文化出版社
出　　品　上海故事会文化传媒有限公司
　　　　　（201101 上海市闵行区号景路 159 弄 A 座 3 楼 www.storychina.cn）
发　　行　长沙大鱼文化传媒有限公司发行中心
印　　刷　天津睿和印艺科技有限公司
开　　本　880×1230　1/32　印张　11
版　　次　2025 年 7 月第 1 版　印次　2025 年 7 月第 1 次印刷
书　　号　ISBN 978-7-5535-3218-9/I.1245
定　　价　42.80 元

故事会　大众文化出版基地　上海故事会文化传媒有限公司　出品（01219）www.storychina.cn

本书如有印装问题，请与印刷厂联系调换。联系电话：022-29432903

目录

C O N T E N T S

目录

CONTENTS

第一章

她有了一扇，不必敲，也会向她敞开的门。

2012 年 11 月 8 日，北宛市下了场罕见的暴雨。

早晨，睡梦中的季凡灵被劈头盖脸地砸醒。

季国梁站在床前，正倒拎着她的书包抖动，开口朝下，书包里的卷子、课本、文具砸了她一头一脸。

季凡灵用手臂挡着脸，翻身躲开："你疯了？"

季国梁把倒空了的书包摔在她脸上，拎着她的领子把她从被窝里拽下床，怒不可遏："老子的钱呢？藏哪儿了？"

"你是屎吃多了把脑子吃坏了吗？"季凡灵骂道，"你丢钱关我屁事。"

"滚一边去！"季国梁把她的被子和枕头扫到地上，掀起床垫翻找，骂骂咧咧，"家贼难防，活脱脱一头白眼狼，跟你妈一样是个赔钱货！"

季凡灵抓起椅背上的外衣外裤，随意套上，冲进客厅。

逼仄的客厅里弥漫着季国梁和那群牌友通宵打牌的烟味，牌桌凌乱，满地狼藉，空啤酒瓶和包装袋让人无处下脚。

季国梁还在她房间里发疯。

他昨晚输了一夜，准备回本的钱却不翼而飞，禁不住气急败坏地将季凡灵的房间掀了个底朝天。

女孩习以为常，动作利落地摸遍晾衣架上的男式外套和长裤，从上衣兜里摸出一张五十元、两张二十元的纸币，从裤子口袋里摸出三枚硬币，还有桌上的半盒烟，全部被她揣进口袋。

拿完钱，季凡灵一脚踹倒了晾衣架，穿着运动鞋在季国梁的衣服上狠狠跳了几下，直到衣服上印满鞋印。

季国梁听到动静，冲出卧室，见状破口大骂："你给我站住……"他抄起墙角的啤酒瓶，狠狠砸过来。

季凡灵老练地弯腰，啤酒瓶在她身后的墙上"咣当"一声，砸得粉碎。

女孩冷冷地抬眼，冲季国梁竖了根中指，然后夺门而出，几步从楼梯飞奔而下，将骂声远远甩在了身后。

季凡灵到北宛高中的时候才六点半，难得没有迟到。

她在厕所里草草洗了脸，漱了口，回到教室，戴上兜帽，趴在课桌上蒙头大睡。

直到早读前，同桌来了，轻轻推了推她："季凡灵。"

季凡灵迷糊地揉了揉眼，"嗯"了声，起身让座。

"你放我那儿的钱，我都给你带来了。"周穗坐下，跟地下党接头似的，悄悄递过来一个扎好的黑色塑料袋，"我记了账，这里一共是九百三十块。"

季凡灵还没睡醒，说了声"谢谢"，也没打开看，随手往怀里一揣。

季国梁的钱确实是她偷的。

他之所以找不到钱，是因为季凡灵压根没有把钱藏在家里，拿多少算多少，全部让同桌周穗带去她家了。

第一节课下课后，季凡灵带着钱走进高三年级的老师办公室。

他们班主任老唐正与另一个同学说话，桌前立着一个高挑的背影。

深秋的晨光阴沉暗淡，衬得那背影无端有几分清冷。

光看后脑勺都知道，这是他们年级第一。

"你先回去吧，这件事不要太放在心上。"老唐的语气多少有点肉麻，"你在老师心里就是一朵白色的莲花，出淤泥而不染。"

傅应呈转身，和季凡灵擦肩而过。

她忍了忍，没忍住，还是为"白莲花"三个字"哕"了一下。

"季凡灵，你少在那儿偷偷做鬼脸，我都看见了！"老唐怒拍桌子。

"你有多恨他啊，把他比作白莲花。"季凡灵撇了撇嘴，把黑色塑料袋放在桌上，再补上早上刚拿的钱，一起推了过去，"一千零二十一块，学费加书本费，你点一下。"

"哎，我跟你说了学费不急……"

"两个月前就要收了的。"

"我不是帮你垫了嘛，老师又不急着用这个钱，我知道你家……其实下学期一起给我都行。"老唐话锋一转，蹙眉，"但是，刚刚语文课上你又趴着睡觉了是不是？我都在窗外看见了！早上第一节课就睡啊？大清早你就犯困？再困也不能在主课上睡啊，上学连书包都不带，你来干啥来了……"

"你点不点？"女孩打断他，嗓音硬邦邦的，"不点，我走了。"

"……哎，我让你走了吗？"

老唐伸手拉她，女孩忍不住"嘶"了一声。

其实老唐根本没用什么力气。

微微拉高的袖口下，女孩手腕上近乎深紫色的瘀青一闪而过。

但袖子很快又被季凡灵面无表情地扯了下去。

老唐忍不住叹了口气。

季凡灵家的情况他是知道的，母亲早早病逝，父亲沉迷赌博，常年联系不上，连家长会都不来开。

"我知道你困难，就大半年了，你再坚持一下啊，你看看上次月考……"

季凡灵不情不愿地站着，心想：我不是困难，我是纯粹的困。

一直念叨到上课铃响，老唐才勉强放过了她。

季凡灵出了办公室，一拐弯就看见立在走廊上的少年。

赶着上课的学生们像湍急的水流，在楼道里互相推搡，又分流进入各个教室，只有傅应呈静静立在围栏边，背脊笔挺，校服干净，如仙鹤般清俊醒目。

傅应呈瞥了季凡灵一眼，双眸漆黑沉静。

不知道的，还以为他在等她。

季凡灵疑惑地挑眉："你怎么还在？"

"正准备走。"傅应呈说。

季凡灵也没多问，跟着傅应呈一前一后往高三（7）班的方向走去。

快到教室门口的时候，走廊上几乎已经空了。

傅应呈脚步慢下来，侧头看她，开口道："你今天晚上有……"

他话还没说完，楼下突然有人在喊季凡灵的名字。

季凡灵趴在围栏上往下看，楼下一个穿着大红夹克的英俊男生一手抱着篮球，一手冲她招了招，示意她下去。

季凡灵转头就往楼道走。

"你去哪儿？"傅应呈在她身后问。

"程嘉礼喊我下去。"

"他喊你下去你就下去？"

"他是我……"季凡灵摸了摸鼻子，"好朋友。"

傅应呈顿了顿，站在班级门口，黑漆漆的眼睛盯着她，语气莫名有点冷，嗓音微沉："上课铃响了你听不见？"

季凡灵停下脚步，奇怪地看了他一眼，不知道他生哪门子的气。

可能这就是学神吧，思想觉悟极高，同学逃课，他痛心疾首。

"英语课，反正我也听不懂。"季凡灵随口道，"别跟老唐说，谢谢你，白莲花。"

说完，她"扑哧"一声笑了，露出一颗尖尖的小虎牙，笑容在阴沉的天空下明亮得晃眼。

女孩冲傅应呈摆了摆手，往楼下跑去。

其实程嘉礼找季凡灵没什么事，体育课他们班男生打篮球，想让她旁观。可惜她昨晚被麻将声吵得几乎没怎么睡，全程在看台上犯困，错过了据说他带球连过对方三人的名场面。

季凡灵回教室的时候，上午的课都快结束了。

同桌周穗拉了拉她的袖子："上节课间傅神来找你了。"

"他找我做什么？"

"他问你晚上有没有时间，如果有的话七点见一面，他说在哪儿见你知道的。"周穗压低了声音。

"我怎么知道……"季凡灵突然想起点什么，慢吞吞道，"哦，我知道了。"

"你知道什么了？"前排的陈俊忍不住回头，"你怎么认识傅神的啊？"

"他是我们班的，你不认识？"

"不是……我的意思是你居然'认识'他啊？"陈俊着重咬了"认识"这两个字。

傅应呈在北宛高中无人不知，无人不晓。

他从入校起就是年级第一，稳定甩第二名二三十分，北宛高中惯例在大考后的升旗仪式上请年级第一在主席台上讲话，结果每次都是他，固定程度堪比春晚上的《难忘今宵》。

如果不是因为教育部一纸文件取消了重点班，季凡灵绝无可能跟傅应呈分在一个班。

他俩在年级大榜上一个领头，一个垫底。

陈俊问这话的意思，固然真诚，但也嘲讽。

"嘭"的一声响，季凡灵飞起一脚踹在陈俊的椅背上，踹得他一个趔趄。

"我怎么认识他的不重要，你再说一句，"女孩抬起眼眸，似笑非笑，"我让你重新认识认识我。"

晚上放学。

天空晦暗如墨，厚重的铅灰色云层堆积，背着沉重书包的学生们从校门口鱼贯而出。

季凡灵算了下时间，见傅应呈前还能吃个晚饭，所以顺路去了趟学校后街小巷里的"江家小面"。

面馆很小，只摆得下两张窄桌和几张蓝色塑料凳。

开店的是一对夫妻，女人跑堂、收银，男人做面、洗碗，靠里的窄桌前坐着他俩上小学的儿子，正埋头写着作业。

听到季凡灵的脚步声，小男孩抬头见到她，清脆地叫了声："姐姐。"

季凡灵是这里的常客，熟门熟路地将钱放进桶里，冲后厨喊道："江姨，二两素面不加花生。"

"凡灵来啦！"系着围裙的女人掀开布帘，热情招呼道，"刚刚小星星还说有题不会做，我让他留着问你呢。"

"什么题？让我看看。"季凡灵坐下来，摆出大佬的姿势，从小男孩手里接过题目，沉默了很久。

"……你上几年级？"

"一年级。"

"一年级就学函数了？"

"这不是老师布置的作业，这是小学奥数。"小星星合上本子，露出奥数书的封面，眼神无辜地望着她，"而且这也不是函数，这是兔子奔跑的加速度图像。"

季凡灵一愣。

"姐姐，你算出来了吗？"

"没有算。"

"啊？"

"这么简单的题，我一眼就看出答案了。"季凡灵板着脸，"但是，姐姐我不能助长你这种畏难的情绪。"

季凡灵揉了揉他的头："自己想。"

小星星老老实实地闷头苦想。

过了一会儿，江姨说葱花和香菜都没有了，正是晚上客人多的时候，她走不开，小星星自告奋勇去附近的菜市场买。

季凡灵的面端上来的时候，天空中刚好滚过几声闷雷。

"是不是要下雨了？"江姨忧心忡忡，"天气预报没说啊。"

季凡灵抄起筷子拨了一下面，抬头："江姨，你又给我加蛋了？我给的是素面的钱。"

"一个蛋而已，晚上卖不掉丢了也是浪费。你这么瘦，天天光吃白面怎么行？"

也就这么两句话的工夫，雨点越来越密，风刮得玻璃门开开合合，一场暴雨来势汹汹。

季凡灵看着门外，站起身："小星星没带伞，我去接一下。"

"嗨，小男孩不怕淋雨，又这么近……"雨声越来越大，江姨的推拒也变得迟疑，"你是客人，这多不好意思……"

"正好面烫。"季凡灵往外走，拿起墙边竖着的直柄伞，"伞我拿走了。"

"路上小心啊！"

季凡灵撑着伞走进雨中，豆大的雨点"噼里啪啦"打在伞面上。

明明才傍晚六点，周围却黑得反常，像是到了深夜，只听得一阵震耳欲聋的雨声，转眼间，被雨水淹没的马路变得光影斑驳。

季凡灵一直走到巷口才看到马路对面的小星星。

小男孩艰难地用身体护着菜，被暴雨淋得湿透了。

正好是绿灯，小星星迎着雨跑来，大声道："姐姐，你怎么来了？"

那一瞬间，两道雪白的车前灯光猛地照过来。

车头冲破雨幕，笔直地撞向小男孩瘦小的身躯。

疾驰的轿车、尖锐的鸣笛、失控的方向盘、打滑的车轮、放大的瞳孔……

"小心"两个字卡在了喉咙里，季凡灵奋力扑上去，把小星星推了出去。

周围骤然陷入死寂……

季凡灵猛地睁开眼，大口大口地喘气。

预想之中的疼痛没有到来，她在雨中抹了把脸，迷茫地抬头看了看。

车消失了，小星星也消失了，连她丢下的伞都消失了。

巷子和街道都变得陌生。

天色昏暗，暴雨如注。

真邪门！

她一个人突兀地立在斑马线上。

马路空旷，积水倒映着铁灰色的钢筋水泥建筑，红绿灯在雨幕里单调地由红变绿。

巷口的马路边停着一辆漆黑的轿车，车边站着一个人。

那人身高腿长，一身深色西装，气质清贵冷漠，撑着一把黑色大伞，像是在吊唁。

听到响声，伞檐微微上移，男人无意中朝季凡灵这边瞥了一眼。

只一眼，就好像把他钉死在那里。

女孩立在马路中央，茫然地左右看了看，走上人行道，其间男人的视线一直紧紧落在她身上。

"为什么一直盯着我看？"

季凡灵走到男人身边，忍不住歪头看了他两眼。

男人有着难以接近的英俊，眉眼深邃，挺鼻薄唇，路灯的光被伞面遮住，昏暗的光线中，轮廓略显薄情疏冷。

大雨滂沱，他冰冷的银框眼镜蒙上了一层雾气。

模糊的镜片像一层薄冰,挡住了男人眼底的情绪,只能看清他瞳孔的颜色。

罕见的纯黑,宛如用硬质石墨在浅灰色的水墨纸上狠狠刮出的一笔。

季凡灵觉得男人面熟得过分,尤其是眼睛。

她迟疑了下,开口问道:"你认识我?你是傅应呈……的哥哥?"

男人薄唇紧抿,并不开口。

雨水顺着伞面滴滴答答地落下,遮住了他近乎失控的目光。

季凡灵等了一会儿,没等到任何回答,不耐烦地戴上兜帽,转身低骂:"神经病。"

两人擦肩而过。

季凡灵怀疑自己先前被车撞晕了,也不知道晕了多久,忍不住担心小星星有没有事,于是顺着来时的路,快步朝江家小面跑去。

学校后面的小吃街总是热闹非凡,一到夜晚,烤串、麻辣烫、铁板烧、烤冷面这些小吃的香气交织,热气腾腾。

相比之下,江家小面位置偏僻,店面又太小,其实并没有什么人去,但是胜在便宜,江姨一家人又很好,所以季凡灵几乎天天去。

然而,隔着半条巷子,她就看见之前还坐了客人的江家小面此时已经闭门歇业,卷闸门紧锁。

不仅如此,原本门上挂着的天蓝色牌匾变成了木质的日式漆红鸟居,上面还悬着"草莓可丽饼"的旗帜,在风里飘来荡去。

放眼望去,一整条街都变得陌生,从前的正新鸡排变成了肉夹馍店,文具店吞并了三个铺面,煲仔饭店改卖中式甜品……

季凡灵脑子乱成一团,转头又往家里跑去。

她住的出租房在一个以脏乱差著称的老式小区里,斑驳的居民楼墙面爬满了青苔,长久无人清理的窨井盖堵塞,上涨的雨水很快淹没了路面。

楼还是那个楼,路还是那条路,叫人说不出哪里变了,可放眼之处就是哪儿都不一样,处处都透着违和。

回到家门口,季凡灵掏出钥匙,急得手发抖,试了几次都捅不进锁眼,索性抬手砸门。

"咚咚咚",一连串急响。

"来了,来了。"开门的是个陌生的中年女人,睡衣外披着外套,皱眉打量着她,"催命啊!你找谁?"

"你是谁?为什么会在我家?"季凡灵弯腰撑着膝盖喘气,抬手抹去下巴上的雨水。

"什么你家?"女人的表情莫名其妙。

"季国梁人呢？"季凡灵往女人身后望去。

家里的陈设全部变了，通宵吵人的牌桌没了，满地乱滚的垃圾也没了，家具布置整洁温馨，和她早上离家时大相径庭。

"什么季国梁？不认识，你找错了吧？"女人不悦地挡住季凡灵的视线。

"没找错，季国梁就住在这里。"

"我都在这儿住七八年了。"女人不耐烦道，"你就是找错了，去别的楼层看看吧。"

"七八年？"

女人作势要关门，然而季凡灵动作更快。

她抬膝一抵，手掌扒着门框，熟练地把门重新打开，动作有种与她长相格格不入的痞气。

"你做什么！"女人呵斥。

"我就问最后一句……"季凡灵迎上她惊疑的目光，秀气的眉蹙紧，"今年是哪一年？"

2022 年。

那车一撞，硬生生把季凡灵撞出去十年。

季凡灵顺着楼道下楼，烦躁地抓了抓头，接受了现实。

毕竟命运就是这样无情，有些人的人生就像一盒巧克力，永远不知道下一颗是什么味道，时甜时苦，起起伏伏，起初微微惊讶，之后就习以为常。

季凡灵走出小区，拐进了最近的一家小超市。

超市里看店的是个穿着卫衣的男大学生，他瘫在收银台后面的椅子上，低着头，在手机上猛打游戏，手机接连发出"Double Kill""Triple Kill"的提示音。

季凡灵翻了翻口袋，浑身上下只有早上从季国梁的外套里偷的两元钱。

她把硬币放在柜台上："能让我用下固定电话吗？"

"固定电话？那都是哪一年的东西？"大学生头也不抬。

"我去哪里能借到电话？"

"你等我打完这盘游戏，拿我的手机打吧，没事儿，我每个月电话套餐用不完。"

"谢谢。"

等他结束游戏，季凡灵接过他的手机。

十年后的手机屏幕大得惊人，而且一个按钮也没有。

季凡灵先是打给季国梁。

"您好！您所拨打的号码是空号，请核对后再拨……"

十年间，季国梁搬了家，换了号码，倒也正常。江婉病逝后，他的赌瘾变本加厉，就没正经上过一天班，根本不管自己还在上小学的女儿，天天通宵打牌，欠了一屁股债，在亲戚朋友间臭名远扬，动不动就换号搬家跑路一条龙。

季凡灵第二个电话打给了程嘉礼，提示她拨打的电话暂时无法接通。

她不死心，打了好几次，都是同样的结果。

季凡灵最后打给了同桌周穗。

铃声响了一会儿，这下电话总算是通了。

"喂？"女声疲惫低哑，但能辨认出是周穗的声音。

"周穗，是我，季凡灵。"

周穗那边声音嘈杂，伴随着此起彼伏的小孩啼哭。

周穗似乎在忙什么事，停了一会儿才说："……我这边听不清，稍等。"紧接着，传来一阵急促的脚步声，伴随着安全通道门"吱呀"一声响，周遭突然变得安静，只剩下回音，"您刚刚说是哪位？"

"季凡灵。"

对面沉默了。

下一秒，周穗强硬地挂断了电话。

季凡灵愣了愣才反应过来。

是她的错，有点操之过急了。

她重新拨打电话，周穗又挂断。

她再打，周穗再挂。

季凡灵还打。

周穗接起电话，语气很冲："你个诈骗的有病啊？再打一个试试，我要报警了！"

"你冷静一点，我不是骗子，我是你的高中同桌。"

周穗冷笑："装谁不好装死人，不怕半夜鬼敲门？"

季凡灵语速很快："之前你还帮我把学费带回家，记得吗？你拿本子帮我记了账，加起来九……"

"滚！"

手机里传来忙音。

"等等周穗，周穗！周穗！"

季凡灵看了眼手机，忍不住想骂脏话。

从前周穗是个不敢吱声的软柿子，被欺负了，只会把头埋在胳膊肘里偷着哭。有次季凡灵听她吸鼻子吸了半节课，忍无可忍地拎着她追问缘由，她支支吾吾，半天都说不出一句话。

十年过去，脾气见长。

再打，她已经被周穗拉黑了。

季凡灵放下手机，垂眼盯着拨号界面，低声嘟囔道："搞什么……我还活着呢！"

她背不出第四个电话号码，也找不出第四个可以打电话的人，只好将手机还了回去。

深秋的夜晚，气温骤降，雨还没停，如透明的细珠串从屋檐上垂落。

从前季国梁虽然浑蛋，但她至少有个遮风避雨的去处，晚上还能有张床铺睡觉。

现在倒好，晚饭一口没吃上，衣服湿透了，又冷又饿又渴，季凡灵忍不住舔了舔嘴唇。她浑身上下只有两元钱，拿来买水有些过分奢侈。

大学生打完游戏，起身左右抻了抻腰，一低头，发现女孩竟然还没走。

她穿着不合身的宽大外套，衬得兜帽下的脸只有巴掌大，被冷雨洗了一遭，白得好像透明，眼睛映着深灰色的天幕，在雨丝里显得格外迷蒙。

没来由地，让人觉得她像个走丢的小孩。

"你打电话找谁吗？没找到？"大学生不知道她刚刚有没有哭，忍不住蹲下来软声问。

季凡灵面无表情："是他们找不到我。"

"怎么之前没见过你？你是科大附中的？"

"你哪只眼睛看我像初中生？"

"我是看你这个子……"

女孩凉飕飕地瞥了他一眼："怎么，就你高？一米七还加内增高？"

大学生感觉内心中了一刀，红着脸抻脖子："……一米七五！我赤脚一米七五！"

季凡灵挪开目光，低声道："……雨停了我就走，不会挡着你做生意。"

"我不是这个意思。"大学生愣住，"你有地方去吗？"

气氛微微凝了一下。

女孩没吭声，过了一会儿才抠着手心里的两块钱，慢吞吞地掀起眼皮："姐姐我……能去的地方多了去。想当年我上学的时候，你还不知道在哪儿满地爬。"

大学生不知道季凡灵说的是大实话，嗤笑一声："你可真会吹……"

说话间，一辆黑车由远及近，从马路驶到小区门口，拐弯转得很急，溅起了一片水花。

"我的天，迈巴赫。"大学生猛地抬头，激动地搓手，"牛啊！"

"那辆车吗？"季凡灵没什么兴趣。

"迈巴赫 S680，我第一次亲眼见这车。"大学生一听就是个汽车发烧友，语速跟开机关枪似的，"什么 S400、S450、S560 我都在路上见过，S680 我是真没见过，双涡轮增压，V12 的发动机，起步跟飞一样，AIRMATIC 空气悬挂，全真皮座椅，你看那大铁饼轮毂，啧啧啧，帅爆了……咦，车怎么停了？"

迈巴赫缓缓停在小超市门口，两人的正前方。

昏暗的天，雨水从漆黑光洁的车身上淌落。

蹲在地上的两人仰头看过去。

后座的车窗缓缓摇下，露出男人的脸。

一身质量上乘的黑色暗纹西装，胸前别着银灰色的领带夹，眉眼深邃，瞳孔是比乌云更浓重的黑色。

他坐在车里，看着蹲在地上的人。

一高两低，无声对视。

"季凡灵？"男人嗓音低哑微沉。

风声卷走了他尾音里不易察觉的颤抖。

平生头一次，季凡灵被喊得心跳加速。

她猛地一下站起来："哎！"

旁边的大学生目瞪口呆。

季凡灵蹲得太久，又站得太快，膝盖发软，头有点晕，心跳声都大了一些。

她闭了闭眼，缓了一下，然后几步走到车边。

车内的暖气顺着敞开的车窗扑面而来，她低头稀奇地打量男人的脸，忍不住乐了："我就说你长得像傅应呈吧。"

女孩走出了屋檐遮雨的范围，来到车边。雨水顺着脖颈渗进领口，她冷得发抖，嘴唇都冻白了。

傅应呈蹙了蹙眉："上车。"

季凡灵沉浸在"他乡遇故知"的高兴里，淋着雨同他说话："你刚刚在路上就认出我了？怎么认出来的？我还以为……"

车门从里面被打开，傅应呈往里坐了一点，用一种无法用语言描述的眼神望着她。

"上车。"他的声音带着雨水的冷意。

季凡灵："……哦。"

不知道是不是傅应呈怕冷，车内外温差很大，她一上车，瞬间被暖风包裹起来，座椅还具备加热功能，温暖得像盖着晒过的被子。

季凡灵垂眼看到被自己踩脏的脚垫，不自在地挪了挪脚，转头再次求证："你确实认出我了吧？"

傅应呈神色很淡，似乎对她这个十年不见又突然冒出来的老同学没有一点多余的好奇心。

"我知道你是季凡灵。"他只是这么说。

就么一句，季凡灵突然觉得自己从刚才起就飘忽不定的心终于安稳地落下一点。

还有人能喊出她的名字。

好像这个世界没有刚才那么陌生了。

"我以前住这附近，刚刚回了一趟，"季凡灵组织着语言，"但是季国梁……就是我爸，搬家了，电话也打不通，可能是跑路了，或者往好了想……"女孩的语气毫无起伏，"也可能是死了。"

司机诧异地从后视镜里看了女孩一眼。

"怎么说呢，就在刚刚你看到我的路口……"季凡灵瞥了眼司机，往傅应呈这边靠了点，压低声音，"我被车撞了下，一睁眼，就到现在了。"

她点了点头，眼里透着一股"现在你该明白了吧"的神色。

"是这样。"傅应呈应了她狗屁不通的解释，垂眼看着她。

女孩太瘦了，比记忆里的还要瘦，巴掌大的素净小脸在幽暗处如冰霜似的白，湿漉漉的。

她睫毛上的水滴越压越低，眼看着就要滚进眼睛里。

傅应呈抬手，抽了两张纸巾递给她。

季凡灵耳边还回荡着大学生口中的"大铁饼轮毂""涡轮增压""真皮座椅"，见傅应呈递纸巾，顺手接了，去擦座椅上的水。

窗外的路灯光芒一晃而过，傅应呈眼神暗了暗，深不见底。

季凡灵对他的视线浑然不觉，擦完水，又不舒服地揉了揉眼："你手机上有 QQ 吗？能不能让我登一下？"

"行。"傅应呈掏出手机，似乎想到了什么，屈起的指节微微绷紧，顿了下才递给她。

季凡灵输入自己的 QQ 账号和密码，奈何她太多年没登录，系统非要她填写手机验证码。

她本来就没有手机，当年注册账号的时候随便借了别人的号，现在折腾了半天也登不上。

季凡灵放弃了。

傅应呈稍稍放松了些，抬手接过手机，指尖在屏幕上丝滑地转个圈，平静地问："想联系谁？"

"程嘉礼。"季凡灵眼睛一亮。

"对了，你应该进了年级群或者校友群之类的吧？可以找他们班的人加他的号。"

傅应呈抬眼，和她亮晶晶的眼睛对视。

无限拉长的一瞬。

某种绷到极致的凝重氛围断了线，时间美化过的回忆在复苏的鲜活往事面前被狠狠撕了道口子。

隔了这么久，心居然还会刺痛。

十年后头一次，男人从季凡灵身上挪开了视线，身子向后靠在椅背上。

然后，他很轻地发出一声笑。

气笑的。

季凡灵有些不解。

"没进群。"傅应呈瞥了她一眼，语气不明，"……而且，我也不是什么人都加。"

季凡灵扯了扯嘴角："同班同学总认识吧？你能不能给周穗发个消息？"

"发什么？"

"就说你见到我了……"季凡灵说，"我给她打了电话，她不信，把我拉黑了。"

"你想让我也被她拉黑？"

季凡灵哑口无言。

也是，不管傅应呈怎么措辞，周穗要么觉得他被盗号了，要么觉得他疯了。

"这个时间找人不合适。"傅应呈淡淡道，"明天白天我再帮你问她住哪里，你本人去见。"

季凡灵点了点头："行。"

又行驶了二十分钟，迈巴赫拐过街角，驶入一个高档小区，在公寓楼下停稳。

"傅总，到了。"司机说。

"到哪儿了？"季凡灵猛然看向窗外，意识到自己没问目的地就上了车。

傅应呈："我家。"

"那能不能把我送去……"见傅应呈和司机都看着自己，季凡灵有点难以开口，"附近哪个小点儿的宾馆？"

傅应呈："你有身份证？"

季凡灵硬着头皮："……借一下你的。"

傅应呈又问："你有钱？"

"有……"季凡灵捏着口袋里的两块钱，移开了目光，"差一点。"

"也借一下我的？明天呢？还找我借？"

男人的语气并不咄咄逼人，反而是低缓、平和的，吐字不紧不慢，嗓音带着一股天生居高临下的冷淡。

季凡灵不吭声了。

她和傅应呈的交情，或许比普通同学好那么一点，但也算不上朋友。

十年没见，张口就是借钱，多少是有点脸大。

车内一片死寂。

司机试探地开口："那个，我可以送你去附近……"看见傅应呈投来的一瞥，他下意识住了嘴。

"不早了，别耽误陈师傅下班。"傅应呈抬了抬下巴，"下车。"

季凡灵只好下了车。

雨已经停了，地面的积水倒映着云雾后缺损的月亮，走起路来，潮湿的鞋底像拧湿海绵一样"咯吱"作响。

女孩双手插兜，往小区外走。

傅应呈家这片地段好，宾馆的价格少说是学校附近的两倍，早知道就不该搭这趟顺风车。

她还在琢磨，突然听到身后的声音问道："去哪儿？"

"我又没拿你的钱，你管我去哪儿？"季凡灵转身，没什么表情，"你不会想找我要路费吧？"

"我的意思是，住我家不用身份证，也不要钱。"男人背脊宽厚，高挑挺拔，立在楼栋下，身后是楼里明亮的灯光，神色平静，"有间客房，不如宾馆，你住不住？"

"真的？"季凡灵愣了一下，赶紧跑回去，"你家挺好，你家也行，谢谢你啊……"白莲花同学。

不远处的司机闻言，差点一脚把刹车踩成油门。

傅总的作风他是知道的，忙起来的时候寸秒寸金，能用钱解决的问题就绝不会花时间。

听女孩跟傅总说话时算不上尊敬的态度，难道她是傅总亲戚朋友家的小孩？

那也应该给她订个房间，一晚不过两三百块，以傅总的身价来说，就算是订整年，眼睛都不带眨一下。

怎么为了这点钱，就直接把人带回家了？

司机百思不得其解。

还真是，活见鬼的邪门。

傅应呈家的装修风格有种寡淡的冷清，没什么烟火气，黑、白、灰的色调，看起来很空，比起家，更像是一个商务场所。

大片的黑色镜面让室内空间看起来整肃、平直，干净得过分，甚至鞋架上每一双鞋的鞋尖都朝着同一方向摆得齐整。

进了家门后，傅应呈的第一句话就是让季凡灵洗澡。

季凡灵觉得自己在他眼里应该像团泥巴，走到哪儿弄脏哪儿，于是也没反对，进了浴室。

她都开始洗了，才发现浴室里的洗浴用品瓶身上一个汉字都没有，看不懂哪个是做什么的。

季凡灵不方便问，于是充分发挥自己的英文水平，挨个翻译了一通，找了瓶看上去像是洗发露的用了。

她身上的衣服都湿透了，洗完澡出来，本来想将就着穿，却发现傅应呈给她拿了套睡衣。

……应该是怕她睡脏他的床。

睡衣是深沉的深灰色，新的，穿在她身上像唱大戏似的，拖了长长一截。

季凡灵把袖口和裤腿往上别了几道，一手拎着裤腰出来，拖鞋也太大了，走起路来踢踢踏踏。

傅应呈正从厨房出来，单手端着一锅面上桌。

虽然是速煮的夜宵，但是加了肥牛卷和虾仁，海鲜汤底，面上还卧着一个金灿灿的溏心蛋。

季凡灵看了那锅面一眼，面无表情地转过视线。

可是肚子很没出息地叫了两声。

傅应呈见她出来，不经意地瞥了一眼，又迅速挪开了视线："煮多了，吃不吃？"

"是吗？不吃掉也会坨了，那我帮你吃点吧。"季凡灵凑过去看了眼，"……只要面就可以，配菜不要了，我不饿。"

傅应呈瞥了她一眼："想什么呢，我本来也没打算给你。"

季凡灵暗暗咬牙。

呵。

本来还想谢谢他，突然，又不想谢了。

季凡灵坐下吃面，傅应呈在她旁边落座，拿起筷子还没吃上一口，就来了个电话。

男人接起电话，听了几句，站起身，指尖点了点桌子，不咸不淡道："公司有急事，你把我的也吃了。"

季凡灵一边吸溜面，一边含混地"哦"了声，伸手把他的碗也揽到跟前。

足足两碗面，但她可是饿了十年的人。

季凡灵连汤带面大口狂炫。

书房里。

电话那边的人半天听不到回音，大声问道："喂喂，我说傅应呈，你在不在听？"

男人修长的身影穿过高耸的红木书架，倒映在陈列柜的玻璃上。

玻璃上那张失去表情的脸和他对视着。

听筒里聒噪的嗓音被飘散的心绪拉扯，落在耳里嘈杂不清，像是失了真。

"傅应呈，喂——傅应呈！"

"还要怎么听？"

傅应呈终于回过神，单手松了松领口，冷淡道："什么时候你打电话来，能不是为了说废话？"

"废话？这怎么能是废话？你不是说你回去一趟马上就回来吗？快回来啊！我都顶了一整天了！德国佬身上的香水味重像猩猩，说英语还带口音，我可真快听吐了。"苏凌青痛苦得好像被猩猩捶了胸口。

他们本来在德国杜塞尔多夫参加 Medica 国际医疗设备展，预计待七天，傅应呈却把事情安排完一声不响单独回了北宛。

飞机凌晨三点起飞，单程十三小时，停留四个小时，再飞十三个小时赶回去……行程堪比特种兵。

苏凌青想不通，到底是什么天大的事，傅应呈非要跑这么一趟？

"有一些……突发事件，"傅应呈淡淡道，"明天不过去了。"

"什么？"苏凌青大惊失色，"改签了？没人通知我啊！"

"刚决定的。"

"你什么时候居然会更改自己的计划……等等，"对面突然严肃起来，"该不会是老人家出了什么事吧？"

傅应呈的家庭状况，苏凌青也算了解一点，与母亲多年不来往，父亲尚在狱中，能让傅应呈在意的人，想来想去，也只有把他抚养大的奶奶。

"老人家很好，你瞎想什么？"傅应呈蹙眉。

"你别吓我，那就是你有……"

傅应呈有些不耐烦："没事挂了。"

"怎么挂了？你还没说出什么事呢。"

傅应呈顿了下，开口说的却是另一件事："你认不认识户籍处的人？我可能需要给人办身份证和户口。"

"一时想不起来，不过应该是有的。"花花公子苏凌青最不缺的就是朋友，"怎么，常规渠道办不了吗？大概什么情况啊？刚出生？"

"十七岁，女孩，没有财产，黑户。"

苏凌青一愣，嗓音禁不住扬了起来："傅应呈，你不会是飞回去搞非法偷渡吧？"

傅应呈挂了电话，又在书房里发了一会儿呆，才慢慢起身，整理了一下自己的表情，走回餐厅。

餐桌已经空了，被擦得一尘不染。

女孩挺着肚子，瘫在桌边。

"你全吃完了？"傅应呈看见锅勺碗筷全部洗好了，整齐地码在厨房的台面上。

季凡灵幽怨地看了他一眼，张口就是一个"嗝"。

傅应呈有些无语。

"你下次，嗝……还是少煮一点吧。"季凡灵用食指和拇指圈了个小圆，"你一个人吃，嗝……煮这么多就可以了。今天要不是有我在，嗝……你这锅面就全浪费了。"

"我是让你帮我，"傅应呈想起点什么，话里隐含着不悦，"但没让你豁出命来帮我。"

"没办法呢，我这个人，嗝……就是这样乐于助人。"

说着，季凡灵捂着肚子艰难地站起来："不说了，我得去躺着了，嗝……正好，明天我都不用吃饭了。"

女孩趿拉着不合脚的拖鞋走远了。傅应呈走进厨房，擦洗台面，清理食材，整理碗橱……并不是什么紧要的事情，只是他现在头有些痛，思绪很乱，只有做清洁会让他心情稍微平复一点。

趿拉拖鞋的声音去而复返，直到停在他身后不远处。

女孩嗓音慢吞吞的："傅应呈。"

傅应呈站在水池边，将烧开的水灌入凉水壶中。

闻言，他顿了顿，嗓音有点嘲讽："怎么，撑得厉害？"

"不是，我刚刚突然想到，今……十年前那天晚上，你找我做什么？"季凡灵补充，"你让周穗转告我的，七点去天台见面。"

"你也知道，我没去成，"女孩挠了挠鼻子，嗓音很轻，"……对不起啊。"

开水溅了出来，滚烫的，落在男人的虎口上。

傅应呈却一动不动，好像没有感觉到。

他沉缓地垂眼，睫毛在眼睑处投下晦暗的阴影。

过了一会儿，傅应呈没有回头，嗓音平淡道："多久之前的事情……我早不记得了。"

早晨六点。

清脆细碎的鸟雀声从窗外传来。

闹铃刚响，就被一只冷白的大手按掉。

傅应呈作息很规律，不论晚上几点睡，睡没睡着，六点都会准时起床。

这个点，季凡灵显然还在睡。

或许是不好意思把自己当客人，次卧昨晚没关门。

傅应呈停下脚步。

从房间外往里看，一米八的大床睡两个人都绰绰有余，女孩却只蜷缩在床的一角。

晨光熹微，薄纱般的金色阳光从窗帘缝隙里透进来，安宁地笼着被子下面隆起的小小一团。

随着呼吸的频率，那里一起一伏的。

无比真实，连枕上散开的乌发都纤毫毕现。

但同时，又无比虚幻。

仿佛现实和梦境以一种生硬的方式拼凑在一起，习以为常的房间，还有本该不存在的人。

傅应呈垂眸看了一会儿，无声地替她关上门。

城市的另一角，稀薄的晨光洒满私人诊所。

杨铭哲快速停好车，穿过长廊，走进咨询室，顺手将外套挂在衣架上，从柜子里找出写有患者"傅应呈"名字的会谈记录，坐在桌前翻阅了一遍。

向来都是行色匆匆、拿了药就走的人，今天居然会紧急约他见面。

真是反常。

七点整，咨询室的门被推开。

男人面容英俊，身高腿长，穿着一件黑色的毛呢大衣，快步走近，气质矜冷，眉眼乌沉，眼底带着浅浅的青色。

"好久不见啊，傅先生。"杨铭哲抬头，笑眯眯道。

"记得季凡灵吗？"傅应呈开门见山。

杨铭哲一愣。

大约是四五年前，当时男人为了公司发展连轴转了几个月，在一个深秋暴雨夜踏进了他的诊所。

那时男人的状态跟平时很不一样。

疲倦、溃败，像是即将倾倒的大厦。

男人坐在沙发上，手肘搭着膝盖，贴身的白衬衫下显露出肩背肌肉凸起的形状，脸深深地埋在宽大的手掌里。

"我这周没怎么睡着。"半晌，他又沙哑地继续说，"……刚刚睡了一会儿，又梦到她了。"

杨铭哲问："谁？"

那是他第一次从傅应呈口中听到季凡灵的名字。

杨铭哲敏锐地察觉到，季凡灵或许是傅应呈一切心理问题的根源。

季凡灵车祸身亡的事故报道在网上并不难找，可惜傅应呈只透露了只言片语，自那以后，不愿再谈。

杨铭哲说："记得。"

"我昨天见到她了。"傅应呈平静道。

"啊？"杨铭哲的笔尖猛地顿住，表面镇定地抬头，"然后呢？"

"我带她回了家，给她煮了锅面，让她留宿。"

"这位季小姐，是和你记忆中的人很像，还是……"

"一模一样。"傅应呈话里没什么情绪，"和她高三时长得一样，穿着和那天一样的衣服，知道当年的所有事情，做的事也都是她会做的。"

"……她就是季凡灵。"男人最后说。

在心理诊所里，用如此波澜不惊的语气说着令人毛骨悚然的话，仿佛某三流鬼片的开头。

杨铭哲沉默了一会儿，放下了笔："首先，我们先确立一下基本共识……十年前，季小姐因为见义勇为车祸身亡，你同意我说的话吗？"

"是失踪。"

"好的。"

杨铭哲没有与傅应呈争执失踪和尸骨无存的区别。

"我们换一个共识：假如当年季小姐没有身亡，那么今天的她，无论如何也不该跟当年一模一样，你同意这一点吗？"

这次傅应呈沉默了很久。

"……同意。"

杨铭哲接着道："很好，抛去怪力乱神的解释，我们可以提出两个猜想。

"一、这个女孩真实存在，她和季小姐长得很像，你的大脑混淆了二人的差别，让你觉得她就是季小姐。

"二、这个女孩并不存在。"

——她从头到脚，彻头彻尾，都是你幻想出来的。

这句话，杨铭哲没说，而是委婉道："我暂时希望是第一种情况。"

意识清楚，智力正常，出现幻听幻视，自称见到死人，是典型的精神分裂症症状。

傅应呈漆黑的双眸盯了杨铭哲一眼，语气不善："你准备给我开奥氮平和利培酮？"

二种都是治疗精神分裂症的药物。

杨铭哲腹诽：请这位患者不要显得比我还懂。

傅应呈虽然不是医生，但他毕业于 B 大生物医学工程专业，一手创建了国内医疗器械领军企业九州医疗，去年在美国纽约证券交易所成功上市。

杨铭哲诊所里新购置的经颅磁刺激治疗仪就是从九州医疗购买的。

"我不会随意给你下诊断。"杨铭哲只好说，"你先试着放下昨晚的经历，回溯一下你记忆里真正的季小姐，从内心接受她已经离开的现实，或许你会看清昨晚的人和季小姐并不一样。又或许，等你回到家，她已经消失了。"

杨铭哲将室内的光线调暗，继续慢慢引导："现在，闭上眼，深呼吸，慢慢放松……"

黑色的轿车急速驶过减速带，开进小区的地下车库。

傅应呈将车停稳，熄了火，在车内坐了一会儿，又抓起副驾驶座上刚开的药，垂眼挨个打量。

耳边响起杨铭哲临别时说的话：

"一次心理疏导肯定不够，我们暂定每周见两次。

"不管是哪种情况，你最好都不要再和现在那个'季小姐'交流了。

"抱有幻想只会越陷越深。

"傅先生，你是明白人。"

…………

傅应呈的指尖顿了顿，将药丢进储物箱里，箱盖"砰"的一声合上，他开门下车。

刚进家门，他就察觉到和离开时有点不同。

太干净了。

昨天下了雨，季凡灵进屋的时候，不可避免地踩了几个黑黢黢的鞋印，现在玄关处却一尘不染……跟平时一样。

记忆里，她脱下那双老旧的运动鞋，整齐地放在鞋柜边，现在也不见了。

傅应呈的头像是被针扎似的疼了一下。

他喊了声："季凡灵？"

无人应答。

他往屋里走，每走一步，心就会下沉一分。

餐桌上她喝过的水杯、盥洗台上给她新拆的牙刷、昨天她刚用过一次的毛巾……每一处痕迹都不在了。

次卧的门敞开着。

傅应呈站在次卧门口向里看。

一张大床铺得平平整整，一丝褶皱都没有，仿佛很久没有睡过人。

"真的消失了。"傅应呈的声音低得几乎听不清。

"什么消失了？"

身后突然响起一道清脆的女声。

房间高处挂着的风铃被风吹动，撞出"叮叮"的脆响。

傅应呈背脊一瞬绷紧，慢慢转过身来。

女孩穿着他的睡衣，侧着小脸，瞳仁乌溜溜的，探头狐疑地看着他："你在找什么？"

停顿了几秒，傅应呈沉声问："刚刚喊你，怎么不出声？"

"啊？你喊我了吗？"季凡灵冲阳台的方向抬了抬下巴，"我把鞋洗了，刚刚在晒鞋。"

"别的东西呢？"

"你说这些？"

季凡灵从次卧门后的把手上拎出一个装着牙刷、发绳、笔芯和乱七八糟杂物的塑料袋，塑料袋上还用黑色水笔写了"季凡灵"三个字，字迹潦草。

"我都装起来了。"

高中的时候，傅应呈全校闻名的除了成绩，还有洁癖。

高中男生大多过得粗糙，动不动就打球疯出一身臭汗，随地一躺，但傅应呈不一样，身上总是干干净净的。

当时暗恋他的那些女生私底下都说他像月亮，一尘不染，永远高高在上。

高一校运动会，傅应呈拿了三千米长跑第一，甩了第二名整整半圈，走下跑道的时候，班上男生一口一个"傅神牛，傅神辛苦"，闹哄哄地挪出一个座位让他坐。

明明已经累得够呛的少年瞥了眼布满灰尘的看台，冷冷地回了句："不用，太脏。"

仿佛身上沾上污渍，是什么难以忍受的事情。

季凡灵考虑到在别人家借住，得入乡随俗，于是忙活一早上，努力降低自己的存在感。

虽然她住在这里，但是要好像完全不存在一样！

这还不得把他给感动死？

但傅应呈好像并没有深受感动的样子。

男人低着头，侧脸轮廓很深，漆黑的眸子从塑料袋里的破烂往上移，移到女孩勾着塑料袋的手指……

还没到冬天，那细白的指节就已经冻出细密的裂口。

再往上，晦暗的目光在她脸上定了一会儿。

他闭了闭眼，喉结很轻地动了一下。

认了。

再开口时，傅应呈抬了抬下巴，嗓音恢复了素日不近人情的冷淡："东西，该放哪儿放哪儿去。"

季凡灵："……哦。"

傅应呈穿过客厅，看到阳台上晾晒的衣服，拧起眉头："洗衣服用洗衣机，你洗得满阳台都是水。"

季凡灵闻声而来，忍不住紧咬牙根："哪里有水……"你脑子里流出来的水吗？

"还有，"傅应呈扫了眼地面，"你用拖把拖地了？"

"不是，我用头拖的。"季凡灵木着脸。

"拖把很贵，以后不要用。"傅应呈瞥了她一眼，镜片后的眉眼乌沉，尾音透着一股冷淡，"……别给我用坏了。"

季凡灵内心大骂：一个拖把能有多贵！

季凡灵觉得，傅应呈的洁癖程度比少年时期有过之而无不及。

男人并不是说说就算了，还要她收了阳台上的衣服去烘干，不过没忘记善心大发，简单讲了两句烘干机怎么用。

季凡灵只好照办，不忘催他："联系周穗了吗？"

"早上就问了，她没回。"傅应呈说，"等着。"

北宛昨夜下了场大雨，空气很潮，晾了一晚的衣服不仅没干，反而更湿了。

等衣服烘干的时候，季凡灵腹诽半天，心想要是能跟周穗住，她才不跟傅应呈待一起。

毕竟周穗脾气好性格软，跟个包子似的任人拿捏。

而傅应呈，就连她烘干衣服的时候都要立在窗边，监工似的冷眼盯着她。

季凡灵坐着，黑色裤腿线条锋利，裤腿下露出一点脚踝的轮廓，筋骨分明，利落好看。

他沉沉的视线从高处落在季凡灵身上，比窗外的日光还要炽烈，让她头顶都微微发烫。

季凡灵本来托着腮，坐在小板凳上发呆。

她看了他一眼，又看了他一眼，最后实在忍无可忍，掀起眼皮，语气很平："你看我长得像白痴吗？"

傅应呈一愣。

"你家烘干机一共就两个操作步骤，还都是在烘干前。"季凡灵面无表情，"请你告诉我，打开机门、拿出衣服、关上机门，这三个步骤里到底哪一步我会出问题？"

阳台上静默了片刻。

须臾，傅应呈似是觉得荒唐，轻扯嘴角，笑了声。

他嗓音带有磁性，笑起来有种低沉的动听，像是往湖心投入一枚石子，掀起了浅淡的涟漪。

"我什么时候说过……"傅应呈缓缓道，"你差的是智商？"

季凡灵垮着小脸："什么意思？你说我哪儿差？"

然而男人没有和她斗嘴的意思，转身径直进了客厅。

季凡灵忍不住冲着傅应呈的背影"喂"了声，放狠话的速度没能追上他的脚后跟。

算了，放他一马。

智者不在别人的地盘和人干架。

烘干衣服的过程虽然并不怎么美妙，不过结果倒是格外美妙。

烘过的衣服像晒过太阳一样干燥温暖，让人很难不喜欢，季凡灵立刻就跑去卧室换上了。

下午，傅应呈待在书房里，偶尔去厨房倒杯水，顺便瞥一眼季凡灵。

季凡灵窝在客厅的沙发上看电视剧，边看边等周穗回复。

不知道周穗在忙什么，一直等到傍晚，傅应呈才中断了工作，喊季凡灵过去看周穗刚回的消息。

傅应呈早上六点给她发了消息。

c：周同学，打扰了，有急事需要联系，请问你现在在哪里？

穗穗平安：？

穗穗平安：你是傅应呈本人吗？

过了一会儿。

穗穗平安：我现在在人民医院儿科，请问你找我什么事？

"谢谢，我现在去！"季凡灵扫了一眼消息，转头就跑。

傅应呈跟在她身后，伸手取了衣架上的大衣，拿上车钥匙："你知道医院在哪儿？"

"知道，不远。"季凡灵飞快地蹬上鞋，"我坐公交车去，很快就回来。"

她说完犹豫了下，挠了挠脸，慢吞吞道："也有可能不回来了。"

假如能住周穗家的话，更好。

傅应呈盯着她看了一会儿，神色不明道："行。不回来的话，让她跟我说一声。"

人民医院儿科。

最近是秋冬流感高发季，即便天色昏暗，儿科仍然挤满了面色焦急的家长和哭闹的儿童。

季凡灵挤在看病的人群里，大部分人都戴着口罩，让她找人变得更加困难。

走了一个来回，季凡灵无意间注意到自动缴费机边的一个女人。

女人穿着白色棉袄，上半身略有些臃肿，正取下口罩抬头对着镜头，片刻后又戴上口罩，取了小票转身走来。

她戴上口罩前的一瞬间，季凡灵瞥见她细眉紧皱，咬着自己的嘴唇。

……就像是算不出题时会露出的表情。

季凡灵心一动："周穗！"

女人抬头，左右看了看，没找到是谁喊自己。

下一秒，人群中挤出一个女孩，朝她的方向大步跑来。

周穗明显愣了一下，盯着女孩的脸，和记忆中的某个人逐渐重合，瞬间脸色煞白，往后连退三步："你、你、你……"

"是我，季凡灵。"

"啊？啊？啊？"

季凡灵安抚："你不要害怕。"

周穗慌乱："你不要过来！"

季凡灵才不听她的，大步上前，一把抓住她的胳膊拧了一下，挑眉问道："疼吗？"

"嗷……疼。"周穗老老实实道。

"疼就对了，证明你不是在做梦。"季凡灵板着小脸。

"那、那什么，"周穗结结巴巴，"鬼拧人，人也会疼吗？"

季凡灵慢吞吞道："鬼拧人疼不疼我不知道，不过呢……"她突然加快语速，"鬼咬人一定是疼的！"

说完，她抓起周穗的胳膊龇牙就咬，很凶的样子。

周穗本来就神经紧绷，被她吓得立刻甩着胳膊，嗷嗷叫起来，引得附近的人投来视线。

季凡灵当然没真咬，抬起头，忍不住噗笑一声："瞧你这出息。"

还以为胆子变多大了呢。

周穗惊魂未定，胸口剧烈起伏，眼看着女孩穿着不合身的老旧外套，单手插兜，立在那里冲着她笑，露出一颗尖尖的小虎牙，不知怎么也跟着笑了起来。

周穗觉得自己刚刚怪傻的，于是挪回来，小心翼翼地伸出手碰了碰女孩的手背，轻轻地喊："季凡灵啊？"

女孩"哼"了声。

周穗望着昔日好友年轻的脸，心头蓦地一酸："你、你怎么一回事啊？"

"我被车撞了下，一睁眼就到现在了。季国梁跑路，程嘉礼联系不上，你最厉害……"季凡灵似笑非笑地瞧着周穗，"骂我诈骗，还要报警。"

周穗讪讪道："昨天那人还真是你啊？"

"嗯。"季凡灵没计较，"你怎么这个点在儿科？"

"我小孩发烧了。"

季凡灵一愣："你生小孩了？"

"儿子，三岁了，姓何，叫何涵。"

季凡灵："都三岁了？"

"哎，我这个脑子，"周穗猛地一拍额头，"涵涵的药！"

很微妙的，明明还是同一个人，那个眉眼神情处处透着当年影子的女生在提到孩子的一瞬间，突然变成一个陌生又焦急的母亲。

周穗原本还有些畏畏缩缩，现在突然什么都不怕了。

她伸手拍了拍季凡灵的肩："你等我一会儿，我还得给他拿药，等水挂完了再测一次体温。"

她眼睛虽然还看着季凡灵，心思却早已不在这儿了。

季凡灵催促："快去！"

周穗慌慌张张地往药房走，走到一半，脚步猛地一顿，扭头看另一个方向："妈？您怎么带着涵涵到处乱跑？"

迎着周穗走去的老人怀里抱着个戴口罩的小男孩，步履缓慢："你半天不回来，涵涵吵着要找你……"

"好不容易抢到的座位，您一走就让别人占去了……"周穗伸手接过孩子，发现输液袋都瘪了，输液管底端回了一小段血，急得嗓门大起来，"让您看着点看着点，都回血了呀！"

"我一直看着啊，吊完了这不就来找你了。"婆婆也不高兴。

"找我有什么用？我又不是护士！"周穗一手抓过输液杆往远处跑。

怀里的小男孩被发怒的妈妈吓到，大哭起来，边哭边咳嗽。

季凡灵在远处默默地看着，心里有点堵得慌。

如果不是因为她，周穗应该就能赶上给孩子换药。

季凡灵站在原地等了快有一个小时，好不容易等到空位，刚坐下，旁边走来一个六七岁左右的小女孩，不哭不闹，乖乖拎着自己的输液袋，季凡灵又起身让了座。

季凡灵站得腿脚发麻，等了又等，估摸周穗把她忘了，重新挤进人群寻找。

这回，她在儿科诊室门口找到了周穗。

周穗风风火火地冲出诊室，几乎迎面撞上季凡灵，才好像看见她似的，视线聚焦在她脸上："哎，季凡灵，你在这儿……"

季凡灵关心地问："小孩怎么样了？"

"还在烧，从昨天就开始吊水，结果今天烧得更高，都 38.5 度了。"周穗焦头烂额的，眼里都是血丝，"医生说可能是支原体肺炎，让去一楼拍个 CT，我现在带他去。"

季凡灵又催她："那你快去吧。"

周穗喊上婆婆，抱着孩子挤进电梯下楼了。季凡灵不便凑上去添乱，就站在原地等。

整个楼层到处都是生病的儿童，个个都跟热水壶烧开了似的尖声大哭，哭得人心烦意乱。

那也没办法，谁让孩子正好病了。

是她来得不巧。

她又不好直接开口说"周穗让我去你家住几天吧"。

季凡灵又硬着头皮等了一个小时。

估计是在排队做 CT，周穗一直没回来。

季凡灵叹了口气，安静地走了。

出了医院，季凡灵才想起自己仅有的两块钱在来的时候就花完了。

早知道应该找傅应呈借点零钱的。

再回去找周穗……似乎也没这个必要。

区区几公里，不坐车也无所谓，她随便散着步就回去了。

只是不知道为什么，明明来的时候丝毫没觉得冷，回去时风却好像变得更大了些。

一路走回傅应呈家，季凡灵脸都冻僵了，抬手哈了口气，轻轻叩了叩门。

等了一会儿，门没开。

季凡灵愣了一下，料想傅应呈应该是出门了。

什么事会让他晚上出门？

一瞬间，她心底无端冒出一个念头——

或许他在家，只是不想让她再继续住了。

是因为她自作主张用了拖把，还是因为她的湿衣服把水滴到阳台上了？

季凡灵有点慌神，用力揉了揉脸，不死心，又上去敲门，由轻到重，由慢到快，越来越急。

她一下接一下地敲。

过了五分钟，门突然开了。

男人穿着白衣黑裤，长袖衬衫的扣子扣到了最上面一颗，浅色的贝母扣在玄关顶灯下反射着清冷的光泽。

季凡灵蓦地松了口气："嘻，我还以为你不在家。"

"在书房开会，没听见。"男人的眉心微微蹙起，神色不悦。

季凡灵的嘴角一点点落了下去，直到压得平直。

她很烦自己这样，像条讨厌的流浪狗一样到处觍着脸麻烦人，耽误孩子看病，打搅别人开会，求他们给自己一个地方住，一直敲别人的家门……

"哦，我不知道你在。"季凡灵捏着指尖，慢慢说道。

傅应呈声音很冷："等会儿再说。"

季凡灵立刻闭嘴了。

傅应呈转眼看向她，抬手点了下耳朵，嗓音放低了些："……不是在跟你说话。"

季凡灵这才看到他戴着的蓝牙耳机。

傅应呈迈步，从她身边走到门外，语气很淡："过来。"

季凡灵因为刚才的事心虚，难得听话，乖乖凑过去。

傅应呈在门外弓着身，单手搭在门把手上，姿态随意，手指在门锁键盘上接连按了几下。

傅应呈："手给我。"

季凡灵不明所以，伸出手去，被他隔着外套袖口握住了手腕。

"……伸出一根手指。"

季凡灵反应过来："等等，你要把我的指纹加上吗？"

傅应呈握着她的手腕，往前轻送。

女孩纤细的指尖搭在冰冷的指纹锁上，微微压扁，手指下方的凹槽亮起，顺时针闪烁一个绿圈。

"不用了吧……"季凡灵有点退缩，但是手腕被傅应呈牢牢握住，没给她挣脱的余地。

按上，松开。

"你要是开会，我可以在门口等的。"

按上，松开。

"而且我就再住一晚，其实没必要……"

按上，松开。

"叮咚"一声，指纹锁发出认证成功的提示。

那一声"叮咚"，恰好补上了季凡灵心脏漏跳的一拍。

她有了一扇不必敲也会向她敞开的门。

傅应呈松开季凡灵的手腕，直起身，瞥了她一眼。

季凡灵下意识后退，他跟着上前两步，走进玄关，站在她面前，反手在身后关上门。

男人的胸膛离季凡灵的鼻尖近在咫尺。

门被关上时掀起一阵冰凉的夜风，男人身上浅淡孤寂的木质香味扑面而来。

　　"有没有必要，不是你说了算。"头顶传来男人的嗓音，还是一如既往的冷淡、散漫、尾音低沉，"加指纹是因为我不爱给人开门。"

第二章

他才意识到季凡灵没有颤抖，颤抖的是他自己的手。

季凡灵张了张嘴，却没说出话来。

虽然傅应呈在门锁里加上了她的指纹，应该只是不想听她敲门，但她还是有点微妙的高兴。

季凡灵抬头看傅应呈，突然发现他比她印象里的还要高，她站在他面前，头顶还不到他的肩膀。

高三时，少年也是高瘦挺拔的，在人群中清冷颀长，鹤立鸡群，不过他们从来没有离得这么近，就算是升旗仪式，也是一个站队伍前排，一个站末尾。

该不会是他大学的时候又长高了吧？

女孩思忖的短暂一瞬，男人沉默地低垂着眼，然而很快，季凡灵往后退了两步，拉开距离。

傅应呈不动声色地抬了抬下巴，示意她看钟，声线微冷："你说的很快回来，就是这个点？"

季凡灵顺着他的视线看过去……走回来确实费了点时间。

傅应呈："我要是睡了，还得起来给你开门？"

"你知道的，周穗她……实在是太想我了。"女孩慢吞吞地抠了抠手指，飞快瞄了他一眼，"我早就想走，可她拉着我一直说，都不舍得放手。"

"那你呢？"傅应呈语气很淡，"让你不住就跟我说一声，继续住就不知道跟我说声了？"

"不好意思，我们聊得太投入……"季凡灵摸了摸冰凉的鼻尖，"一不小心就把你给忘了。"

傅应呈哑然。

季凡灵顿了顿，垂着眼低声道："我以后自己开门，我走路很轻的，不会

029 ·

把你吵醒。"

傅应呈眼睫毛动了下，神色晦暗不明。

过了会儿，他放过她似的开口："先去洗澡。"

季凡灵："哦。"

看来是她身上带着医院的病毒，碍着洁癖大少爷的眼了。

季凡灵平时洗澡跟打仗一样快，这次为了证明自己洗得很干净，特地打了厚厚一层泡泡，洗的时间也更长，洗完都有些微微头晕。

等她洗完，傅应呈似乎也开完会了，从书房里走出来，见女孩顶着湿漉漉的头发往次卧走，喊住了她。

季凡灵停住脚步，回头："怎么？"

傅应呈蹙眉："头发为什么不吹干？"

季凡灵试图跟他讲道理："你看我头发上的水，最多只会滴在睡衣上，滴不到地上。"

"这睡衣是谁的？"傅应呈淡淡瞥了她一眼，"你的？"

季凡灵腹诽：好好好，你的你的，都是你的。

她忍着不耐烦去吹头发。

她吹到一半，余光看见傅应呈从走廊路过，经过她身边的时候停住了脚步，站在旁边看了一会儿。

须臾，好像瞧见什么很有意思的事似的，他眉尾轻轻挑了挑。

季凡灵木着脸，关了吹风机："你又有事？"

傅应呈："你用什么洗的头？"

心虚就在一瞬间。

"洗发水啊，当然是洗发水，还能用什么？"季凡灵面无表情。

"是吗？"傅应呈不置可否。

就在季凡灵以为自己蒙混过关的时候，男人身子前倾，拉近了一点距离。

离得近了，男人的五官显得越发清晰立体，刀刻般的挺鼻薄唇，长睫黑漆漆地压着，甚至能看清他眼尾的一颗小痣。

这个位置的痣有股撩人的意味，放在他脸上却加深了五官里那种冰山似的、天生不近人情的冷傲。

"那你为什么闻起来……"傅应呈稍停了一会儿，目光向下落在季凡灵的脸上，"会像我的剃须泡？"

什么？

谁闻着像剃须泡？

你说哪个是剃须泡？

季凡灵心乱了，语气依然冷静："你闻错了，我看了上面的英文。"

"那是挺不容易的。"傅应呈顿了顿，直起身子，"因为，这批洗浴用品上面只有法文。"

季凡灵神色复杂。

现在夺门而出，冲回医院，强迫周穗收留自己，也不是什么不可以的事情是吧？

眼看着小姑娘要炸毛，傅应呈似是收起了逗人的心思，抬了抬下巴："台子上最右边的是沐浴露，左数第二瓶是洗发水。"

季凡灵咬咬牙。

"有事就问。"傅应呈淡淡地收回目光，仿佛不经意道，"……当我是哑的吗？"

翌日，季凡灵一觉睡到了上午十一点。

不会被麻将声和骂街声吵醒，还能睡到自然醒的日子让人神清气爽。

人死了，也不是全无好处。

至少不用早起，还不用上学。

虽然是周日，但是傅应呈已经不在家了，不知道什么时候走的。

季凡灵没脸把自己当客人，昨晚睡觉没关门，傅应呈早上把她的门合上，还在门口放了一部手机。

季凡灵捡起手机。

屏幕亮起，映入眼帘的是一条微信。

手机没有锁屏密码，一滑就开了，显示微信的聊天窗。

九点发的，就三个字，好像自带傅应呈嘲讽的嗓音。

"还没起？"

季凡灵一愣。

这个微信应该是刚注册的，用户名是随机生成的乱码，列表里只有傅应呈一个人。

关我屁事：起了，你今天不在家吗？

很快，傅应呈就回复了。

c：在公司里处理一些事情。

c：手机拿着，出门跟我说。

关我屁事：这手机给我用？

傅应呈发来一条语音。

"之前我换的旧手机，扔了也是扔了，不用还。"

从听筒里传出的男声语气随意，好像被电流镀上一种磁性的质感，格外低沉清晰。

虽然说是淘汰的手机,但是新得让人看不出使用过的痕迹,跟他所有的东西一样,有种整肃得近乎苛刻的干净。

季凡灵"谢谢"两个字还没发出去,傅应呈又发来一条语音。

"毕竟你一个人在我家,让我有点不放心……我家。"

这是人能说出来的话?

关我屁事:这么不放心,你亲自回来视察?

屏幕上方立刻跳出弹窗:c邀请你视频通话……

啊,还真要看?

季凡灵抓了抓自己睡乱的头发。

九州医疗集团总部大楼。

傅应呈的助理高义快步穿过走廊,来到总裁办公室门前,又忍不住把手上投资项目会议的材料和标的项目尽职调查重新翻阅了一遍,确认没有问题才整了整仪容,抬手敲门。

他跟了傅总七年,也算是老员工了,不至于因为领导心情不好就胆战心惊,毕竟傅总一年到头很少有心情好的时候。

只是今天实在反常,他觉得傅总与其说是不高兴,倒不如说是有些心神不宁。

开晨会的短短半个小时里,傅总不自觉地看了七八次手机,吓得财务总监以为自己废话太多让傅总不耐烦了,汇报的语速快得飞起。

门里传来很轻的一声"进"。

高助推门而入,迎面是巨大的落地窗,正午的阳光透过玻璃洒满了整间办公室。

傅应呈正坐在办公桌后,眉宇舒展,低眸看着手机。

高助敏锐地感到他现在心情不错,甚至可以说得上相当好,以至于平时冷沉沉的办公室都飘浮着一股暖意。

高助快速走近:"傅总,这是下午投资项目会议上需要您过目的数据,还有对弗里德公司近十年业务的调查。"

"好,"傅应呈看了他一眼,又看了眼消息,"等一会儿。"

然后拨了个视频。

高助自觉地退后几步,等了几分钟,眼睁睁看着傅总脸色越来越冷,抬手把手机丢在了桌子上。

高助这才看到视频里的人正热情地挨个展示房间。

画面很晃,屋子略显空旷,拍摄者隐在镜头后面,连一根手指、一根头发丝都没露出来。

这是什么？

房屋中介发来的视频吗？

见傅总久久没说话，高助忍不住开口问道："您这是在看房？"

傅应呈撩起眼皮，凉凉地回了句："你也觉得这是在看房？"

"看床？你还要看床？"手机里传来一个女声。

伴随着上下晃动的镜头，拍摄者冲进次卧，镜头快速拉近，给了床铺一个大特写。

平整的素色床单、摆放得整整齐齐的枕头、折得一丝不苟的直角床边……

傅应呈眉心跳了跳，抬手把视频挂了。

高助愣了愣。

很微妙。

感觉傅总这回是真的心情很差。

他试探地问："这房不好？"

"挺好，只是……"傅应呈抬手接过高义递来的材料，随手翻了翻，没看进去，气笑了似的轻哂了声，"谁会闲得没事看自己家？"

季凡灵见傅应呈挂了视频，想必他是非常满意了。

她还贴心地补了消息。

关我屁事：你要是不放心。

关我屁事：我可以每天给你打个视频。

傅应呈没回复。

季凡灵也没往心里去。

她从来没有过手机，带着新奇劲折腾了半天，先是通过手机号找到周穗的微信，申请加好友，然后在 App 商店下载了一些排行榜上靠前的 App，点外卖的、网购的、看剧的、刷视频的、看新闻的挨个逛了一圈，还不忘用新手机号重新注册了一个 QQ。

这次周穗很快通过了季凡灵的好友申请。

穗穗平安：不好意思，昨天我忙着照顾涵涵，让你等了那么久。

关我屁事：没等。

关我屁事：很快我就走了。

穗穗平安：那就好。等涵涵病好，我一定要请你吃饭。

穗穗平安：不过，你怎么会去傅应呈家？

关我屁事：？

关我屁事：你怎么知道？

穗穗平安：昨天你刚到没多久，他就给我发消息，问我有没有见到你，我便和他说了几句。

关我屁事：……

关我屁事：有没有可能，你告诉他，你见到了我，正拉着我疯狂聊天，不舍得放我走？

穗穗平安：呃，我好像不是这样回答的……

季凡灵面如死灰。

难怪昨天傅应呈表情怪怪的，原来他早知道周穗忙着照顾小孩，没工夫理她了。

男人幽暗的眼神……现在回想起来，颇有几分"我倒要看看你能怎么编"的意思。

周穗还在忙，断断续续地回消息。

她说自己高考考上了海大会计专业，毕业后进了私企做财务，又在单位里认识了现在的丈夫何晋鹏。

两人经常加班，没时间照看孩子，公公婆婆便从乡下过来跟他们住在一起，一直住到明年涵涵上幼儿园。

季凡灵能想到，周穗家现在大概公婆睡一间房，夫妻带孩子睡一间房。

真让她去，估计她连睡觉的地方都没有。

不像傅应呈，一把年纪了，还是孤家寡人。

穗穗平安：你在傅应呈那里……能住吗？

穗穗平安：你们居然认识？

关我屁事：……

她前天刚被陈俊问过这个问题。

怎么，她跟傅应呈就这么像两个世界的人？

确实，当年在学校里，他俩没有任何交集，是走廊上碰见都不会打招呼的那种关系。

毕竟一个年级第一、一个吊车尾，能有什么话说？

但周穗的话像个钩子，勾出一段季凡灵对傅应呈为数不多的记忆。

那是高一的某个夜晚，季国梁赌球输了钱，在家里暴跳如雷，摔砸东西，季凡灵忍无可忍，跑了出来，插着兜，漫无目的地在街头闲逛。

突然，她的胳膊被一只手抓住。

季凡灵回头。

逆着路灯的光，清瘦的少年拿着刚从书店买的辅导书，穿着黑色的冲锋衣，肤色冷白，乌发黑瞳，眉心紧蹙地盯着她："你在流血。"

傅应呈伸出手指，动作很轻地碰了下她的后颈，送到她面前。

"……啊。"季凡灵瞥见他指尖的血,无所谓道,"是我骑车时摔的,没什么事。"

知道傅应呈有洁癖,季凡灵还很好心地拽着自己的袖子给他擦了擦指尖。

都上手擦了,她才想起自己的衣服也是脏的,弄得他的手指上都是灰。

难怪傅应呈的手指僵了下,手背上绷起难忍的青筋。

季凡灵意识到擦不干净,索性收回手,转身要走,又被傅应呈拦住:"医院不在这个方向。"

季凡灵奇怪道:"去什么医院?"

傅应呈:"那你去哪儿?"

对季凡灵而言,这点伤还不至于上医院。今晚季国梁犯病,她就算死在外头都不会回家,准备随便找个地下网吧的沙发凑合着过夜。

女孩看着远处的店面敷衍道:"就随便转转呗。"

"跟我过来。"傅应呈抓着她就走。

也不知道他哪来那么大力气,季凡灵挣脱不开,跟跄跟上,莫名起了火气:"傅应呈,你什么毛病?放开我!"

傅应呈脚步不算快,但紧紧攥着她的袖子,任由她捶了几拳也不松手。他冷着脸,一直把她拽到旁边便利店前太阳伞下的座位上:"坐这儿等我。"

"你当自己是谁啊?我凭什么听你的?"季凡灵瞪他。

两人一高一低地对视。

便利店的冷光从高处洒下来,照在少年漆黑漂亮的双眼里。

他居高临下,掀起的眼皮压出一条淡淡的褶皱,眼尾狭长微挑,锋芒毕露,只是眼眶微微红着。

像是充斥着戾气的薄怒,又像是压抑着一抹不易察觉的难过。

好像不是季凡灵受伤,而是季凡灵狠狠捅了他一刀,让他受了伤。

季凡灵慢慢眨了下眼,莫名没了火气。

"听不听随你。"说完,傅应呈转身进了便利店,好像她选择是走还是留下都跟他无关。

很快,少年从便利店出来,手里拎着塑料袋,里面装了棉签、纱布、碘酒、创可贴和红霉素软膏。

他径直走到季凡灵面前,动作利落地拆了药品包装,骨节分明的手指捏着棉签,蘸了碘酒,语气很淡:"伤在哪儿?"

季凡灵没想到他是去买药,迟疑地一动不动,有点不知道该怎么办。

从来没有照顾过别人的人和从来没有被照顾过的人面对面僵持着,谁都没有轻举妄动。

好似他将她的举动解读成了不情愿。

片刻，少年垂下睫毛，遮挡住了晦暗的眸光："季凡灵，让我看看……行不行？"

夜风模糊了素来冷傲的嗓音，让人错觉是低声下气的乞求。

因为这件事，季凡灵觉得这个向来高高在上又高冷又刻薄的学神或许人还挺好的。

傅应呈花自己的钱给她买药，她过意不去，又没钱还他，所以想了个法子感谢他。

只不过，可能她感谢的方式他无福消受。

那之后，傅应呈对她反而更冷淡了。

季凡灵回周穗的消息。

关我屁事：反正我只是暂时住他这里，等我找到工作就搬出去。

关我屁事：能不能想办法帮我联系程嘉礼？

关我屁事：我倒是不急，主要是十年过去了。

关我屁事：怕他太想我。

穗穗平安：好，我想办法联系他。

高中时，程嘉礼跟他们不在一个班，他是国际部的学生，不参加高考，通过托福和 SAT 直接出国。

但他跟傅应呈一样，也是北宛一中上下三届尽人皆知的人物。

傅应呈是因为光荣榜上一骑绝尘的成绩，而程嘉礼则跟学习扯不上关系。

高一刚入校，他就在"校园十大歌星赛"上一战成名。

少年戴着墨镜，身穿火红短款夹克，脚踩黑色马丁靴，耳骨上打着嚣张的银耳钉，斜挎一把电吉他，在快速闪烁的彩色射灯中不羁到了极点。

假如说傅应呈是所有人都知道，却只能远远看着、难以接近的独狼，那程嘉礼则是那个和谁都能聊得风生水起的社交花，好像随便在学校里组个局，局里都有他。

这样一位风云人物，找起来应该很快吧？

季凡灵跟周穗聊完，突然发现输入框上一直显示"对方正在输入"。

她等了一会儿。

季凡灵等了又等，最后忍无可忍。

关我屁事：有屁快放！

周穗秒回乱七八糟的一长串。

穗穗平安：凡灵这十年来我昨天没说出口我也很想你我昨天想起十年前的事情历历在目我昨天很晚没睡其实我想跟你说。

然后火速撤回。

关我屁事：？

穗穗平安：……手抖就发出去了。

穗穗平安：你没看见吧？

穗穗平安：我就是想说，我很高兴。

…………

穗穗平安：凡灵，看到你我很高兴。

　　等程嘉礼消息的这段时间里，季凡灵虽然一直都跟傅应呈住在一起，但相处的时间并不多。

　　傅应呈早上起得很早，季凡灵从来不知道他什么时候出门的。

　　白天他在公司，中午会有阿姨来家里做饭，一开始，季凡灵不好意思吃阿姨做的饭，不过听说阿姨的工资是月结的，做不做饭都照样拿钱，她立刻就心安理得地接受了。

　　吃完饭，季凡灵一般会去附近溜达。

　　傅应呈只有头一天给季凡灵打了视频，后来再也没打过。季凡灵只是按他说的，出门的时候告诉他一声，回家的时候再告诉他一声。

　　从前季凡灵在家都是想回就回，想走就走，就算彻夜不归，死在外头，季国梁也未必能发现。

　　突然需要跟别人汇报动向，她有点不适应，经常人已经离家半小时了才突然想起来要跟傅应呈说一声。

　　附近的店铺、商圈被她两三天内转了个遍，但找工作的事仍然毫无头绪。

　　这年头，街边的奶茶店都要招本科学历的。

　　这让她一个高中没毕业的文盲举步维艰。

　　高中没毕业就算了，她至少还有"尊贵"的初中文凭，可惜死的时候没带在身上。

　　她不用猜都知道，她前脚刚死，季国梁后脚就把她的毕业证夹在课本里，连着她所有的东西一起打包贱卖给收废品的。

　　毕竟她的东西留着占地方，卖了还能换两包烟抽。

　　好在重要的东西她一直戴在身上。

　　天冷，季凡灵双手揣在袖子里，轻轻转了转手腕上的珠串。

　　贴身戴着的珠子温热，好像能让人从中汲取到一点力量。

　　考虑到工作、出行、住宿都得有个身份，季凡灵在电线杆的小广告上找了个假证贩子，准备办个假的身份证。

　　原本还打算办个北宛一中的毕业证，后来她转念一想，假都假了，不如一步登天，直接办北宛最好的大学——A大的学生证。

大学生勤工俭学干兼职，可比高中生普遍得多。

办假证的钱，她是找周穗借的。

本来说只借两百，周穗直接给她转了五百。

办假证需要两三天的时间，就算她以最快的速度办好证件找到工作，也得一个月后才能拿到工资，再以最快的速度找到出租房……最少还得在傅应呈家住一个多月。

季凡灵蹲在马路边，掰手指算日子，算得人越来越发麻，感觉自己无异于在傅应呈忍耐的底线上疯狂蹦迪。

最好是周穗很快就联系上程嘉礼，问题自然就迎刃而解。

时至今日，她仍然记得那一天。

程嘉礼白天约季凡灵晚上去国际部，说他们刚考完试，晚上班里要放《变形金刚4》，不如去他教室一起看。

季凡灵答应了，翘了晚自习去隔壁楼找程嘉礼。

到了地方，教室里黑黢黢的，没开灯，确实是要看电影的模样。

季凡灵压低了兜帽，从后门溜进去。

猝不及防，教室里突然灯光大亮。

亮光下是满教室的鲜花。

炽烈的鲜花像海一样铺满了教室，比鲜花更炽烈的是站在花海中的少年。

躲在教室角落举着手机的围观群众终于压抑不住地尖叫。

"好了，别号了，我都听不到她说话了。"程嘉礼忍不住笑骂，止住了其他同学的大声起哄。

季凡灵还在发愣，少年弯腰凑近了，一双上挑的狐狸眼又野又亮，嘴角勾起，咬字懒懒的。

"我慢慢等我们长大。

"等一天可以，等十年都行。"

谁知一语成谶，真的过去了十年。

季凡灵有预感，离见到程嘉礼的日子不远了。

和前两天一样，傅应呈晚上依然是六点到家。

阿姨会提前做好饭再走，傅应呈到家后正好可以和季凡灵一起吃晚饭，这也是他俩一天下来为数不多能碰面的时候。

晚饭是丰盛的四菜一汤，连米饭都是用爆炒过的土豆、豌豆和火腿一起焖出来的，色香味俱全。

季凡灵去洗了手，落座，一声不吭，闷头扒饭。

勺子相较于她的嘴来说有点大了，女孩的唇贴在碗沿上，像只进食的仓鼠，把饭一勺勺往嘴里铲。

中途傅应呈看了她几次，最后放下筷子，问道："中午吃的什么？"

季凡灵的腮帮子鼓鼓的，艰难地把嘴里的饭吞下去，然后回道："小炒牛肉和西芹虾仁。"

"不好吃？"

"好吃啊。"

"没吃饱？"

"吃饱了。"

"那你为什么……"傅应呈蹙眉，"每天吃饭都跟个挖土机一样？"

季凡灵腹诽：你才挖土机，你全家都是挖土机。

"我天生吃饭就快。"季凡灵木着脸，"怎么，跟我一起吃饭让你很有压力？"她端起碗，"那我去客厅吃。"

"就在这儿吃。"傅应呈目光不留痕迹地在她的嘴唇上停了一瞬。

顿了顿，他又说："吃慢一点，怕我跟你抢？"

饭是刚从电饭煲里盛出来的，她却好像感觉不到烫。

她平时没什么血色的嘴唇呈现出玫瑰色的殷红，仿佛她说话时呼出的气都是烫的。

"怕？你还能抢得过我？"

季凡灵浑然未觉，重新坐下，勉为其难道："行吧，那我让让你。"

季凡灵吃饭确实快，衬得正常速度的傅应呈格外慢条斯理，她诚心让他好几口，还是在他刚吃到一半的时候就吃完了。

季凡灵一边玩手机，一边等他。

大数据给她推送了一些新闻，其中有琥珀南路出了交通事故造成两死一伤的报道……

季凡灵一时兴起，搜了下自己。

还真让她搜出了东西。

——《女高中生车祸后神秘失踪，30 天生不见人死不见尸》。

——《95 年女生见义勇为后突然消失，警方寻找两月未果》。

——《交通事故后 18 岁女生离奇失踪，酒驾司机称其一无所知》。

…………

单从新闻数量来看，当年她的失踪在北宛市也算掀起了一阵风波。

因意外事件失踪满两年，就可以宣告死亡。

十年过去，虽然她还活着，可惜早就"社死"了。

季凡灵看自己的新闻可比看别人的津津有味。

当时在场的除了失踪的她，就只有喝醉的肇事司机和七岁的小星星，两人的证词都不足为信，雨夜里的监控画面又过于模糊，所以对她失踪的原因，网友众说纷纭。

季凡灵看着看着，突然"扑哧"一声笑出来。

傅应呈抬眼看见女孩眼尾弯弯，语气罕见地带上了几分柔和："什么这么好笑？"

"我在看当年的新闻。"

季凡灵把手机伸到傅应呈面前，细白的手指屈起，点了点屏幕："有人猜我不是失踪，而是被路过的货车挂住，拖到别的地方去了。

"来往的车很多，把我压扁了，碎成一块一块的。

"那天雨很大，这些碎块就被冲进……"

"下水道里？"男人嗓音冷得像冰。

"对，你怎么知道？"

季凡灵放下手机，抬头撞进男人的目光中。

餐桌上悬着的小灯洒下柔和的光芒，那双黑沉沉的眼却落在碎发投下的阴影里。

盯着她的眼睛有些慑人，仿佛一层薄冰下覆着不见底的深潭，半点笑意也没有。

空气凝固了一瞬。

季凡灵眨了下眼："……你怎么不笑？"

压抑的戾气微妙地无法发作，男人凸起的喉结微微动了下。

也只有她能在他面前嬉皮笑脸说着自己的死法。

"不好意思。"女孩以为恶心到傅应呈了，缩了回去，慢吞吞道，"有时我会忘记，不是每个人的胆子都跟我一样大。"

傅应呈沉默了一会儿，敛了情绪，仿佛不在意地开口："还好。"

"比起胡编乱造的假新闻……"男人意味不明地盯了她一眼，"还是挖土机更吓人。"

季凡灵愣住。

或许是因为季凡灵念的新闻，傅应呈没了胃口，草草吃了两口就起身。

季凡灵跟在他后面，收拾了碗碟去厨房洗。

傅应呈给她饭吃，她帮傅应呈刷碗，很合理。

不过每次她刷碗时，傅应呈都会待在厨房，洗洗台面，擦擦砧板，整理厨具，或是鲜榨果汁，分她一杯晚上喝。

虽然他一言不发，看起来很忙的样子，但季凡灵早就看穿了，他不是真的忙，他只是想抽空盯她几眼。

很显然，傅应呈觉得她洗不干净，想监督她。

季凡灵转身去餐厅端剩下的碗碟，为了图省事，她把它们摞在一起，心里盘算着先拿温水泡一下再用洗洁精。

她一边走进厨房，一边想事情，后颈突然感受到一阵风，下意识弯腰就躲。

她一躲，抱着的碗碟就倒了。

她回过神来，本能地去捞。

沾了油的碟子哪是她能捞住的，"噼里啪啦"碎了一地。

季凡灵还想伸手去捡，一只大手横插过来，攥住了她的手腕，几乎是把她整个人从地上拎起来，强硬地拎到身边。

头顶急切落下一句："别捡！"

季凡灵踉跄两步，站稳了，抬头看见男人旁边的碗柜，立刻明白过来。

他只是想伸手打开她头顶的碗柜。

按理说，他根本就碰不到她。

"我撞到你了吗？"傅应呈眉心蹙紧，"手割破了没？"他一边问，一边抓着她的手检查。

女孩的手上沾着水和油，白皙的手指冰凉，局促地蜷着，倒是没有被划破。

傅应呈隐约看到她手腕上的暗红色，眼底深处闪过近乎失控的急躁，一手握着她的手腕，一手把她的袖子快速往上捋。

一条从小臂往上蔓延的瘀青，瘀血深处近乎黑紫，触目惊心。

但也只来得及看了一眼。

女孩触电似的抽回了手，把袖子放了下去："没划到，就是把碗打了，对不起。"

傅应呈语气沉了几分："你的胳膊……"

"骑车摔的，没什么事。"女孩飞快接话道。

又是骑车摔的。

和当年找的理由都一模一样。

眼前这一幕，将傅应呈扯回高一的那个夜晚。

便利店前，女孩坐在太阳伞下的塑料椅上，一手撩着头发，有点别扭地背对着傅应呈。

她纤细的脖颈紧绷，露出一道从后颈到肩胛骨的斜长血痕，血浸透了校服，布料和皮肉粘在一起，看得人触目惊心。

季凡灵不肯去医院，傅应呈只好用棉签和碘酒帮她清理伤口。

伤口处有碎玻璃碴，嵌在肉里，他只能一点点挑出来。

不知道有多疼，每次棉签落下，她好像都在微微发抖。

傅应呈动作轻了又轻，素来冷静到漠然的人此时却急躁得好像被架在火上烤一样。

光线昏暗，少年捏着棉签的指尖泛白，手心都被汗浸湿了。

过了会儿，一直一声不吭的女孩突然出声。

傅应呈神经紧绷，下意识以为自己弄痛了她，抬头，却发现她在看花坛上的野猫打架，还看得津津有味，以至于笑出了声。

季凡灵还激动地伸手拉他："快看，狸花猫一打三，我的天，上墙了，全部上墙了！"

几只野猫互相追咬着飞檐走壁。

她是真无所谓，仿佛完全没感觉到疼，又好像是早就对疼痛习以为常。

女孩笑起来露出尖尖的小虎牙，夜色昏暗，小脸苍白，猝然绽放的笑意有种让人心悸的漂亮。

夜风忽起，将傅应呈满身的汗吹干。

他才意识到，季凡灵没有颤抖，颤抖的是他自己的手。

"我来收拾。"季凡灵说。

"站那儿别动。"傅应呈丢下一句。

他转身去取了扫帚，回来将地上的碎片扫起来，装进塑料袋，又用布袋包好，拿透明胶带裹了几层，草草写了"小心碎瓷"的警示，然后扔进垃圾袋，又回来用拖把将地面拖了一遍，掌心抹了下地砖，确定没有遗漏的碎屑才去细细洗了手。

傅应呈回来的时候，季凡灵还站在原地，有点局促地偷偷瞄了他一眼。

男人立在光影交界处，沉思时周身气质冷冽，低垂着眼，慢慢转着左手上乌金的尾戒。

冷水反复冲洗过的手指干净细长，骨节分明如竹，漆黑的戒面衬得肤色冷白，手背上清晰地凸起青筋的脉络。

看起来……格外凶。

"要不，你算下那些碗多少钱？"女孩捏着手指，低声说，"我之后赚了钱一起赔给你。"

傅应呈转尾戒的动作一顿，漆黑的眸子瞥向她，身上的戾气稍稍散了点。

"赔什么？那碗不是我买的，别人送的，丑得我心慌，吃饭都倒胃口。"傅应呈不咸不淡道，"摔了正好，明天去买新的。"

季凡灵点了点头，准备说出在心里排演了半天的理由："我刚刚……不是躲……"

"还有你这个拖鞋。"傅应呈打断，没给她说话的机会。

季凡灵顺着他的眼神低头去看，看到脚上那双比她后跟长出一大截的男士拖鞋。

"明天也去一起买了。"傅应呈依旧淡淡道，"省得你穿着脚滑，多少碗都不够摔。"

他们能一起买东西的时间，是第二天晚饭后。

转眼又到了傍晚时分，快到傅应呈回家的时间了。

橙紫色交织的晚霞从阳台投入空旷的客厅，在黑白分明的清冷空间里像晕染开的水彩。

做好饭的童姨解下围裙，对着季凡灵笑眯眯地说做好的晚饭温在锅里后就离开了。

季凡灵懒洋洋地瘫在沙发上玩手机。

她抬着手，袖口自然向下滑落了半寸，露出瘀青的痕迹。

季凡灵无所谓地瞥了眼，过了会儿，目光又慢吞吞地挪过去，脑子里浮现出昨晚的场景。

……还好傅应呈误会她脚滑。

以后，她可不能再躲了。

手腕上好像还残留着昨天男人一把握住时，他指腹的温度。

奇怪，他人看起来那么冷，体温却是滚烫灼人的。

周穗的消息就是这时候突然跳出来的。

穗穗平安：凡灵，我知道程嘉礼现在在哪儿。

季凡灵猛地从沙发上坐起身。

穗穗平安：我大学学生会的学弟邱明认识嘉礼，我之前不知道，所以也没想到去问他。

穗穗平安：结果，他今天发的朋友圈的照片里就有程嘉礼。

穗穗平安：要不……你做一下心理准备？

季凡灵心想：我找朋友还要做什么心理准备？难不成他也死了？

关我屁事：别绕弯子，他在哪儿？

周穗发来邱明朋友圈的截图，接着是一连串照片。

九宫格照片，定位在世纪金铭大酒店。

还有配文。

——抢到了嫂子发的大红包，嫂子大气！祝哥嫂长长久久！

照片里有的是接亲的画面，有的是齐刷刷扎着鲜花的车队，有的是漫天飞舞的红包，有的是疯抢红包的人群，正中间是邱明和新郎新娘的合照。

季凡灵僵了一下，放大周穗发来的照片。

程嘉礼难得穿正装，黑色西装笔挺，领口却微敞着，露出锁骨，反而加重了那股不羁的痞气。

他的面孔比十年前更成熟了，狐狸眼倒是一如既往地弯着，懒散地对着镜头笑。

——和从前笑得一模一样。

穗穗平安：凡灵，程嘉礼今天要结婚了。

季凡灵冲出门，一边跑，一边给傅应呈留言，说自己有事出门，不在家吃饭了。

她在路边拦了辆出租车，飞快地钻进车厢，卷着一身寒气，急匆匆道："师傅，去世纪金铭大酒店。"

一路上，她脑子里乱糟糟的，好像一眨眼就到了。

季凡灵顺着人潮进入酒店，酒店门口放着大红引导牌，上面的字很醒目。

——新郎程嘉礼 新娘方静云

今晚只有一场婚礼，在世纪金铭最大的宴会厅，洒着金粉的新鲜玫瑰奢靡地从宴会厅沿着红毯两侧一直摆到了酒店门口。

季凡灵来迟了，婚礼已经开始。

宴会厅外的合影区空荡荡的，和邱明朋友圈照片里的背景一模一样。

签到台后坐着一个年轻男人，正在低头玩手机。

季凡灵要推门进去，男人抬头打断："哎，小姑娘，是参加婚礼的吗？"

"嗯。"

男人打量着她："跟……家长一起来的？签到了吗？"

季凡灵快步走过去，抓起笔，在签到本上草草写了个"季"字，丢了笔转身就要走。

男人又叫住她，往她手里塞了个精致的粉色盒子："嘉宾的伴手礼哦，你拿去吃。"

"不要。"仿佛烫手一样，季凡灵将盒子丢回桌上，语气生硬，还带着几分穷途末路的仓皇，"我不要。"

推开门，好像洞开了另一个世界。

水晶和玫瑰装饰的大厅熠熠生辉，顺着长长的走道，新娘提着裙摆一步步走向台上的新郎。

台上的司仪慷慨激昂地说："让我们将掌声送给最美丽的新娘……"

掌声如雷。

季凡灵站在台下墙边的暗处，身后两个服务员正窃窃私语。

"哎,你知道吗?这新娘比新郎大七岁。"

"你懂什么,那是方家大小姐,有继承权的,订婚、结婚付钱的都是女方,换你你娶不娶?"

"懂了,少走三十年弯路,不愧是吾辈楷模。"

"说什么呢!"有人过来低声呵斥,"小心客人投诉,都给我过去,准备上菜。"

两个服务员应了声散开,此时新娘已经走到了台上,站在新郎身边,司仪温和有力的嗓音从音响中传出。

程嘉礼漫不经心地听着,目光含笑,依旧是游刃有余的懒散。

然后不经意地,视线落在了角落里的季凡灵身上,男人的笑意消失,狐狸眼眯了眯。

季凡灵和程嘉礼隔着人群对视,心头突地一跳。

她下意识往身后暗处退了两步。

台上光芒刺目,在短暂又被拉长的一瞬里,隔着十年的时光,台上的人和那个站在满教室花海里肆意勾唇的少年一寸寸逐渐重合。

残忍至极……

"我慢慢等我们长大。

"等一天可以,等十年都行。"

季凡灵没法呼吸了,回忆像潮水一样把她淹没。

她像一只闯入别人生活中的老鼠,被偷窥到的幸福刺痛了眼睛。

带着十年前稚嫩的喜欢,不请自来,参加他隆重而盛大的婚礼,显得如此不合时宜。

司仪问道:"那么新郎官对我们的新娘有什么想说的呢?"

程嘉礼收回了目光。

他接过话筒,懒洋洋地开口:"首先呢,我要感谢方小姐邀请我参加她的婚礼。"

台下的宾客们都笑了。

满堂笑声中,女孩扣上帽子,遮住了脸,慌不择路地转身往外走,和刚上完菜的服务员迎面撞了个正着。

服务员赶紧低声道歉,季凡灵急匆匆丢下一句"对不起",压低了帽檐,头也不回地跑了,甚至没听到身后那句慌忙的话语。

"哎!这位客人,您的东西掉了……"

婚礼仪式结束,宴会厅灯光大亮,宾客们在丰盛的宴席上推杯换盏,言笑晏晏。

程嘉礼一手插兜，一手端着酒杯，漫不经心地走下台，在酒席间穿梭，四处扫视，似乎在找着什么。

前几天他回国刚下飞机，发现手机上多了几个未接来电，拨回去后发现对方是个不认识的男大学生。

大学生说是一个高中女生借他手机打了电话，至于那个女生是谁，他也不知道。

程嘉礼没把这件事放在心上，估计是找错人了。

然而，今天他站在台上瞥见的那一眼，分明……

旁边的桌子横伸出一只手，抓住了他的胳膊。

"哎，找什么呢？不知道的还以为你丢了老婆。"伴郎戏谑地对他使眼色，"新娘不是在后台换衣服吗？"

"一边儿去。"程嘉礼笑骂，"静云在哪儿还用得着你告诉我？"

周围的人注意到程嘉礼，立刻起身要敬酒。

程嘉礼摆摆手，说："一会儿等静云换完裙子一起来敬酒，我不能偷跑。"

其他人立刻感慨，瞧瞧这对，感情多好，我们这种七年之痒的比不了。

程嘉礼揽住伴郎的肩膀，拉他借一步说话："刚刚你在这边有没有看见一个十六七岁的女孩？"

"嫂子的小侄女？"

"不是静云那边的人……大概这么高，穿着特别大的黑色外套、牛仔裤、运动鞋，戴着帽子，很瘦很白。"

伴郎伸着脖子扫视全场："没看到啊？会不会是酒店的其他客人不小心混了进来？她怎么了？"

——她怎么了？

程嘉礼眯了眯眼。

方才那一瞬间，旋转的彩色射灯扫过台下的暗处，斑斓的光影映亮了女孩的脸。

那样漂亮的灯光下，他却好像看清了女孩细软额发下微红的眼眶，素白的小脸结了冰霜似的，隔着热闹的宴会厅和人群，猝不及防地刺了下他麻木的心脏。

"没怎么，就是长得有几分……"程嘉礼意味深长地停了停，"像我高中同学。"

伴郎原本还在帮他找人，闻言笑着回头给了他一拳："去你的，等会儿我告诉嫂子去。"

两人又聊了几句，程嘉礼状似无意道："对了，我记得为了录入场视频，在入口签到台安了摄像机吧？"

"是啊。"

"全程录像的完整版，别删，晚上发给我看下。"

天色灰蒙蒙的，压得人喘不过气。

晃动的公交车上，女孩面无表情地坐在车窗边的座位上。

街边枯黄的梧桐叶飘零，和记忆中没有太大区别的市景从她眼里如流水一样滑过。

手机一直振动。

穗穗平安：你去见程嘉礼了？

穗穗平安：别做傻事。

穗穗平安：你在世纪金铭吗？我去找你。

季凡灵靠在车窗上，低着眼回了几句。

关我屁事：傻事？我又不是你。

关我屁事：别去，我都走了。

她退出聊天窗，看到傅应呈半小时前发的消息。

c：几点回，说一声，晚上我要反锁门。

关我屁事：还有半个小时。

c：行。

季凡灵坐车到小区门口时，离半个小时还剩一点时间，她心里有股说不出的烦躁，密密麻麻乱成一团，恨不得揪着谁的头发跟人狠狠打一架。

暂时不想上楼，她看见附近有家 24 小时便利店，进去买了包最便宜的烟和打火机。

她其实不抽烟，也没钱买烟，只不过经常能在家里的沙发缝里、垃圾堆边或是厕所里找到季国梁那群赌友喝醉了落下的烟。

季凡灵付了钱，走进小区。

傅应呈住的地方太高档，楼道里都安装了烟雾报警器，她只好蹲在单元门外点烟。

刚点着，风一吹，烟灭了。

再点，再灭。

再点，打火机干脆不出火了。

扑面而来的寒风嘲弄似的扑了她一脸。

季凡灵骂了声，将烟揣在口袋里，上了楼。

她进门时，傅应呈坐在沙发上，长腿屈着，膝上搭着笔记本，闻声抬头瞥了她一眼："吃了什么，要这么久？"

"……炒饭。"季凡灵一边换鞋，一边随口应道。

傅应呈听到她的嗓音，又抬头看了她一眼，蹙了蹙眉："很难吃？说话跟中了毒似的。"

"……还好。"

季凡灵说着就往屋里走，傅应呈又喊住了她，站起身："不是说今天去买碗和拖鞋？"

她顿住了脚步。

哦，还有这事。

是该她去，毕竟是她打碎的碗。

"明天行不行？"女孩默了一会儿，低声道，"我有点……吃撑了。"

傅应呈非要她去，她也会去，只是此刻她实在是哪里都不想去了。

傅应呈仔细注视了一会儿她的表情，淡淡道："行。"不知道在想什么，稍停了两秒，他垂眼补了句，"……又不急。"

晚上，季凡灵早早上了床，蒙头躺着，希望自己能早点入睡。

但是睡不着。

过了多久都睡不着。

越躺浑身越像长满了刺似的，没一处舒服的。

女孩一气之下掀了被子，跳下床。

她轻轻带上卧室门，爬上飘窗，将窗户推开了一条小缝。

冷空气倏地扑面而来，憋闷一晚的烦躁终于破了个口，顺着冷风一泄而出。

女孩撩起眼帘看向窗外。

夜色黯淡，灯火寥寥，熟悉的城市里住满陌生的人，大家工作的工作，结婚的结婚，生子的生子。

原来她是可有可无的，没有她的世界仍然照常运转。

她活下来究竟有什么意义呢？

或许死了会更好一点。

事到如今，季凡灵突然有点后悔。

后悔那天在篮球场上，她怎么就一觉睡过去了，没能看着程嘉礼好好打完那场篮球赛……

傅应呈结束线上会议，推开书房的门，疲倦地按了按太阳穴。

今天是 Medica 展会的最后一天，杜塞尔多夫和北宛有七个小时的时差，他因为私事先行回国，不会让下属将就自己的时间，再说熬夜对他来说也是家常便饭。

次卧的门虚掩着。

傅应呈端着水杯路过时侧眸看了眼。

季凡灵一贯晚上毫不设防，今天倒是知道关门。

傅应呈伸手，想顺手把她的门关紧，指尖却触到门缝里拂过的冷风，仿佛她房间里的温度要格外低些。

傅应呈双眸微沉，轻轻推开一点门，愣住了。

窗外是暗沉的夜，云层后的月光稀薄，巨大的窗前，女孩穿着宽大的睡衣，显得格外单薄。

很淡的一个人。

好像伸手去抓，她就会消散在风里。

只有一点是鲜活的、真实的、刺痛的——低垂的睫毛下，她的眼眶通红，湿润在眼里慢慢弥漫。

过了良久，一滴透明的泪从眼角滑落，留下一道细细的湿痕。

次日早上。

季凡灵睡得昏昏沉沉，起来时脑子也并不清醒。

看见傅应呈，她揉了揉眼："你今天不去公司啊？"

男人的目光在她脸上多停留了一会儿，顿了顿："……今天周日。"

"哦。"季凡灵已经算不清日子了。

傅应呈说："洗漱换衣服，一会儿带你出门。"

季凡灵以为他要去超市买碗，依言跟他出了门。

车在路上开了二十分钟，她才后知后觉好像不是去超市，扭头看向驾驶位："你打算去哪里？"

"先吃饭。"傅应呈神色很淡。

虽然从昨晚到现在什么都没吃，但季凡灵没什么胃口，闻言也只是点了下头，不太感兴趣要去吃什么。

目的地是城东区最繁华的大型商圈，跃通广场。

十年前，这片还没有这么繁华，如今多了几栋商业大楼，将步行街、中庭、老商业城连接在了一起。

季凡灵跟在傅应呈后面，一路上了主营餐饮的五楼。

在让人眼花缭乱的海鲜自助、火锅、韩餐、日料、烤肉中，傅应呈笔直走进了一家面馆。

吃面，也行。

季凡灵面无表情地跟进店里，一股熟悉的香味扑面而来。

她扫了一眼装潢、服务员的围裙、食客桌上的面碗，总感觉哪里不对，后退了两步，退出店门探头去看牌匾。

江家小面。

嗯……

等等。

季凡灵突然清醒了似的睁大眼。

江家小面！

服务员领着傅应呈进店，问他有几人用餐，然后领他去了两人座，递上菜单："您可以先看一下菜单，点餐的时候喊我。"

傅应呈颔首，瞧见女孩还站在门口东张西望，屈指敲了敲桌面："怎么，你想跟我分开坐？"

"我在想要不然坐到橱窗那边去……"季凡灵探头望向后厨，试图找江姨的身影。

江家小面的后厨是开放式的，通过大片玻璃向客人展示烹饪过程，后厨里几位戴着雪白厨师帽的师傅正低头专注地切菜和揉面。

傅应呈单手挽着大衣站起身。

"算了算了，"季凡灵又改了主意，"就坐这儿吧。"

傅应呈凉飕飕地看了她一眼。

季凡灵小声解释道："我可能认识这里的老板，因为我从前经常来这儿吃饭，当时这家店还不在这里，而是在学校的小吃街……你知道吗？"

"你觉得呢？"傅应呈没有正面回答。

季凡灵顿住，看到后厨一个女人转过身来和厨师说了几句话。

女人柳叶眉，鹅蛋脸，看起来明显过得不错，十年过去也不显老，面色红润精神，还稍微添了点肉。

"那个就是江姨。"季凡灵声音更低了。

男人垂眸。

女孩一边看着江姨，一边分心和桌对面的傅应呈说话，身子前倾，两人离得很近。

她的睫毛根根分明，阴影落在素白的脸上，呼吸浅浅的，有种在和他窃窃私语的错觉。

傅应呈敛眸："你准备去后厨见她？"

"哦，那算了。"季凡灵把当年新闻中"见义勇为后牺牲""救下七岁男孩""男孩父母四处寻找恩人无果"之类的话语慢吞吞地在脑子里过了一遍。

想到可能会被江姨一家追着感谢……

那场面怪可怕的。

"看过那种科幻电影吗？身怀异能的主角会被疯狂的科学家抓起来做恐怖的人体实验。"季凡灵拿捏着语气，"所以我还活着这件事，除了跟我关系最好的人，还是不让其他人知道了。"

男人眉尾微微挑了一下。

季凡灵这才意识到，她话里"关系最好的人"把傅应呈也包括进去了。

"除了你，是个意外。"季凡灵慢吞吞地找补，"你是自己发现的，不是我说的。"

傅应呈眼眸黑沉沉地盯着她，半晌才轻扯嘴角，说了句："有些话还不如不说。"

季凡灵拿着菜单，心不在焉地扫了眼。

……其实她更想看小星星，可惜他应该不在店里。

她低头的时候，从门外跑进一个高挑挺拔的少年，湛蓝的运动外套敞开着，熟门熟路地推门径直进了员工通道。

他就从季凡灵身边走过去，擦肩而过时，季凡灵没抬头看他，倒是傅应呈微微瞥了一眼。

过了一会儿，少年从后厨出来了，系着围裙，端着两碗面和小菜，送到远处一桌客人那里，笑着招呼道："有段时间没见了。"

那桌显然也是熟客："柏星又来帮家里干活？"

"嗯，周日嘛，写完作业就来了。"

"高几了？学习不辛苦吗？"

"高二，学习之余做点体力劳动，换换脑子嘛。"少年的嗓音很清澈。

其中一位客人对另一个介绍："这是老板家的儿子，在北宛一中，成绩好着呢，清北苗子。"

季凡灵缓缓僵住，跟地鼠似的快速探头望了一眼，眼睛瞬间瞪圆了。

小星星？

他都这么大了！

季凡灵压低了声音："看到那高二的学生没？我从前认识他的时候，他才到我大腿。"她比画着跟傅应呈示意。

傅应呈："所以他七岁时是个侏儒？"

季凡灵忍不住瞪了他一眼。

但她实在高兴，嘴角还翘着，那一眼也没什么杀伤力。

江柏星又和客人说了两句，见季凡灵这桌正在看菜单，走过来热情问道："请问二位看好要点什么……"

季凡灵沉默着用菜单挡住脸，然后就听到少年的嗓音突然上扬，无比惊喜："……傅先生？"

季凡灵一愣。

只见少年激动得清秀的脸泛红："傅先生，您来吃饭怎么不提前说……我妈知道吗？我去告诉她！"说完就要走。

傅应呈："没必要。"

"哦哦……好。"江柏星一个急转身，热情不减，"傅先生尝尝我们家的招牌全家福面吧，或者秋季限定的蟹黄拌面，也很好吃的。"

傅应呈没回答，看向季凡灵："想好了没？"

女孩慢腾腾地把遮着脸的菜单往下挪了点，露出一双眼睛，视线在他俩间左右游移："你们……怎么认识的？"

江柏星这才注意到男人对面的女孩。

她有些不健康的纤瘦，皮肤白得好像透明，偏长的额发垂在眼前，带着点慵懒之意。

江柏星对傅先生的朋友也施以十二分的尊重，背脊挺直，不卑不亢地说："我初中毕业后家境十分困难，是傅先生资助我读了高中，这家店也是傅先生的，我家只是租借……"

傅应呈抬眸，目光冷冰冰的："逢人就说，怎么不搞个锦旗挂在门口？"言下之意是嫌江柏星话太密。

江柏星立刻打住，讪讪道："总之就是，傅先生帮助了我……"

当时北宛为了评比文明城市，监管部门挨家挨户严查，查出他家经营许可证过期未及时补办，按未经许可无证经营处罚，面馆被迫关停，同时他家租住的房子合同到期，房东要涨租金，翻倍要价。

屋漏偏逢连夜雨，江父还查出了尿毒症，他家一下子背上几十万的债务，举步维艰。

当时的傅应呈可以说是雪中送炭，不仅支付了江父的医疗费、资助江柏星上学，还将跃通广场黄金地段的店面以低廉的价格租给他们，甚至投资了前期的启动资金。

江家感恩戴德，特地准备了礼物，让江柏星去感谢傅先生。

江柏星进了傅应呈的公司，到处问路，在会议室门口等了两个小时才终于等到人。

当时傅应呈也才二十五岁。

年轻的总裁西装革履，身高腿长，带着锋芒毕露的英俊，大步流星地从会议室里走出，周围的人众星捧月地跟着。

江柏星赶紧喊了声："傅先生。"

傅应呈停下向秘书吩咐事项的动作，转头蹙眉："找我？"

江柏星赶紧捧起写着贺卡的花篮："我是您资助的江柏星。"

傅应呈眼底的厌恶一闪而过："谁让你上来的？"

"我跟前台的姐姐说明了情况，她让我上来的。"

江柏星还沉浸在高兴中："我父亲的状况好多了，九月我也要入学一中了，我就是想来感谢您……

"没必要，我不需要你的感谢，"傅应呈冷声打断，转身离开，丢下一句冰冷的话语，"以后少出现在我面前。"

其他人都跟着傅应呈走远，十五岁的少年愣怔在原地，抱着花篮，表情失落。

他能感觉到，傅先生不喜欢他。

甚至可以说，很讨厌他。

但是谁会资助一个很讨厌的人呢？

应该是他想多了吧？

听完江柏星的话，季凡灵点了点头。

没想到傅应呈和江柏星还有这样的渊源。

难怪带她来这里吃饭……

女孩掀起眼帘，打量着江柏星。

他小时候跟个发面包子似的软软一团，眼睛和鼻子挤在一起，现在眉眼长开了，干净蓬勃，有了几分清秀的俊朗。

真好……

心口突然有一种满胀的酸涩感，季凡灵不自在地摸了摸鼻子，开口问道："你现在多高了？"

江柏星："一米八二。"

季凡灵："学习怎么样？"

江柏星不明所以地回答："上次期末考试是班级第一。"

"还可以，保持住。"季凡灵点点头。

江柏星有点发愣。

是错觉吗？

女孩看他的目光怎么掺着点长辈的慈爱？

季凡灵低头看菜单。

从前江家小面的菜单也就七八行，用A4纸塑封后贴在窗口，现在图文并茂满满当当好几页，最贵的蟹黄拌面居然要88元。

出息了。

季凡灵突然注意到菜单底部，愣了一下，问道："素面怎么还……怎么只要三块钱？"

当年素面也是三块，但今非昔比，现在江家小面开在这么好的地段，这么大的店面，还卖三元，肯定亏本吧？

"我妈说了，我们家的素面永不涨价。"江柏星回答。

不知道为什么，季凡灵的鼻尖突然有点酸。

她放下菜单："那我就来一份素……"

"一份全家福、一份蟹黄。"傅应呈将菜单递给江柏星。

"好嘞。"江柏星立刻应道。

季凡灵："不是说好让我点？"

傅应呈："你太慢了。"

"等下，小星星。"女孩又喊道。

清脆的一声喊，像是穿越了时空，带着令人心悸的熟悉感，闪电一样击中少年的耳膜。

江柏星脚步猛地顿住。

"……面里不加花生，如果有的话。"女孩撑着下巴看他。

"好。"江柏星犹疑地回头，"你怎么会知道我的小名？"

我怎么知……

难道不是所有人都这么喊吗？

季凡灵冲傅应呈抬了抬下颌，气定神闲的："我听他说的。"

傅应呈无声地瞥了她一眼，默认了。

他身上自带一种不容置疑的气场，少年没敢再问："哦哦，原来是傅先生说的，难怪……"

语速却越来越慢。

他早就不是小孩了。

他的小名，除了母亲，已经七八年没人喊过了，就算是傅先生也……不该知道。

少年走出几步，又回头看了一眼女孩，瞳孔深处漫开丝丝缕缕的迷茫，好像在费力地搜寻尘封记忆里的那张脸。

后厨。

江柏星将母亲拉到一边，说了傅应呈来店里但不愿声张的事。

江母立刻点头，跟厨师说傅应呈下单的两份面她亲自来做。

江柏星洗了手，过去帮忙，又凑近道："妈，你还记得姐姐长什么样吗？我记得她耳垂上有个小痣。"

能让江柏星喊"姐姐"的，从来就只有一个人。

江母手上的动作一滞："你那时候才多大，能记得什么？又梦到她了？"

"不是梦，我记性好着呢。你记得吗？"江柏星求证。

"不记得这么细。"

江柏星手里剥着蟹黄，又忍不住抬头，隔着橱窗，出神地望向远处座位上的女孩："姐姐每次都说不要花生，是不爱吃吗？"

"她花生过敏。"江母说完奇怪地看了他一眼，"今天你怎么老是提她？难道是她给你托了梦？等我晚上打烊，一起给她烧点纸吧……"

"好。"

江母用手背抹了下额头，一边用力揉面，一边自言自语："从前她总是点素面，都没在我这儿吃过好的。那天那碗面，她一口没吃就走了……"

被愧疚浸透的嗓音，低到让人无法听清。

"……她在那头，一定要吃得饱饱的才行。"

"嗝……"

季凡灵把最后一勺黄澄澄的蟹黄塞进嘴里，忍不住打了个饱嗝。

江母亲手做的面，配菜跟不要钱似的堆成小山，一碗面现剥了三只肥美的母蟹。

季凡灵一贯只求吃饱不求吃好的粗糙胃，哪装过这种好东西，鲜得她脑袋发晕。

"吃饱就别吃了。"傅应呈的眼睫毛动了动，看着她五分钟就扫荡一空的碗，"我平时是没给你吃饭？"

季凡灵缓慢地擦了擦嘴："没关系，吃得慢不丢人，我可以等你。"

等傅应呈吃完，江柏星又来送他，不肯收钱。

傅应呈无意在小事上客套，披上大衣，起身准备离开。

江柏星赶紧追上："傅先生用餐体验如何？有什么改进意见吗？"

傅应呈："没有。"

"这是我们餐厅的会员卡，带卡用餐可以打折，还能积累积分。"江柏星将会员卡递给季凡灵。

季凡灵惦记着三块钱的素面，顺手接过放在口袋里。

"对了，你之前说不加花生，是因为觉得和面条不搭吗？"江柏星不留痕迹地追问。

"没那回事。"季凡灵随手把晃动的碎发别到耳后，露出了耳垂上的小痣，"是我花生过敏。"

闻言，江柏星脑子里克制不住冒出一个念头，又被自己的理智否定，一时间愣在了原地。

季凡灵奇怪地瞥了他一眼，觉得这孩子有点呆呆的，然后就听到傅应呈淡声催促："不走？"

男人立在店门前，侧头看过来，季凡灵快步跟上："现在去哪儿？"

"买盘子。"

跃通广场地下一层就是一家大型生活超市。

走进超市后，傅应呈推了辆购物车，跟在季凡灵后面。

但女孩双手揣兜，光看不买，跟大爷遛弯似的，过了一会儿，被傅应呈"革职"，变成推车的那个，跟在他后面。

男人买东西干脆利落，很少犹豫，仿佛已经事先在心里列好了购物清单，此时只是一项项画掉。

令人意外的是，"清单"里居然还有不少零食，例如冻干水果麦片、大罐坚果和巧克力。

季凡灵推车也蛮高兴，倒不如说昨晚那点阴郁的心情，早在看到江柏星的那一刻便烟消云散。

傅应呈随手拿了包核桃丢进车里，瞥见女孩嘴角弯弯的，揶揄道："面条就这么好吃？"

"不是面的原因，"季凡灵矜持地抬了抬下巴，"而是我突然发现自己格外明智。"

"因为救了他？"

季凡灵惊讶原来傅应呈知道，不过转念一想，当时她死了，班上同学肯定八卦来八卦去，小道消息满天飞，他想不知道都难。

"算不上救吧。"季凡灵比画着，"就……推了他一下。"

"你想，我没死，小星星也活了，岂不是空手套白狼？"

日光灯下，女孩眼睛亮亮的："还得是我。"

傅应呈无声望着季凡灵翘起的嘴角。

女孩一番话说得轻描淡写，满不在乎，好像真做了一笔血赚不赔的买卖，所以心满意足，完全忘记了她缺失的十年和如今的一无所有，仿佛她遭受的一切只是一件微不足道的小事。

男人眉眼微沉，眼里的情绪深得好像能将人一下吸进去。

这几天日日夜夜积累的情绪，好像突然间攀升到了难以自控的地步。

傅应呈鬼使神差地伸手，想触碰一下季凡灵此时真切又鲜活的脸。

看见男人靠近的手，女孩无意识地往后躲了躲。

此时，傅应呈的手机突然响起。

像是猝然被惊醒，他的指尖在距离季凡灵很近的地方停住了。

傅应呈的喉结滚了一下，收回手，垂下的手指攥紧，指尖因为过于用力而微微泛白，深深陷进掌心里。

季凡灵的眼睫毛动了动："怎么了？"

"面吃到脸上了。"

说完，傅应呈顿了顿，掏出手机，转身走远，没有再看她。

"……真的吗？"

季凡灵摸了摸嘴角，赶紧拽起袖子擦脸。

另一边，傅应呈接通电话。

"傅先生，我上午给你发的消息有没有看见？是工作还没结束？有时间见面吗？"

心理医生杨铭哲的嗓音真诚关切，却像一盆刺骨的冷水把傅应呈从梦里硬生生泼醒。

傅应呈闭了闭眼，嗓音微哑："我在公司，这几天事多，过两天吧。"

杨铭哲马上接话："你两天前就是这么说的。"

傅应呈沉默，目光无声地越过货架看向远处。

货架的另一边，女孩正推着车排队领试吃面包。

排到她的时候，她指了指傅应呈的方向，多要了一份面包，接过来后一直攥在手里。

傅应呈垂下眼，说不出心里是什么感觉。

好像没入泥沼的人，平静地、清醒地、无动于衷地看着自己一点点沉沦。

"我知道九州去年上市，今年处在开拓欧洲市场的关键期，"杨铭哲劝道，"但你也清楚，记忆混淆是很严重的症状，情况并不乐观，我没必要同你说那些虚话，今晚我去见你行吗？"

"不行，晚上我有项目会议……"

傅应呈刚开口，身旁的促销喇叭猝不及防地响起。

"好消息好消息！来自智利的JJJ级车厘子新鲜到货！一盒49块9！49块9！三盒立减20！"

"……你那边是什么声音？"

杨铭哲温文尔雅的嗓子都劈开了，跟听到自称加班的丈夫那边传来小情人的声音的糟糠之妻一样，发出震耳欲聋的质问。

"你不是说在公司吗？你在逛超市吗？傅先生！"

傅应呈走开了两步，冷淡道："有其他电话打进来，挂了，下周再联系。"

"不要再等下周了，傅先生！傅先生！我们约定好彼此之间坦诚相……喂，喂喂！"

杨铭哲看着被挂断的电话界面，痛心疾首："真要命……"

傅应呈还能愿意逛超市，倒是比他想象中的状况好。

毕竟在傅应呈最压抑的那几年里，生命仿佛只剩下工作，好像一台没有情感的机器，全靠助理盯着才勉强维持生活。

但他现在的自欺欺人又何尝不是一种饮鸩止渴？

等他心里那根弦绷断的那一刻……

他该不会对那个假的"季小姐"做出不好的事情吧？

另一边的超市里，季凡灵见傅应呈电话打完了，推着购物车过去，把试吃的面包递给他。

男人好像只是接了个普通的工作电话，神情没有异样，只是让她挑双棉拖鞋，然后走向餐具区。

虽然季凡灵只打碎了几个碗碟，但傅应呈还是买了两套完整餐具。

季凡灵也挺赞同，他家餐具本来就少，但凡多来两个客人就完全不够用，是该多买点。

傅应呈还有别的日用品要买，季凡灵没有一直跟着他，自己晃悠了两圈，然后慢悠悠地去和他会合。

男人长身鹤立，一身矜贵的黑色大衣，远远看去，在人群中格外惹眼。

季凡灵走近了，看到傅应呈正低垂着眼挑洗发水——还是樱花、小雏菊和草莓香味的。

季凡灵不自在地移开目光："没必要买新的吧？"

"怎么没必要？"傅应呈直起身，深黑的眸子瞥了她一眼，"我这个人，不喜欢和别人共用剃须泡。"

他好像说完才反应过来似的，闲闲地补了句："哦，说错了，是洗发水。"

季凡灵脸色铁青，从他手里抢过洗发水丢进购物车，咬牙切齿："买，买大瓶的！"

结账的时候，季凡灵赶在傅应呈前面，把包括洗发水和拖鞋在内的几样东西挑了出来："我自己付吧。"

她既然找周穗借了五百块钱，就没必要再花傅应呈的钱了。

看到她的举动，傅应呈眉尾微微挑了一下，眼神说不出是意外还是奇怪："随你。"

出了超市，季凡灵想去卫生间，傅应呈拎着东西在卫生间外等她。

他等的位置在一家毛绒玩具店门口。

其中一名店员无意中看见店外男人低头时的侧脸，惊艳得睁大了眼，激动地去晃另一个店员的肩膀。

两人你推我搡了一番后，其中一个迈着小碎步上前，语气殷勤道："帅哥，在等女朋友吗？不如考虑给她买个惊喜？"

傅应呈没什么兴趣地准备拒绝。

店员捧着一只巴掌大标价一百八的垂耳兔，语速很快地介绍："这种安抚兔很受女孩子欢迎的哦，婴儿级面料柔软亲肤，难过的时候抱着它，心情就会变好。"

不知道是被哪句话打动，男人把拒绝的话又咽了回去，抬眼，问道："有用吗？"

"当然有用了，"另一名店员忍不住过来帮腔，"这都是有科学研究证明的，毛绒玩具能缓解孤独，促进人体分泌多巴胺和爱情荷尔蒙……"

傅应呈似听非听地垂着眼。

昨晚无意间撞见的那一幕，仍然历历在目。

夜里的薄雾如轻纱般，女孩落寞的神情，单薄的脊背，低垂的睫毛，眼尾的泪。

那轻轻的一滴泪，却好像滚烫地砸进人心底，蔓延出沉闷的窒痛，让人无法呼吸。

死而复生以来，她没有表露出多少恐慌和无措，快速接受了十年后的现状，仿佛完全不放在心上。

只那一瞬，让人窥见她这个年纪遭遇如此巨变后本该有的脆弱。

可是很多话轮不到他来说，很多事也轮不到他来做。

十年前和十年后都一样。

他们终归根本就不熟。

"包起来吧。"男人开口，又用眼神制止了服务员的动作，示意高处的展示柜，"……要那只最大的。"

季凡灵上完厕所出来，隔着来往的人群，看见气质冷漠的男人面无表情地站着，在路人的注目礼中，单手拎着只一人高的兔子。

季凡灵瞳孔微微缩了下，诧异道："你买的？"

"不然是我偷的？"傅应呈脸颊绷得很紧，生硬地抬手把兔子递给了她，"拿着。"

兔子跟座山似的压下来，季凡灵瞬间被罩住，脑子乱哄哄的。

傅应呈给她买了只兔子？

为什么？

吃饭、住宿、洗澡，这些她都能理解，手机或许他放着也没用，可毛绒玩具既不能吃又不能用的……没必要吧？

季凡灵吃力地抱着兔子，迟钝地动着脑筋。

他该不会是在关心自己吧？

难道特意带她来吃面，也是为了让她和江柏星见面？

傅应呈对她是不是太好了点？

回去的路上，那只兔子扣着安全带，横着挤在车后座上，就像在房间里放了一头大象。

季凡灵想问傅应呈为什么买兔子……又问不出口。

傅应呈不提，季凡灵也装作看不见，只看着车前方悬着的平安符，一晃一晃的。

余光里，男人单手握着方向盘，细长的手指微微屈起，黑色皮料衬得肤色冷白，凸显出凛冽的骨骼感。

路口，碰上九十秒的长红灯。

他像在思忖似的，那只握着方向盘的手慢条斯理地轻敲了两下。

季凡灵收回思绪，下意识看向傅应呈。

"突然想起来，"傅应呈开口，"你早上在家闻到烟味了吗？"

季凡灵沉默了一会儿："没有，有吗？你不喜欢烟味？"

"算不上喜欢。"

"我不会在家里抽的。"季凡灵立刻道。

傅应呈问："抽的什么烟？"

季凡灵伸手进口袋，摸出烟盒，抽出一支叼在嘴里："你肯定没抽过。"

不是因为太好，而是因为太差。

十块钱一包的虹江，季国梁的钟爱。他喝醉了就记不清数，季凡灵拿走他两支烟，他也不会发现，不过她没拿却被揪着头发逼她承认拿了的情况也时有发生。

傅应呈伸手，季凡灵以为他想看，把烟盒递进他掌心。

谁知傅应呈二话不说，直接收走，丢进了门边的储物盒里。

季凡灵立刻不乐意了："喂。"

那可是她用周穗借的钱自己买的。

"对身体不好。"傅应呈漫不经心道。

"有打火机吗？"季凡灵左右环顾。

"见过肺癌患者吗？开胸腔切除肺叶肺段，甚至全肺切除，半数人是从未成年就开始吸烟。"傅应呈掀起眼睫毛，"你也想？"

"我不一样。"季凡灵叹了口气，左手伸到他眼皮底下，慢吞吞道，"看见了吗？"

女孩的手生得很白，十指尖尖，腕骨纤细，带着点总是焐不热的冷意。

傅应呈："看见什么？"

"我的生命线。"

季凡灵示意他看自己的掌心，意味深长地顿了顿："很——长——"

傅应呈眼里闪过一丝嘲讽，有一瞬间想反驳，却又说不出口。

心脏深处漫出丝丝缕缕被拉扯的钝痛。

男人眼瞳漆黑，面上依旧古井无波，很冷漠的样子。

短暂的僵持。

季凡灵"啧"了声，垂下眼睛，恹恹地把还没点燃的烟上交给他，准备推门下车。

……她以为傅应呈会把烟丢掉。

谁知，男人没什么表情地接过，然后沉默地送到唇边。

季凡灵心跳突然漏了一拍，愣住，扭头看他。

男人倾身从副驾前的储物箱里拿出打火机，"啪嗒"一声，点燃了。

他靠在椅背上，姿态松弛，侧脸清冷，没有看她，只愣愣地望着窗外。

他的薄唇咬着烟，烟头的一点火光亮了又灭。

纯白的雾气从唇间逸出，带着淡淡的木质香味，在昏暗狭小的车厢里弥漫。

雾气渐浓渐深，笼住傅应呈轮廓深邃的眉眼。

第三章

"—— 毕竟，谁会等一个死人十年。"

傅应呈抽烟用不了多长时间，地下车库静谧昏暗，季凡灵面不改色地坐在副驾上，一边刷手机，一边等着。

手指滑得飞快，却有些心不在焉。

……傅应呈怎么抽她咬过的烟？

这时，手机上收到假证贩子的消息，拉回了她的思绪。

AA资格证毕业证营业执照：你的身份证和学生证办好了，随时来取。

关我屁事：过会儿来。

季凡灵先跟傅应呈一起，把买的东西和兔子玩偶拎上楼，然后说了声要出门找工作。

傅应呈倒也从来没不让她出门，只问她回不回来吃晚饭。

他问得很随意，季凡灵却愣了下。

她记不清上次有人这么问她是什么时候了。

或许是小学一二年级吧？

那时江婉还没查出胃癌，在培训机构里做古典舞老师，总是穿漂亮的白色长裙。

有时她刚下班回家，就看到女儿风风火火跑出来，嚷嚷着"妈，我要去同学家玩"，她就会笑着问"那晚上回来吃饭吗"……

"……回来。"季凡灵握着门把手，轻声说。

假证贩子做的证件像模像样，季凡灵很满意，觉得完全能以假乱真。

她结清了钱，还用假证贩子的电脑打印了几份简历，把方圆几公里内贴了招聘启事的便利店、饭馆、书店、快餐店、奶茶店，通通投递了一遍。

当务之急是要找份工作。

至于回去继续读高三……

笑话，根本不考虑。

先不说学费、伙食费、住宿费从哪儿来，上学？她这辈子都不可能主动上学的。

原本她寄希望于程嘉礼能收留她住一阵子，现在看来也不合适。她去找程嘉礼要钱，以什么身份呢？死而复生的前好友吗？

她宁可欠傅应呈的。

程嘉礼当她死了，她索性也当他死了。

这样一想，心里还挺轻松。

季凡灵回家时，天都黑透了。

童姨昨天做的红烧牛腩土豆和竹荪鸡汤都在冰箱里，季凡灵和傅应呈在家简单吃了一顿。

因为工作的事有了进展，季凡灵心情颇好，忍不住跟傅应呈多说了两句。

"我应该很快就可以找到工作了，惠安路的 711 便利店和永乐超市看起来都急着招人。"

"是吗？"

"光明天早上，我就有两场面试。"

还得是 A 大学生证的功劳。

"加油。"

"看来钱也不是那么难赚。"季凡灵翘着嘴角，"你放心，我很快就能把你……"这段时间帮我的住宿费和伙食费还了。

可她话说到一半就刹住了。

季国梁常年被追债，让她耳濡目染总结出了很多经验。

譬如，不要定具体的还钱时间。

譬如，债主没提钱，你就别主动提钱。

譬如，除非迫不得已，绝不承诺自己会还钱。

季凡灵把钱的事咽了回去，紧急改口："……给包养了。"

我很快就能把你给包养了。

空气瞬间安静。

傅应呈的筷子停在了空中，长睫掀起，双眸深邃幽暗，神情难以言喻地看着季凡灵。

然后，他很轻慢地挑了下眉尾。

季凡灵硬着头皮和他对视，慢吞吞道："不过呢，我不喜欢强人所难。你要是不情愿，就算了。"

说完，季凡灵埋头一通狂吃，像仓鼠一样把两颊塞满食物，用实际行动表示她已经聊完了，希望两人可以闭嘴吃饭。

或许是她的行为奏效了，半天都没听到回音。

就在她松了口气，以为这事过去了的时候，头顶传来很轻的、气音似的一声笑。

像羽毛落在耳膜上，酥酥麻麻地刮了下。

"看不出你是这么打算的。"

季凡灵抬头，看到男人向后靠在椅背上，嘴角压得很平，语气冷淡又傲慢，一双黑眸似笑非笑地盯着她。

"……志向还挺远大。"

晚饭后，傅应呈把新买的餐具全部清洗了一遍，虽然家里定期会有清洁阿姨上门打扫，但他不能忍受把脏东西留过夜。

洗完，他继续处理白天没做完的工作。

傅应呈对杨铭哲说自己工作繁忙绝非虚言。

九州的产品在国外受到了广泛认可，一场 Medica 国际医疗设备展让九州的预约订单排到了两年后。

但另一方面，他们的生产工厂都在国内，大型设备不方便整件运输，需要将零部件单独包装海运后再就地装配。

有意向和九州医疗合作的供应链上游厂商发来的邀请信像雪片一样挤满了邮箱，傅应呈正在把想要了解的合作商整理出来，发给国际业务总监进一步调查筛选，微信里跳出苏凌青的消息。

07：季凡灵的身份证和户口本办妥了。

07：我下午刚落地就赶着去取，你就说感动不感动吧？

c：谢了。

07：既然在线，为什么不给我的朋友圈点赞？

c：你几岁？

看在苏凌青确实帮了忙的分上，傅应呈还是放下工作，点进朋友圈，给苏凌青在国王大道和莱茵河畔搂着德国美女的游客照点赞。

平时傅应呈没有浏览朋友圈的习惯，点赞完准备退出，无意中瞥见一条老同学的朋友圈。

那条朋友圈转发的是婚礼纪念册的链接，点进去是精心制作的动图集锦，在鲜花簇拥中如画卷一样展开。

在朋友圈转发这条婚礼纪念的人都能参加抽奖，还真是高调的示爱。

——程嘉礼和方静云的婚礼。

看到这行字，傅应呈脸色一沉，眼前不受控制地闪过昨天季凡灵反常的一幕幕。

突然说要出去吃饭，回来时心不在焉，情绪低落，眼眶泛红……

他早上临时推迟了和合作商的见面，带她去见江柏星，期盼她能看到他为她做这些的意义。

原本他根本不打算见江柏星，也不打算带季凡灵去见江柏星，因为受不了江柏星一年年长到女孩的岁数，在人前生龙活虎的样子。

江柏星越是健康地活着，就越是容易让人想到有人替他去死了。

傅应呈资助他，也无非是觉得季凡灵拿命换的人不能过得不好。

仅此而已。

结果，季凡灵一整晚的情绪，不为自己，全是为了别人？

傅应呈把转发婚礼纪念册的同学随手删除，眼里又添了几分阴沉。

程嘉礼到底有什么好的？

季凡灵吃完饭在沙发上玩了一会儿手机，脑子里忍不住闪现刚刚的对话。

——"你放心，我很快就能把你给包养了。"

——"志向还挺远大。"

确实远大。

吃他的、住他的、用他的，直接就幻想一步登天翻身农奴当地主。

季凡灵心不在焉地看着手机，脸实在烧得慌，搓了搓脸，自暴自弃地起身，准备去洗个澡。

她在去卫生间的路上，被傅应呈叫住。

季凡灵转身，发现傅应呈破天荒不在工作，而是站在书房门口。

身高腿长的男人双手抱臂，倚着门框，穿了件质感柔软的黑色毛衣，却衬得棱角越发清冷硬朗，好看的手臂肌肉线条绷紧。

男人的双眼天生凉薄，眼尾狭长，居高临下地看人时，有种冷淡又锋利的感觉。

不知道为什么，好像还有点……微妙的危险。

季凡灵像是炸毛的小动物，对外界攻击本能地警惕，硬邦邦地问道："怎么了？"

傅应呈问："兔子玩偶呢？"

季凡灵有些迟疑："我拿去卧室了啊。"

"你的卧室？"

"那不然呢？"

"我是让你拿着没错，"傅应呈盯着她，嗓音微沉，"但好像……没说要送你吧？"

季凡灵惊呆了。

从天而降好大一口自作多情的锅。

女孩垮着小脸，干巴巴道："你当时那个意思、那个表情，分明就是……"

"你说我什么表情？"傅应呈平静地看着她。

季凡灵深吸了一口气，有些难以置信，一字一顿问道："所以你给自己买了只毛绒兔子？"

"怎么？不可以？"

可以，很可以。

你花钱给自己买东西，我还能说不可以？

季凡灵拳头捏紧，冷冷道："我是把兔子玩偶放去卧室了，但也没说把它当作自己的吧？"

"那最好。"傅应呈瞥了她一眼，"送我床上去。"

女孩二话不说转身进屋，抱起兔子玩偶，一路高高举着给他送去了卧室，丢在他床上。

可恨，她居然有那么一瞬间思考傅应呈为什么对她这么好，甚至还觉得他好相处……

好好好，好个锤子！

此人至多一分心善、两分洁癖、三分傲慢，剩下的九十四分全是欠揍。

该不会就因为她说要包养他，触犯了他的尊严，让他非常不爽吧？

女孩气归气，还是绕着床跑来跑去地把兔子玩偶摆好，一抬头，才突然意识到自己就这么进了傅应呈的卧室。

季凡灵在傅应呈家住了一周了，但除了待在次卧，就是待在客厅。

就算傅应呈不在家，她也不会到处乱走乱翻，甚至不会往其他的房间多看一眼。

他的卧室倒也没什么特别的，深色的窗帘干净整肃，沉郁又冷淡的色调，空气中有种很淡的乌木沉香，和他身上的味道相近。兔子玩偶放在他床上的违和程度，就好似一米九禁欲系男模穿洛丽塔走秀。

季凡灵没多看，转身离开，奈何视力太好，还是注意到墙纸上有个不起眼的小洞，露出了后面白色的墙壁。

小洞在床头柜上方，形状不太规则，半个指甲盖大小。

那里像是长久地粘过什么东西，又被人匆忙间扯掉，留下很多痕迹。

翌日，季凡灵为了准备面试，不到七点就起来了。

傅应呈却比她起得更早，家里依旧只有她一个人。

女孩耷拉着眼皮，走进客厅，意外地睁大了眼。

——那只巨大的兔子玩偶赫然坐在客厅的沙发上。

季凡灵走过去摸了摸兔头，低声问："怎么，他又不要你了？"

兔子玩偶乖乖看着她。

季凡灵"呵"了一声。

傅应呈，好一个阴晴不定、水性杨花、朝三暮四的男人。

711便利店通知季凡灵八点面试，她到了地方，才发现店外排满了应聘者，也不知道从哪儿冒出来这么多人。

季凡灵硬生生地在冷风里站了四个小时，临近正午才轮到她。

好在面试问题简单，季凡灵对答如流。

后来，店长看着她的A大学生证，随口问了句："德语专业的啊？"

季凡灵点点头："……嗯。"

她是让贩子随便给她挑个专业来着。

店长饶有兴致道："那你能不能用德语做个自我介绍？"

女孩气定神闲地开口："阿波波图瓦西季凡灵妈惹法克吐露吐露皮……"

"挺流利的，"店长面露困惑，"就是听起来不太像德语啊？"

女孩面无表情："你会说德语吗？"

店长："不会，但是……"

季凡灵语气笃定："我说的就是德语。"

店长"哦"了声，欲言又止，半晌又抬头问："德语的'你好'怎么说？"

季凡灵回得掷地有声："嚯啦吱哇。"

店长沉吟："如果'你好'是嚯啦吱哇……那'Hallo'是什么意思？"

"意思是……"

顿了顿，季凡灵伸手："简历还我，我自己走。"

第二场面试在下午一点，永乐超市试吃促销员。

季凡灵一边赶路，一边狂背翻译器里的德语自我介绍，还要抽时间隔空咒骂假证贩子，为什么不给她挑个好糊弄的专业，比如母猪的产后护理。

面试过程很顺利，面试官也没突发恶趣味让她说两句德语听听。

送她出来的人事微笑道："面试分数出来以后我们会进行资格审查，大约一周之内短信通知你面试结果。"

季凡灵礼貌地询问："什么是资格审查？"

"哦，那个很容易的，"人事笑眯眯道，"就是去学信网查查你的学历有没有造假。"

季·假货·灵脸上的笑容消失了，平静地伸手："简历还我。"

出超市时，冷风扑面，季凡灵心里也凉飕飕的，觉得今天八成不宜面试。
她慢吞吞地往傅应呈家走，习惯性地揣着手，想摸一摸手腕上的珠串……
没摸到。

她的珠串呢？

季凡灵脑子里"嗡"的一声，不信邪地捋起袖口，手腕上空空如也。

珠串应该不值钱，否则早被季国梁抢走卖了。

……但那是妈妈给她留下的唯一东西。

季凡灵转头跑回永乐超市，没找到珠串，又跑回上午面试的便利店寻找，仍然一无所获。

她不死心地回到傅应呈家，翻了沙发角落，回卧室找了个遍，又去搜卫生间。

她在傅应呈家常待的就这么几个地方，傅应呈有洁癖，家里高度整洁，连能藏东西的杂物堆都没有，而她又习惯把自己的个人物品装在袋子里挂在门后，不应该丢的啊。

女孩坐在沙发上闷头回想。

顺着她去过的地方，再往前推……就是江家小面了。

季凡灵从口袋里找出江家小面的会员卡，按照背面的联系方式打了过去。

电话很快接通，传来清朗的少年音。

"您好，江家小面，有什么可以帮您？"

"……小星星？"季凡灵蹙眉，"你怎么不上学？"

电话另一边的江柏星怔住，旋即猛地站起来："你！你是那个客人……跟傅先生一起的女士……姐……呃，学妹？"

一秒改口八百次。

季凡灵："妹什么妹，没大没小。"

"……姐姐。"江柏星老实地喊，"今天校庆日，我上午演讲完就请假回家了。"

季凡灵看了眼手机日历，确实是北宛一中校庆。

学生们都眼巴巴盼着这天，因为可以不上课，想打球的打球，想参加社团活动的参加社团活动，那时的傅应呈永远在自习，而她永远在睡觉。

季凡灵"嗯"了声："那天我去吃饭，有没有落下什么东西？比如一条黑色的木头手串。"

"没有，我检查过。"江柏星很快答道，"而且我记得那天你没有戴手串。"

"我没戴吗？"季凡灵眉心紧锁。

"我记性很好的。"江柏星语速很快，"那天你穿黑色带兜帽外套、深色牛仔裤、白色运动鞋，外套里是一中校服，我看见校服领子了，不是学妹的话……

你也是高二的吗？还是高三的？"

"可以了，福尔摩星。"季凡灵打断他。

她秋冬天都会把校服穿在里面，跟校规没关系，纯粹是因为没什么能穿的衣服，只能拿校服凑数。

"你的手串丢了吗？什么时候丢的？我帮你找。"

"跟你无关，挂了。"

"等下，别挂……等等！"

少年在电话那头急得面红耳赤，嗓音都喊劈了，季凡灵也没真挂电话。

听筒里安静了两秒。

"……姐姐，"江柏星低低地喊了声，嗓音莫名有点闷，"你什么时候再来我家吃饭？"

季凡灵顿了顿："再说吧。"

"你答应了会来是吗？"

江柏星等不到她的准话，只好又问："我可以问你的名字吗？"

"我的名字啊？"季凡灵拖着尾音，慢悠悠地眨了下眼，"小明的爷爷活到了一百零三岁，但是小明十七岁就死了，你知道为什么吗？"

江柏星："为什么？"

季凡灵轻笑了声："……因为他问得太多。"

然后就挂了电话。

另一边的江柏星呆呆地看着听筒。

半晌，他痛苦地慢慢低下头，"咚"的一声，额头磕在桌上，然后连续又撞了好几下。

姐姐她……真的让人抓心挠肝。

季凡灵挂了电话，上扬的嘴角又一点点慢慢压平。

既然江柏星如此肯定，那么她去江家小面的时候珠串已经丢了。

她差不多已经猜到珠串掉在哪里了。

当时在程嘉礼的婚礼上，她急匆匆地离开，撞到了服务员，珠串应该就是那个时候掉在了地上。

季凡灵从网上找到世纪金铭酒店的联系方式，打电话过去，对方很有礼貌地表示，假如服务员捡到了失物，会立刻交给订酒席的负责人，请她直接联系新郎新娘。

季凡灵没有办法，只好又一次拨通了程嘉礼的电话。

她活过来那天无论如何都打不通的电话，这次却顺利接通了。

对面嗓音懒洋洋的："喂？"

有什么东西突然堵在了喉咙里，让季凡灵不知道怎么开口。

"不说话，让我猜？"男人笑了。

季凡灵清了清嗓子："我在你的婚礼上丢了一条珠串，在你那儿吗？"

程嘉礼的笑意凝住，慢慢坐直了身体："似乎是有这么个东西，不过你是哪位？"

季凡灵听到珠串在他那里，悬着的心就放下了："珠串的主人。"

"然后？"

"屈尊纡贵地参加了你的婚礼。"

"这么神秘，连名字都不说？"程嘉礼又笑了声，"那我怎么知道你是不是个小骗子？"

季凡灵沉默了一会儿："程嘉礼，那是我的东西，还给我。"

连名带姓的一声喊，安静又清晰。

程嘉礼眯了眯眼。

男人面前的电脑显示屏上，正是婚礼时签到台的录像，截取了大概一分钟的片段，正在反复播放。

画面里，穿着宽大外套的女孩仓皇赶来，又被人叫住："哎，小姑娘，是参加婚礼的吗？"

"嗯。"

"跟……家长一起来的？签到了吗？"

她走近了，抓起笔，低头，龙飞凤舞地写了个"季"字。

她帽檐压得很低，只能看到小小的下巴，嘴唇倔强地抿紧，只有抬头时惊鸿一瞥……

模糊的一瞬间。

格外像他记忆里的小姑娘。

勾得人心痒。

他恨不得将手伸进屏幕，撩开她的头发，看清她的模样。

程嘉礼思索了一会儿："可以是可以，不过我今天没空，明天晚上六点半，复兴路有家新开的川腾府，你上三楼找我。"

季凡灵不疑有他，立刻答应："好。"

晚上，傅应呈和平时同一时间到家。

他一进门，季凡灵就从沙发上坐起来，收了手机，起身去洗手。

她刚洗完手，准备去厨房盛饭，就听到了敲门声。

傅应呈从里屋出来去开门。

除了送外卖的，这还是第一次有人来傅应呈家，季凡灵忍不住探头看去。

开了门，傅应呈疑惑道："你来怎么不提前说一声？"

门外的男人高挑修长，穿着一身很有艺术感的豆绿色拼花外套，嗓音风流含笑："不是说东西很重要，想尽快给你送来嘛。"

"你今天不是忘带了？"

"回去拿了呀，顺带把年度销售报表给你带来了。"

"不是让你明天给我？"

"来都来了……在门口说话怪冷的，先让我进去。"来人毫不掩饰自己另有所图，侧着身从门框边硬挤进来。

季凡灵见傅应呈冷着脸，有点拿不准，自己该上去打招呼，还是该回卧室躲着呢？

谁知来人一见到她，一双激滟的桃花眼就弯了起来，笑吟吟地喊道："哟，季凡灵。"

季凡灵一愣："……你是谁？"

"苏凌青，傅应呈的朋友。"

苏凌青刚回国，就从同事那里听到了二手八卦——傅应呈从德国回来后，天天晚上六点准时离开办公室，雷打不动。

这放在别人身上很正常，但放在常年加班到夜里十一点，节假日都不休息的"人间卷王"傅应呈身上，就显得异常恐怖。

公司表面风平浪静，私下却流言四起，有猜傅总家里人生病了的，有猜傅总身患绝症快死了的，但就是没人猜他恋爱了。

毕竟傅应呈一直单身，想高攀他的人不少，攀上的却一个也没有。

说他禁欲其实并不准确，毕竟人得先有欲才能禁欲，与其说他克制，倒不如说他压根就没兴起过波澜，仿佛他的心是石头做的。

但苏凌青套了司机陈师傅的话。

据说傅应呈回国那天，一反常态地往家里载了个湿漉漉的陌生女孩，而且让她过夜了。

这比铁树开花还稀奇，因为这是死树开花。

苏凌青确信，此人必是自己受傅应呈委托办理的身份证上的季凡灵。

果不其然……

苏凌青几步迈到女孩面前，把证件递过去："傅应呈托我给你办了身份证和户口，你看看成不成？"

季凡灵愣了下，接过证件："谢谢。"

"谢什么，不麻烦。"

苏凌青不动声色地打量她，心里有些失望，桃花眼依然笑眯眯的："前阵子就想见你，可惜我在德国出差，今天可算是见到了。"

他想和季凡灵握手，季凡灵犹豫了下才抬手。

苏凌青刚碰到女孩冰凉的指尖，身后就传来冷厉的声音。

"你洗手了吗，就碰她？"

下意识脱口而出的话冷冰冰的，带着点压抑的戾气。

就仿佛她是金贵的、碰不得的。

两人同时愣住，转头看向玄关处立着的傅应呈。

季凡灵："……没事。"

苏凌青收回手，笑着打了个哈哈："忘了他这人有洁癖，我去洗，我去洗。"说完，他意味深长地瞥了眼傅应呈，转身往洗手间去了。

季凡灵低头打量手里的身份证。

她是 1995 年 2 月 11 日出生的，但这张身份证的出生日期往后推了十年，变成了 2005 年 2 月 11 日。

季凡灵稀奇道："你怎么知道我生日？"

傅应呈抬手按了按太阳穴："查了你之前的身份证。"

"照片呢？"

她的旧身份证快过期了，照片还是她初一时拍的，而新身份证上的照片，她自己都没见过。

傅应呈说："高三拍的。"

季凡灵想起来了。

对她来说就是两周前的事情，晚自习时，老唐突然通知全班去一楼阶梯教室，说是拍高考准考证上的照片。

还没等到发照片……她就死了。

季凡灵忍不住从口袋里摸出自己办的假证，仰头在光下对比，"啧"了声："你朋友办的证还挺真。"

"就是真的。"

"我知道，别人问起，我就说是真的。"

傅应呈走过来，轻而易举地夺过了季凡灵手里的假证："什么时候办的？"他食指屈起，不轻不重地弹了下，侧头看她，"……违法的事情也能干？胆子不小。"

季凡灵反应过来："……你办的是真的？那能印出真钱吗？"

"还挺会想。"傅应呈走进厨房，用剪刀把她办的假证剪碎了，丢进垃圾桶。

季凡灵心虚地挪开目光，把 A 大学生证往口袋深处塞了塞。

……还好刚才没掏出来，要不然也得被他剪了。

苏凌青洗了手就不肯走了，趁着傅应呈去书房放文件的工夫，热情地请自己留下来吃饭，溜进厨房前，对季凡灵说："你坐着，我自己盛饭。"

他说是自己盛，结果翻了高处两个柜子都没找到碗。

季凡灵毕竟不是主人，不好意思干坐着，起身走了过去，拉开下面的抽屉，拿了三个碗出来："在这儿。"

"哦，改地方了？之前放在上面的。"苏凌青意味深长地瞄了她头顶一眼。

季凡灵对别人不怀好意的目光格外敏感，板着小脸："我一米六五。"

苏凌青瞥了眼她明显虚报的身高，笑了笑，没有戳穿，把手里的碗还给她一个："这不是傅应呈吃饭的碗。"

季凡灵一愣。

"他这人难伺候，只用同一个碗吃饭。"苏凌青弯腰在碗橱里翻找，"那碗是他搬家时我送的，这么多年就这么一个礼物入了他的眼，我费了老鼻子劲弄来的宋代梨花白划花八棱碗，可漂亮了。"

季凡灵记得那个有棱角的白碗碎在地上的声音很清脆，伴随着傅应呈那句"丑得我心慌，吃饭都倒胃口"，让人记忆格外深刻。

她沉默地按住苏凌青的肩膀："别找了。"

"为什么？"

"那碗，被我摔了。"

苏凌青僵硬了一会儿，勉强笑道："没事儿，摔就摔了，那他现在用什么碗？这个吗？"

他打量着手里那碗的花纹，眯起眼品鉴："怪精致的，是不是瑞典Röstrand的彩陶……"

"不是。"季凡灵慢吞吞道，"超市买的，66块8，第二套半价。"

苏凌青的笑容彻底消失。

平时季凡灵和傅应呈两个人吃饭几乎不怎么说话。

季凡灵习惯在有饭吃的时候以最快的速度吃饱，而傅应呈则有点食不语、寝不言的意思。

苏凌青就不一样了，他一个人说了三个人的话，没必要谈工作，就挑些出差时有趣的事情来说，譬如他跟两个技术人员出去吃饭，因为看不懂菜单，瞎点了一通，等了半天，眼睁睁看着服务员送上了三瓶餐前酒和一束鲜花，要是傅应呈在就不会出这种事，好一个冷酷无情说回国就回国的男人……

季凡灵心不在焉地听着，忍不住多看了傅应呈几眼。

男人戴着细边银框眼镜，吃饭时动作矜慢，斯文冷淡，不太理人。

苏凌青说傅应呈喜欢那个碗，傅应呈说不喜欢，两个人总有一个在说谎。

以傅应呈的性格，假如真的很喜欢那个碗，肯定不会轻易放过她的。

可能，只有每次苏凌青来的时候，他才用那个碗吃饭，导致苏凌青以为自己送的礼物深受喜爱……

季凡灵自信地推理完毕，闷头吃饭。

只不过耳侧垂下的头发有点恼人，屡次三番被她铲进嘴里。

女孩忍无可忍地从口袋里摸出皮筋，绷在指尖，反手草草抓了把头发束到脑后。

"你不知道，傅应呈出去谈业务都不带翻译的，什么时候换我长这样的脑……"苏凌青原本还在说着，瞥见季凡灵的脸，脑子一蒙，下意识吹了声口哨，很响亮的一声。

季凡灵愣了愣。

说实话，刚见到季凡灵的时候，苏凌青有些失望。

她身上没什么吸引人的地方，瘦瘦小小的，额发长得遮住了眼睛，套着又丑又旧的男式外套，没什么存在感，丢在人堆里都很难找出来。

大概她真是亲戚朋友家的孩子，托傅应呈临时照顾，害他白来一趟。

直到她把头发扎起来，露出完整的脸。

哇哦。

让人瞬间眼前一亮。

长睫浅眸，眼尾冷淡狭长地垂着，唇线抿紧，小脸苍白素净，还有一丝隐隐的倔强。

不知道是不是控制饮食太过，女孩有些不健康的纤瘦，跟同龄人相比，体重太轻，五官带着抹不开的稚气，还是一副尚未长成的模样，让人无端心疼。

却也让人忍不住遐想，再过一两年，等她彻底长开，会是怎样动人。

苏凌青还想说点什么，冷不丁注意到身边男人投来的冰冷目光。

"我家又不是医院……"傅应呈睨着他，声线很冷，"嘴有病就去治。"

晚饭后，季凡灵觉得苏凌青可能要跟傅应呈单独说点话，捋起袖子去厨房洗碗。

苏凌青本来也没事找傅应呈，就是纯粹来八卦，哪能两个大男人坐着让小姑娘干活？就去跟她抢。

居然没抢过。

季凡灵一副要干架的模样，抬了抬下巴："说吧，是不是信不过我？"

苏凌青："……不是这个意思。"

傅应呈淡淡看了他一眼，示意他别抢。

苏凌青对他俩的相处模式摸不着头脑，只好跟着傅应呈去了阳台。

路过客厅的时候，苏凌青又被那只兔子玩偶惊了一下。

这么大……

很难想象小姑娘得闹成什么样，傅应呈才松口让这只半点不符合他审美的兔子玩偶进家门。

阳台的温度比较低，月光透过冰凉的窗户，在大理石上薄薄铺了一层。

苏凌青抻着腿，坐在躺椅上，忍了又忍，还是开口："我说你能不能带她去剪个头发？"

傅应呈无声地瞥了苏凌青一眼。

"她的头发也太长了，应该打理一下，修个层次出来，而且衣服也……"

"也给她换一套？倒不如四季的衣服都给她配齐，工作也不许她找，让她回去上学，吃住在我家，生活费我给，去哪儿我接送，等她考上大学，我在她学校附近买个房？"傅应呈冷冷道。

苏凌青："那确实是有点离谱，你又不是她亲爹。"

况且我只是让你带她剪个头发，后面那一长串是怎么凭空冒出来的？

傅应呈不说话了，只立在窗前看着远处楼宇间星星点点的灯火。

他倒是想给。

只是她不会要。

"你们到底什么关系啊？"苏凌青问。

沉默了半晌，傅应呈低声道："没什么关系。"

"你就扯吧，没什么关系你能把人接家里住着？"苏凌青嗤笑。

浓重的夜色像上涨的潮水，缓缓淹没了傅应呈的眼："……别问了。"

苏凌青眨了眨眼，坐直了身体："哎，你该不会生气了吧？我就好奇来看她一眼，不至于护得这么紧。"

是不至于，只不过失而复得的东西，别人看一眼便觉得不安，他本能地想要死死抓紧。

无法压抑的烦躁。

什么都想做，却又什么都做不了的烦躁。

就像十年前的这个时候。

女孩车祸后失踪的新闻铺天盖地，班上议论纷纷，即便是晚自习，压低了嗓音的讨论依旧无孔不入。

"看新闻了吗？季凡灵还没找到。"

"都过去大半个月了，肯定死了吧……她是不是有个很好的朋友在国际部？唱歌的那个程嘉礼吧？"

"也不知道程嘉礼得多伤心。"

"我前阵子看程嘉礼哭来着，好多女生安慰他。"

少年坐在窃窃私语交织错杂的班级里，一贯挺拔的背脊被无形的重量一点点压弯。

她死了，有人可以名正言顺地哭，有人却只能安静地坐着，良久才意识到笔尖洇出的浓墨早已在纸上肆意漫开。

——像疯长的思念和痛楚。

"没生气，我的问题。"傅应呈的喉结动了动，将烟和打火机抛给苏凌青。

苏凌青弯眼笑了笑，叼着烟，拢着手点火。

"对了，我们几个吃德国菜实在吃吐了，你知道复兴路新开了家川腾府吗？"苏凌青吐出烟雾，找了个轻松的话题，"我在三楼订了个包间，明天晚上，傅总也出席呗？"

"知道了。"傅应呈应道，"随你。"

次日上午和下午，季凡灵又各参加了一场面试，谈不上顺不顺利，只是下午结束得迟，她来不及吃饭，就匆匆忙忙赶往复兴路上的川腾府。

川腾府原本是开在四川的著名川菜馆，最近才在北宛开了分店。

一进门，地道的麻辣辛香扑面而来。

季凡灵上三楼找了一圈，在窗边的两人座上找到了程嘉礼。

桌上已经上了几个菜，男人一个人坐在桌边，浓颜系的长相，正戴着耳机，低头看手机。

直到季凡灵走过去，程嘉礼才摘下耳机，抬头时眼里明显亮了一下："你来了？"

季凡灵向程嘉礼伸出手，谁知程嘉礼直接握住了她的手，一愣："怎么手这么凉？"

季凡灵："……珠串呢？"

"怎么跟个讨债鬼似的？"程嘉礼笑了声，"你不说自己是谁，我怎么把东西给你？"

"东西到底在不在你这儿？"季凡灵声音扬了起来。

程嘉礼见她急了，才好笑道："行了，又不是不给你。"

他从口袋里掏出珠串，晃了晃："喏，应该是里面的线老化断了，断的地方找人给你补好了。"

季凡灵接过来，认出这确实是自己的珠串，往手腕上套了两圈："谢谢。"

她转身要走，听到程嘉礼"哎"了声。

回头，只见男人在灯光下笑眯眯地望着她："说声'谢谢'就走了？"

季凡灵看着他："……那你还想怎样？"

"来都来了，陪我吃个饭呗。"程嘉礼示意他对面的座位。

"我不饿……"季凡灵刚开口，肚子突然发出响亮的抗议："咕噜噜……"

程嘉礼眼里的笑意更明显了，吊儿郎当地挑眉："不饿？"

季凡灵不作声。

"吃个饭我又不会把你怎么样，就当认识一下呗。"

季凡灵叹了口气，走了过去。

就当是告别。

一开始，季凡灵压根和程嘉礼不熟，甚至觉得和他相处很不爽。因为程嘉礼总是莫名其妙找各种借口来跟她说话，周围的人就会跟救护车似的"呜嘻呜嘻"起哄，还会有其他班的女生莫名其妙来找她示威。

就这么过了几个月，事情出现了转折。

那阵子季国梁去赌友家昏天黑地地打牌，把她一个人丢在家里。

她没钱吃饭，又找不到家里的钱，晚上饿得实在受不了，在冰箱里找到半份麻辣烫，也懒得加热，就这么囫囵吃完。

结果麻辣烫不知道是哪天吃剩的，变质了，季凡灵吐了一晚上。

可能确实太饿了，第二天下午的体育课，季凡灵刚做了三分钟热身运动，突然感到头晕发冷，下一刻就径直倒了下去。

模糊的视野中，隐约映出跑来的人影。

那人把她抱起，嗓音焦急沙哑，如突破冰层的暖流。

"季凡灵……季凡灵！"

等她醒来的时候，人已经在医务室了。

入目的是洁白的窄床，干净的蓝色窗帘在风里起伏，远处的操场传来嬉闹声。

"凡灵，你醒了？"

程嘉礼坐在床边守着她，见季凡灵睁眼，立刻俯身把她扶起来。

季凡灵还在冒冷汗，耳边嗡嗡的，听不清楚，直到灌了一杯糖水下去，才回过神："……你怎么在这儿？"

"这节课我们班去实验楼做实验，路过操场，我要是不在，你可怎么办？"程嘉礼皱眉道，"校医说你晕倒是因为低血糖，是不是没好好吃饭？"

"吃了，当然吃了，怎么可能没吃？"季凡灵挪开目光。

程嘉礼接过空杯子，又给她倒了一杯葡萄糖水，忍不住问校医："阿姨，这边没有别的吃的了吗？"

"没有。"校医说，"况且葡萄糖见效快，不好喝也忍着点咽下去。"

季凡灵觉得葡萄糖水还挺好喝的，抱着杯子没吭声。

程嘉礼一直盯着她看，看得她有点不自在。女孩抬眼，干巴巴地问："怎么，你也想喝？"

程嘉礼嗤笑："我还能抢你的？"

"那你看什么？"

"我在看什么，你不知道？"程嘉礼看着她的表情，忍不住笑了，伸手掐了下她的脸，懒洋洋道，"你怎么这么可爱啊？"

风"哗啦啦"地鼓起湛蓝的窗帘。

季凡灵仓促地低头，盯着水杯。

不知道该说什么。

恨不得能再晕过去。

程嘉礼还得上课，陪了一会儿就匆匆离开了。

他走后没多久，校医过来检查季凡灵的状况，顺便递给她一大袋吃的东西："刚刚背你来的那个男生买的。你可以吃点东西，休息一会儿，然后打电话让家长接你回家。"

季凡灵愣住。

北宛一中的超市和医务室一南一北，横跨校区，跑一趟不知道有多热。

塑料袋里装满了各种零食，水果糖、巧克力、果酱面包、常温的果汁、牛奶、易拉罐装的八宝粥，品种繁多，甚至还有一包擦手的湿纸巾。

仿佛有根小小的针戳了一下她的心脏，带来一片酸涩。

要命。

程嘉礼好像真的很关心她。

那是高中时期为数不多的、让人希望时间可以变慢的一个下午。

远处的操场上，同学们在烈日下挥汗如雨，而她躺在空调房间里像只准备过冬的松鼠一样吃吃吃，直到心脏和胃一起被撑得酸胀。

她已经记不清，自己上一次被这样小心地照顾是什么时候的事了。

正因如此，在当年那个堆满玫瑰的教室里，她没舍得说出拒绝的话。

川腾府。

桌上是毛血旺、爆炒鱿鱼、宫保鸡丁。

撒满干辣椒的水煮肉片被浇上红亮的滚油，激出爽口的麻辣鲜香。

季凡灵要了一碗米饭，用肉片拌饭，吃得很凶。

碗沿遮住了她大半张脸，长长的睫毛柔软地垂着。

程嘉礼托腮，饶有兴致地看着，狐狸眼情不自禁地眯起。

……果然很像当年的季凡灵。

不愧是他一眼就注意到的人。

"你还在上学吗？"程嘉礼给她倒茶。

"准备工作。"季凡灵含混道。

顿了下，她看着程嘉礼的眼睛："你呢，在做什么？"

"四年前我组了个乐队，叫落日放逐者，我是其中的吉他手，也是主唱。"程嘉礼一边说，一边翻出手机里的照片，"去年出了张专辑《金属玫瑰》，下个月还在冰雪音乐节演出，你要不要听听看？"

他递来一只耳机。

耳机里流淌出响亮的重金属摇滚，情绪激昂，像很多粗细不一的金属管子在狂风中胡乱碰撞。

季凡灵艰难地辨识出程嘉礼的嗓音："还行吧。"

"只是还行？"程嘉礼挑眉。

"你跟你……老婆是怎么认识的？"季凡灵换了个问题。

"在美国留学的时候，圈里朋友组的局上认识的。"程嘉礼眼里闪过不易察觉的厌烦。

"我学音乐，她学建筑，都算是创作领域。后来她研究生毕业回国，异地了几年，主要是她父母催得紧，希望我们尽快结婚……算是联姻，毕竟她年纪也不小了。"

"你很喜欢她吗？"

"结婚和喜欢是两码事。"程嘉礼漫不经心地转着酒杯，"有的时候我会觉得她不太能理解我，有时我俩虽然离得很近，但她好像和我在不同的维度……你懂我的意思吗？"

季凡灵："不懂。"

程嘉礼闷笑了声，给她夹菜："就好比你，不能跟我结婚，但不影响你喜欢我。"

女孩呛了下，掀起眼皮："谁喜欢你？"

"好比，好比……"程嘉礼懒散地拖长尾音，"你知道吗？我总觉得我们好像之前就认识似的。"

"咳咳咳……"

季凡灵被辣椒呛到，一个劲咳嗽，程嘉礼话说不下去了，无奈道："我以为你喜欢吃辣，要不点几个不辣的菜？"

"犯不着，"季凡灵辣得满脸通红，嘴依然很硬，"这才哪跟哪？我平时都吃变态辣。"

另一边，303包厢里。

十人座的桌子并未坐满，包厢里大概有七八个人，动筷子的没几个，倒是聊得热火朝天。

"就刚刚下班前，我还拿到一个新的订单，加上之前的，总共已经有五家医疗组织的PO（采购订单）了。"一个高个男人笑容满面道。

"我发现他们主要还是对智能医疗感兴趣，直线加速器被瓦里安和西门子垄断了推不动，倒是智能机械臂和影像深度算法被他们追着问。"旁边的韩文韬接话，"昨天晚上三点我还在回邮件，就睡了不到四个小时。"

"噢哟，韩经理辛苦。"苏凌青笑着举杯。

"确实还是这两年做出了技术壁垒，等Bio-Robot 3.0的CE认证通过，我起码能拿到五百台订单。"高个男人又说。

"哈哈，五百？"韩文韬话里夹枪带棒，"格局打开嘛，要我说，五千也不是没可能。是吧，傅总？"

几人都看向桌子另一头的年轻男人。

傅应呈穿着深色大衣，面容冷峻，闻言掀起眼皮，不轻不重道："事做成了再说也不迟。"

刘成明拍大腿，说道："哎呀，还是傅总说到点子上了，没签合同那都是虚的。"

韩文韬脸色很不好看。

在座的几人是同事，但也是竞争对手。

九州医疗在国内市场独占鳌头数年，扩张的余地并不大，然而海外仍留有大把的机会让他们开疆拓土。

饭桌上几人都是从Medica国际医疗展回来的，有资历，也愿意被外派欧洲项目部，一旦被任命为总负责人，驻外几年镀金，回总部后直升高管几乎是板上钉钉的事。

问题在于谁来当这个总负责人。

饭桌上的话题还在继续，一团和气的聊天里暗潮涌动，针锋相对，话里话外都是自己才是那个最合适的人。

傅应呈坐在一边看着，不置一词，只是中途低头看了眼手机。

聊天界面是他和季凡灵的对话。

关我屁事：出门了，晚上不在家吃饭。

c：我也是。

过了一个小时。

c：到家了吗？

季凡灵一直没回复。

傅应呈眉心皱紧，手指焦躁无序地敲打了几下，点开电话拨号界面，又退了出去，不耐烦地锁屏，将手机丢在桌上。

其他人看到傅应呈的动作，敏锐地捕捉到他身上不悦的情绪，一时集体噤了声。

在工作中，傅应呈绝不是那种亲民的领导。

他完全担得起"杀伐决断"这四个字，以铁血手腕掌控这个他一手创办的公司。

表面上，人员的调整和任用是明天董事会上审议表决的事项，但所有人心里都清楚，表决不过走个形式，最终欧洲市场的总负责人是谁，全在傅应呈一句话。

苏凌青瞥见桌上的几人脸色都不好看，笑着打圆场："好了好了，难得出来吃饭还聊什么工作，我听得头都大了，吃饭吃饭。"

没过一会儿，傅应呈起身走出包厢。

苏凌青放下筷子跟了上去，从后面拍了下他的肩："哎，你不要冷着脸，怪吓人的，大家都不敢吃饭了。"

傅应呈蹙眉："我什么时候冷脸了？"

"好好好，你没冷。"苏凌青心想，傅应呈没表情的时候就已经够冷了，"我知道，他们今天是邀功邀得狠了点，但那确实是个肥差嘛，想在你面前表现一下，人之常情，你别在意。"

"我没在意。"傅应呈语气很淡，"结果怎么样，不会因为他们在饭桌上说两句话就改变，他们想聊也无所谓，只是没必要而已。况且……"男人瞳孔黝黑，侧头看苏凌青，冷嘲似的笑了声，"比邀功，谁能邀得过你呢？"

苏凌青语塞。

嘴这么毒！活该你单身。

苏凌青没好气地转身回了包厢。

傅应呈去了趟厕所，出来时顺便结账，等待收银员操作时，视线无意间扫过大堂，然后僵在了原地。

远处落地窗前的两人座上坐着一男一女，任谁看都像是一对情侣。

他们戴着同一副耳机，男人还给女孩夹菜，谈笑风生，举止殷勤又暧昧。

因为角度问题，女孩的脸被遮挡了大半，可哪怕只露出那么一点，傅应呈也能一眼认出。

季凡灵坐在程嘉礼对面，低着头，脸红得像是要滴血。

傅应呈冷眼看着，额头的青筋不受控制地跳了下，身侧垂着的手指也缓缓收紧。

眼前这一幕，硬生生把他扯回了2012年的盛夏。

当时正上体育课，同学们都在按部就班地热身，后排突然嘈杂一片，夹杂着季凡灵的名字。

傅应呈回头，一眼就看到女孩倒在地上，脸色苍白如纸。

刹那间，他脑子一片空白，什么都没想就冲了过去，声音沙哑地喊她。

体育委员跑去喊老师了，班长冲过来就要掐季凡灵的人中，被傅应呈一把拍开："别动她！"

班长收回手，看见一双漆黑冷戾的眼。

少年毫不顾忌地单膝跪在地上，字字清晰："把她扶到我背上，去校医务室。"

见傅应呈镇定自若，其他同学都好像有了主心骨，手忙脚乱地帮他把女孩背了起来。

傅应呈背着季凡灵时是冷静的，一路跑去校医务室仍是冷静的，好像连多余的情绪都没有。

但只有他自己知道，他慌得好像心都不会跳了。

到了校医务室，校医检查了下季凡灵的状况，说她只是低血糖，醒来喝点葡萄糖水就好了。

傅应呈听完，脸上依然没有情绪，只是死死盯着她看。

校医见状，露出一抹见多识广的笑："行了，你去继续上课吧，小姑娘没事的。"

傅应呈摘下眼镜，抬起手背擦了下脸上的汗，重新掀起眼睫毛："就……"嗓子全哑了。

他顿了下，清了清嗓，继续开口："就喝葡萄糖吗？没别的？"

"我这儿哪有什么吃的？"

"我去买。"傅应呈又看了眼季凡灵，往医务室外跑去。

这个时间食堂还没开门，傅应呈只能去学校超市。

买东西的过程让他紧绷的神经稍稍放松，心脏却仍自顾自在胸腔里重重跳动，震得发疼。

他背着季凡灵跑去医务室的时候，是迄今为止离她最近的一次。

当时他什么都没想。

此时，记忆却在悄然复苏。

女孩很轻。

明明是燥热的酷暑，她身上却是冰凉的，像井水洗过的白玉。

随着跑步时身体的起伏，她的鼻尖和唇瓣无意识地一次次蹭过他的脖颈。

迟来的心乱像荒原上的野火跳动，滚烫地灼烧着每一根神经末梢……

傅应呈拎着零食一路跑回校医务室，短袖已经被汗湿透了。

他走到门口，定了定心跳，抹去额上的汗，恢复成漠不关心的冷淡状态，抬手推门。

此时却突兀地听到医务室里传来男生的嗓音。

"你怎么这么可爱啊？"

傅应呈猝然抬眼。

透过窄窄的门缝，他看见程嘉礼正坐在床边，笑着伸手摸了摸女孩的脸。

季凡灵从来不是什么好脾气的人，仿佛浑身长满戒备的尖刺，即便是和周穗相处也不会像其他女生一样勾肩搭背手挽手走路，总是独来独往的。

男生随随便便伸手摸她，多少得做好被捶爆头的准备，然而……她却没有躲开。

女孩浑身都绷紧了，却一动不动，只是垂着眼睫，抿着唇，耳尖通红。

很乖。

乖得让人心软。

傅应呈从来没有见过季凡灵这个样子。

原来她也是会听话的。

只是不是对他。

身前的门好像骤然间有千斤重，少年则像是被钉在阴影中，门后的景象映在冷寂的眼底，如刀子一样刻得生疼。

正好校医从隔壁诊室走出来，奇怪地问道："怎么站在这儿？"

傅应呈沉默着，把手里的塑料袋递给校医，丢下句"帮我给她"，就头也不回地转身离开了。

十年前如此。

十年后依旧。

季凡灵还真是一点没变。

傅应呈垂下眼睫，遮住眼底的晦暗，转身快步走回包厢。

如果说他离开前还只是喜怒难辨，现在则是明眼人都能看出冷意。

桌上几人面面相觑，都不敢再揽功，说着些无伤大雅的场面话，只有苏凌青一个劲给傅应呈使眼色。

片刻后，傅应呈举杯站起，其他人"哗啦啦"跟着起立。

"我临时有些私事要处理，先走一步，不好意思。"傅应呈淡声道，"虽然是苏凌青组的局，但今晚算我私人请诸位，前阵子在杜塞尔多夫辛苦了。"

几人立刻附和：

"不辛苦！"

"谢谢傅总。"

"傅总有事快去吧！"

"就是就是！"

傅应呈离开后，韩文韬忍不住开口："傅总是不是不高兴了？"

刘成明恼火道："还不是你一个劲吹吹吹。"

张简："我看你俩都够呛。"

"行了，别猜了。"苏凌青支着下巴，"扑哧"一声笑了，"跟你们都没关系。"

其他人不解。

苏凌青露出高深莫测的笑。

这还不明显吗？

……有人酸味大得都快醋淹川腾府喽。

另一边。

季凡灵快速吃完，擦了擦嘴，起身就要走。

程嘉礼话说到一半，见她要走，哭笑不得："你从来到走，有十分钟吗？至少等我吃完。"

"还等你吃完？那是额外的价钱。"

"要多少？我转给你。"程嘉礼作势真掏出手机，"你加我好友。"

"算了，我最近呢，富得流油。"季凡灵慢吞吞道，抬手敷衍地挥了挥，"走了。"

她快步下了楼，走进户外冰凉的夜风里，把拉链往上拉到顶，哈了口气。

程嘉礼还是对她很好……好得甚至有点奇怪。

季凡灵没多细想，只是单纯觉得今时不同往日，和程嘉礼待在一起让她浑身不舒服。

或许是因为他已经结婚了。

对程嘉礼而言，她还是当个死人最好。

季凡灵插兜慢慢往外走，路过停车场时，一辆黑色轿车驶出车位，从后方追上，跟她并排。

车前灯快速闪烁了一下。

又闪烁了一下。

然后鸣笛。

季凡灵皱了皱眉，转头去看，愣住："傅应呈？"

驾驶位上的男人穿着黑色的大衣，黑眸直视着前方，并不看她，嗓音带着寒意："上车。"

季凡灵钻进副驾驶位，顿了顿，莫名觉得傅应呈心情很差："你也在川腾府吃饭？"

"公司聚餐。"

没什么情绪的回答。

"哦，那还挺巧。"季凡灵不自在地往外扯了扯安全带。

或许是吃撑了，胃被勒得隐隐作痛。

傅应呈冷冷瞥了她一眼，似乎在说："你还等着我问吗？"

"我是和程嘉礼……"

胃部突然一阵拧痛，季凡灵皱眉顿了下："吃了顿饭。"

车里变得更安静了，只有空调制暖吹出的单调风声，悬在后视镜下的平安符随风缓缓晃动。

又过了一会儿，男人状似无意地开口："怎么样？"

什么怎么样？吃得怎么样？

好吃是好吃，但她后悔了，不该图一时嘴快逞能吃辣。

这会儿胃是真的开始痛了，放射性的绞痛牵扯着腹腔，跟刀子似的一阵阵翻搅。

她本想说是程嘉礼为了还她手串，临时起意请她吃饭，手串之所以会被程嘉礼捡到，是因为她去了程嘉礼的婚礼，知道程嘉礼结婚，是因为周穗大学学生会的学弟……

一下子扯出一长串，实在让人懒得解释。

趁着疼痛短暂平息的间隙，她草草回答："还行吧。"

声音有点虚弱。

傅应呈瞥了她一眼。

女孩小脸惨白，睫毛低垂着，身体发抖，攥着衣服的手指忍痛似的蜷着，指尖泛白。

她就这么在乎程嘉礼？

哭了还不够，还要见面，还要吃饭，还要叙旧情，还要魂不守舍？

连话都不肯说？

车窗外路灯金黄的光影像栅栏快速交替，晃动着照亮了男人冷峻的侧脸，只有那双眼始终沉在暗处，透着深不见底的黑。

半晌，傅应呈的指尖搭在方向盘上，压着情绪开口问道："你知不知道他结婚了？"

"知道。"季凡灵望着窗外，又忍了一会儿，语气艰难，"但……我没生他的气。"

克制不住地，男人从喉间逸出一声冷笑："没生气？"

好。

季凡灵奇怪地看了他一眼，以为他不信："我看起来像是这么不讲道理的人吗？"

这个世界本来就是这样运转的。

要么像妈妈一样离开她，要么像季国梁一样抛弃她，要么像程嘉礼一样放下她。

终究她还是会变成一个人。

只不过是迟早的事情。

"他恋爱结婚也没做错什么吧？"她自嘲似的扯了扯嘴角，看向窗外，"……毕竟，谁会等一个死人十年？"

光影交替，车厢里陷入怪异的沉默。

季凡灵半天没等到傅应呈开口，想了下，今天是她胃痛没心情说话在先，八成是他觉得自己被敷衍了，所以也懒得接她的话。

季凡灵趁着胃痛缓下去一点，试图解释："其实程嘉礼对我挺好的，你记不记得，高二有次体育课，我晕……"

"算了，我不想听。"

男人蓦地打断她，话里夹着点不易察觉的情绪。

傅应呈伸手，不耐烦地在中控台上按了下，音乐瞬间填满了车厢，如墙壁一样横亘在两人中间。

季凡灵腹诽：你不想听我还不想说呢！

女孩微妙地不爽，转过头，歪在靠背上，额头抵着车窗，难受得蜷缩了起来。

轿车像黑色的闪电一样，在空旷的路上疾驰。

两人一路无话。

抵达小区，进入地下车库。

傅应呈快速熄火，解开安全带，先下了车。

季凡灵的动作比平时慢了许多，一手捂着胃，一手推车门，感觉车门都沉得推不动。

她咬了咬唇。

胃痛对她来说是家常便饭，强行睡一觉，忍到明天早上就好了，不是什么值得思考的问题。

季凡灵慢慢走进电梯间，男人已经按着开门键等了几分钟，不耐烦地掀起眼皮："要不干脆打个车回……"

就看了她一眼，傅应呈突然脸色微变，单手挡住快要合拢的电梯门："你怎么了？"

"胃有点……难受。"季凡灵直犯恶心，低头试图从他胳膊底下挤进电梯。

傅应呈怔了下："不是心里难受？"

她心里为什么要难受？

因为吃辣背叛了祖宗的信仰，还是她平时都用胃来思考啊？

季凡灵扯了扯唇，胃疼得说不出话，只弓着身，用斜挑的眼神发出虚弱的嘲讽。

她的嘲讽落在男人眼里，显然有了别的意味。

傅应呈按下开门键，一手拉着她的胳膊，不由分说地走出电梯。

他速度不快，但抓得很紧，季凡灵站不稳，只能跟跄着跟上他的步伐："去哪儿？"

"医院。"

"不去，放开我。"

傅应呈的手劲简直大得出奇，一瞬间让人回想起当年那个冷着脸把她拖到便利店门前处理伤口的少年。

"不上医院等着自愈？"

"让我……回去躺着……就好了。"季凡灵不情愿地挣扎着，恨不得咬他一口。

"我那是家，不是医院。"

季凡灵咬咬牙。

突然，傅应呈停住了脚步，骤然转身，恼怒地盯着她："躺着能有用，那我还开什么医疗公司？"

季凡灵噎住了，感觉自己其实也没什么立场坚持去他家休息，于是妥协地挪开视线。

就在这时，一股不妙的预感涌上心头。

"你快放……"

这三个字几乎是从牙缝里挤出来的。

话没说完，季凡灵就猝不及防地吐了。

又见面了，水煮肉片。

稀烂的肉泥混着米饭，点缀着鲜红的辣椒片，刺鼻的酸臭味汹涌而出。

季凡灵用最后的力气侧过头，没正对着傅应呈。

但两人站得实在太近，傅应呈还抓着她的胳膊，呕吐物就这么顺着男人的衣摆往下淌，连带着裤腿和皮鞋全部遭殃。

吐就算了！

还！吐！了！他！一！身！

季凡灵腿软得站不住，如果不是傅应呈的手有力地撑着她的臂弯，半拎起她，她几乎要跪下去了。

男人在她头顶上方沉默着，不知为何，竟也没有松手，甚至微微拉近了些，连推远的动作都不曾有。

季凡灵吐完，脑子逐渐复苏。

刚回神，她就看见傅应呈身上一片狼藉。

显然，她吐得太突然，他来不及一脚把她踹出去。

以他洁癖的程度，感觉能当场把她杀了。

季凡灵小心翼翼地抬头，果然见他脸色沉得吓人，像是要被活活气死。

"看吧。"季凡灵嗓音沙哑，"我……警告过你了。"

傅应呈一言不发，拎着她上车，俯身进来快速抽了几张纸巾丢给她，又抽了几张，站在车外草草擦了下自己的手和衣摆，然后坐进车里。

呕吐物本来就很难清理，这样随便擦几下根本于事无补，就算他能把大衣脱了，也没法把裤子和鞋一起脱掉。

随着傅应呈上车的动作，车门、座椅、脚垫上全部糊成一团，季凡灵身上也难免沾了不少，座位更加惨不忍睹。

连她这种没洁癖的人看了都头皮发麻。

傅应呈将车驶出车库，余光瞥见女孩在旁边兢兢业业地擦车，忍无可忍："擦你自己。"

季凡灵："……哦。"

路上傅应呈开得极其平稳，几乎都不怎么踩刹车，季凡灵还是吐了两回，拿车上装药用的塑料袋接着，到最后也吐不出什么东西，只是干呕，好像胃都要呕出来。

她吐的间隙，听到傅应呈在断断续续打电话，嗓音冷得没有任何温度。

"现在过去。二十分钟到。你现在在医院吗？梁主任也行。"

"饭后一小时，胃痛，呕吐。"

"知道了。"

傅应呈带季凡灵去的是一家她从没听说过的私人医院，富丽堂皇的，比起医院，更像是五星级酒店。

兴许是傅应呈提前通知了的缘故，一进医院就有专人在大厅等着他们，检查、抽血、化验、开药，都有医生引领，一刻不耽误。

季凡灵这次胃痛比从前还要来势汹汹，连说话的力气都没有了，只能任人摆布。

检测结果出来是急性胃炎，她很快被安排输液。

傅应呈一直跟在旁边，或许因为被领导叮嘱过，或许因为季凡灵还是个未成年人，医务人员不约而同绕过了女孩，直接和傅应呈沟通病情和治疗方案。

傅应呈虽然是 B 大生物医学工程专业毕业的，但并不因为懂行就随便插手医生的诊治，只是偶尔点头，全程一言不发。

这画面多少有些奇怪。

与其说他像病人家属，倒不如说像是孩子的监护人。

输液的效果称得上立竿见影。

半小时不到，季凡灵明显感觉胃不疼了，也不想吐了。

她一缓过劲，立马无声地瞄了人群后的傅应呈好几眼。

男人脸色很差。

他立在窗边，高挑的轮廓在光影下显得凛冽，垂下的手指无意识屈起，转着漆黑的乌金尾戒。

明眼人都能看出他的压抑。

季凡灵心如死灰。

被她吐脏的那身衣服应该很贵吧？

傅应呈平时自己开的那辆车她不认识，应该跟迈巴赫差不多吧？

完了。

全完了。

感觉彻底把他给得罪了。

女孩欲言又止地盯着他，傅应呈注意到她的视线，神色缓了些，往这边走了几步："什么事？"

季凡灵："……对不起。"

傅应呈蹙了蹙眉。

一瞬间，他甚至没反应过来她为什么要道歉。

季凡灵见他蹙眉，心说一句对不起确实太轻巧，于是拿出了自己最大的诚意："你知道的，我有两个肾。"

傅应呈一愣。

"可以卖一个的，"季凡灵说，"赔你。"

男人稍显缓和的脸色又以肉眼可见的速度变差。

"想道歉？"傅应呈嗓音很冷。

季凡灵点头。

傅应呈冷冰冰地丢下一句："今晚不要再说话了。"

季凡灵有点蒙。

季凡灵所在的安升医院，三年前就被九州医疗以收购股权并增资的方式纳为全资子公司。

当时傅应呈在车上电话联系的正是院长罗正祥，然而他正好不在，只能安排主任医师给季凡灵诊治。

等罗院长匆匆赶来时，已经更深露重，他来不及喘气就去见傅应呈。

"真不好意思，您来一趟，我还偏偏不在医院。"罗院长说。

"不必特地赶过来的。"傅应呈淡声道，"梁主任很负责。"

"是是，她的病历我也看过了，先输三天液看看情况，经常胃痛的话，可能是胃黏膜受损，平时要注意饮食，改天来做个胃镜检查稳妥一点。"

"好。"

罗院长又看了眼化验单，忍不住疑惑："不过，她这也不算严重啊。"

傅应呈深夜亲自开车送人来，足以见其紧急程度，他虽然不是医生，但从事医疗行业，平时见断胳膊断腿半死不活的人多了去了，能让他在电话里说出"严重"两个字，至少得是急性胃穿孔吐血休克需要抢救的程度。

谁知就这……

傅应呈面无表情道："是我误判了。"

"哎！哪能呢？重视是对的。"罗院长赶紧找补，"小小年纪就得胃病，以后不好养回来。"

吊水大概要三个小时，傅应呈给助理高义去了个电话，让他送两件衣服和笔记本电脑过来，之后站在外边走廊僻静处用手机处理工作。

他处理完工作，回到病房，女孩已经侧身蜷在沙发上睡着了。

似乎是玩到一半没抵住困意，手机还虚虚握在手里。

傅应呈放轻脚步走近，从他的角度看过去，女孩显得更瘦了。

下巴尖尖的，一小点，好像半个手掌就能拢住，睫毛细密垂下，衬得脸颊越发苍白。

她脸侧的一绺头发还粘着凝固的秽物。

傅应呈蹙了蹙眉。

他让她擦自己，她就敷衍了事。

估计是疼得厉害，连脏也顾不上了。

……她对待自己的态度，甚至比不上在旁边偷偷擦车的百分之一。

傅应呈无声垂眼，漆黑的夜色敛去了他眼底某种难以描述的深重情绪。

马路上，助理高义开着车赶往医院，后座上放着个大号纸袋。

这个点商场都关门了，傅应呈突然通知他送衣服，他手里只有一件傅应呈的大衣，刚干洗完取回来，实在没别的了，只好又带了件自己准备过年穿的羽绒服。

到了医院，前台听到他找傅应呈，立刻上前引路，将他带到了楼上的病房。

高义走到病房门口，正要敲门，突然愣住了。

透过门上的窗口，能看见吊水的是个年纪很轻的女孩，蜷缩在沙发上，身高腿长的男人穿着深色的衬衫，站在沙发前，微弓着肩背，手上捏着一条白色的毛巾。

他低着头，正动作很轻地擦她的一缕头发。

男人长睫低垂，眸色很深，带着些许他自己都没有意识到的温柔。

高义的手抖了下，门发出很轻的"吱呀"声。

傅应呈抬头看过来。

医院走廊上白色的冷光洒进昏暗的病房，照亮男人那张和白天没有丝毫分别的冷淡面容。

高义瞬间清醒。

……自己大半夜的发什么癫，居然幻想在傅总身上看到人情味！

高义走进病房，送上衣服和电脑，用手机打字解释说时间紧，除了干洗的那件，还有一件是他新买的羽绒服，没穿过。

傅应呈披上羽绒服，问他多少钱。

高义在傅应呈面前有问秒答已成习惯，说是两千三。

傅应呈给他转了四千六，示意他可以回去了。

高义被金钱温暖了身心，点头表示明白，轻手轻脚地往外走去，转身小心合上门。

门缝缓缓合拢，他看见的最后一幕，是傅应呈抖开大衣，盖在了女孩身上。

高义的脑子突然不转了。

不对啊！

两人两件衣服，这没毛病，但是……

傅应呈为什么放着自己的大衣不穿，要穿他的羽绒服？

输液结束时，已经过了零点。

傅应呈坐在旁边的桌子上用笔记本电脑办公，发现吊瓶见底，喊来护士给季凡灵拔了针。

季凡灵还没醒，傅应呈低声喊道："季凡灵。"

女孩没什么反应。

"季凡灵，走了。"

还是纹丝不动。

女孩的眼睑处泛着青色，都是熬夜早起一天跑四五个面试累出来的。

从来没人催她赚钱，她却总急得好像第二天就会吃不上饭一样。

……怎么就喂不饱呢？

护士收拾完吊瓶，抬头对男人解释道："输液的药物里含有一些镇静催眠的成分，所以可能睡得比较沉。"

说完，护士准备帮忙似的，伸手轻轻拍了拍女孩的肩膀，嗓音清亮："季小姐！醒……"

傅应呈眉心一跳，抬手制止："算了。"

护士不解。

傅应呈心绪不宁，烦闷地蜷了蜷手指，犹豫了下，蹲下身子，试探着让季凡灵趴在自己背上。

他起身背起。

背上的重量却让人一愣。

太轻了……

傅应呈俯身用手指拎起电脑包，又把她往上送了送，自言自语似的低声说道："……又不是第一回了。"

季凡灵这一觉睡得昏昏沉沉，在车上没醒，被扣上安全带没醒，一路回家也没醒，又被背起来还是没醒。

直到"叮"的一声，电梯降到一楼，女孩才困倦地掀起一点眼皮。

她的第一反应是周围好亮。

季凡灵下意识躲着光，将脸埋在男人的背上，定了几秒，突然意识到哪里不对。

她在哪儿？

谁背着她？

怎么还在走？

她猛地睁开眼，打量四周。

电梯里显示楼层在缓缓上升，她身上裹着件质地上乘的羊绒大衣，傅应呈没用手掌碰她，只隔着大衣用手肘架着她的膝弯。

男人的肩膀宽阔平直，被衣料包裹着的手臂有种绷紧的力量感。

深色衣领上露出一截后颈，碎发乌黑，肤色冷白。

银色镜框架在耳上，延伸出去的下颌线棱角分明，干净锋利。

季凡灵的心跳忽然漏了半拍。

潜意识里，她竟觉得这一幕似曾相识。

好像她曾经也被人这样背过。

季凡灵迟钝地转着思绪，冷不丁抬头，正对上电梯门倒影里自己趴在傅应呈肩头的半个脑袋。

突然有种不妙的预感。

她目光僵硬地一寸寸上挪，撞进傅应呈的冰冷眼眸。

季凡灵顿住。

"醒了？"男人果不其然开了口。

分不清是因为重力，还是心虚，女孩往下滑了一点。

男人手臂托着她的腿根，又把她往上送了送，然后是一声不轻不重的轻哂。

说不出是嘲讽还是别的意味。

"……趁着时间还早，再去跟程嘉礼吃一顿？"

第四章

等她死了，你才发现，她活着时也并不幸福。

季凡灵腹诽：谁想跟他吃饭？

女孩不自然地扯了下嘴角："也不一定是饭的问题。"

傅应呈话里意味冷凉："那看来是人的问题了。"

季凡灵以为他话里的"人"指的是她，也不好反驳，毕竟是她先吐了傅应呈一身。

傅应呈不嫌她臭，还允许她继续住在他家，甚至还亲自背她回来……

怎么想都是她理亏。

想到这里，季凡灵不太清醒的脑子猛地回神，意识到自己还被傅应呈背着，赶紧挣扎着下来。

傅应呈没松手，只是蹙着眉回头看她。

季凡灵硬着头皮说："我自己能走……"

傅应呈垂眼打量了她一下，把她放了下来。

电梯门打开，他抬手按着电梯门，用眼神示意她先走。

季凡灵走出电梯，心里有点疑惑："你刚刚怎么不喊醒我？"

"喊醒你？"傅应呈跟在她身后，好像听到什么好笑的事一样，轻笑一声，"那也得喊得醒才行。"

季凡灵一愣。

"你睡得跟昏迷了似的，几个人都喊不醒。"男人进屋换鞋，语气平铺直叙，落到季凡灵耳朵里却像是赤裸裸的嘲讽，"护士吓得脸都白了，还以为给你吃错了药。"

季凡灵陡然心虚："……真的吗？"

她以前在家睡觉时，隔着薄薄的一堵墙，是季国梁和赌友整晚嘈杂的争执，夹杂着邻居砸门的咒骂，震耳欲聋。

如果一点动静都能把她吵醒，那她干脆别睡了，所以逐渐练就了屏蔽周围声音的能力。

可能傅应呈真的喊了她，但她完全没听见。

"下次要是喊不醒我，"季凡灵犹豫道，"你就打我一下。"

顿了顿，女孩又缓慢补上："但你得躲快点，因为……我可能会闭着眼给你一拳。所以，你最好一边打我，一边大喊'我是傅应呈'。"

话里描述的画面多少有点离谱。

"我不像你，"傅应呈意有所指地瞥了季凡灵一眼，"从不做那些违法乱纪的事。"

季凡灵哑口无言。

回家后，不必说，两人各自直奔浴室。

季凡灵受不了自己身上的味道，更怕傅应呈嫌她把家里搞脏，一直洗到头晕才出来。

实在没力气洗衣服了，她晕晕乎乎地爬上床睡了。

晚上折腾到快两点才睡，第二天自然一觉睡到中午。

傅应呈雷打不动地早起工作。

厨房里传来切菜的声响，是童姨在忙活。

季凡灵正准备洗衣服，在家找了两圈，奇怪地发现外套不见了。

"童姨，你看见我的外套了吗？"女孩探头进厨房。

"没呢。"童姨在围裙上擦了擦手，转过身关切道，"傅先生说你昨天因为胃痛进医院了啊？中午姨特地煲了人参猪肚汤，还有银耳红枣粥，给你好好养养。别忘了下午还要去输液哦。"

"谢谢童姨。"

季凡灵摸不着头脑，发微信问傅应呈。

关我屁事：你看见我的外衣了吗？

c：扔了。

关我屁事：？

c：犯不着为了一件衣服搭上洗衣机。

关我屁事：谁要用你的洗衣机？我打算手洗的。

c：这个天气手洗？你是嫌自己吐得还不够多？

隔着屏幕好像都能听见男人冷傲的腔调。

从前在家的时候，季国梁会不由分说地进季凡灵的房间，随意拿她的东西，导致她对自己的所有物格外看重，像霸占领地的动物似的，随身带笔，连牙刷柄上都写了名字。

平白无故少了件衣服，让贫寒的家庭雪上加霜，气得她脑袋直冒烟。

关我屁事：我不能放几天，病好了再洗啊？

c：你当我家是制毒厂？

关我屁事：你把我的衣服扔了，那我穿什么？

对面停了几分钟，似乎去忙了，过了一会儿才回复。

c：我衣柜里的随便拿。

c：明天晚上输完液，去买新的。

c：赔你。

赔她？

真的假的？

……她倒没有这个意思。

季凡灵用屁股都能猜到，傅应呈何止扔了她的外套，他自己的外衣、衬衫、裤子、鞋，肯定全身上下一起全扔了。

无论从数量、价值，还是罪魁祸首的角度，都该是她赔傅应呈。

更何况她那件外套还是季国梁淘汰的旧衣服，如果有得选，她宁可穿麻袋也不愿穿他的。

女孩打了半天的字，删删改改，最后只是很冷淡地回了句话。

关我屁事：我有钱买。

c：？

关我屁事：我呢，大人有大量。

关我屁事：原谅你了。

连续吊了三天水，又被童姨变着法子补充营养，季凡灵不仅没瘦，还添了些肉，周五上午甚至有力气去参加一家大排档的店员面试。

下午，周穗打电话来，听出季凡灵在医院，急得不行，想要来探望。

季凡灵没让周穗来，周穗只好说等吊完水她请客吃饭。

季凡灵盘算着吃完饭正好在附近的服装批发市场看看衣服，所以就答应了下来。

晚上六点半，季凡灵拔了针，给傅应呈留了条消息，就坐公交车去了购物中心。

周穗考虑到季凡灵刚犯胃病，所以订的是一家口味清淡的私房菜餐馆。

季凡灵到餐馆的时候，周穗已经抱着孩子在座位上等了。

她怀里的小男孩白白嫩嫩，伸着手挥舞："姐姐，我们在这里。"

季凡灵双手插兜走过去，板着脸："什么姐姐，喊阿姨。"

涵涵奶声奶气的："姐姐。"

女孩眉尾一挑，眼神不善，望向周穗："占我便宜？"

周穗哭笑不得，捏着孩子的手说："这是小姨，季小姨。"

涵涵："季小姨——"

季凡灵这才应了声，施施然坐下。

周穗把在手机上下单的菜品递给季凡灵看："我点的这几个菜，你看看行不行？"

季凡灵注意到备注上写着"所有菜均不加花生"，挪开视线："你请我吃，我有什么行不行……"

她按灭手机还回去，发现手机锁屏壁纸是周穗一家三口的照片，忍不住又多看了眼。

背景是西安大雁塔，标准的游客照，当时涵涵才一岁左右，被周穗抱在怀里，旁边的男人皮肤黝黑，国字脸，面相和善朴实，比周穗高半个头。

周穗见状，不好意思道："这是我老公。"

季凡灵发出所有女生第一次见闺密男友时的声音："呵。"

周穗涨红了脸："他学计算机的，工作稳定，对我也很好……"

季凡灵语气淡淡的："幸好小孩像你。"

周穗顿住，忽然，一股酸楚冲上鼻腔："我当年……其实……一直想让你当我的伴娘……"

说到后面竟变成了哭腔。

季凡灵牙龈发酸："停，打住，多大人了。"

周穗抽了几下鼻子，摸着涵涵的头安抚："没事没事，妈妈没哭，妈妈是高兴。"

"别感动自己。"女孩心悸不宁，不自然地撇开目光，"就算我活着，这个伴娘我还未必当呢。"

周穗愣愣地看了季凡灵两秒，突然"扑哧"一声笑了，抹了下眼角："当年我觉得你可凶了，但是……"

"但是什么？"

"现在觉得你怪可爱的。"

季凡灵一脸问号。

眼看着女孩投来杀人般的目光，周穗赶紧说："对不起，我说着玩的，你别生气，你最酷了。"

涵涵在旁边帮腔："酷姐姐。"

周穗："对对对。"

"对你个头。"季凡灵转向涵涵，"啧"了声，"你怎么老降我辈分？"

周穗有些不好意思："怪我，之前我跟他说过你的事，说你是姐姐，他就改不过来了。"

季凡灵追问："什么事？"

周穗："就是你帮我教训徐志雷那次……"

当时她们才刚上高一，但周穗发育早，十五岁就有 D 罩杯了，在同龄人中格外突出。

夏天天热，校服又薄，遮掩不住，她每天含胸驼背，低头走路都不敢看人，还是会引得班上那几个皮痒嘴贱的男生挤眉弄眼，指指点点。

这也就算了，体育课才是真正的噩梦。

每次女生长跑，以徐志雷为首的几个男生会蹲在跑道边盯着周穗看，还用手掌比成碗状托在胸前，大声怪笑。

有次体育课一下课，周穗就趴在桌上哭，恨不得把自己的腿摔断，以后再也不用跑步了。

她哭了半节课，一直趴着睡觉的同桌突然不耐烦地"啧"了声，拎着她的后衣领，把她哭花的脸揪出来："哭哭哭，哭什么哭？烦死了！"

周穗吓得直打嗝。

季凡灵垮着小脸："谁欺负你了？说话。"

下周体育课跑步时，周穗忐忑不安地跟在季凡灵后面，眼看着徐志雷几个人又开始眯起眼看她的胸，心狠狠一沉。

下一刻，她看见季凡灵面无表情地朝那几个男生跑了过去，一边跑一边脱下了自己的鞋，然后用鞋底狠狠抽他们怪笑的嘴。

这一幕太出人意料，把周穗吓傻了，把徐志雷吓傻了，把其他同学也吓傻了。

再然后就是让人记不清的混战，直到体育老师大吼着冲过来分开所有人。

体育老师气得脸红脖子粗："季凡灵！你跑步跑得好好的，为什么冲过去打人？啊！"

周穗感觉全身血液一下子"哗啦啦"涌到了头顶。

季凡灵孤零零地站在人群中间挨训，头发被抓乱了，一只鞋子也早不知道飞到哪里去了，别扭地单脚站着，将破了洞的袜子藏在小腿后面。

她瞥了眼人群里攥紧衣服的周穗，移开目光，抬了抬下巴，语气硬邦邦道："因为他们碍了我的眼。"

不知道为什么，周穗的眼泪突然就落下来了，心里涌起强烈的、这辈子也不肯忘记这一幕的愿望。

"打架有什么可说的？"季凡灵想起当年的事，不以为然，"你也不教点好的。"

很快菜就上齐了，有芦笋炒口蘑、白灼基围虾、金坛一品豆腐。

周穗捋起袖子给孩子剥虾，还悄悄地往季凡灵的盘子里放了几个。

"我刚想问，这不是你的衣服吧？"

"嗯，傅应呈的。"季凡灵的外套袖子卷了三折才勉强露出手掌。

"……啊？"

"说来话长，我胃痛的时候，吐他身上了。"

"……啊？"

"我自己的衣服被他扔了，借他的穿，一会儿去买新的。"

"他没生气吗？"

"他还能把我杀了？"

"但那是傅应呈啊！"周穗惊恐，"他可是连上黑板写完题都要出去洗手的人，而且他不是从不借人东西吗？"

季凡灵疑惑地抬头："是吗？"

"嗯，我记得他最讨厌别人碰他的东西，如果有人借了他的笔，他宁可送出去也不会拿回来。"

季凡灵愣了愣。

"难道这件外套他不想要了？"周穗思索。

"可能吧……"季凡灵含混道，没说这件是傅应呈让她自己去衣柜里随便拿的。

"也不知道傅应呈现在长什么样，你有照片吗？"周穗好奇道，"好歹他也是我们一中校草。"

"他？"

"贴吧公认的啊。如果他没有老把靠近他的女生气哭，喜欢他的人肯定比程嘉礼多。"话一出口，周穗才后知后觉自己不该提程嘉礼。

季凡灵完全无所谓，翻着手机相册："我哪有照片……"

她试着百度傅应呈的名字，果然跳出来长长的百度词条，个人荣誉多得吓人，时间线最早的一条是当年北宛市高考状元，还配了几张傅应呈接受采访和获奖时的照片。

周穗接过手机翻了几张，忍不住感慨："我的天，他比读书时更帅了！他不出道真是娱乐圈的损失。"

"是吗？"

"你每天对着这张脸，难道毫无感觉吗？"周穗把手机推给季凡灵，"尤其这张，他现在真长这样？"

照片似乎是一张抓拍，出席某活动的现场，男人俯身下车的一瞬，微低着头，深眸挺鼻，碎发投下剪影，一条修长的腿迈出，单脚踏在红毯上，皮鞋鞋面锃亮，西装裤腿熨烫得笔挺，淡金色的光线自上而下地照亮他的脸。

清贵，淡漠。

如山巅白雪。

有些人往人群里一放，哪怕不说话，也带着与生俱来的压迫感。

季凡灵掀起眼皮，内心没什么波动："不也就那样？"

周穗撇了撇嘴："……你可真行。"

或许因为周穗提到打架的事，季凡灵突然想起一个细节。

当时操场上的那场混战，傅应呈也是在的。

虽然最开始徐志雷被她用鞋底劈头盖脸地扇蒙了，但很快反应了过来，叫着朋友陈超一起开始反击。

季凡灵毕竟是个女孩，还比他们矮一个头，被狠狠地推搡着倒在地上。徐志雷顶着一张被扇肿的猪嘴，弓身一只手拎着她的领子，另一只手高高扬起，想打回来。

直到这时，季凡灵仍是无所谓的。

就算挨了几巴掌又怎样？她天生抗揍。

再说，事情闹大了，老唐绝对会喊家长来学校，到时候徐志雷会被他爹拖回家狠批，而季国梁不一样，根本就不会来学校。

所以，不论输赢，她血赚不亏。

"啪"的一声脆响，结果，预料之中的巴掌并没有落下。

季凡灵眯眼看去。

逆着光，穿着校服的少年蒙上一层散射的光晕，带着疾跑后的喘息，紧紧攥住徐志雷的手腕："不要打架。"

徐志雷气疯了，大声叫骂道："放开我！傅应呈你滚开！我抽死这……啊啊啊啊——"

季凡灵没看清傅应呈的动作，只觉得他似乎侧了下身，手肘带着狠劲一旋，徐志雷突然就发出了杀猪般的惨叫。

季凡灵"扑哧"笑了。

炽热的日光下，少年冰冷的瞳孔垂下，快速瞥了她一眼，看不清是什么情绪。

徐志雷的惨叫把隔着半个操场的老师和同学全引来了。

体育老师询问情况的时候，傅应呈单手制住徐志雷，一脸平静道："我看到他们起了冲突，所以去劝架。"

徐志雷在他手下撕心裂肺地吼着："你那是劝架吗？她冲过来打我，你不打她反而打我？"

傅应呈语气很平："我想拉住徐志雷，他挣扎得太用力了，或许是脱臼了吧？我现在送他去医务室。"

徐志雷之前有被全校通报的前科，而傅应呈平时最遵规守矩，上学期还作为年级第一在国旗下讲话，体育老师没道理不信傅应呈，立刻道："那你赶紧送他去吧。"

一转头，他气得脸红脖子粗："还笑！笑什么笑？季凡灵！你跑步跑得好好的，为什么冲过去打人？"

从前，季凡灵觉得像傅应呈这种永远自律、永远高高在上的人，和她这样早就破罐子破摔烂在地里的人根本不是一个世界的。

可那一瞬间，她突然觉得傅应呈和她有一点点像。

不过，也只是一瞬间的念头罢了。

季凡灵吃饭一如既往的快，早早吃完，一边聊天一边等着周穗和涵涵。

手机跳出傅应呈的微信消息。

c：在哪儿？

关我屁事：快吃完了。

还把地址发给了他。

c：在那里等我，半个小时后到。

季凡灵以为傅应呈打算顺路把她接回去，反正也不是第一次这样了，就没多问。

等到结账的时候，周穗突然想起了什么："你的钱还够花吗？我再转你一千吧？"

季凡灵本想拒绝，但想到一会儿还要买衣服，就点了点头，打开微信想看还剩多少钱。

余额五百……

季凡灵有点蒙。

办假证的钱、面试打印资料的钱、来回路费、赶不回来吃饭的伙食费、洗发水沐浴露拖鞋，再加上她自己买的内衣裤、袜子……

林林总总，先不论加起来多少，周穗借了她五百，怎么花了一个月还剩五百？

"不对啊……"季凡灵皱眉，"你的钱怎么花了不见少？"

周穗探头看来，想了想："你默认的付款方式是零钱吗？你给我转一块钱试试？"

季凡灵当着周穗的面操作，周穗中途打断了她："你看，这里默认的是优先银行卡支付，你的支付密码是自己设的吗？"

季凡灵疑惑："密码不是下载微信时就设置好的吗？我没改过。"

"所以你用的是银行卡里的钱。"

季凡灵一愣。

"绑定的是傅应呈的卡吧？"

季凡灵依旧愣着。

"你居然不知道吗？"周穗惊讶。

季凡灵呆住了。

她一直！在花！傅应呈的钱！

季凡灵猛地想起一个琐碎的片段。

打碎碗碟后，她和傅应呈去逛超市，结账时，她把洗发水和拖鞋等个人用品挑出来，说她自己付。

当时，傅应呈奇怪地看了她一眼。

难怪他觉得奇怪啊！

合着不管谁付钱，刷的都是他的卡啊！

季凡灵如遭雷劈。

傅应呈该不会觉得她是神经病吧？

就在两天前，傅应呈说赔她一件衣服，她还理直气壮地说自己有钱买。

傅应呈回了个问号，想必他很无语吧？

她有个屁的钱。

周穗伸手点开季凡灵的微信账单，发现她本月已经支出……一千二百五十元了。

季凡灵彻底麻了。

周穗看她面色惨白，慌忙给她转钱："但也有可能他没发现，你赶紧还他就好了吧？"

周穗又宽慰了她几句，确认她没事才带着孩子回家。

季凡灵一个人孤零零地站在商场门口等傅应呈。

人死事小，脸没事大，她的心情是从未有过的沉重，以至于傅应呈看到她的第一眼就蹙起眉头："胃痛？"

不，心痛。

季凡灵抬头，不自然地扯了扯嘴角："……你的车呢？"

傅应呈抬脚往购物中心里走："车库。"

季凡灵快步追上："不是说接我回去？"

傅应呈："不是说赔你衣服？"

更内疚了。

季凡灵默了默，绞着手指，艰难道："那个……我最近突然发现，我的微信好像绑了你的银行卡。"

"所以？"

"我不小心用了你的钱。"季凡灵闭了闭眼，视死如归，"你知道吗？"

傅应呈说："支出有短信提醒。"

短信提醒又是什么东西？

她每次付钱，银行都会发短信通知傅应呈吗？

杀千刀的资本家。

季凡灵硬着头皮："哦……那我现在还你？"

她都已经做好准备被傅应呈嘲讽几句，比如"我还以为你要一直装不知道呢""不是说自己有钱吗""欠我的就只有这一千吗"。

傅应呈却只是问："你哪来的钱？"

"借周穗的。"

"拆东墙补西墙？"

……确实，也差不多。

傅应呈罕见地没揶揄她，甚至那股刻薄又傲慢的劲儿都敛了起来，目光平静："借她的钱做什么？还回去。"

"那我不成借你的钱了吗？"

季凡灵觉得自己还是跟周穗更亲近些。

"她要养孩子，我养吗？"

季凡灵又是一愣。

"她缺钱，我缺吗？"

季凡灵依旧愣愣的。

"劫贫济富，你可真行！"傅应呈像是在笑她，又没有笑，语气有种冷淡的温和，"再好的朋友，借钱也伤感情，还回去。"

季凡灵只好停下脚步，低头操作，把周穗的钱转了回去，突然又觉出不对劲来："你就不怕伤我们的感情？"

傅应呈没有说话。

季凡灵抬头看他。

男人单手插着兜，看向近处的商铺，长睫低低压着，在眼睑投下一片晦暗的阴影。

"……我们又不是朋友。"

傅应呈语气很淡，带着让人读不懂的复杂情绪。

季凡灵想，他说得倒也没错，他们是纯粹的老同学……加债主的关系。

傅应呈快步走在前面，径直上了三楼服饰区。

季凡灵紧随其后，碎碎念道："我现在一共花了你1250元，我来你家是11月3日，最迟这个月底我就能找到工作。"

傅应呈停在一家主打少女风的服装店前，拿了一件衣服在她身前比画了下。

季凡灵掰着手指算："你放心，我借的钱最多不会超过三千……四千。假设我一个月能还你一千，最迟明年四月就可以还清，再加上我这个月花销大头还是办假证，之后不会……"

见她小嘴还在说个不停，傅应呈不耐烦地打断："什么都跟我说，我看起来很闲？"

季凡灵不解：你不是都闲到来给我买衣服了吗？

傅应呈把手里的衣服往她怀里一丢："看看喜不喜欢。"

是一件洋气的短款白色羊羔绒夹袄。

季凡灵说："不喜欢。"

傅应呈看了她一眼。

季凡灵小心地把衣服挂回去："买什么白色，不耐脏。"

傅应呈没说什么，又拿了一件深咖色的双排扣毛领大衣。

季凡灵："不要。"

傅应呈不解。

季凡灵："你看不见这么长的毛？很容易沾灰的。"

傅应呈："怎么，你心仪的工作是在泥潭里打滚？"

季凡灵忍不住在他背后翻了个白眼，无意中看见对面户外男装店挂着的黑色冲锋衣，忍不住走了过去："哎，这个还不错。"

店员小姐姐见她这么说，立刻笑道："眼光真好，我们家的冲锋衣保暖耐脏，特别适合户外运动，内里还有抗静电处理的加绒内胆……"说着还忍不住瞄了眼她身后蹙着眉的英俊男人，"是给这位帅哥挑的吗？"

季凡灵："我穿。"

店员一愣："……啊？"

季凡灵："能试穿吗？"

店员马上回过神来："……能。"

季凡灵将冲锋衣套在自己身上，像个偷穿大人衣服的小孩，袖子拖得老长，她还美滋滋地把帽子扣上了，费力仰着头看傅应呈："怎么样？还有四个口袋，特别能装。"

"你的眼光还真是……"傅应呈垂眸打量她，不禁顿了顿，"一如既往的差。"

季凡灵突然想起来，傅应呈在家教她使用烘干机的时候，似乎也说过类似的话。

彼时男人站在阳台上，好整以暇地抱着胸，黑眸注视着她："……我什么时候说过你差的是智商？"

搞了半天，他是觉得她眼光差！

季凡灵垮着小脸："哪里差？"

傅应呈："脱了。"

季凡灵据理力争："这衣服脏了抹一下就好。"

傅应呈："我不付钱。"

一招制敌。

季凡灵不情不愿地跟着傅应呈回到女装店，嘟囔道："还说赔我呢。"

傅应呈冷淡地瞥她一眼："我的钱只会拿来买我喜欢的。"

季凡灵不搭理他，自己去旁边挑衣服了，翻了两件，无意中看到吊牌上的价格……

这是黑店吧？

女孩装作看衣服，若无其事地挪到傅应呈身边，压低了嗓音："哎，要不别在这儿买了？"

男人放下手里的衣服，侧头看她："不喜欢？"

"贵。"季凡灵说，"附近有一个服装批发市场……"

傅应呈打断："不去。"

季凡灵坚持："比这儿便宜得多。"

傅应呈不耐烦地"啧"了一声，像是觉得她教不会似的："我的钱呢……"

季凡灵马上接话："只买你喜欢的。"

好好好，大菩萨、大冤种、大犟驴。

这回她索性不挑了，甩手掌柜似的站在旁边，等着傅应呈挑。

傅应呈长睫垂着，没什么情绪，叫人分不清是太挑剔还是太有耐心，把整个店的衣服一件件快速看了一遍，最后才屈尊纡贵地伸手拿了件深色、好打理且有大口袋的大衣。

季凡灵换上，走到镜子前转着看了看。

她对衣服也就刚说的那几条要求，这件都满足了，至于好不好看，她不太懂。

季凡灵掏出手机拍镜子里的自己。

傅应呈问道："做什么？"

季凡灵说："问问周穗。"

傅应呈伸出手，季凡灵愣了下才反应过来他是要帮自己拍照，便把手机递了过去。

季凡灵捏着袖子，笔直地站着看他。

傅应呈微微低头，看着屏幕。

店里的白光照亮男人的脸，在平日冰冷的轮廓上添了几分不真切的柔和。

他做事时，眸子里总是嵌满一丝不苟的专注……那张天生薄情的脸上，这种凝视的目光，几乎让人错觉是深情。

耳边突兀地响起周穗的话。

——"你每天对着这张脸，难道毫无感觉吗？"

季凡灵心跳突然乱了一拍。

她当然对那张照片没有反应。

因为傅应呈本人要比扁平的照片好看得多……

短暂的几秒，在季凡灵的感知中却被拉长。

傅应呈终于拍完："过来看。"

季凡灵松了口气，走过去："还行吧。"

她感觉傅应呈拍了很久，应该不只是拍了一张才对，所以随手扒拉屏幕，想看其他照片。

结果或许是她多用了两根手指，这么一滑，手机瞬间被切到之前使用过的界面。

——百度百科傅应呈。

穿黑色西装开迈巴赫的那张照片……

季凡灵整个人都僵住了，一寸寸石化。

男人掀起薄而冷的眼皮，望着她，乌瞳里蕴含着一点深邃的暗光，吐字慢条斯理："这好像是……我？"

季凡灵不语。

"我真人不就在这儿？"

傅应呈语速很慢，饶有兴致地一字一顿，像是钝刀子磨着人的耳膜。

"怎么，看不够？还要私下偷偷搜我的照片？"

谁偷偷搜你的照片？

季凡灵劈手夺过手机，火速把界面关了，面无表情道："不是为了看照片，查查你在做什么工作而已。"

傅应呈盯着她看了两秒，忽然抬了抬下颌，语气淡淡地问："那你说说，我是做什么工作的？"

季凡灵顿住了。

当时她光顾着找照片了，完全没细看。

况且，傅应呈的高傲是刻在骨子里的，并不在人前炫耀，平日他从不和她说工作上的事，她也知趣地从没问过。

"你，工作，就是，开公司……"

季凡灵像个被老师罚背书的学生，转着珠串，憋了半天，最后顶着一张天塌下来也要强撑的面瘫脸，生硬道："你干什么的，自己不知道，还要问我？"

她说完，转身就走，耳朵发烫，没敢看傅应呈的表情。

只听见身后传来压得低沉的一声闷笑，竟有些悦耳。

季凡灵板着脸走到一边，低头恶狠狠地退出百度，把照片发给周穗。周穗可能在忙，没回消息。

倒是店员见她换上了大衣，热情开麦："哎呀！好漂亮的妹妹，这件衣服不扣扣子更好看呢，最好这样敞着穿……"

店员替她解开扣子，惊讶地发现她里面穿着一件皱巴巴的秋季校服外套，很旧了，蓝白色，带拉链的那种。

"这是……校服？"

季凡灵抬头，毫无感情地说："我爱一中，一中爱我。"

闻声，正在旁边挑衣服的傅应呈仿佛心情很不错似的开口："给她拿几件内搭。"

店员立刻回应："好嘞。"

店员一口一个"漂亮妹妹"，笑眯眯地连哄带骗，季凡灵毫无反抗之力地被塞了几件打底衫，然后被推进了试衣间。

几分钟后，季凡灵拉开帘子。

店员抬头看来，"扑哧"一声笑了，点着自己脖子中间说道："穿反啦，那是后颈的扣子……我来帮你穿。"

她是个大方的北方姑娘，见女孩年龄不大，同行的又是个男士，没法帮忙，便钻进了试衣间。

季凡灵张了张嘴，局促地后退两步，背抵着墙。

她下意识抗拒过于亲密的距离，但又不想表现出来。

她还在僵硬，店员已经麻利地上手帮她脱衣服了。

衣服被撩起来的一瞬间，季凡灵回过神，仓促喊道："等下……"

"啊！"店员像是被烫到一样，叫了出来。

这声音在安静的店里异常突兀。

傅应呈放下手里的东西，蹙眉看去："怎么了？"

另一名男店员赶忙跑向试衣间："出什么事了？"

狭小的试衣间里，季凡灵垂眼，扯下衣服，遮住自己身上狰狞的疤痕。

她面前的店员磕巴道："没事，别进来！"尾音不自然地发抖。

反而更可疑了。

"你、你没事吧？"她小声问女孩。

"这话应该我问你吧？"季凡灵抬眼，慢吞吞道。

"你这些伤是……你有没有危险？"店员慌忙掏出手机，"需要报警吗？我们店里有监控，你相信我，你是安全的。"

季凡灵按住她的手："我没事。"

"是不是跟你一起来的那个人做的？"店员惊怒交加，"我刚才似乎看见他逼问你了。"

当时她在远处取货，听不清两人说话，只远远看见女孩低着头，头顶只到男人胸前，纤细的背影僵硬，隐隐透着不安。

男人大约一米八七左右的身高，看人时，居高临下的。

他虽然长得英俊，可并没有什么亲和力，反而是冷淡又薄情的面相。

脱下的毛呢大衣被他挽在臂弯里，绷紧的衬衫下，手臂肌肉线条优越，明显是锻炼过的，凸起的指节、腕骨、喉结、手背上的青筋，处处蕴含着力量感。

那样的体型差距……

好像一只手就能把女孩牢牢制住。

"他是不是一直掌控你、威胁你、虐待你？刚刚他也不让你自己挑衣服，不让你拍照，你背对着他的时候，他都一直盯着你看！"店员越说越激动，"是不是你不听话，他就打你？那些疤是不是他留下的？天哪！你是未成年，他怎么能做这种丧心病狂的事情？"

季凡灵一头雾水，这都是哪跟哪？

傅应呈风评惨遭被害。

"确实，他看起来不像好人。"季凡灵捏着衣角，别扭地撇开视线，"但他其实人挺好……很好的。"

店员将信将疑："真的？"

"嗯，谢谢你。"季凡灵看着店员，就好像看着当年发现她身上一点点小伤便哭得跟个兔子似的周穗。

她僵硬地拍了拍店员的胳膊，摆出姐姐一样的口气："那些都是我十年前受的伤……都已经，过去很久了。"

店员出了试衣间后，笑着跟店里的顾客解释说看到一只小虫子，已经解决了，不必担心。

傅应呈扫了眼仍关着门的试衣间，没信半点她拙劣的谎言。

另一名男店员跑过去，低声道："怎么回事？你不是不怕虫的吗？"

那店员自知瞒不过去，只好说道："那女孩身上有伤痕。"

借着货架的遮挡，傅应呈不动声色地朝他俩的位置走近了些。

"客人身上有个疤怎么了，你叫什么？"男店员不以为然，"多不礼貌。"

"你懂什么！"女店员急了，"那是一个疤吗？横七竖八，新的旧的，浑身上下到处都是，像是刀割的，像是皮带抽的，又像是烟头烫的，哎，我分不清，你不知道多吓人……"

"这么严重？要不要报警啊？"

"不用，她说都是从前……"

后面的声音压得更低，听不见了。

货架后，一声不吭的男人垂着眼睫，眉眼沉沉，眼底如被晦暗的阴云缓缓覆盖。

"从前"两个字，好像一支逆向的箭，将思绪扯回十年前那个冰封的冬夜。

他第一次去季凡灵家的时候。

2012年年末，北宛迎来罕见的寒潮。

连续一周的特大暴雪掩埋了车辆，封堵了街口，以往热闹非凡的小吃街因为气温影响人流骤减，只有室内餐馆还在勉强营业。

纷飞的鹅毛大雪里，一个人影撑着黑色的伞，在雪地里踩出一条长长的脚印，没有在街边任何一家店停留，独自一人渐行渐远。

熟悉小吃街的人都知道，每天晚上，这个少年都会从学校门口横过小吃街，在江家小面门口拐弯，走向马路对面以老破小闻名的居民区。

像是在沿着一条既定的路线前行，又像是被困在原地无法离开。

此时季凡灵已经失踪月余，在学校里的讨论度越来越低，她唯一的亲人早早放弃，警方也不得不认定其死亡。

只有傅应呈还在寻找，在所有她可能去的地方寻找，还一遍遍沿着她那天晚上的路线，重复，再重复。

他天生是个极端理性主义者，从不做无用的事，此时却有股冷静的疯劲。

或许比起坚信她仍活着，他只是不肯让最后一个还在找她的人消失。

仿佛坚持得够久，总有一天，他路过街口，就会看到想见的人。

傅应呈走到小区门口，停下了脚步，正准备离开，看见小区外停着一辆小货车，一个中年男人站在小货车边和司机争吵。

男人在搬家，要货车开到单元楼底下，司机说小区不允许货车进入，男人就气急败坏地咒骂。

傅应呈抬起伞檐，看见了男人的脸。

——是季国梁。

季国梁只来过一次学校，那是高一刚开学的时候，他在老唐的办公室里一把鼻涕一把泪，哭诉爱人早逝、家庭困难、女儿可怜，找老唐借钱。

老唐心软，当即借了一千，结果季国梁马上就没影了，最后还是季凡灵得知了这件事，偷了家里的钱还给老唐。

当时季国梁在老师办公室里痛哭的时候，傅应呈因为听到季凡灵的名字，所以多看了一眼。

此时认了出来，他鬼使神差地跟了上去。

季国梁上了楼，过了会儿，抱着一纸箱的杂物下楼，摔在路边，嘴里骂骂咧咧的。

纸箱里是高中的课本、作业本、铅笔、书包、女孩的头绳，还有一些旧衣服、旧裤子，甚至灰蒙蒙的内衣，像垃圾一样堆在一起。

一堆旧物中，一个格外漂亮的相框非常显眼，相框里是一名眉目清秀的女人，穿着白裙子。

"终于搬家了？快滚，滚得好！"一位刚从菜市场买完菜的老奶奶回到小区，对着季国梁的背影痛骂。

老奶奶蹒跚上前，弯腰翻了翻季国梁扔掉的箱子："怎么全扔了……真丧德哦。"

"您认识这家人？"

旁边响起一个低沉的声音，老奶奶抬头，发现头顶多了一把黑色的伞，替她撑伞的少年高挑好看，脸上没什么表情。

"我住他家对门。"老奶奶终于找到一个发泄口，"这家媳妇死了，丈夫又是个赌棍，白天睡大觉，晚上聚一群人闹得震天响，吵得我夜夜睡不着。"

"两人就一个女儿，出车祸死了，凡灵才死多久啊，这混账玩意儿就把她的东西全丢了！你那些破烂才该扔掉！"老奶奶冲着楼上大喊了一声。

"凡灵。"少年很轻地咬字。

"……是啊，小姑娘在读高中，本来明年就高考了。有时我拎不动大米，她就帮我搬上楼，还跟我道歉说她影响我睡觉了。我说那又不是她做的事，哪轮得到她来道歉。多好多乖一小姑娘，结果，唉……唉！"老奶奶欲言又止，狠狠地拄了下拐杖，"这混账隔三岔五就打她！"

空气安静了一瞬。

冰冷的雪落在傅应呈漆黑的睫毛上。

少年没有搭话，老奶奶还是嘟嘟囔囔讲了下去："我就是看不惯他那德行，打孩子算什么玩意儿？你不知道，有时候他打得……真造孽啊。有次我以为要出事，找了居委会，还报了警，结果警察说只能警告教育，自那之后他变本加厉，我就不敢报警了。老天不开眼，怎么死的不是他……"

絮絮叨叨的苍老嗓音逐渐消散在风里。

良久，少年弯腰接过老奶奶手里的菜，嗓音干涩："我送您上去。"

因为房东用押金要挟，季国梁不得不把自己的东西全部搬走。

此时季凡灵家里空空荡荡，只剩被烟熏黄的墙壁，看不出任何她存在过的痕迹了。

老奶奶回到家，吃了饭，又看了一会儿电视，开门准备去丢垃圾的时候，惊愕地发现那名少年竟然还站在楼道里。

他就这样定定地站在季凡灵家门前，肩膀单薄，冻僵的脊背如弓弦绷紧，像是要绷断了。

"小伙子，还没走啊？"老奶奶劝道，"楼道里太冷了，走吧，没什么好看的了。"

傅应呈动了动唇，没说出话，只是艰难又沉哑地应了一声，垂下早已涩痛的眼。

原来，这世上还有比故人离去更痛苦的事——

等她死了，你才发现，她活着时也并不幸福。

女装店。

等店员离开后，季凡灵在试衣间里掀起衣服，对着镜子左右转着看了看。

她早就不把伤疤当一回事了，以至于都忘了自己的身体是会把人吓得尖叫的模样。

大概真的很丑吧……

季凡灵面无表情地整理好衣服，一走出试衣间，就注意到不远处傅应呈投来的目光。

季凡灵觉得傅应呈不是那种逛一整天街的闲人，自己也并不享受消费的过程，索性直截了当道："就这件吧，你觉得呢？"

傅应呈没有回答，起身去结账，对收银员平静道："刚刚她试过的，都包起来。"

季凡灵猛地回头："啊？"

店员一愣："包括您一开始拿的短款羊羔绒夹袄和深咖色毛领大衣吗？"

傅应呈点点头："是的。"

季凡灵惊呆了："啊？"

傅应呈无视她在旁边使眼色，继续问："有配套的裤子吗？"

"有的有的，搭配大衣的话，这几条都蛮合适的，半身裙也不错，S码要不要试……"

"不用试了。"傅应呈听到还要试衣服，眼里压着点不易察觉的烦躁，指尖敲了敲，打断道，"都包起来吧。"

"好的，三件大衣、四件上衣、三条长裤加两条半身裙，这边一共收您……"

"打住！"季凡灵制止了店员结算的动作，忍无可忍地拽了拽傅应呈的袖口，"不是说只赔我一件？"

傅应呈低眼看着她，眸子很黑、很深、很沉，能从他的眼里清晰看见季凡灵的倒影。

明明两人一直待在一起，那却是一种看向很久不见的故人的眼神。

像一尊孤独的、落了雪的黑色雕像。

季凡灵愣了下，奇怪道："傅应呈？"

傅应呈顿了下，挣开她的手，看向别处。

"……我给你买衣服呢，是为了我自己的眼睛着想。"和平时明显的嘲讽不同，这次他的语气淡淡的，但莫名让人觉得比以往任何一次都要不高兴，就连伸手结账都带着不容置喙的意味，"……所以，不算在你头上。"

季凡灵不知道傅应呈为什么突然不高兴，但她发现，傅应呈在给她买了一大堆衣服裤子，又转向鞋店买了运动鞋、皮鞋、长靴、短靴后，心情微妙地变得好了一点。

季凡灵不知道傅应呈听到了那两个店员的对话，更不可能知道傅应呈曾在她车祸失踪后去了她家。

她想：该不会是傅应呈一直觉得她哪儿都丑，现在终于逮到机会，把她从头到脚改造一遍，才终于让他顺了气吧？

很有可能。

季凡灵瞄了眼面不改色付钱的傅应呈，逐渐感到麻木。

与其送上去被他嫌弃，不如明智地选择沉默。

况且，她都得了便宜，还是别卖乖了。不管什么原因，被送了一大堆过冬的衣服，怎么都很难让人讨厌。

季凡灵感觉今年会是个温暖的冬天。

口袋里的手机振动了下，季凡灵掏出手机，跳出一条新的短信。

还有一条微信好友申请，来自程嘉礼。

她愣了下，意识到微信号是和手机号绑定的，所以被程嘉礼顺藤摸瓜找了过来。

不过她并不想加程嘉礼的好友，所以平静地无视了。

第二条短信，才是她真正在乎的。

季凡灵睁大了眼，反复看了两遍，忍不住跳起来，跑向不远处的傅应呈。

她有工作了！

录用季凡灵的是吉星街的赵三串大排档。

虽临近年末，但大学生们普遍还没放寒假，饭馆缺人手，服务员工作强度大，时间又长，季凡灵便成功入选，下周一直接入职。

工作时间是早上十点到下午两点，短暂午休后，再从下午四点半到晚上十点，直到客人全部清场。

工资到手两千五，全勤二百，但第一个月试用期只有一千八。

钱是少了点，好在从傅应呈家小区门口坐 3 路公交车可以直达吉星街，往返路费花不了多少，还包午饭和晚饭。

季凡灵觉得没什么可挑剔的，毕竟她真正有的只有初中文凭，A 大学生证骗得了别人骗不了自己。

可没想到，正式上班后，事情没她想的那么简单。

她每天要无限重复送花生米，端茶倒水，等客人点菜，手写菜单，上菜，打包，收盘子，送客，翻台，见缝插针地扫地，收拾垃圾……忙得上厕所的时间都没有。

工作时间屁股根本挨不到板凳，一天能走足足两万步。

端一盘菜没什么，端久了手都在发抖，尤其是煲汤的汤锅，重得跟铁球一样。

自从上班以后，她几乎见不到傅应呈了，因为两人的作息完全错开。

平时她跟傅应呈的交流都集中在饭点，现在她饭点正好都在工作，傅应呈离开家的时候，她还在睡觉，她回来时又很迟，两人仿佛变成了没有交集的合租室友，只有偶尔会在深夜碰面。

这天晚上，傅应呈走出书房，看到季凡灵刚进家门，换了鞋，耷拉着眼皮，走向自己这边的走廊，微微蹙眉："都快一点了。"

"你不也没睡？"季凡灵打了个哈欠，看起来十分疲惫。

"总比睡了再被你吵醒好。"

闻言，季凡灵停住脚步，回头，大脑迟钝地转了下。

傅应呈的意思好像是他为了等她才一直没睡。

"怎么会？"季凡灵说，"我一点动静都不会发出来。"

"你确定？"傅应呈尾音微扬。

季凡灵又不那么确定了。

该不会她之前经常吵到傅应呈吧？

"有桌客人聚餐喝酒，结束得迟，3 路公交末班车在十点二十分左右经过，我没赶上，"季凡灵解释，"所以我只能坐 19 路再转 7 路。"

"假如我十一点还没到家，说明我错过末班车了，你就关门睡……行吗？"她有点难以启齿。

她住在傅应呈家，还要他来迁就她的习惯，多少有点不像话。

傅应呈目光晦暗。

他之前觉得这份工作还算安全，勉强可以忍受，是建立在季凡灵从吉星街坐 3 路公交车直达他家小区外的前提下。

深夜了，她一个人在外面转公交车走夜路？

"我有经验。"季凡灵还在给傅应呈表演，她把拖鞋拎在手里，只穿着袜子，就可以做到无声潜行。

女孩蹑手蹑脚地走了几步，抬起乌黑的眼眸："这样你还能听见？"

傅应呈的视线落在她踩在冰凉地砖的白袜子上，眼神微动："还不如穿着鞋。"

"不可能啊。"季凡灵狐疑。

"与其琢磨这些，"男人淡淡打断，"……不如在我睡前回来。"

说是"睡前"，但季凡灵觉得傅应呈睡得其实也很迟，因为她每次到家的时候傅应呈都在工作。

虽然如此，她还是尽量早一点回来。

转眼两周过去，季凡灵逐渐上手了。

她在工作时也是独来独往，不太和人交流。

这批店员里，她稍微会聊两句的，是一个叫吕燕的女生，刚上大二，勤工俭学，黑黑瘦瘦的，比她高一个头，也比她早工作半年。

吕燕以为她们是同龄人，经常在午休时间来找季凡灵拼桌："你长得跟个高中生一样，真的有十九岁吗？"

季凡灵问道："你几几年的？"

"2003。"

季凡灵忍不住"呵"了声："00后的小屁孩。"

吕燕腹诽：说得好像你是90后一样！

两人正吃着统一发的盒饭，一个吊梢眼、扎着马尾、挑染黄发的女生走了进来，声音尖厉："新来的还没吃完？后厨缺人串烤串，你去帮忙。"

季凡灵顿住，冷冷抬眼。

来人是领班黄莉莉，职位在季凡灵这些服务员之上，主要就是监工，盯着员工们干活，防止他们偷懒。

但后厨的活可不在季凡灵的职责范围内，更何况现在还是午休时间。

"莉莉姐，我们才刚开始吃。"吕燕赔笑。

"我喊她又不是喊你，"黄莉莉横了她一眼，转头点名道姓，"季凡灵，还愣着干什么？"

季凡灵没说话，收了饭盒，直接往后厨去了。

吕燕坐在一旁难以下咽，小心翼翼地瞅着黄莉莉的脸色："姐，凡灵是不是做了什么你不喜欢的事？"

"你以为人人都跟你一样实心眼？"黄莉莉翻了个白眼，"你看不出她身上的衣服和我的是一个牌子？"

吕燕有些结巴："那、那要多少钱啊？"

黄莉莉倨傲地比了个数。

吕燕惊愕："啊？她原来这么有钱的？"

"所以说你蠢。肯定是山寨的啊！否则有那实力买真的，还能来这儿端盘子？"黄莉莉嗤笑，"野鸡屁股上插两根毛，还以为自己是凤凰了。我就瞧不惯她穿假货，还在我面前充胖子那样儿！"

吕燕不吭声了。

季凡灵知道黄莉莉讨厌她，她不知道为什么，也并不关心。

就像有些狗天性爱咬人一样，这个世界上也会有人无缘无故地犯贱，况且大排档的工作分工本身就很模糊，各个劳动力被充分压榨，服务员不仅要打扫卫生，有时还要洗碗洗菜。

多干点活累不死，黄莉莉只能给她找不痛快，无权让她滚蛋。

更何况，吕燕悄悄告诉过她，黄莉莉是大排档赵老板的表侄女。

……上诉也没用，走的只会是她自己。

虽然答应了傅应呈早点回去，但季凡灵有时也身不由己。

过了两天，十点半该下班的时候，女孩站在摊前，眼睁睁看着末班车离开站台。

她旁边的桌子坐了六七个臭男人，还在互相劝酒、谈天说地、勾肩搭背、称兄道弟。

原则上，她没法赶客人，跟酒鬼也说不清道理，强行收摊很容易引起闹事，之前就有过先例，服务员只能委婉提醒，之后便是干等。

一直熬到十一点半，客人们才终于醉醺醺地离开。

季凡灵和吕燕快速收账，清理桌面打扫卫生。

锁上玻璃门，四周只剩"赵三串大排档"牌匾的白色冷光，空荡荡的街道寂冷，十二月底的夜风呼啸，空中飘起丝状的细雪。

吕燕的出租屋就在附近，没走几步就跟季凡灵道别离开了。

季凡灵洗完抹布的手冻得像冰块一样，缩在羽绒服口袋里，站了一天的脚痛得要命，想到因为几个醉鬼又要走很远的路赶公交车，就觉得厌烦。

她压着兜帽，刚走出两步，看见一辆黑色汽车安静地划破夜色，打着双闪，靠着路边缓慢行驶。

电光石火间，季凡灵想到了傅应呈，然后又觉得可笑。

真是染上坏习惯了，一走不动路就惦记傅应呈那辆车……

季凡灵裹紧领口，目不斜视地顶风往前走，突然听到一声鸣笛。

她转头，看见驾驶室的车窗摇下。

夜深风急，伴着加速的心跳声，清冷地映出男人眉眼的轮廓。

有一瞬间，季凡灵还以为自己困蒙了。

傅应呈看着路面，单手搭在方向盘上。

见季凡灵半天没动，他不耐烦地侧过头，屈起指尖敲了敲："坐了这么多次了，还认不得我的车？"

季凡灵反应过来，快步绕到副驾驶座，开门上车："你怎么来了？"

傅应呈目不斜视："还能是来接你的？"

那必然是不能。

"这个点还工作？"季凡灵把手放在空调出风口，感觉暖和多了，"难道也在这边吃饭？"

"不是，刚在基地做完 MDCloud37 批量测试。"傅应呈说，"虽然早拿到 NMPA 批准，但在欧洲上市的话还要根据 MDR 做一系列细微调整。量子平台这类光谱诊疗器械调整不大，但 Bio-Robot 3.0 和 ASYSM 系列都是基于我国患者建立的数据架构，应用在海外容易出现感知和决策上的问题。时间比较紧，最近我都需要去盯一下。"

季凡灵腹诽：谁家好人说话还夹英文？

"没听懂？"傅应呈瞥了她一眼，见她信以为真，糊弄过去了，不轻不重地扯了下嘴角，"那你还问。"

季凡灵暗骂：好好好，我多嘴，我不该问。

手机亮起。

季凡灵低头看去，发现程嘉礼又在微信给她发了好友申请。

备注：是我，程嘉礼。

……谁不知道你是程嘉礼？

季凡灵按灭了手机。

车里一安静，她就犯困，没几分钟就睡着了，甚至还做了个梦。

或许是因为刚刚看到程嘉礼的好友申请，梦里是高中时的事情。

那时候程嘉礼经常大课间背着吉他来高三（7）班找她，开口就是："凡灵，我昨晚梦到你了。"

季凡灵眼都不抬："梦到我揍你？我可以让你梦想成真。"

"什么啊？"程嘉礼笑了，斜坐在楼梯扶手上，调了调琴头的弦钮，"我梦到你给我唱歌，就是这首。"

少年抬手拨弦，在人来人往的楼梯口边弹边唱，声音清朗，引得很多人围观。

季凡灵怀疑自己是不是对浪漫不开窍，既不喜欢听歌，也不喜欢成为人群的焦点，把帽檐压得很低，低着头，脚尖来回蹭地，巴不得他赶紧唱完。

她之所以没跑开，只是因为程嘉礼每次唱完都会说："这首歌不是我写的，是梦里的凡灵唱给我的。"

周围的同学发出怪叫起哄。

程嘉礼抱着吉他，狐狸眼弯弯地看向季凡灵："哪有艺术家不爱自己的缪斯？"

季凡灵只是单纯喜欢那一刻——

她感到自己这样的人居然也有为人所用的瞬间。

那之后的一周，傅应呈可能经常要去实验室，总是和季凡灵一样深夜十一二点才回家。

某天晚上，季凡灵又没赶上末班车，突然想试试看能不能等到傅应呈，结果等了不到五分钟，还真让她等到了。

周四的黄昏，夕阳投下暖色的光柱，孜然和辣椒的香味随风弥漫，大排档逐渐开始上客。

季凡灵正端着热水壶给客人倒水，突然感到围裙里的手机在振动。

她还以为是傅应呈的电话，快速跑到一边接起："喂？"

"是我。"男人的声音笑吟吟的。

"程嘉礼？"季凡灵莫名其妙。

"没看见我的好友申请？"

"看见了，"季凡灵用肩膀夹着手机，"但我不是什么人都加。"

"我是什么人？"程嘉礼低笑了声，"还你东西还请你吃饭的好心人？"

季凡灵不说话。

程嘉礼又笑了笑："我有急事找你，你现在在哪儿？"

"什么事？"

"电话里说不清楚，真挺急的。"程嘉礼说，"见个面怕什么，我还能吃了你不成？"

季凡灵犹豫了下："吉星街和三环交叉口，赵三串大排档，你来了就可以看到我。"

大约四十分钟之后，一辆黑色的重型摩托车从路口带着轰鸣声驶过，急刹停在了路边。

背着吉他的青年长腿一跨，下了摩托车，摘下黑色头盔，反手抓了抓额发，大步流星地走进大排档。

正是客流量大的时候，季凡灵忙得脚不沾地，程嘉礼都走到她面前了，她才注意到。她端着菜从他身侧急匆匆地挤过去："到了？你等我几分钟。"

过了二十分钟左右，季凡灵终于找了个空当，让吕燕帮忙撑一会儿，仓促地擦了手跑过来。

"出什么事了？"

女孩气喘吁吁的，大冷天的，又是在户外，额上竟然还有汗。

程嘉礼忍不住蹙眉："你在这儿工作？怎么喝水的时间都没有？我看着都心疼……"

"什么事？"季凡灵打断。

程嘉礼顿了顿，忽然笑了，从口袋里抽出一张浅蓝色的门票："过两天就是元旦了，还记得我上次跟你说的哈城冰雪音乐节吗？"

"啊？"

程嘉礼将门票递过来："要不要来看我的演出？"

季凡灵的火一下就冒了出来："这算哪门子的急事？"

"这还不急？我明天就去彩排了。"程嘉礼挑眉，"你来，路费算我的，住宿算我的，请假扣的工资也算我的，怎么样？"

"我缺你那点钱？"那种让她浑身都不舒服的感觉又来了，季凡灵转身准备走。

"好好好，不缺不缺。"程嘉礼拉住她的手腕，好脾气地哄道，"我吃饭总行了吧？"

季凡灵从围裙的口袋里掏出点单的本子和铅笔，草草记了个"8号桌"，压着火气问："吃什么？"

程嘉礼点完单，季凡灵转身就走，之后上菜也行色匆匆，一言不发。

她的托盘里不止程嘉礼的菜，还有其他桌客人等着的菜，程嘉礼也不好总抓着她说话。

过了一会儿，季凡灵在7号桌收拾残羹冷炙，一边擦桌子，一边把油腻的碗碟摞在一起，突然听到身后传来吉他声。

她抬头，看到打开的吉他盒旁，程嘉礼懒散地靠着椅背，跷着二郎腿，抱着吉他弹唱。

周围的喧闹声渐小，陆续有客人望过来，有人抬起手随着节拍挥舞，还有人举起手机录像。

"这是歌手？还是哪个网红？"

"别说，还挺帅的。"

"不认识，搜一下看看。"

"哦哦哦，是不是那个……程嘉礼！落日放逐者的主唱！"

季凡灵收回目光，没什么情绪地抱着碗碟去了后厨。

等她再出来的时候，程嘉礼喊住了她："我刚刚唱的歌，你听见了吗？"

季凡灵奇怪地看他一眼："我看起来像聋子？"

程嘉礼笑了："好听吗？这歌可跟你有关。"

她不解："为什么？"

"上次在川腾府见面那晚,我做了个梦,梦见了你……"

季凡灵盯着程嘉礼的笑眼,心中慢慢升腾起不好的预感。

程嘉礼没注意到她神色的变化,继续笑眯眯道:"梦里你给我唱了首歌,就是我刚刚唱的那一首。你说,你算不算我的缪斯?"

周遭的喧哗在季凡灵耳里骤然消失。

和十年前无比相似的话,从同一个人嘴里说了出来。

可是……

仿佛曾经珍视的小蛋糕,回味起来却发现生了蛆。

季凡灵的神色一寸寸冷下去:"你见条狗都这么说?"

程嘉礼没反应过来她为什么这么问,觉得有些好笑:"我当然只对你这么说。"

季凡灵突然感到很荒谬。

她终于明白为什么自己面对程嘉礼时总是感到难受。

问题不是他变了,恰恰是因为他没变。

他还是对她笑,还是照顾她,还是追着她跑,还是抱着吉他给她唱歌,说着那个不知是真是假的梦境,哄小孩似的喊她缪斯。

当年是为了让她开心,现在呢?

季凡灵死了,程嘉礼结婚了,此时站在这里的只是两个萍水相逢的陌生人,难道还是为了哄她开心?

"程嘉礼,你什么意思?"

"我没什么意思啊。"

程嘉礼奇怪地看着女孩,顿了顿,又伸手去勾她的手指:"怎么跟个刺猬似的,动不动就炸毛?"

季凡灵后退一步,躲开了他的手,说不出是因为结了婚的他在外勾引小姑娘让人恶心,还是拿十年前的招数又来哄别人更让人恶心,只觉得一股汹涌的恶心涌上天灵盖。

"新来的!"远处传来尖厉的骂声,"4号桌加酸菜鱼,5号桌结账,7号桌点单!你站在那儿是死的吗?"

季凡灵头一次听到黄莉莉的声音觉得解脱,应声跑了几步,又停下脚步,回头看着程嘉礼的眼睛,笔直地竖起中指,嗓音冷得像冰:"谁要做你的缪斯?"

几分钟后,程嘉礼接起电话。

来电的是他们乐队的鼓手,也是当时他婚礼上的伴郎。

"程哥,合奏就差你了,怎么还没来?"

程嘉礼叹了口气，收起吉他，站起身："我在吉星街，现在出发，差不多半小时到。"

他说着，正要走，想了下，伸手拉住旁边一个年轻的女服务员："刚刚跟我说话的女孩，她的东西落我这儿了，我急着走，你帮我给她？"

懵懂的吕燕被塞了一手："哦……哦好。"

程嘉礼对她笑了笑。

电话那边的鼓手疑惑道："吉星街？你在那儿做什么？"

"还记得婚礼上我说看到个很像我初恋的女孩吗？"

"你……"对面反应了一下，笑骂道，"你可真行，被你泡到手了？"

"还早呢。"

"早？她做什么的？"

"大排档服务员。"

鼓手忍不住轻蔑地嗤笑："那还不好搞定？"

"难哦。"程嘉礼哭笑不得地摇头，"也不知道哪句话惹到她了，我给她唱歌，她对我竖中指。"

鼓手沉默了一会儿："这么野？要不咱算了？"

"怎么能算了？"

"反正你不就图她那张脸吗？脾气比你初恋差远了吧？"

"怎么说呢……"程嘉礼跨上摩托车，戴上头盔，忍不住想起最后女孩凶人时浑身反骨的劲儿，无意识地扬起嘴角，心痒得要命，"她这个人，从头到脚，连脾气都跟我初恋特别像。"

也是他十年前和现在看一眼就喜欢的模样。

程嘉礼托吕燕交给季凡灵的，是一个红色的小袋子。

袋子里是一条女款红绳手链，红绳中央还系着一朵小小的金玫瑰。

季凡灵拆袋的时候，吕燕眼睛都睁大了："你把金子落他那儿了？"

她无语地抬眼："他说什么你都信啊？"

吕燕帮她用手机拍照搜图，搜出来手链是 999 足金，0.5 克，约三百块钱的样子。

说多昂贵，倒也不至于，可能价值还比不上那张音乐节的门票。

但门票季凡灵可以当作废纸，金子却不能随随便便丢掉。

这简直跟个烫手山芋一样，假如她收了，就是默许两人的关系更进一步；假如不收，就只能加他微信好友，主动联系他，再约着还手链，不得不又见一次面。

左右程嘉礼血赚不亏。

季凡灵觉得可笑。

该不会程嘉礼从一开始还她珠串，特地约在川腾府见面，就是为了进一步请她吃饭吧？

当时眼看着昔日好友一夜变有妇之夫，她心里多少有点物是人非的难受，哪想到程嘉礼却盘算着搞一场暧昧的婚外情……

但那时程嘉礼和她也就婚礼上远远看了一眼。

一眼就看上她了？

能看上她什么？

——只能是看上她长得像早死的季凡灵这一点。

真是离谱又晦气。

换作从前，季凡灵早就杀过去骂他八辈子祖宗了。

但她上班太累实在没有力气了，更不想主动找他顺了他的意。

同事徐姐因为染了风寒，连续高烧，请了一周的假，大排档人手不够，本来服务员就是单休，季凡灵又眼馋休息日的双倍加班费，所以从上岗到现在一天都没休息过。

下班后，季凡灵靠在公交车震动的车窗上，差点睡过站。晚上十一点，她拖着沉重的身躯进门，感觉腿脚都不是自己的了，一头倒在沙发上。

傅应呈回来的时候，看见女孩像一具木乃伊一样直挺挺地躺着。

不用再出门，他便在玄关处放下车钥匙，换鞋的时候，注意到季凡灵今天的鞋没有摆齐。

和上下两层的鞋相比，偏右了大概两指的距离。

只不过傅应呈的鞋柜像有强迫症一样，鞋子自上而下整齐划一，所以这偏差便略有些明显。

傅应呈垂睫，放下了自己的鞋，没动季凡灵的，又合上了鞋柜门。

进屋洗手的时候，他路过次卧，余光瞥见季凡灵的被子没有铺，草草拱成一团。

这倒是早有预料。

刚到他家的时候，季凡灵还会花大力气折豆腐块，后来慢慢只是叠起来，上周她有天睡过头差点迟到，来不及叠被子，傅应呈也没说什么。

……自那以后，她的被子就再也没有叠过。

傅应呈洗完手，进了趟浴室，走回客厅，一路上又发现很多细节，譬如丢在玄关处的塑料工牌、用了但没有放回原处的水杯、没有挂起来而只是搭在椅背上的外衣……

就像一片洁白的宽阔雪地上被留下了痕迹。

从前季凡灵在家里也是紧绷的，说话大大咧咧，做事却小心翼翼。

傅应呈除了不让她打扫，从来没提出任何要求，但她的一举一动都在暗中迎合他的标准。

假如傅应呈前一秒请她离开，她后一秒就能拎着门后那个装满杂物的塑料袋抹去她在他家里留下的所有痕迹。

仿佛她时刻都做好了被赶走的准备。

就像一只流浪惯了的野猫，不论你给她多温暖的火炉、多充足的牛奶，她都只会蜷缩在门槛边，警惕地打量着你，不肯在这个暂居的家里留下半点足迹。

然而现在……

傅应呈走回沙发边，女孩依然头朝下瘫着，一动不动。

他心底泛起微妙的痒意，像是那片无人踏足的洁白雪地被施舍般印上了野猫的脚印。

他好像终于把她养熟一点了。

季凡灵感到有人在身边，缓缓侧过头。

视野里是笔挺的西装裤腿，向上，迎上了男人漆黑深邃的目光。

……看来已经对她无语了。

季凡灵慢吞吞地爬起来："……现在就洗。"

傅应呈注视着她的动作，顿了下："要是累了，就去泡个澡。"

季凡灵一愣："啊？"

傅应呈转身离开，淡声道："水都放好了，不洗也浪费。"

季凡灵早就注意到傅应呈家的浴缸，似乎还是智能恒温的，但她从没用它泡过澡，也不知道怎么泡。

傅应呈突然喊她泡澡，该不会是嫌她被大排档腌入味儿了吧？

季凡灵抬起胳膊使劲嗅了嗅，感觉是能闻到烟熏味，于是往浴缸里倒了点沐浴露去味儿，然后伸直了四肢慢慢放松。

橘色的灯光下，透着暖意的热气氤氲而上。

真别说，是挺舒服的。

半个小时后。

傅应呈结束工作电话，路过浴室，见里面灯还亮着，停住脚步，叩了叩门："别泡太久。"

里面一片死寂。

没有回音，连水声都没有。

傅应呈眉心蹙紧，提高了声音："还在洗吗？"

过了两三秒，里面终于迟缓地传来"嗯"的一声。

女孩平时嗓音冷硬，不设防时声音却意外很软，仿佛被人从睡梦中叫醒，带着湿润的水汽。

傅应呈眉宇微松，垂眼淡声道："不要在浴缸里睡，起来。"

浴室里，季凡灵很轻的动作搅起朦胧的水声，然后是一声带着困倦的声音。

"……哦。"

傅应呈收回手，转身走开。

刚走出两步，门后突然传来一声沉重的闷响，接着是瓶瓶罐罐掉了一大片"噼里啪啦"的响声。

傅应呈眼神一沉，大步走回，叩门问道："什么摔了？"

无人回答。

"季凡灵……季凡灵！"

嗓音里的情绪逐渐失控。

他急促有力地敲门，里面依旧没有反应。

傅应呈面色沉冷得可怕。

他压下门把手，又松开，仓促地扫视四周。

没什么能拿来用的。

情急之下，男人一手摘了眼镜，丢在旁边，一手勾着领带用力扯松，用领带蒙住双眼，两端绕到脑后快速系紧，然后不再迟疑，推门而入。

第五章

可他明明不信天，不信地，连神明都不放在眼里。

蒙眼后只余一片黑暗。

推门而入后，浴室里温热潮湿的水汽卷着雏菊沐浴露的味道扑面而来。

傅应呈边喊着季凡灵的名字边摸索，拨开两三个瓶子，在浴缸边的地上触到浸湿的发丝，立马顺着将人揽着膝弯抱了起来。

怀里的重量轻得让人一愣。

一出封闭潮闷的浴室，被外头稍凉的空气一吹，季凡灵就醒了。

头仍在眩晕，宛如天旋地转，但她隐约意识到自己不是低血糖就是低血压了。

泡澡太舒服，她昏昏沉沉地睡了过去，意识模糊中听到傅应呈喊她别睡，起身就想出来。

她起身太快，一只脚刚跨出浴缸，下一秒就眼前一黑，栽了下去。

身体其他部分的知觉也慢慢复苏了。

膝盖一阵阵地痛，手肘也痛，大概是倒下去的时候磕在了浴缸和地上。

沉甸甸的湿发被拨开了，清凉的空气涌入，她又清醒了一点。

谁抱着她？

季凡灵睁眼。

映入眼帘的是熟悉的客厅，冷灰色调的沙发，沙发上坐着的人穿着笔挺的白衬衫，银边眼镜被折起插在胸前的衣兜里，领口微敞，露出胸膛边缘的轮廓，先前系在脖子上的藏青色领带遮住了眼，挺直的鼻梁将领带下沿撑起，投下一小片晦暗的阴影。

他一只手掌轻而易举地撑着她的头，另一只手指节微屈，是一个刚把她的头发拨开的姿势，食指凑近，很轻地探了下她的鼻尖，像是在看还有没有东西挡住她的呼吸。

季凡灵整个人都僵住了。

羞耻心像山崩海啸一样席卷过来。

她怎么泡澡都能泡晕？还晕在傅应呈家里？还被他发现了？还被他抱出来？还没穿衣服？

这算什么事啊？

此刻她坐在傅应呈的大腿上！赤！身！裸！体！还靠在他怀里！

季凡灵本能地想遮一下身体，手虚弱地在胸前和身下挡了挡，感觉自己像案板上被拔光了毛的白斩鸡。

她这么一动，傅应呈立刻感觉到了，嗓音沉哑地开口："醒了？"

季凡灵手指一抽，没出声。

实不相瞒，有那么一瞬间，她想直接死了。

没等到回答，傅应呈眉心皱得更紧。

季凡灵不知道他在想什么，只看到他定了两秒，突然按着她的后脑勺俯身凑近。

失去视觉的人往往判断不准距离，一瞬间拉近的脸，让季凡灵错觉他快撞上自己了。

男人紧抿的薄唇就在她眼前不到几厘米的地方。

她甚至能感觉到，傅应呈的鼻息掺着清淡的木质香拂过她的额头。

两秒后。

季凡灵一惊。

他闻我！

傅应呈，你属狗的吧？

直到傅应呈拉开距离，插进她发丝的指尖顺着头骨的轮廓摸索，季凡灵才意识到傅应呈不是在闻她。

他是在闻有没有血腥味。

她昏迷固然可能是低血糖的老毛病，但假如摔到头了呢？

他甚至没办法判断自己手里的是水还是血。

仔细一想，新鲜出炉一具血尸还怪吓人的。

他该不会以为她摔死了吧？

季凡灵心一动，差点就要开口。

男人抬手，宽大的掌心拢起长发，顺着眉骨的方向摸她的眼睫，想判断她有没有睁眼。

季凡灵把话生生咽了回去。

如果傅应呈发现她醒了，但不吭声，肯定会居高临下地盯着她，探究似的，冷淡讥讽地轻笑一声。

醒了还装?

真行,就这么喜欢让我抱?

…………

简直就是傅应呈把她从医院背回来那晚的惨剧重演!

季凡灵脑子晕得厉害,思绪比平时迟钝得多,她转一个念头的工夫,傅应呈的指腹已经触了好几次她的眼睫。

一个人是睁着眼还是闭着眼,其实是很好摸出来的,更何况她都紧张得眨眼了。

但不知道为什么,傅应呈几次三番都无法确认,急切焦灼的欲望和不敢触碰的克制来回拉扯,最终融进一声低低的:"季凡灵。"

冷冽的嗓音掺着沙哑,带着颗粒感碾过耳膜。

带着薄茧的指腹催促般抵住她的侧脸,迫使她微微转头。

"……说话。"

季凡灵看着傅应呈的脸,突然产生一种很怪的想法。

假如能看到的话,领带后的目光应当是滚烫的。

她下意识开口:"说什么?"

心里紧绷得快要断掉的某种情绪骤然松了,傅应呈很轻地扯了下嘴角,问道:"疼?"

"不怎么疼。"

"摔哪儿了?"

"膝盖。"

"能坐吗?"

季凡灵点点头,点完才想起他看不见:"能。"

傅应呈立刻抱起她,把她放在了沙发上,不太想和她多接触的样子。

只不过松手后,他的手臂没有立刻撤走,而是不易察觉地停了下,有种下意识护着,怕她坐不稳会倒的意思。

"等着。"确认她坐好了,傅应呈转身往浴室走。

再回来的时候,他手里抓着一条宽大的白色浴巾。

他看不见,站定的位置歪了,离沙发边缘还隔了两步远的距离。

季凡灵费力地伸出手,够到浴巾一角,拽过来,火速把自己包了起来:"……好了。"

傅应呈抬手就把领带扯了。

骤然由暗变亮,男人微眯着眼,飞快地审视了她一遍。

女孩坐在沙发上,被浴巾裹得像个粽子,只露出一个脑袋,睫毛细软,缺氧般猛打哈欠。

她赤着脚，脚踝纤细素白，关节处晕着一点湿漉漉的粉。

傅应呈很快收回目光，转了转尾戒，压着点意味不明的烦躁："就不该让你泡澡。"

手机铃声响起。

傅应呈从口袋里掏出手机，季凡灵看见来电提醒是"杨铭哲"。

傅应呈垂眼看着屏幕。

心理医生都这样执着的吗？千方百计地去拉无药可救的人。

季凡灵奇怪地问道："不接？"

"不重要。"傅应呈按了静音，将手机放回口袋，转身走开。

季凡灵在他身后犹豫地开口："哈喽，至少给我拿个鞋？"

傅应呈回来的时候，一手拎着她的拖鞋，一手端着一杯牛奶。

他把鞋丢在地上，将杯子伸到她跟前，淡声道："喝了。"

季凡灵愣了下，没想到自己还有这待遇，小心地把浴巾分开一个缺口，伸手去接。

余光瞥见自己手臂上的疤痕，她又下意识把手缩回半截："……要不，你递近点？"

傅应呈没说话，往前又送了送。

季凡灵挣了半天，还是够不到，心说：我是因为光着才扭捏，你难道也光着吗？

她正这么想着，一抬头，愣了下。

傅应呈手里端着杯子，却没有看她，视线落在客厅的空旷处。

他下颌线明晰，眼底是沉寂的黑。

突然，季凡灵心里像是被温柔地碰了下，是一种说不出的感觉。

她低眼，伸长了手接过杯子："……谢谢。"

"喝完就回房间。"

说完，傅应呈转身走开，突然顿了下，又冷着声线补上一句："省得把感冒传染给我。"

傅应呈走回自己的卧室，在卧室厕所的洗手台冲水，用力抹了把脸。

水流汹涌。

他双臂撑在洗手台上，手背青筋暴起，垂着眼喘息，水珠大滴大滴顺着下巴砸落。

镜子里的脸和刚才截然不同。

冷漠和平静像水面被石子打破，晦暗的眼底情绪翻涌，自责、恼火、暴戾、慌乱，还有埋藏极深的恐惧……像冰冷的毒蛇吐着森冷的芯子，徐徐爬过人的脊椎。

在季凡灵失去意识的那段时间里，经年封存的伤疤又一次被撕开，血淋淋的，刺痛足以让人失去理智。

傅应呈走向床头，拉开抽屉，翻出一瓶药倒出几粒，丢进嘴里，就这么囫囵吞下。

他坐在床边，用手掌遮着眼睛，缓慢平复着呼吸。

过了很久，他吐出口气，睁睁眼，收起药瓶。

突然注意到别的什么，那原本已经平静的眼底又掀起新的波澜。

他的大腿上还留着浸透的湿痕。

深色面料的西装裤上，潮湿的痕迹格外明显。

……是她曾坐在那里留下的痕迹。

湿润的、潮热的、柔软的触感，水从她的身体滑落渗透进布料，触及他的大腿。

再加上她的肤色……

被深色布料一衬，应当是触目惊心的白。

傅应呈闭了闭眼，起身找烟。

季凡灵没把晕倒的事放在心上。

低血糖嘛，老毛病了，她又不是第一次晕。

膝盖倒是青了一大片，但这点程度的磕碰对她来说不算什么，第二天还是照常去上班了。

假如不是这件事里有傅应呈参与，她早就抛诸脑后了。

但第二天午休的时候，季凡灵几口扒完了盒饭，趴在桌上，本想枕着胳膊眯一会儿，却翻来覆去睡不着。

眼前还是傅应呈给她端牛奶的那幕。

男人站在沙发前，身后是简约冷淡的背景墙，一贯平整的白衬衫湿透了，粘在身上，透出劲瘦有力的线条。

他递来杯子，目光望着别处，脸上没什么情绪，就像只是顺手给她抽了张纸巾。

牛奶是热的，还加了蜂蜜。

季凡灵舔了下唇，好像那股甜味还残留在唇瓣上。

仔细一想，这次，加上上次胃痛去医院，傅应呈好像对她挺好的。

甚至有点太好了。

手机振了下，周穗发来消息。

穗穗平安：你看新闻了吗？

穗穗平安：这不是傅应呈吗？

然后是一条链接。

——喜讯，恭喜本市卓越企业家傅应呈再获国家慈善奖！

本来也睡不着，季凡灵索性坐起，点开链接。

傅应呈先生，九州医疗创始人，获得过"全国十大慈善家""全国优秀企业家""北宛市先进个人"等称号，他名下的助学项目风铃计划，仅 2022 年就捐赠了 3.2 亿元用于助学，共建设希望小学 47 所，帮扶困难家庭学生 3.4万人……

季凡灵震惊，三亿？

她知道傅应呈有钱，没钱也不可能雇司机开迈巴赫，但怎么也没想到他这么有钱。

配图是九月受傅应呈资助考出大山的几名学生捧着 B 大录取通知书，在礼堂前的红地毯上与傅应呈的合影。

他们一起拿着一串风铃，那是一件饱含感激之情的礼物，由几名来自五湖四海的学生亲手采集家乡的贝壳或是玉石，自行设计制作，赠予傅应呈的。

季凡灵放大图片，仔细辨认。

……没错，就是挂在她卧室角落里的那一串。

她从前躺在床上，听到叮叮当当的风铃声，还感慨过傅应呈居然也会在家里挂装饰品。

没想到那不是装饰品，而是奢侈品。

价值 3.2 亿的奢侈品。

穗穗平安：我当年真想不到傅应呈会这么热心慈善。

穗穗平安：你知道的，他不像陈俊那样喜欢到处给人讲题。

穗穗平安：他不爱理人、很冷漠，还有点孤僻，总是独来独往。

穗穗平安：现在我真觉得误会他了。

季凡灵最开始看到新闻也有点意外，但现在全部能说通了。

傅应呈同意她在他家住，深夜带她去医院，冲进浴室把她抱出来，这些对他来说，根本就是在做慈善。

在他眼里，她不过是另一种版本的山区小孩。

原来从不是老同学之间的互相帮助。

只是他单方面的同情……

季凡灵抿着唇，压下心里微妙的情绪，换了个话题。

关我屁事：说到获奖，我记得我死那会儿，学校在评市级三好学生。

关我屁事：后来傅应呈评上了吗？

穗穗平安：没有。

穗穗平安：最后还是给了一班的李博航。

季凡灵垂着的眼睫毛无声颤了下。

关我屁事：其实无所谓。

穗穗平安：是啊，对现在的傅应里来说，当年那些非议和反对，回想起来，都跟笑话一样吧？

这天晚上十点半，赵三串大排档准时下班，季凡灵在最后清扫户外大棚里的垃圾。

领班黄莉莉站在一边，手指上套着钥匙圈晃动："快点啦快点啦，我要锁门了！"

吕燕跑过来，接过季凡灵手里的扫帚和簸箕："我来吧，你要不先走？我看你好像有点瘸。"

季凡灵愣了下："没事，昨天磕了一下而已。"

她把旁边的塑料凳子叠起来搬回室内，快搬完的时候，道路尽头传来重型摩托车呼啸而过的声音，一辆黑色摩托车停在大排档的路边。

季凡灵瞥见车上的人影，瞬间脑门冒火，转头对吕燕说："那我先走了，明天我扫尾。"

吕燕笑了笑："客气什么。"

季凡灵脱下围裙，怒气冲冲地往路边跑。跨坐在摩托车上的男人摘下头盔，笑吟吟地站在路边，迎了两步，伸出手准备接她。

从远处看，很有点夜色朦胧，两人双向奔赴，男人抱她满怀的意思。

假如季凡灵没有把金链子摔到那人脸上的话。

"以后你少出现在我面前。"季凡灵冷冷道，"这是最后一次还你东西，再有下次，直接扔掉。"

程嘉礼哭笑不得地从自己头上把金链子摘下来："你不喜欢？"

"你听不懂人话？"

季凡灵话里的刺不加遮掩，程嘉礼定定地看了她一会儿后，无奈地耸耸肩："能不能告诉我，我到底做错了什么？我向你道歉。"

"道歉？好啊，"季凡灵冷笑，"你干脆把我和你老婆拉个群吧。"

程嘉礼顿了两秒，摇头莞尔一笑，是那种终于知道她在闹什么小脾气的笑："你啊你……"

季凡灵一愣。

"静云是静云，你是你。"程嘉礼弯腰，嗓音柔得像在哄小孩，"我跟她不是你想的那种关系，父母之命，家族联姻，她年纪也大了，你跟她不一样……"

季凡灵听不下去了，转身要走："我看你不仅年纪大了，脑子也没了。"

程嘉礼笑着拉她手腕："好好好，我没脑子，没脑子的人送你回家？"

季凡灵恼火地甩开："少碰我。"

程嘉礼不甘心放她走，想把她哄好，而季凡灵走不掉，新仇旧恨叠加，想给他来个狠狠的过肩摔。

两人拉扯时，原本一直停在马路对面阴影中的黑车突然从沉默中苏醒，鸣笛，启动，驶出一个凌厉的弧度。

甩来的车头射出雪亮的灯光，光柱如剑刺破夜幕，照亮两人。

车子停下的那一瞬间，程嘉礼抓紧季凡灵的手，季凡灵抱住程嘉礼的一条胳膊，全照得一清二楚。

季凡灵眯着眼，认出那是傅应呈的车。

灯光刺目，隔着挡风玻璃，只能模糊看见驾驶位上男人面无表情的脸。

明明看不清表情，季凡灵却莫名觉得挡风玻璃后的眼神深不见底。

车前的远光灯熄灭，车头掉转，横停在女孩面前，差点撞翻前面停着的摩托车。

然后是傅应呈冷到没有温度的一声："上车。"

程嘉礼眉头一皱。

他以为这是哪个不长眼的滴滴司机，催人上车就算了，还暴力驾驶开远光灯晃人眼，甚至差点撞翻他的摩托车。

"接个单猴急成这样？知道我这车多少钱吗……"程嘉礼笑骂着抬头。

比起看人，男人的第一反应还是先看车。

劳斯莱斯纯黑库里南，世界上最昂贵的 SUV 之一，车型以迄今为止开采出的最大的南非钻石 Cullinan 命名，从里到外都是贵族般的低调奢华，车牌还是有钱都买不到的连号。

程嘉礼的火气卡在了喉咙里，不上不下。

这种车跑滴滴的概率……

夜色穿透车窗后越发昏暗了，男人轮廓冷峻，竟然还有几分……说不出的面熟。

程嘉礼低头问季凡灵："你认识他？"又抬头看向傅应呈，"您喊错人了？"

季凡灵毫不犹豫地甩开程嘉礼的手，径直上车。

她连安全带都还没系好，库里南就已经在发动机的轰鸣声中瞬间提速，绝尘而去。

傅应呈的车向来暖气开得很足，今天却有种说不出的冷意。

路灯的光像水流一样渐次滑过男人的脸，却跟焐不热似的，阴云密布，很压抑。

季凡灵也在因为程嘉礼烦躁，半天没说话。

直到在一个路口遇上红灯，车刹得有点急，季凡灵惯性往前冲了一点，被安全带勒得回神，随口道："对了，你今天来得挺早啊。"

平时要是准时下班她都是自己坐公交车，只有十一点多他们才能"顺路"碰到。

傅应呈没有看她，指尖在方向盘上按得泛白，语气却很轻："来得不巧？"

"挺巧的啊。但是为什么开这么快？赶时间就别来接我了。"

傅应呈瞥了她一眼，凉飕飕道："哪有你跑得快。"

季凡灵一愣。

红灯的光映在男人漆黑的眸底，带着某种冰冷的禁忌感，跟她从大排档里冲出来一路奔向程嘉礼时的眼神一样刺眼。

她每次见他总是慢吞吞的，半天认不出车。

原来，见别人都是用跑的。

傅应呈垂着眼，喉间逸出一声轻笑："看来昨天确实摔得不重。"

自己何必巴巴地提早赶来接人？

季凡灵一头雾水。

她也不是什么好脾气的人："什么意思？巴不得我瘫了在家瘫着？"

做了那么多慈善，却没有朋友，不是没有原因的，傅应呈！

绿灯亮起，傅应呈没接话，启动车辆，车内一时陷入了寂静。

季凡灵默了一会儿。

方才，如果不论语气，单看字句，傅应呈也可能是表达看到她没受伤而高兴吧？

是她对嘲讽有点敏感了？

傅应呈或许没那个意思？

季凡灵托着下巴，望着窗外，有心缓和一下刚才本能的回击，慢吞吞道："其实，你要是不方便，以后不用来接我了。"

"怎么，打算换程嘉礼来接？"

季凡灵本来听到程嘉礼就烦，立马扭头，话里忍不住带了火气："跟他又有什么关系？"

傅应呈咬牙。

真行。

这就护上了。

提都不能提？

死寂般压抑的几分钟里，后视镜下悬着的平安符缓慢地晃晃悠悠。

余光中，男人修长的指骨虚握着方向盘，屈起指尖，提醒似的敲了敲，语速很慢："你难道不知道他结婚了？"

季凡灵下意识回道："他结婚关我什么事？"

这是毫不在意的意思？

还不死心？

就这么喜欢吗？

傅应呈压着心头的火气，冷冷吐字："你就没想过，他其实喜欢他现在的爱人呢？"

季凡灵想起程嘉礼那几句"茶味"四溢的"父母之命，家族联姻""她年纪也大了""你跟她不一样"，忍不住觉得荒谬，笑出了声："……我说真的，那可未必。"

这话落在傅应呈耳朵里，认为是季凡灵觉得程嘉礼不爱他老婆就爱她，还指望他离婚了再来娶她。

库里南突然减速，急打方向，刹车，靠边，停车，打着双闪灯。

一闪一闪，光暗交错。

傅应呈转头，忍无可忍，一字一顿道："你能不能清醒一点？"

"你能不能正常一点？"季凡灵掀起眼皮盯着他，眼瞳黑白分明，"说真的，你今晚在发什么疯？"

"你这是……"傅应呈盯着她的脸，说不出更难听的话，咬着牙，"违法的，你不知道？"

季凡灵心说：我什么时候违过法……

糟了，该不会是他发现她还偷藏了一张假证吧？

今天他绕了这么大个圈，原来是搁这儿生气呢。

女孩瞬间心虚，捏着手指，偷瞄了一眼男人极差的脸色："你……你怎么发现的？"

"你觉得我瞎？"

季凡灵抿了抿唇，目光移到旁边的座椅上，含混道："我知道这样做是不好，但是……风险其实没那么大……"

傅应呈一愣。

"影响也没那么坏……"

傅应呈更蒙了。

"而且它对我真的很重要……"

傅应呈咬牙。

季凡灵试探地对上他的视线："有没有可能……你就当不知道这件事？"

有一瞬间，季凡灵觉得傅应呈气得好像恨不得掐死她。

傅应呈双眸黑沉沉地看着她。

昏暗的车厢，触手可及的距离，紧绷到极致的氛围……

他眼底有种让人看不懂的情绪，深处涌动的暗流，像山海一样沉重，压得她没法呼吸。

"……没这个可能。"过了很久，傅应呈才低声道，靠在椅背上，嗓音有点沉哑，带着抹不去的疲倦。

他摘下眼镜，按了按鼻梁，闭着眼，低声道："季凡灵。"

他向来不会连名带姓地喊她。

这三个字从傅应呈唇间吐出，莫名有种很特别的、让人心头一跳的意味。

"如果你偏要这样……"

季凡灵突然开口打断："那算了。"

傅应呈不解。

一张假证，何至于此……季凡灵摊开手："我没带在身上，回家就给你，行了吧？"

傅应呈不解地看着她。

季凡灵也不解地看着他。

傅应呈眉头紧锁："什么东西？"

季凡灵眼神疑惑："学生证啊！"

傅应呈闭了闭眼："我在跟你说程嘉礼，你又在说些什么？"

"啊？"季凡灵呆了两秒，松了口气。

原来是聊程嘉礼啊，她还以为聊学生证呢，吓死她了。

"程嘉礼怎么了？"

"你能不能……"傅应呈沉默了好一阵，喉结生涩地滚了滚，声音几乎低不可闻，"能不能，别喜欢他了？"

"我？喜欢他？"季凡灵指着自己。

"我？喜欢他？"她脑子里的神经突突直跳。

"我？喜欢他？"她积压了几天的怨气彻底爆发。

"你怎么不拿个喇叭去街上喊？"傅应呈黑着脸。

"我喜欢他个锤子，我喜欢他！"季凡灵气炸了。

"他恶心了我一晚上，你现在还要说这种话来恶心我。"她咬牙切齿，冷冷道，"你记好了，我从前、现在、未来、死的、活的、半死不活的，都不喜欢他。"

傅应呈缓缓眨了下眼。

挡风玻璃外，路灯橘黄色的暖光像遥远的星辰落进深海，终于映亮了他的眼底。

"那你从前……"

"当着那么多人的面，他说要我以后当他女朋友，所有人都起哄来着，他还辛辛苦苦准备半天。"季凡灵伸手摸了下鼻子，慢吞吞道，"你知道的，我呢，不是那种让大家都扫兴的人。"

"就因为这个？"傅应呈眉心紧蹙。

当然不只是因为这个，还因为那个燥热的夏日，她低血糖晕倒，在医务室里感受到的短暂又真切的关怀。

但季凡灵此时绝不肯承认自己的过去，觉得这无异于自己人生中的一个污点，恨不得与之撇清八辈子关系，咬定道："就因为这个。"

说完，她也觉得自己听起来有点蠢，不悦地看了傅应呈一眼："还能不能走了？"

傅应呈眉心仍蹙着，却难得好说话。

"……能。"

一路无话，两人各揣心事。

车停在了地库，两人一前一后地往单元门走，进了电梯。

电梯门闭合的一瞬间，季凡灵突然反应过来，抬头去瞧傅应呈："等等，你该不会以为是我在对程嘉礼死缠烂打吧？"

不等傅应呈回答，她又说："他结婚了，我还对他念念不忘是吧？我还拆散人家？我有病？"

傅应呈哑口无言。

季凡灵气笑了，抱着胸，仰头睨他："我在你眼里是什么人啊？"

从前别人怎么看她，季凡灵向来不在乎，说她有娘生没娘养也好，说她跟季国梁一个德行也好，说她自甘堕落也好，她都不当回事，不知为什么，偏偏有点在意傅应呈的看法。

……可能是从他那儿拿得太多，都拿出包袱来了。

傅应呈侧头看了她一眼，嗓音有些微妙："你是什么样的人？"

季凡灵"嗯"了声。

傅应呈望着她，好像在审视评估，又好像只是在压眼尾上扬的弧度："与其说那些没用的，我倒是很好奇，你刚才说的学生证……"

季凡灵一惊。

傅应呈慢悠悠道："……是怎么一回事？"

哦嚯，撞枪口上了。

"你听错了。"季凡灵笑了下，伸手拍了拍傅应呈的胳膊，"人呢，住在

135 ·

一起，有点误会也很正常。我相信我在你心里，总体来说，还是很好的。"

季凡灵心知傅应呈是个既不好糊弄，又不给旁人留面子的人，她已经在内心跟自己的假学生证说再见了。

傅应呈却低笑了声，像大提琴的弓在低音弦上轻拉了一下，极悦耳。

是不带任何嘲讽意味的那种笑。

季凡灵奇怪地抬头看过去。

电梯内，广告板上光影流动，只捕捉到他一晃而过的嘴角。

好像心情很好。

傅应呈单手插兜，走出电梯，看不见神情，只是若有似无地丢下一句："你说是就是吧。"

过了元旦，就要开始发十二月的工资了。

季凡灵因为一整个月都没休息，加班五天，加班费每天两百，全勤一百，加上实习期一千八的工资，拿了两千九，比正式工还多。

领班黄莉莉负责统一结账，季凡灵收完钱正转身要走，突然听见她声音不高不低，阴阳怪气地笑了声："人没干多久，钱倒是拿得多。"

季凡灵回头，黄莉莉的三白眼吊儿郎当地看天看地，仿佛说话的人不是她似的。

"差点忘了，"季凡灵盯着她，慢腾腾道，"元旦节的时候，赵老板给每个在岗的店员都发了二十元的现金红包。"

闻言，黄莉莉一愣。

"当时我在厕所，没收到，也没顾得上去要，要不顺道一起结了？"

黄莉莉讥讽："没收到就算了呗，你缺这二十块？"

"是啊，"季凡灵平静道，"挺缺的。"

黄莉莉神色精彩纷呈。

这点小钱，就算闹到老板那里去，肯定也会图个彩头发了算了。

黄莉莉压不下这口气，翻了个白眼，还是给季凡灵发了红包，嘴里嘟嘟囔囔："都卖起来了，还缺这二十……再放开一点还不是要什么有什么。"

季凡灵没怎么听清，再加上其他人都赶着上前算考勤发工资，就没回去跟她计较，省得耽误别人时间。

吕燕已经拿到钱了，凑过来问："怎么样，钱多吗？"

"不是我应得的？"季凡灵心不在焉地回头瞥了眼，"黄莉莉吃错什么药了？刚说卖什么……"

吕燕"啊"了声："果然，她又跟你过不去了。"

季凡灵抬头看她："你知道她犯的什么病？"

吕燕左右看了看，把季凡灵拉进旁边没人的包厢里，关上门，低声说道："前几天晚上，你不是腿瘸先走了吗？她瞧见了。"

季凡灵没反应过来："我腿瘸碍她事了？"

"不是，"吕燕比画，"她瞧见你上别人的车了！"

"所以？"

吕燕声音更低了："她说那车是劳斯莱斯！"

当时黄莉莉的脸在彩灯的映照下都扭曲了。

季凡灵："……那就是吧。"

她不认识车标，但也并不意外。

吕燕结巴道："我能……能问吗？那是你什么人？"

"同学。"季凡灵顿了顿，改口道，"朋友。"

"那、那种朋友？"吕燕小心翼翼的，目光飘忽。

季凡灵算是知道黄莉莉说的"卖"是什么意思了。

"……普通朋友，顺路接我。"她没好气地抽了吕燕一巴掌，"你猜什么呢？他不是那种人。"

"哦……"吕燕懵懵懂懂地点头，"那他人还怪好的咧。"

季凡灵没再搭腔，毫不在意似的转头收拾盘子去了。

吕燕跟上了几步，手浸在水池的冷水里搓起泡沫，才突然后知后觉地想到什么。

以季凡灵的脾气和自尊，方才面对试探，她应该会毫不客气地反问："我能是那种人吗？"

不知道为什么，她的第一反应却是帮那个男人做了解释。

就仿佛她相信他，甚至超过相信她自己。

洗完盘子，季凡灵暂时没什么活了，趴在桌上算了一会儿账，先从工资里转了一千给傅应呈，想着能还一点是一点。

过了会儿，傅应呈回了消息过来。

c：？

关我屁事：我发工资了。

c：恭喜。

季凡灵盯着对话框等了半天也没见他收款。

关我屁事：一千是还你的。

c：怎么，就只借了一千？

季凡灵气得太阳穴都跳了跳。

关我屁事：不是全部的。

关我屁事：先还一点。

关我屁事：剩下的，下个月再还。

一千被退了回来。

c：我不收分期付款。

c：等你有钱再一起还。

季凡灵垂着眼，打了个"哦"，又删掉。

关我屁事：那我请你吃饭？

她说要请客是认真的，毕竟吃了傅应呈两个月的饭了，傅应呈不当回事，她却不能跟着装傻充愣，就算不能全请回去，也是个心意。

只不过傅应呈平时忙得够呛，早出晚归，况且堂堂总裁哪会缺饭吃，估计时间都抽不出来，她也就嘴上客气一下……

c：哪天？

关我屁事：……明天晚上？

c：好。

季凡灵有些发愣。

这就约上了？

看来他也不是很忙。

第二天是季凡灵这周正常的单休日，上个月她一直没休息，这个月不想再那么拼了。

早上她起得很迟，傅应呈毫不意外地已经去公司了，她甚至觉得傅应呈应该没有休息日这个概念。

中午童姨意外地来了家里，说是听到她在家，时隔一个月久违地给她做了饭，还炸了象征步步高的芝麻年糕。

饭后，季凡灵下楼，在楼下的花店买了一小束白色的雏菊，然后坐上去市郊的大巴。

天气很好，一月的阳光像搅散的蛋黄一样温暾地洒在路边灰蒙蒙的积雪上，连四周的景物都蒙上了一层毛玻璃的质感。

转了两趟车，加起来四十站路。

季凡灵到枣山墓园的时候，已经下午两点多了。

成片的荒草中掺着刚探头的绿芽，这是一片私人墓地，位置偏，管理差，荒郊野岭的，胜在价格低廉。

——这里也是埋江婉的地方。

季凡灵一直没来，一方面是忙着先养活自己，另一方面，心里也有隐秘的担忧。

十年过去，物是人非，她害怕来了以后发现墓地已经不在了。

毕竟以季国梁的畜生程度，未必愿意续交每年五十元的管理费。

没想到十年过去，墓地运营得一丝不苟，墓地外修了一圈铁围栏，草地上甚至还铺了石板路，四下整洁安宁。

季凡灵找到江婉的墓，放下雏菊，掏出抹布找了个水龙头沾湿，把墓碑擦了擦。

擦着擦着，她突然觉得不对劲。

她定睛一看，瞬间气笑了。

本来墓碑就小，之前只刻了江婉的名字和生卒年月、安葬时间，现在边上还硬挤进去"季凡灵"三个字。

季国梁不给她买墓地就算了，居然能想出在她妈妈的墓碑上硬加上她名字这种操作。

她这算不算是在扫自己的墓？

季凡灵在地上捡了个石头，想把自己的名字磨掉，又怕刮坏妈妈的名字，最后还是把石块丢了。

她蹲在墓碑前，犹豫了一会儿，干巴巴道：

"反正都是要死的，以后也能用得上。

"妈妈，我来看你了。

"我十年没来了，是因为我救了一个小男孩，他叫江柏星，现在上高二了。

"有没有可能，其实，我跟你一起待了十年，只是不记得了？

"是你把我送回来的吗？

"为什么不干脆让我留在那边陪你呢？"

季凡灵摸了摸鼻子，沉默了会儿。

微风四起，草尖晃动。

"我现在住在同学家里，他人很好，还借了钱给我，我已经找到工作了，很快就能养活自己了。

"一切都比十年前好了很多。"

季凡灵站起身，拍了拍衣角沾上的雪水："本来都已经一死了之，突然又得活好几十年，感觉有点麻烦。"

她歪头想了一下，很轻地笑了："但是，也有点高兴。"

扫完墓，季凡灵沿着来时的路往回走。

一个穿着蓝色制服、用大扫帚扫雪的墓地管理员突然喊住了她："哎，你是江婉的亲属吗？"

"是啊。"

"不好意思，墓地不允许留东西，麻烦你把带来的东西拿走。"

"不就一束花？"季凡灵问，"花都不行？"

"不是花。"

季凡灵跟着管理员去了休息室，接过相框，翻过来，突然就愣住了："这是……你们什么时候拿到的？"

相框里是江婉的照片。

这是当年她饿着肚子省钱买下的珍珠相框，在岁月的沉淀下逐渐泛黄，但照片依然鲜艳。

江婉乌发白裙，定格在容姿娇艳的时候，不像是遭受了十年的风吹日晒。

"也就上个月？还是上上个月？来扫墓的人留下的，我就收着了。"管理员挠挠头，"正好今天碰到你。"

最有可能是季国梁上个月来过墓地，随手把照片丢下了，但季凡灵又知道绝不可能是季国梁。

她一时间顾不得细想，仓促地掏出手机："谢谢您保管，要不要交保管费什么的？"

"不用不用。"那人赶紧摆手，"分内的事而已，小姑娘你拿走吧，没什么好客气的啊。"

季凡灵宝贝似的抱着相框，离开了墓地，一路坐大巴回市里，觉得像做梦一样。

……她还以为照片早就没了。

一路上她忍不住看一眼，放回去，掏出来再看一眼，再放回去。

在小区门口下了公交车，季凡灵看见路边停着傅应呈的车，跑过去，抬手叩窗："你早到了？"

傅应呈放下手里的文件，解开门锁，抬头看了她一眼，目光顿住。

女孩弯腰探身进来。

她今天特意打扮过，身上是买回来还一次没穿过的羊羔绒夹袄，内搭是浅咖色的薄羊毛衫，脚上是一双洁白的短皮靴。

长发也是仔细梳顺了的，发梢乌黑柔顺地垂在腰间。

从没见过的干净乖巧。

最显眼的还是她的情绪。

就算板着脸，垂着眼，开心的情绪还是会细细密密地从眼睫毛下流淌出来。

傅应呈收回目光，发动汽车，无声地勾了勾嘴角："请个客这么正式？"

他们虽然天天住在一起，但一转眼，也有一个多月没一起吃过饭了。

季凡灵转头："嗯？"

女孩反应过来，"啊"了声："不是，你看这个。"

见她解开塑料袋，傅应呈眼里的情绪暗了一瞬，又快速瞥了眼她手里的照片："怎么了？"

季凡灵美滋滋地又欣赏了一遍："好看吗？这相框，这裙子，这项链……"

傅应呈的目光放在后视镜上，转着方向盘，淡淡地说："是阿姨长得好看。"

空气凝固了两秒。

季凡灵眼神疑惑："你怎么知道这是我妈？"

相框里的女人温柔地微笑着。

转向灯一闪一闪的，好像跳在人的神经上。

傅应呈嘴唇微动，语气压得很平："因为……跟你长得像。"

季凡灵反驳："像？哪里像？我怎么觉得不太像？"

然而她的注意力已经转到照片上去了，带着点小得意，顺理成章地接受了这个说法。

余光外，男人攥着方向盘的指节不动声色地松了松。

季凡灵抚着照片，又抬起头："那个……这张照片我带回家没事吧？"

"能有什么事？"

季凡灵迟疑一会儿，还是实话实说："因为这是我刚刚从墓地拿回来的，其实也没在墓地待多久，你要是觉得……"她斟酌着，"不吉利，我就把相框拆了，只留照片，反正相框也旧……"

傅应呈打断她："我看着像封建迷信的人？"

"也是。"季凡灵松了口气，觉得自己多虑了。

她突然想起当年的一件事。

北宛一中教学楼底下放着一尊文曲星雕像，民间传说，路过不拜必挂科。

每逢期中期末，文曲星前面的贡品多得收都收不完，就算学校明令禁止，学生还是偷偷把水果和零食送到雕像前面。

大家不论成绩好坏，路过文曲星的时候，就算再急，也会点头示意一下。

只有傅应呈，向来都是目不斜视地走过去。

有次打上课预备铃，季凡灵插着兜往教室走的时候，看见前面的傅应呈又一次无视了神像。

同班同学陈俊双手合十快速拜了下，一扭头，惊道："哎，傅神，你不拜文曲星吗？"

傅应呈冷冷回道："试是我考的，为什么要拜他？"

陈俊被整不会了："……呃，因为他能保佑你考好。"

傅应呈头也不回地往楼上走："封建迷信，要拜你拜。"

"……会挂科的。"

"我自己能考，犯不着拜他。"

傅应呈站在楼梯上，居高临下，单手插兜，背脊挺拔，侧着垂下的眉眼凛然又傲慢。

燥热的夏风鼓起他白色的衣衫，少年淡淡投来一眼，又说："他若是需要，可以来拜我。"

陈俊闭着眼双手举过头顶，嘴里念念有词："罪过罪过，我没听见，我没听见，我没听见……"

傅应呈懒得再等他，转身走了。

后头的季凡灵把这一幕看在眼里，眨了下眼，忍不住笑了声。

老唐还成天把傅应呈当作遵纪守规的模范，该值日值日，该穿校服穿校服，从不迟到请假，从不上课讲小话，一直都很规矩。

可他明明不信天，不信地，连神明都不放在眼里。

就好像是具象化的年少轻狂。

季凡灵走上前，站在神像前，拍了两下手，双手合十，闭眼认真地说："文曲星菩萨，你也在天上，如果看到我妈妈，要对她好一点。"

季凡灵托腮，看着街道两侧的景色从车窗外快速划过。

旁边的男人问："还没说去哪儿吃饭。"

女孩从记忆里回过神，开口就是："江家小面。"

倒不是真的惦记那口素面，只是自从上次季凡灵为了找手串给江柏星打了电话以后，他就隔三岔五地给她发短信，一会儿是冬季暖心鸡汤面上新了欢迎品尝，一会儿是元旦大酬宾到店即送蒸蛋饺一份，有的时候还问姐姐什么时候来吃面，不要钱的。

季凡灵觉得江柏星是因为被资助学业的事，想邀请傅应呈，但是没法骚扰傅应呈，只能来骚扰她。

但她饭点都在上班，哪有时间去吃面？

一开始，季凡灵还会认真回复。

关我屁事：我工作忙，傅应呈也忙，等我有空就去。

关我屁事：别老惦记着揽客，你认真学习。

关我屁事：怎么又玩手机？

后来收到的短信太多了，画风也就变了。

关我屁事：收到。

关我屁事：1。

关我屁事：TD。

江柏星：姐姐，我是真人，不是群发，不要退订我。

关我屁事：TDTDTD。

…………

听到江家小面这个意料之中的答案，傅应呈脸上闪过一丝隐隐的阴霾，语气倒是平静："上次不是才吃过？"

"那你挑个地方吧，我都行。"季凡灵无所谓道。

今天是她请客，肯定是傅应呈想吃什么就吃什么，反正江家小面哪天都可以去。

但是，她的这份坦然在傅应呈将车驶进一座私人庄园般带着灌木迷宫的白色建筑时逐渐丧失，然后在穿着正装的泊车员站在大理石雕塑喷泉前接过车钥匙时变成了隐隐的不妙，最后在悠扬的古典乐队伴奏声中，她看到黑金色丝绒菜单上的价格时，那种不妙的感觉达到了巅峰。

傅应呈请她吃饭的时候从来没小气过。

就算大部分时间都是在家吃，烧饭的童姨也不是普通的家政阿姨，据说年轻的时候可是伦布朗法餐大厨，后来生了慢性病没法操劳，人又闲不住，所以出来给别人做做饭，没事烧个惠灵顿牛排，偶尔做个餐后点心都是裱了花的马卡龙。

所以，季凡灵说不出"我突然有点手头紧张，不想请你了，要不咱们掉头去吃江家小面"这种话。

但是……

让你挑你还真挑？

好歹毒啊，傅应呈！

一顿吃我一个月工资！

不如直接吃我算了！

季凡灵缓缓抬头，看向对座的男人。

傅应呈神情淡淡地点了下菜单上的套餐，眼神示意，服务员了然地答了句"好的，先生"，继而转向季凡灵。

季凡灵干巴巴地舔了下嘴唇："要不然我喝柠檬水？"

服务员温声确认："28元一位的柠檬海盐气泡水是吗？"

季凡灵腹诽：你们什么服务啊？我们大排档的柠檬水可都是免费送的！还无限续杯！

"那不要了。"季凡灵皮笑肉不笑地合上菜单，推出去，"他点了什么？我要一样的。"

她的微信绑了傅应呈的卡，再怎么也不会结不了账。

可她已经欠傅应呈很多了，总不能越还越多吧？

傅应呈抬眼看她，眼尾很轻地弯了下，笑意一闪而过："怎么了？"

"没什么，"季凡灵没有感情地回道，"在想我妈。"

想我妈把我带走。

很微妙的，男人眼尾那抹揶揄的笑意又消失了。

他沉默了一会儿，嗓音很沉地开口："阿姨是做什么的？"

"跳古典舞的，从前是市舞蹈团的领舞，生了我之后，为了带我，就去了家附近的文化宫当舞蹈老师。"

"所以你会跳舞吗？"

"你看我像是会跳舞的样子吗？"季凡灵无语地剜了傅应呈一眼，又落进回忆里，"但是我小时候经常跟着她去舞蹈教室，她上课，我就在后面跟着玩，确实会下腰、劈叉、把脚掰到头上什么的……"

她说着话，无意中看了眼傅应呈。

桌上香薰蜡烛的烛焰温暖地跳跃着，光芒映在对座男人漆黑的双眼里。

他目光乌沉、深邃，还有种无声的情绪蕴在其中。

季凡灵的心猛地跳了下，止住了话茬。

糟了，一不留神说太多了。

都多少年前的事情还拿出来说，丢不丢人？

季凡灵摸了下鼻子，随口转移话题："你妈呢？"

傅应呈神色顿住。

他神情微变的一瞬间，季凡灵就意识到了不对，恨不得抽自己的嘴。

什么嘴啊？

怎么尽往别人痛处问？

高中的时候，班上从来没人来开家长会的有两个人，一个是季凡灵，另一个就是傅应呈。

当然，她跟傅应呈的情况不一样，她是问题儿童，成绩垫底，家长还不管不问，愁得老唐所剩无几的头发哗哗掉。

而傅应呈稳居年级第一的宝座，家里人其实来不来都行，就算来，那也是传说中别人家的孩子的家长，负责在家长会上传授教育经验。

但是这么优秀的孩子，家长为什么从来不出席呢？

学校里的小道八卦早就传开了。

傅应呈的父亲叫傅致远，从前是风光无两的赫尔兹医疗集团执行总裁，结果利欲熏心，偷工减料，将检验不合格的残次品售进医院，造成严重的医疗事故，一朝曝光，锒铛入狱，判处无期徒刑。

这事发生在2003年夏天，季凡灵八岁的时候。

北宛首富一夜倒台，闹得满城风雨，连季凡灵这种不关心时事的人都听了满耳朵。

他爸爸是入狱了没错。

他妈妈呢？

为什么不来开家长会？

没人知道。

但是答案绝不是什么令人愉快的事情。

傅应呈并没有流露出不愉快的神色，他端起水杯喝了一口，沉着眼思索："她大学也是读艺术类专业，混着读完，没学什么本事，也没画出什么名堂。"

傅应呈一边说，一边把手里的雪白餐巾一丝不苟地叠好："毕业之后到处玩，怀孕了，顺理成章结婚当全职太太。"

季凡灵眼皮一跳。

乖乖，还是奉子成婚。

"所以她没上过班，"傅应呈抬眼看她，似笑非笑，"不像你，天天上班，勤劳致富。"

季凡灵心说：还致富呢，我致的那点富全给你吃了。

女孩木着脸举杯："你也勤劳，你也富。"

两个玻璃杯碰了一下，声音清脆。

这餐厅的上菜速度严重抑制了季凡灵的干饭欲望。

一次只上一道菜，而且盘大菜少，服务员还在一旁像讲解员似的娓娓道来。

"这道产自北海道的鲜甜海胆配上了轻盈的茴香泡沫，点睛之笔是带着烟熏味的 Avruga（鲱鱼子）……"

服务员还没说完，季凡灵就已经一口吞下去了，和服务员大眼瞪小眼，努力从嘴里搜刮出一点烟熏味。

服务员微微愣了愣。

季凡灵往傅应呈那边倾了倾，很小声地问："要等他说完吗？"

傅应呈喉间逸出一声轻笑。

男人无声地放下刀叉，对服务员摆了摆手："不用介绍了，说来说去没什么新花样。"

隔壁桌才吃了一半，他们这边已经开始上餐后甜点了，样式精巧的玫瑰巧克力，季凡灵吃着却心里犯苦："你觉得好吃？"

"你觉得不好吃？"傅应呈抬头。

季凡灵本着拒绝浪费的心思，一股脑塞进嘴里，声音含混道："……不合口味。"

身后忽然传来一个男声："是对今天的甜品不满意吗？"

季凡灵回头，穿着正装马甲的经理已然满脸谄媚地弯腰去和傅应呈握手了："傅总，来吃饭怎么也不提前跟我说一声，至少给您安排个包间。"

"不用，"傅应呈神色淡淡地抬了抬下巴，"况且，今天是我朋友请客。"

经理下意识看了眼腮帮子鼓鼓的小姑娘，眼里的震惊很明显。

居然是朋友关系？

竟然还是她买单？

"不喜欢巧克力是吗？再给您上点开心果法式塔和栗子蒙布朗怎么样？"经理抱歉道，"真不好意思，这顿算我的，您有什么意见都可以跟我说，我们努力改进。"

季凡灵艰难地把嘴里的东西咽了下去："……谢谢。"

突然什么意见都没有了。

满意，十分满意。

经理又寒暄了一番，亲手打包了一盒中式点心，喜气洋洋地送两人离开。

要知道，他平时想送傅应呈一点东西，找苏总托半天关系都送不出去，今天不知哪来的运气，居然还成功卖了傅应呈一个人情。

一时间，三人的心情各有各的好。

上了车，季凡灵也没忘记遗憾地补上一句："可惜今天没请成你。"

傅应呈勾唇瞧了她一眼："就非得今天？"

"那先欠着吧，反正不差这一顿。"

季凡灵说这话的时候不是推托，是真觉得他俩不缺吃饭的机会。

哪想到计划赶不上变化。

大排档，次日午休。

吕燕吃完饭，没有像往常一样赶着回出租房睡觉，而是趴在桌上，掏出一个笔记本，一边摁手机上的计算器，一边写写算算，嘴里还嘀嘀咕咕的："生活用品减三百二，加班费一百，再减一千一……"

季凡灵顺手理好桌椅，走过去瞥了眼："在算账？"

"是啊，每个月刚发工资就还花呗，剩下没多少了。"吕燕用笔头点着下巴，"明天还要交房租，减去八百……"

季凡灵脚步顿住："八百？北宛还能租到这么便宜的房子？"

"合租房啊，我们现在四个人平摊。"

"你不是说离这儿很近吗？"

"是很近啊，就在吉星街，我中午都回去睡觉。还有个床位，你要想住，你也能来。"

吕燕本来只是随口一提，见到季凡灵的表情，惊讶道："认真的？"

季凡灵原本觉得攒钱搬出傅应呈家还需要一段时间，因为搬家不只是承担房租而已，还意味着她不得不自己支付水电费，还要采购诸如被子、枕头、衣架、牙缸、脸盆等一系列必需品。

但假如房租只要八百的话……

"今天午休，我去你家看一眼成吗？"

"你想看房？"吕燕突然想到了什么，忍不住瞪大了眼，扑上来抱住季凡灵的肩膀，"啊，你要跟我一起住了！我们可以一起上下班了！我们要成为室友了！"

季凡灵被晃得东倒西歪，僵硬地拍拍吕燕的背："……不至于。"

吕燕热情极了，中午一吃完饭就拉着季凡灵去她家了。

出租房在吉星街东头那片城中村里，面积很小，厨房、阳台、厕所共用，洗澡得去楼外的公共澡堂。

目前住了四个人，除了三号房的吕燕，还有二号房的中年单身汉和一号房的年轻小情侣。

两个卧室早就被占了，四号房原本是角落里的储藏室，挤进去了一张床，但因为没有窗户，不通风，还正对着厕所，所以一直没租出去。

"剩的床位只有这个了。"吕燕也觉得环境有些恶劣，试探地看季凡灵的脸色，"这间有点闷，但是面积小，价格肯定会少一点，一个月五百块钱差不多……"

"五百还要什么自行车，能睡觉就行。"

季凡灵环视四周，拍了拍手里的铁锈，突然注意到吕燕房间的门锁比她的新很多，"锁能找房东报修？"

"不能，那是我自己换的。"吕燕突然想到什么，"不过，你现在住的地方租到几月份？能提前退吗？"

季凡灵顿了下，神秘地看了她一眼："随时可以。"

关于搬家这件事季凡灵没有含糊，回大排档的路上就找吕燕要了房东的微信。

对房东而言，房间空着也是空着，所以很快谈妥了押金和房租，吕燕也告诉了其他室友。季凡灵的加入让所有人均摊的租金降低了一百，能租这种多人合租房，其他室友毫无疑问也都是缺钱的人，所以没有反对的声音。

晚上，季凡灵回到傅应呈家的时候，一头扎在沙发上的兔子玩偶怀里，带着按捺不住的畅快和期待。

这跟房子本身怎么样没有关系，而是一种本来预期要很久的事情突然间达成带来的那种意料之外的惊喜。

指纹锁传来"嘀"的一声提示音，房门被推开，季凡灵熟练地从兔子玩偶身上弹起来，欲盖弥彰地坐远："回来得这么早？"

傅应呈瞥了眼她脸上的情绪，弯腰换鞋："什么事？"

"有个好消息，听不听？"

"说。"

季凡灵故作平静地宣布："我租到房了。"

傅应呈脱大衣的动作明显顿了顿，长睫垂下，没什么表情地开口："都租得起房了？"

"不算吧，跟我同事一起住。"

"恭喜。"傅应呈将外套挂在衣架上，走去卫生间，弓身洗手，语气很淡，"什么时候搬？下个月？"

季凡灵跟在傅应呈后头，晃了晃手机，微信界面上是她刚刚和房东的对话："错。"

女孩抬了抬下巴，和镜子里那双黑沉的眼睛对视，带着一种遮不住的、高兴得都有些刺眼的神色，清晰吐字道："明天就搬。"

"明天？"

傅应呈顿了顿，关了水龙头，蹙眉："别给人骗了。"

"怎么可能？正好明天他们交二月份的房租，我搬过去就跟他们同一个时间交，整月，不用算天数，省事。"

傅应呈看着镜子里的女孩。

女孩眼睛黑亮亮的，里面透着压不住的期待。

真行。

是没给她吃，还是没给她穿？

搬出去就这么高兴？

傅应呈慢条斯理地擦手："签合同了？"

"明天搬过去就签。"

"这么赶？"

"不赶啊，明天请一天假，吕燕也会帮我。"

被男人连续追问，季凡灵的兴致低下去了，小心瞧他的脸色。

男人嘴角压得平直，眸色锋利，蹙起的眉宇沉沉的，像笼着一层抹不开的阴云。

季凡灵迟疑："怎么，你不高兴吗？"

傅应呈转身看着她："你就不能……"

他对上女孩的眼睛。

沉默了片刻，男人又转了回去，随手把毛巾搭在架子上："你就不能提前跟我说？"

"我今天才去看房的。"季凡灵觉得傅应呈似乎不高兴了，"是有什么问题吗？"

"搬就搬，还想要我欢送？"傅应呈意味不明地笑了声，从她身侧走出去，"都找好地方了，怎么不今晚就搬？"

季凡灵思考了一下："今晚有点不合适，一来我需要时间打扫，二来我半夜搬家会吵到别人睡觉……"

傅应呈瞥了她一眼。

说句连夜搬，她还真考虑上了。

就这么迫不及待想走，半点留恋都没有？

"随你。"

傅应呈冷冰冰地打断她的理由，转身进了书房，随手在身后带上门，把她隔在外头，仿佛嫌弃似的又补充了两句：

"只有一点。

"你的东西和你用过的东西，全部给我带走。"

季凡灵想不通傅应呈在生什么气，刷牙洗漱的时候都还在想，直到晚上跟吕燕聊房租的时候，才突然恍然大悟。

傅应呈该不会以为她欠了钱就想跑吧？

她季凡灵能干出这种事吗？

第二天，季凡灵为了搬家，六点多就早早起床了。

难得看到傅应呈还没走，正在玄关处换鞋，她特地走过去好声好气地说道："傅应呈，那我今天搬走了。"

傅应呈"嗯"了声，神情平静，只是眼睑处的淡淡乌青显出几分疲倦："要我帮忙？"

"收拾点东西，还用得着帮？"

闻言，傅应呈没再客气，起身要走，仿佛他刚才说的话只不过是出于礼貌随口一提。

季凡灵抬头："你等下，我有话要说。"

傅应呈停住了脚步，偏头看她，耐心等着。

季凡灵捏了捏手指，有些不自在："那个……这阵子谢谢你。"

男人垂下眼睫，目光落在她微红的耳尖上。

"还有，我虽然人走了，但是……"

玄关处空间狭窄，两人离得很近，呼吸可闻，酿出一种几乎可以算得上离别的酸涩氛围。

叫人无端期待下文。

季凡灵抬头，看着傅应呈的眼睛，掷地有声道："但是，你放心，钱我是一定会还的。"

男人眸色暗下，喉结滚了滚，一言不发，转身走了，反手在身后关上门。

关门声还比平时更响些。

季凡灵愣了愣。

她这么掏心掏肺地保证，傅应呈就没有半点感动吗？

搬家永远有做不完的事情，季凡灵来不及细想，转头去收拾东西。

牙刷、毛巾这类的私人物品，当然是全部带走，但还有别的东西不太好界定，比如水杯、被子、吹风机，本来就是傅应呈的东西，她住在这里的时候使用，不可能理所当然地觉得她用了就是她的了。

但鉴于昨晚傅应呈让她把用过的东西都带走，季凡灵合理怀疑，以他的洁癖程度，就算她不带走，他也会通通扔掉，甚至会嘲讽一句："垃圾还特地留下来，等着我帮你扔吗？"

想到这里，季凡灵就头皮发麻，索性把用过的东西包括脸盆全装走了。这么一来，她就不需要额外花钱置办生活用品。

季凡灵扛着大包小包从电梯里走出来的时候，像逃难的难民似的被压得喘不过气。

急促的脚步声靠近，背后突然一轻，有人帮她把背上的包袱拎了起来。

"哎哟，没想到您的东西这么多，早知道我上去接您。"

季凡灵艰难地扭头，认出来人是给傅应呈开车的司机，愣了下："陈师傅？你怎么在这儿？傅应呈呢？"

"傅总今天自己开车去公司，他让……呃，我听说您今天搬家，就想送送您。"陈师傅接过季凡灵手里的行李，放进迈巴赫的后座。

"……谢谢。"

"客气什么。"陈师傅坐进驾驶位，"您要去哪儿？"

季凡灵报出地址，迈巴赫流畅地驶进主路。

一路上，陈师傅似乎有意无意地借着看倒车镜的工夫瞥她，欲言又止的。

怎么看，她都是个稚气未脱的高中生，虽然嘴不甜，但也算得上礼貌，结果张口闭口就是"傅应呈"。

直呼其名，还喊得理所当然，天经地义。

再联想到今天傅总黑得跟锅底一样的脸色，却没有像往常一样坐车去公司，而是吩咐他在楼下等着，帮季凡灵搬家……

怎么说呢？傅总那种语气、那种态度，有种明明不爽，却还处处替她着想的违和感。

傅总那不近人情冷心冷面的脾气，什么时候忍过别人？

可太稀罕了。

行驶到中途，陈师傅终于忍不住试探地开口："那您以后还回来住吗？"

"不回来了。"季凡灵此时还毫不怀疑这一点。

她和傅应呈本来就只是同学。

况且，就算是关系最铁的朋友，也不可能在别人家长住。

"我记得您来翡翠御苑的时候也是坐我开的车，一转眼就是两个月，说长不长，说短不短哈。"

"……还行。"

硬生生憋了好一会儿，陈师傅决定直奔主题："所以，您和傅总是……远房亲戚？"

"是朋友。"季凡灵说，"我有点困难才暂住他家的。"

"哦哦哦，朋友。"

将近十岁的年龄差，就算目睹他们孤男寡女同居两个月，陈师傅也没敢往某个方向去想。

更何况主角还是浑身上下写满克己的傅应呈。

陈师傅给他开了六七年的车，见他左手小指上一直戴着枚乌金的尾戒。

尾戒代表禁欲、孤独、单身主义。

虽然一枚戒指根本挡不住傅应呈的桃花，还是会有前赴后继的追求者，但他好像只是厌烦，甚至不会礼貌性地送别人回家。

偶有饭局上的合作商醉酒，他也只会让陈师傅去送人，自己开车或者打车回家。

无数个夜晚，陈师傅看到过傅应呈送人上车后，冷淡地转身离开，后座上的女人隔着车窗失意又恼火的眼神。

他还会被有意无意地盘问。

"陈师傅，您送过别的什么人呀？"

陈师傅则会回答："……实话说，没见过傅总谈恋爱。"

换来的只有良久的沉默。

傅应呈没有喜欢别人，这是好事，但从来不喜欢任何人，又是件坏事。

有一次，一个脾气暴躁的女总裁开门见山："你直说吧，傅应呈他是不是不喜欢女人？"

陈师傅汗流浃背："……老板的事我哪儿能乱猜。"

季凡灵口中的"朋友"……陈师傅暗自琢磨了一会儿，嘿嘿一乐："差这么多岁的朋友，也算是忘年交了，你们怎么认识的？"

"忘年交？不算吧。"季凡灵面无表情，"我跟傅应呈是同龄人。"

陈师傅愣了愣，他俩是哪门子的同龄人？

女孩掐着手指算了一下："二十七，奔三了。"

陈师傅有点惊讶。

季凡灵托着下巴，看着窗外，淡定道："只是我呢，长得显小。"

陈师傅心说：你这也太显小了吧！

到了吉星街小区，陈师傅还热情非凡地要帮季凡灵把东西搬上去，季凡灵也没拦住。

签完租房合同，押一付三，季凡灵就开始收拾房间。周穗下了班匆匆赶来帮忙的时候，季凡灵都收拾完了。

周穗拎着一袋水果进屋的时候，发现她房间窄得连个凳子都放不下，只能站在床和墙壁的夹缝里："恭喜你搬家呀！"

"带东西干什么？"季凡灵盘腿坐在床头，拍了拍床沿，"随便坐。"

"是不是小了点？也没个窗户。"周穗环顾四周，小心翼翼道，没好意思说还有点臭，是从厕所那边传来的臭味。

季凡灵眼皮不抬："不就睡个觉。"

"也是。"

塑料袋里的水果无处安放，周穗只好放在床上，想往前挪几步，被地上一个把夹缝挤得满满的大包裹挡住了。

"这是什么？"

"都是衣服，没地方放。"季凡灵给她看手机上网购的塑料挂钩，"之后打算挂墙上。"

"这么多？"周穗拉开包裹看了眼，最上面一件就是雪白的羊羔绒夹袄，雪貂似的，根根晶莹。

周穗伸手摸了摸，软乎乎的，像是真皮毛。

好看是好看，就是不像季凡灵的衣服。

"你买的？"

"怎么可能？"季凡灵说，"傅应呈买的。"

周穗沉默了三秒，不动声色地问："这些全部是吗？"

"也不全是。"

周穗的气还没吐完，季凡灵探身伸手摸了摸，从挤满的包裹边缘摸出两捆袜子："……这是我买的。"

周穗的气又提上去了。

她坐在床边看着季凡灵，目光复杂。

女孩穿着件黑色的半高领羊毛衫，腰身掐得很细，露出的半截脖颈如薄瓷一样冷白。

季凡灵在傅应呈家才住了多久？也就两个月吧？

两个月前，季凡灵深夜跑到医院儿科去找她的时候，还和从前一样不修边幅。可能是人靠衣裳马靠鞍，此时盘腿坐在破旧的出租屋里的季凡灵，居然有种很淡的、与此处格格不入的贵气。

周穗按下心里的疑窦，又跟季凡灵聊了点合租要注意的事情，中途插了句："话说，你搬出来，傅应呈说了什么没有？"

提到这个，季凡灵就有点脸黑："他说地方都找好了，怎么昨晚不搬？"

周穗一愣。

季凡灵又说："还嫌弃地让我把用过的东西全部带走。"

周穗低头想着什么。

季凡灵扯了扯嘴角："我就拖了一晚上，他早上看起来都很不爽。"

周穗看她一眼。

季凡灵靠在枕头上，声音低下去："无所谓了，反正以后也不会见到。"

周穗欲言又止，想起当年，程嘉礼一开始还和季凡灵不太熟悉的时候，程嘉礼总是在班级后门堵季凡灵，追着她跟她说话。

有天晚自习结束，季凡灵突然对周穗说："你以后都别跟我一起走了。"

周穗："为什么？"

季凡灵："因为你话太多，很烦。"

周穗不信这是季凡灵的真心话，所以非要跟着她。

季凡灵被惹急了，拎着周穗的衣领拉近了距离，指着窗外，压低嗓音咬牙切齿："你看不到外面那男生？"

周穗看到走廊上人潮里笑吟吟地倚在栏杆上的少年："你是说程嘉礼吗？"

"他跟了我好几天了，不知道要干什么。"季凡灵推开她，冷冷道，"你要是欠揍，就跟来吧。"

周穗呆在原地。

他哪是要打你？

他分明是要接近你！

后来，周穗慢慢了解了，这位嘴硬心软的同桌像是流浪的小野猫，从小浸泡在残酷的危险中，为了生存，对任何风吹草动都警惕无比。

因为亲近带给她的总是伤害，所以她习惯把对她伸出的每只手都当作是欲要下落的巴掌。

以至于就算有人爱她，只要不将爱意宣之于口，她就永远看不懂。

季凡灵就是这样一个人。

对恶意极度敏感，对善意却非常迟钝。

出租屋门外。

厕所里传来"轰隆隆"的冲水声。

周穗收回思绪，转头看向门，蹙了蹙眉，还没开口，季凡灵已经挪到了床边："走吧，没什么好看的。"

"去哪儿？"

"赵三串，我请你。"季凡灵弯腰穿鞋。

周穗"哦"了声，瞥了眼季凡灵随手放在旁边的手机。

如果她没记错的话，这应该是两个月前才出的最新款。

周穗有种预感，莫名觉得傅应呈应该不会轻易放手。

九州集团总部，会议室。

这是一场跨国线上会议，屏幕上是欧洲项目部的高层，会议室里空荡荡的，只有傅应呈和助理、秘书。

投屏里，韩文韬正在总结陈述："修改后的出口产品目录，是我们项目部经过了三轮实地市场调研，从市场需求、战略规划和公司定位的角度综合考虑后……"

"综合考虑？我看是光考虑删产品了。"

投影的光在傅应呈的银边眼镜上镀了一层冷峻。

韩文韬急忙解释道："我们也加了不少产品，包括化学免疫分析仪、血管造影、肿瘤放疗……"

"目录上有的东西犯不着再念，"傅应呈冷冷打断，"当我没长眼？"

"……是。"

"你这出口产品目录做得……"傅应呈不耐烦地翻了几下后，随手将目录丢在桌上，发出"砰"的一声闷响，"不知道的，还以为九州是西门子的分公司。"

屏幕里的几人瞬间急了。

"不是的！"

"傅总您误会了！"

韩文韬面红耳赤："实地考察和市场潜力分析结果显示就是……"

"就是照抄他们本土的医疗公司？"傅应呈冷笑。

韩文韬背后冷汗如雨，急切地按着手里的按钮，快速切 PPT，找数据图表："因为欧洲消费者有 73.62% 的倾向落在……"

"别人要什么，你给什么，你以为你开的是什么？麦当劳？"

男人掀起眼皮，尾音微勾，甚至还带了点嘲讽的笑意。

一种不必疾言厉色，只需三言两语，慢条斯理就溢出的浓郁压迫感，透过屏幕像暴雨一样扑面而来。

韩文韬动作僵硬，哑口无言。

虽然说傅总素来雷厉风行，冷酷无情，今天却好像格外……

凶。

傅应呈将桌上的产品目录重新翻开，按了按太阳穴："和刘成明拟定的出版目录相比，删掉的要么是中医药，要么是国内自主研发的器械。看来是在国外待久了，连自己是哪国的都搞不清楚了。

"医疗的消费者不只是消费者，也是病人。做医疗要走在市场前面，而不是跟在别人后面追。

"重做吧。"

傅应呈丢下目录，起身离席。

"能做就做，不能做就换人。"

屏幕那边全员起立。

韩文韬低着头，嗓音发涩："……是。"

会议结束，会议室里灯光亮起。

高义关掉投影屏，小声说道："韩经理被骂得好惨！傅总说他不如去卖上校鸡块！"

"上校鸡块是肯德基的。"穿着职业套装的温蒂收起桌上的文档，"傅总的意思是他不如去卖麦乐鸡。"

高义一言难尽地看着她："也就你这个较真劲能当傅总的秘书。"

"傅总发火自然有他的道理。"温蒂在桌子上把纸张整理整齐，抱在怀里，语气平静道，"从公司的英文名就能看出来，他不是只看利润和市场的商人。"

因为傅应呈的坚持，九州医疗集团的英文名拼音"Jiuzhou"，保留了"Jiu"这个外国人普遍难以发音的字。

"但他不是只喊你英文名？"高义挑了挑眉，"五年了，我都不知道你本名叫什么，总不能姓温名蒂吧？"

温蒂的脚步明显顿了一下，随后头也不回地走出了会议室，高马尾在脑后一晃："这么想知道？问傅总去吧。"

高义在后头龇牙咧嘴。

就傅总今天的低气压，谁还敢跟他多说半句话？

上个月，傅总几乎每天下午五点准时下班，他们还过了一阵歌舞升平的好日子。

如今回想起来，竟然恍如隔世。

怎么，是庇护他们的菩萨离开了吗？

夕阳西沉，后轮卷起的尘土中，摩托车高调地停在大排档门口。

男人摘下头盔，左右看了看，没找到自己想见的人，随便找了个服务员，狐狸眼弯弯地柔声问道："请问，你们老板在吗？"

黄莉莉脸颊微红："在在在，就在后面，我带你去。"

程嘉礼道谢后，大步跟上。

说实话，自从上次眼睁睁看着季凡灵上了那辆库里南，程嘉礼撩她的心思就淡了。

唱歌不听，金子不收，油盐不进。

天底下就不该有这么难追的女孩。

不过，仔细一想，库里南车主不可能是季凡灵的男朋友。

否则就算他指缝里漏点资源，也不会让她去当服务员。

程嘉礼去哈城音乐节演出的那周，短暂地放下季凡灵了，与几个又高又飒的女主唱和键盘手互加了微信，结束表演以后大家聚聚餐，喝喝酒，好不快活。

鼓手醉醺醺地搂着他的脖子，在他耳边问："你老是说你初恋，她到底长什么样，给我看看？"

"没照片，"程嘉礼笑道，"这么多年哪记得清，其实就是一种感觉。"

就像那小服务员。

红边黑底的围裙，长得遮眼的额发，总是抿着的薄唇。

慢吞吞的语速，扎心窝的话。

还有永远冷冷的眼神。

就……劲劲儿的。

看到她，程嘉礼觉得自己好像都年轻了，重回到那个叱咤风云得叫人怀念的青春时代。

赵老板被叫出来，奇怪地看着眼前的年轻人："找我？"

程嘉礼笑道："我是来找您谈商务的。"

"什么商务？"

"您知道哈城音乐节吗？我的乐队受邀在那里表演，去年还出了专辑，想问问能不能在您这儿路演？"

"什么是路演？"

"就是我们在您这儿演出，免费的，我们的粉丝都会来，只是借用下您的场地。"

　　赵老板眼角都笑出褶皱了："哦哦哦，那肯定好啊，我年轻的时候最喜欢
音乐了。"

　　程嘉礼掏出手机："到时候还会在微博上宣传。"

　　看到乐队有二十万粉丝，赵老板眼睛都看直了，一挥大手："那太好了，
我到时候给你们支个棚，让这个……歌迷朋友们啊，都看得开心！"

　　"不过，到时候人肯定特别多，您最好把店里的服务员都安排上……对了，
我能看下店里的员工名单吗？"

　　赵老板哪有不肯的，很快把名单和资料拿了出来。

　　程嘉礼装模作样地翻了几下，翻到了季凡灵的简历，一眼瞥见她的头像。

　　照片上的人又白又乖，跟个小朋友似的。

　　程嘉礼忍着笑意："这小姑娘长得挺漂亮的，让她务必那天要在……"

　　话语戛然而止，男人瞳孔微缩，心跳声音越来越大，速度越来越快，像发
疯的鼓点。

　　简历上，姓名那栏，白纸黑字清晰地写着三个字：

　　季凡灵。

第六章

"—— 我只活这一瞬间。"

"⋯⋯季凡灵？"

程嘉礼仿佛被雷劈中，喃喃出声。

怎么会？

怎么可能？

难道真是她？

如果真是季凡灵，那她所有的排斥、抵触、不情愿，全部有了合理的解释。

——她不敢和他相认。

他就知道。

假如两人萍水相逢，素昧平生，他都做到这个份儿上了，她怎么可能一点都不心动？

"哦，季凡灵啊，她到时候肯定是上班的，几乎天天都在的⋯⋯"赵老板左顾右盼地找人，突然一拍脑袋，"还就今天不在⋯⋯她请假了，好像说是要搬家。"

"哦哦，搬家⋯⋯"程嘉礼重复。

赵老板没注意到他的异常，还在激情畅想路演当天的场地安排，话里话外都想让他跟其他乐队宣传，多搞搞这种活动。

程嘉礼一个字也没听进去，咽了咽口水，定睛去看季凡灵的简历。

A 大学生。

德语专业。

2005 年 2 月 11 日出生。

当年季凡灵的生日是什么时候来着？

啧⋯⋯

他怎么可能记得住？

程嘉礼心里跟被猫抓似的痒，恨不得现在就去跟她相认，但他刚从哈城回来，方静云又是要他陪着吃饭，又是要他去她父母家，他实在分身乏术。

他眼里闪过难以掩饰的厌烦和急躁，咳了两声，调整好情绪，翻开下一页资料，漫不经心道："对对对，嗯嗯嗯，路演时间我们就安排在……2月11日晚上吧。"

就当是送给她的生日惊喜。

一番商讨结束。

程嘉礼准备要走，还是压不住心头莫名的激荡，转头多加了句："赵老板，您相信缘分吗？"

赵老板笑了笑："信那玩意儿干啥？"

"从前我也不信，今天信了。"程嘉礼微微一笑，指了指上方，"人和人的相遇，搞不好真是上天注定的。"

他走后，赵老板半天摸不着头脑，忍不住转头对着旁边的员工嘀咕："这人行不行啊？神神道道的。"

深夜。

指纹锁发出"嘀"的一声轻响，深冬的寒气迅速从开启的门缝渗入。

傅应呈推开门进家，换了拖鞋，挂上外衣，转过头扫视了一圈。

屋子亮堂，却是一片死寂。

季凡灵走的时候把零碎的东西全部带走了，没留下什么痕迹，甚至可能还偷偷擦了地，不然刚搬过家的地面不可能这么一尘不染。

沙发上的巨型兔子玩偶还垂着耳朵。女孩其实是喜欢的，但是从不表现出来，好像她是什么铁骨铮铮的男子汉，对小孩子的安抚玩偶不感兴趣一样。

偶尔傅应呈提早一点回家，会在开门的瞬间看到她从兔子玩偶上弹起来，没有表情地招呼："回来得这么早？"

有的时候他故意早一点回家，就是为了听这句招呼。

此刻卧室也空了，女孩还不至于把枕头搬走，但是睡过的枕套和被套都剥下来了。

洗手间放沐浴露、洗发水的台子上空了小半排，毛巾架上也多了个空位。

……到处都太空了。

明明少了很多东西，空气却变得更拥挤了，仿佛身处漆黑的湖底，被从四面八方涌来的水淹没，让人喘不上气。

傅应呈坐在沙发上，打开手机。

从前季凡灵出门，都会按他的要求给他微信留言。

虽然也不过是一句简短的"出门了"。

或许她觉得今天以后，两人除了债务再无瓜葛，所以就连这简短的三个字也没了。

搬得顺不顺利，住得舒不舒服……一整天，一条消息也没有。

就仿佛他们连朋友都不是。

一种无迹可循的烦闷在胸腔里横冲直撞，震得人耳膜嗡鸣。

傅应呈盯着聊天框看了一会儿，俯身从茶几的抽屉深处取出药盒，掰出两粒，就着杯子里的冷水倒进嘴里。

冰凉的水顺着喉管一路往下，那股丛生的躁意勉强被压下去一点。

又是漫长无边的夜晚。

和从前的每天一样。

今天却更加难以忍受。

傅应呈靠在沙发上，仰着头，眼眸微合，从下颌到脖颈拉出一条明晰的线。半晌，他轻轻吐了口气。

记忆里，一个多月前的餐桌上，那天季凡灵很高兴，因为收到了很多面试短信，觉得赚钱也没那么难，也不知道本来打算说什么，她脱口而出："你放心，我很快就能把你给包养了。"

傅应呈还不至于在意这种不着边际的玩笑。

但他没想到的是，她宁可不休息早出晚归地拼命工作，只是为了早点……离开他。

彼时，她眼睛亮亮的，近在眼前，语气有点得意，又有点笃定，几乎像是在许诺……

小骗子。

一过了元旦，好像年味就开始无孔不入地弥漫，超市里也逐渐添置了很多年货。

季凡灵搬出来三周了，按部就班地上班，回家，两点一线。

没再跟傅应呈说任何话。

她本来准备跟傅应呈说一声自己已经住下了，转念一想，很难不保证会收到冷冰冰的回复，比如"所以呢""跟我又有什么关系""当我很闲"之类的话……

还是算了，假如傅应呈真想知道，肯定会给她发消息的，人家没问，说明根本不想知道。

因为搬家当天没说什么话，后面再聊天就显得有些刻意了，开口变得越来越难。

生活轨迹没有交集的人总是很轻易地就能断了联系。

"凡灵，凡灵，快来！"有人不断喊着。

季凡灵放下手里补货的抽纸，抬头看去。

吕燕在冲她招手："吴晴在给大家分石榴。"

季凡灵走过去，看见四五个服务员有说有笑的，一大包一大包地分着竹筐里的石榴。

"这么多？"

"我爷爷家有几棵石榴树。"

吴晴挠头笑了笑："今年丰收，我爷爷说让我带给同事们尝尝，都多拿点，很甜的。"

"真的，好甜啊！我怎么买不到这么甜的石榴？"有人现场就剥起石榴来了，掰成一块一块的，分给别人尝味儿。

"买肯定是买不到。"吴晴笑道，"新鲜嘛，而且是自己种的。"

季凡灵接了一块，仰头倒进嘴里，清甜汁水溢出的瞬间，她突然想到傅应呈可能没吃过这种自家种出来的石榴，也跟着拿起一个塑料袋，往袋子里装。

"哟，季大小姐也爱吃石榴哪？"

一句话让原本热闹非凡的房间瞬间安静下来。

"很稀奇吗？"季凡灵手上没停，又装了两个石榴，慢吞吞地抬眼看向来人，"难道不是人爱狗叫更稀奇？"

黄莉莉气得一噎："你……"

黄莉莉和季凡灵不对付不是第一天了，周围的人都默契地散开。

虽然黄莉莉平时飞扬跋扈，但她毕竟是赵老板的表侄女，大家也都忍了。

"莉莉，你也拿几个石榴吧。"吴晴试图打圆场。

"多给季大小姐补补吧，最近脸色这么差，又这样憔悴……"

黄莉莉打量着季凡灵，好像恍然大悟似的："哦，我忘记了，有人攀的高枝飞了，劳斯莱斯没了，都跟吕燕那种货色住一块儿去了，搞不好夜夜都睡不着呢。"

旁边的吕燕抬起头，又一声不吭地低下头。

季凡灵指尖一动，手里的塑料袋发出"窸窣"一声。

"怎么……"黄莉莉笑着凑近，"没把人伺候舒服？"

"啊！凡灵你拿完了吗？"吕燕突然大声插话，跑过来拉住季凡灵的手，"拿完我们走吧。谢谢啊，吴晴。"

"没事，不要客气。来，莉莉，你多装点，我帮你挑，我最会挑石榴了。"吴晴也跟着打圆场。

季凡灵冷着脸被吕燕拖走，挣了几下，没挣开，一直被拉到外面。

季凡灵恼火道："你放手。"

"你真跟她斗啊？到时候吃亏的又是你，她都吵着让赵老板明里暗里给你加了多少活了！"吕燕心急如焚，"你看你的黑眼圈重得。"

"今天你不让我打她，明天她就踩到我头上来了。"

"怎么会呢？"

季凡灵盯着吕燕看了会儿，闷闷地叹了口气："你还小，你不懂。"

"……都说了我比你大了。"

晚上下班，季凡灵和吕燕走夜路一起回去。

白天出门时，季凡灵把被子晒在阳台外面，所以回去后的第一件事就是去阳台收被子。

她探身摸了摸，眉头一紧。

被子竟然是潮的，中间湿了一大片。

"白天没下雨啊？"季凡灵摊开手掌摸索。

"你把被子晒在外面了？"吕燕跑过来，一拍脑门，"糟了，我忘了跟你说，楼上有人喜欢往窗外泼水……所以不能把东西晒在外面。"

"哪户人？"季凡灵冷冷地问。

"搞不清楚是几楼，反正挺高的。"吕燕低声道。

季凡灵下意识想，湿了也没事，用烘干机烘一下就好了……

等她反应过来后便越发烦躁了。

大晚上的也无计可施，季凡灵抱起湿被子回房间，想着凑合一下算了。

吕燕在她身后问："去澡堂吗？"

季凡灵："去。"

她将被子丢在床上，摊平，快速拿塑料袋装了洗发水和睡衣，又发现自己的内裤少了一条，在阳台的晾衣架上找遍了也没有。

吕燕抱着盆在等她，听说她内裤丢了，明显愣了一下："是不是数错了？"

"我一共就三条。"季凡灵黑着脸。

晾在室内不太可能被风刮下去，应该是被小情侣里的瘦高女人收错了，但那对情侣还没回来，能要回来最好，要不回来的话只能再买新的。

又是一笔新的开销。

季凡灵压着不爽，和吕燕一起去小区外的公共澡堂洗澡，结果屋漏偏逢连夜雨，刚洗不到两分钟，她还在头发上搓泡泡，突然没水了。

不只是她这个花洒没水，而是每个花洒都没水。

"阿姨，怎么停水了？"季凡灵高声问。

"没水了！"

外头的大妈喊道："出来吧！"

吕燕："什么情况啊，阿姨？多久能来水啊？"

平时都是十一点才停水的。

"不会来水了！明天再来吧！"

季凡灵蹙了蹙眉，胡乱擦干身上的水，套上衣服走出来："什么意思？"

坐在外头收费的管理员大妈玩着手机，头也不抬，随手敲了敲身后摆在凳子上的小黑板。

季凡灵踮脚去看。

黑板上用潦草的字迹写着"本周周一到周三检修，营业时间改为晚上五点到十点半"。

"十点半停水，十点二十八你还往里面放人？"季凡灵冷笑，"掉钱眼里了吧？退钱！"

"你们自己不看告示，怨谁？"大妈跷着二郎腿刷短视频，"我都写出来了，你没长眼？"

季凡灵："我说退钱，你没长耳朵？"

"洗一分钟也是洗，进门后概不退钱。"大妈斩钉截铁。

"是吗？今晚你不退钱，我就不走了，看谁耗得过谁？"季凡灵平静地一字一顿。

大妈这才放下手机，眯着眼瞧她："我说你这小孩怎么胡搅蛮缠呢！哪个学校的？你，还有你！"

她指着吕燕，唾沫星子横飞。

吕燕退了两步，仓皇地看了季凡灵一眼。

季凡灵绷着脸，不为所动："指谁呢？"

"算了，你明天来，给你便宜两块钱。"大妈也是个欺软怕硬的，嘟嘟囔囔地骂了句，"行了吧？我下班了，走吧！"

"两块钱想打发谁？"季凡灵冷冷道，"明天的水能洗我今天的头？"

"你没完了是吧？"

"凡灵……"吕燕拉了拉季凡灵的胳膊，摇了摇头。

季凡灵知道吕燕什么意思。

这是离合租房最近的公共澡堂，跟管理员大妈闹翻了，她极有可能不做她俩的生意，她们之后就不得不去更远的澡堂洗澡。

得不偿失。

如果季凡灵自己，她宁可每次洗澡来回走两公里，也绝不咽下这口气。

但她还跟吕燕在一起。

季凡灵最后还是顶着一头泡泡回到了出租房，烧了壶热水兑自来水，弓身在面盆上胡乱把头上的洗发水冲掉。

在路上走得太久，一簇簇的发梢冻成了冰条，一掳都掉冰碴。

季凡灵没有吹风机，平时洗完头，都会用澡堂的公用吹风机吹干再回来，今天却无计可施。

要是能去傅应呈家吹个头就好了……

她又突然回过神，自己在想什么呢？

等季凡灵躺到床上的时候，被子是湿的，头发也是湿的，甚至内裤都是半干不湿的，浑身上下连点热气都没有，好像浸在一股黏冷的湿气里。

一整天，忍完黄莉莉忍楼上邻居，忍完楼上邻居忍澡堂大妈。

倒霉透了。

季凡灵正准备入睡，大门突然"砰"的一声响，一号房的小情侣回来了，嬉嬉笑笑进了卧室。他们的房间和季凡灵只隔着一堵不隔音的墙，又是打又是叫的。

要换作从前的季凡灵，这点笑声委实影响不大，和季国梁打牌时的臭骂大叫也差不了多少。

或许是因为傅应呈家太安静了，让她有点不适应这种噪声。

好不容易快要睡着，又被"轰隆隆"的水声吵醒。

因为是合租房，厕所装的是老式蹲坑，水箱安在高处，一有人冲水，那声音在夜里格外刺耳。

刚睡着，被水声吵醒。

刚睡着，被隔壁的笑声吵醒。

刚睡着，又被水声吵醒。

一连三四次。

季凡灵在被子里翻了几次身，捂着耳朵，心里堵得像是要炸了，怎么躺都难受。

她一股脑地掀开被子，摁亮手机。

都凌晨四点半了。

季凡灵嗓子发痒，想抽支烟。

她支起身，借着手机的光翻遍了抽屉，才想起来跟傅应呈待久了，都习惯身上不装烟了。

她甚至很久都没想起要抽烟了。

季凡灵倒回床上，木然地躺着。

手机自动熄屏，无窗的三面墙黑压压伫立着，逼仄狭窄得快要向下倾倒。

这阵子一直压抑的陌生情绪终于在这个深夜里张牙舞爪地探头，在黑暗中像丛生的荆棘一样快速蔓延。

从前她在任何地方都是一样过，就算睡在家里的床上也有可能被劈头盖脸打醒，从没有一个地方能让她产生安全又温暖的归属感。

就是因为没有过这样的感觉，以至于她一开始总是想到傅应呈的时候，还不知道是因为什么。

季凡灵用手掌蒙着眼睛，沉默了很久，突兀地笑了声。

她真的是疯了。

平生第一次想家，想的居然是别人的家。

第二天。

季凡灵不出意外地发烧了。

她实在爬不起来，也不可能顶着高烧去上班，只好让吕燕帮她请假。

她在床上迷迷糊糊躺了一天，烧得头昏脑涨口干舌燥。

因为没吃饭，胃也痛得厉害，睡也睡不安稳。

临到傍晚的时候，二号房的男人回来了，似乎是想找她借东西，敲了很久她的房门，断断续续说着什么。

季凡灵半梦半醒中，听到了自己的手机铃声。

铃声响了很久，她才彻底醒过来，费力地睁开眼，拿起手机。

电话的来电显示是傅应呈。

手机一声声催促的振动穿透掌心。

很突兀地，让人鼻尖一酸。

有一瞬间，季凡灵几乎想问他能不能再去他家住几天。

但是，这让人怎么说得出口？

傅应呈不欠她的。

人家作为同学，真的已经仁至义尽了。

季凡灵本来准备接通，一阵咳嗽却突然涌上喉咙，咳了一阵，发现嗓子实在哑得不像话，只好挂了电话，点开微信。

关我屁事：？

关我屁事：有事？

过了很久，久到季凡灵以为傅应呈不会回她了，微信提示音响了一声。

c：拨错了。

三日后。

九州集团总部，顶楼，会议室。

会议室里只有东道主一侧坐了人，鸦雀无声的。

为首的男人穿着深色衬衫，配暗银色领带，垂着眼，一言不发地翻着文件。

一页又一页的翻页声，在死寂的会议室里回响。

主攻研发的Maversis（马弗西斯）生物技术公司来中国考察，原本约好五点开个短会，现在已经五点，对方却依然不见踪影。

明眼人都能看出来，傅总这阵子气压一直低得反常，偏偏对方还撞到枪口上了。

"傅总，电话打通了。"温秘书走进会议室，"下雨，高架堵车，对方说十分钟之内到。"

傅应呈抬腕看了眼手表："跟他们说，只等十分钟。"

十分钟后，傅应呈准时起身，拿起文件离席，其他人见状也跟上。

刚走出会议室，就听到急促的脚步声伴着喊声。

"Mr.Fu！"

"Mr.Fu！"

"Please wait！"

傅应呈停下脚步，一行人扭头，走廊尽头狼狈地冲进来五六个Maversis的负责人，淋了雨，上气不接下气地用英文道："真不好意思，路上堵车，到迟了，那我们现在开始吧？"

"我之后还有别的安排。"傅应呈的英文标准得近乎没有人情味，"你们可以自行安排时间。"

傅应呈说完就离开了，其余的人也随之跟上。

"傅先生怎么走了？什么意思？生气了？"为首的男人很焦急，随手抓住了温秘书。

"傅先生在工作中不带情绪。"温秘书说，"只是，你可能不得不告知你们的CEO本德曼先生，本次合作取消。"

"什么？取消了？"为首的男人急切道，"我也不是故意的，只是迟了十分钟，就没有丝毫商量的余地了吗？况且，最开始还是你们主动提出的合作！"

"你可能还不了解傅总的性格。"温秘书公事公办的口吻，"他不会让别人等他，但他也不会等人。"

"就不能想想办法……"

"机会错过就是错过，傅总绝不可能主动第二次。"温秘书不紧不慢地打断，转身离开。

温蒂敲了敲门，走进总裁办公室。

一览无余的落地窗前，西装革履的男人正坐在电脑前办公。

正如她对Maversis负责人所说的那样，傅应呈眼里没有任何情绪，他从不为不值得的事情浪费感情。

"傅总，这是 Bioson（生物森）公司的资料，以及我与他们的对接情况。"

Bioson 是除了 Maversis，九州最想合作的公司，既然后者没有诚意，不必傅应呈吩咐，温蒂立刻就安排上了。

傅应呈扫了一眼资料："给我订张下个月去华盛顿的机票。"

温蒂立刻查看航班时刻表："您 11 号在本市有私人行程，11 号之后最早只有……14 号中午十二点半的航班。"

"可以。"

"噢哟哟，傅总还有私人行程哪——"

门口传来一个吊儿郎当的嗓音。

苏凌青一身花格衬衫，抱胸斜靠在门框上，冲温蒂挑了下眉："他有什么行程，我怎么不知道？"

温蒂目不斜视地和苏凌青擦肩而过，从办公室里走了出去，仿佛他是一团空气。

苏凌青一愣："……喂！"

温蒂虽然是傅应呈的秘书，但是……是不是太不把他这个销售总监放在眼里了？

"你闲着就回家，"傅应呈瞥了他一眼，"别骚扰其他员工。"

"我怎么骚扰她了？我这不是关心你吗？"苏凌青气笑了，"哎，晚上吃饭去吗？我请你。"

也不知道哪个词又触动了傅应呈的神经，男人冷"呵"了一声，眼皮都不抬："别站那儿碍事。"

"真的，就上次我推给你的那家米其林，人家经理盛情邀请了这么久，你到底啥时候……"

"去过了。"

"什么时候去的？我怎么不知道？"苏凌青震惊，"怎么样？"

"不怎么样。"

"你可真能挑……"苏凌青撇了撇嘴，"吃什么你定，总行了吧？今儿我大出血。"

"你看我像缺饭……"傅应呈不耐烦地抬眼，话说一半却突然顿住，推了下银边眼镜，"我定？"

苏凌青笑嘻嘻地招呼道："你定你定。行了，傅总，走吧，事儿回来再干也不迟啊。"

半个小时后。

四下弥漫着廉价香料的呛鼻烟味里，是一张张蒙着塑料台布的圆桌，被冷风吹得吱吱啦啦的塑料板凳在拖多少遍都除不掉油污的崎岖地面上拖动……

苏凌青凌乱地看着赵三串大排档的牌匾，发出难以置信的声音："你定的就是这儿？"

苏凌青不像傅应呈一样有洁癖，但踩在散落着竹扦子的地面上时，还是有些心疼自己产自意大利的手工皮鞋："我真服了，你也不至于替我省钱省到这个程度。"

他刚抽出来一把红色的塑料凳子就近坐下，却看到傅应呈径直从他身侧走了过去。

"去那边坐。"

苏凌青只好站起身换桌："这有什么区别？不都一样？"

傅应呈已经坐下了，红色的一次性塑料台布被风鼓起，扑了他一腿。男人下意识抬了下膝盖，昂贵的西裤布料立刻被塑料桌毛糙的倒刺刮了线。

苏凌青看到傅应呈的脸一点点黑了下去。

就在苏凌青以为傅应呈肯定受不了了，正准备起身走人，却见他好像毫不在意一样，伸手去拆面前标着"拆封一元"的那套碗碟上的塑料薄膜。

然后低头看到碗里没洗干净的油光，他眉头更紧，抬眼看苏凌青："这不是消毒过的？"

苏凌青摇摇头："……走吧，大哥，你不适合吃大排档。"

傅应呈眼神一暗："没什么不适合的。"

尽管他屈尊纡贵地试图融入，但是他往那儿一坐，周身清冷矜贵的气质还是有种让人难以直视的格格不入。

周围不少人在明里暗里打量他，甚至隔壁桌的女生还把手机放在桌子下面偷拍。

苏凌青有些无语。

跟傅应呈出来就这点不好，自己不沾桃花就算了，还挡他的桃花。

苏凌青还在看菜单，眼前一只纤细的手放下玻璃杯，倒了柠檬水，然后听到很耳熟的女声："您好，准备吃点什……哎？"

苏凌青抬头，和女孩对上视线，女孩又猛地扭头看向另一个人，更惊讶了："傅应呈？"

苏凌青下意识坐直了："灵妹妹！"

哦哟……

他就说今天傅应呈怎么跟吃错药了似的，搞了半天是冲着人家来的。

傅应呈瞥了季凡灵一眼，不咸不淡地点了下头，冲苏凌青微扬下巴："他非要请我吃饭，我也没办法。"

苏凌青腹诽：我是要请你吃饭没错，但地方是你自己选的吧？为什么搞得像是我把你绑来的一样？

"是吗？"季凡灵给傅应呈倒了杯柠檬水。

她见到傅应呈还是高兴的，忍不住抿了抿上扬的嘴角。

苏凌青探身，目光落在她的围裙上，兴致盎然："灵妹妹，我怎么不知道你在这里……工作？"

"傅应呈没跟你说吗？"季凡灵说，"十二月就开始了。"

"是吗……"苏凌青抱着胸，老狐狸似的眉眼弯弯，意味深长地望着傅应呈，"看来，我不知道的事还多着呢。"

傅应呈没有理他。

男人长睫半垂，无声地转着尾戒，目光一直落在季凡灵脸上。

瘦了。

这才多久工夫，下巴明显又尖了。

两个月辛辛苦苦喂出的肉，一转眼又消下去了。

变回那个雨夜，十年未见，隔着雨幕，她在小超市门口蹲着仰头望他的状态。

安静又苍白。

像是冰凉的水汽，风一吹就会散。

季凡灵转头对上傅应呈的目光："吃点什么？"

傅应呈顿了下，收回视线："你不推荐一下？"

季凡灵想了想："小炒黄牛肉和香辣小黄鱼都是比较推荐的，素菜的话，地三鲜不错，主食可以点什锦炒面。"

"你有忌口吗？"她问苏凌青。

"我百无禁忌。"苏凌青笑眯眯道。

"那这顿我请吧。"季凡灵一边在纸上快速写菜名，一边说，"正好，我还欠傅应呈一顿饭。"

苏凌青想起来之前提到请客时傅应呈的反应，眉尾一挑。

对座的傅应呈闻言动了动，慢条斯理地抬眼："你还记得呢？"

季凡灵手中的笔尖一顿。

傅应呈很轻地"哼"了声，自言自语似的："我不来，你就装想不起这事了吗？"

季凡灵一愣。

"为了逃避，电话都不敢接。"

季凡灵差点把笔折断："不是因为这个！"

傅应呈侧头："哦？那是因为什么？"

很轻的口吻，好像说话的人毫不在意，只是随口一问。

背景音是大排档里的人声鼎沸，烧烤架下的木炭时不时"噼里啪啦"地炸开，火光跃进高处灯串的光芒中。

男人的眼眸却半沉在阴影中，直直看着她，漆黑、安静。

季凡灵心头一跳，移开了视线。

她不太想说自己因为发烧烧得嗓子哑了，好像搬出来过得很不好似的。

"我是因为……忙着跟别人玩儿，"季凡灵慢吞吞道，用笔杆敲了敲小本子，"所以才没工夫搭理你。"

点完菜，季凡灵也没时间跟他们多寒暄。

正是饭点人多的时候，她不仅管傅应呈这桌，还要管其他几桌，端着菜忙碌地在桌子间穿梭。

为了方便，女孩扎了个丸子头，潦草地落下几缕碎发，遮住了小巧而素净的脸。

苏凌青夹了条小黄鱼，"啧"了声："她身上的衣服，你买的吧？"

即便是被围裙遮挡大半，大衣也是一眼就能看出的价格不菲。

裁剪得体的衣摆下一双小腿笔直，两指宽的束带在腰后系紧，衬得女孩的腰细得惹眼。

就是在苏凌青眼里有些太正经了，没点活泼劲儿。

不像这个年纪穿的。

感觉她要是踩双高跟鞋，下一秒就能在招标会上发言。

一看就出自傅应呈这种没情趣的性冷淡之手。

傅应呈没接话，目光在季凡灵的大衣口袋无意间露出的一角上停留。

随着动作，有个东西一晃一晃的，还反光。

是烟盒。

简直跟十年前一模一样。

——好像只要没人发现，她就不算真的过得不好。

季凡灵端着炒面过来的时候，见傅应呈脸色难看，顿了顿，小声问道："不好吃？"

傅应呈看向她，张了张嘴，没出声，眼睛深处的情绪复杂得难以辨认。

季凡灵怔住，脸色突变，一把按住他："不会吧？你被鱼刺卡住了？"

傅应呈很轻易地就能被她气到头痛。

"我有那么蠢？"傅应呈目光沉沉的。

季凡灵松开手，摸了摸鼻子："那……也很难说。"

傅应呈垂下眼，看向她刚刚伸手按着他的地方。

一触即分。

手指冷得跟冰一样。

傅应呈的心脏像是被重重攥了下，跳得沉重又吃力。

他开口："你要是……"

"服务员！"有人举手大喊。

傅应呈冷冷地抬眼。

季凡灵已经过去了："什么事？"

苏凌青给自己盛了碗炒饭："她要是……"

"不关你的事。"

说完，傅应呈端起面前的柠檬水，喝了口，顿了下，又仰头将杯子里剩下的全部倒进嘴里。

开口得太冲动了。

有些提议，明知会被否定，还是说出口。

在商场上，他从来没愚蠢到做这样不计后果的事情。

苏凌青眼神复杂地看着傅应呈："你现在的表情像一类很特别的人。"

傅应呈投过去一个疑惑的眼神。

苏凌青说："明知小孩更爱贫穷的前妻，但离婚后依然想不惜一切代价争取抚养权的富豪爹。"

傅应呈咬咬牙。

那一边，季凡灵俯身听了客人的话，喊了远处的吴晴："3号桌添两碗饭，还要一套餐具。"

吴晴高声回应道："好！"

苏凌青愣了下，看了眼自己桌上的7号牌，又看了眼旁边他一开始坐的3号桌，突然意识到这处不打眼的细节……

傅应呈不肯坐那桌，该不会是因为知道季凡灵不负责那桌吧？

苏凌青突然连开玩笑的心思也没了。

连这都知道……

傅应呈认真的啊？

时间越晚，吃饭的人越多。烧烤架上的烟时不时随着风向刮过来，呛鼻又熏眼。

一顿饭到吃完，他们也没跟季凡灵说上几句话。

"走吧。"

说着，苏凌青擦了擦嘴，又忍不住对手里粗糙到磨嘴的纸巾蹙眉。

傅应呈抬眼："单不买了？"

苏凌青疑惑："不是说灵妹妹请？"

"她请我就算了，为什么要请你？"

苏凌青惊愕："不是，你刚刚……"

"来之前说好请我，来之后你就找理由逃单？"

苏凌青气笑了："不是，我还能……"

"让人家小姑娘请客，你脸是够大的。"傅应呈不咸不淡道，"我是没给你发工资吗？"

苏凌青暗骂了一句，然后投降似的举起双手，愤愤地碎碎念："好好好，我请，我请，您可闭嘴吧！一百块的事快被你讲死了，我还能占你这点便宜不成啊……"

苏凌青去柜台结完账回来，看到傅应呈还坐在位置上没动，便问道："不走吗？"

傅应呈冷冷地反问："你很急？"

苏凌青更是一头雾水了，是谁经常在公司忙得连吃饭的时间都没有，怎么现在又不急了？

他实在忍不住了，拖着椅子坐到傅应呈旁边，似乎想把对方盯出一个洞。

傅应呈心烦："怎么？"

"我是支持你做任何事的，但我是你兄弟，有些话不得不说。"苏凌青神情严肃。

傅应呈没兴趣："不想说就别说。"

"不！我一定要说！"苏凌青左右看了看，身子前倾，痛心疾首，"你有你的自由，但你不能祸害未成年啊！"

傅应呈有点蒙。

男人的眼神像是在看一个纯粹的神经。

苏凌青见傅应呈不搭话，更着急了："我谈得多我承认，但我也是有原则的，灵妹妹她不是……2005年的吗？你就不能等两年吗？"

他亲手给季凡灵办的身份证，他能不知道吗？

傅应呈蹙了蹙眉："你能不能喊她全名？"

苏凌青声音提高："这是重点吗？"

傅应呈的眼神是真的想把他弄死。

空气静了几秒，傅应呈下颌紧绷，眼神示意，苏凌青立刻靠了过去。

这事涉及原则，也不好按下不表。

"认识她的时候，我也是未成年。"

傅应呈难得替自己解释了一句。

苏凌青后仰看着他，目光逐渐变得震惊，最后压抑不住音量："你未成年，她不才几岁？"

傅应呈愣了愣。

"傅应呈——你可真是畜生啊！"

季凡灵忙了一圈，好不容易找了个空闲上厕所，去自己的储物柜里拿纸。

她刚打开柜门，就瞥见了里面红色的塑料袋。

差点忘记了，她还有一包石榴。

还好天气冷，石榴放了几天还是很新鲜。

季凡灵把塑料袋提出来，想给傅应呈他们当饭后水果。

她走出间，却远远看见 7 号桌已经换了新的客人。

走得这么突然？

季凡灵拎着石榴，心里有点失落。

……不知道为什么，她潜意识里觉得傅应呈会跟她说一声再走，不会走得这么快的。

现在也没法追上去。

看来只能下班后再跑一趟了。

季凡灵扭头，问柜台边收银开票的女生："7 号桌结账了吗？"

"结了呀。"女生心情好极了，"好久没看到这么帅的了，我在这儿偷看半天了，他还夸我好看呢。"

季凡灵：哦，苏凌青结的账。

可能是不好意思让她请客吧？

女生兴致起来，起身趴在柜台上，小声跟季凡灵咬耳朵："但我更喜欢那个没来结账的……你仔细看了他没有？"

季凡灵木着脸："我看他干什么？"

"他更帅！你没凑近多看几眼吗？"女生有些恨铁不成钢，"尤其是他仰头喝水的时候，下颌线比我的人生规划都清晰！喉结，这儿！凸得特别性感！"女生仰着头戳自己脖子。

季凡灵移开视线："……也就那样吧。"

"而且我听说，"女生趴过来，勾了勾手，坏笑着压低声音，"喉结大的男人，那里也会……"

季凡灵出手如闪电，捂住了她的嘴。

"唔唔唔……"

季凡灵眉头紧锁："背后说人干什么？不要说了！"

她松开手，攥着塑料袋转身就走。

女生托着下巴，笑吟吟地看着她的背影。

啧啧啧……有的人耳朵比塑料袋都红喽。

季凡灵本来打算当天下班就去给傅应呈送石榴，结果不巧这天加班，一直忙到深夜十一点，只好推迟到了第二天晚上。

下班后，季凡灵轻车熟路地去公交车站坐上了3号公交车，一路望着窗外发呆。

窗外的风景就连一草一木都让人熟悉，而且，或许是因为每次走这个方向，而且都是下班回去的路上，所以格外让人心情愉快。

公交车直达傅应呈家小区门口。

下了公交车，季凡灵才突然想起，好像没跟傅应呈说自己要来。

……虽然她几乎没有去过别人家，但也绝对不是不打招呼就直接上门的那种人。

可能她在傅应呈家住太久了，"去"傅应呈家更像是"回"傅应呈家，一时间就忘了告诉他。

现在再发消息说自己在他家楼下，还不如直接上去敲门。

季凡灵乘电梯上楼，按响了门铃，等了会儿，没人开门，又按了一遍，还是没人。

不在家？

季凡灵看了眼手机上的时间，从前她这个点下班的时候，傅应呈向来都是在家的。

看来真的是不巧。

季凡灵拎着塑料袋，转身要走，电梯门突然"叮"的一声打开。

一个抱着纸箱的男人迎面而来，脚步一顿："季小姐？"

季凡灵看清来人："陈师傅？"

陈师傅用膝盖顶着纸箱，喘着粗气："正、正好，您帮我开下门，我给傅总送个东西。"

季凡灵见他搬得吃力，身体比脑子反应更快，抬手就按在了身后的指纹锁上。

"嘀"的一声，门应声而开。

像是一枚火星在脑海里溅开，季凡灵反应过来，有些难以置信地低头看着门锁。

她都搬出去了，傅应呈还留着她的指纹？

可能是他太忙，忘记改指纹锁了。

有可能是几周过去，他都没想起来。

……对于傅应呈那种一丝不苟的人来说，还真是少见的纰漏。

电光石火的一瞬间，季凡灵脑子里乱糟糟的。陈师傅正喘着粗气，端着箱子往屋里放。

季凡灵回过神，抬手，"啪"的一声撑在了门框上，挡在了陈师傅面前：
"等等。"

陈师傅颤颤巍巍地停住脚步。

季凡灵把门关上，斟酌道："你能自己开门吗？"

陈师傅："……当然不能。"

"如果我不在，你准备把东西放哪儿？"

"门口。"

"那就放门口吧。"

陈师傅很理解，把箱子放在墙角，直起身抹了把额头上的汗："您怎么不进去？"

季凡灵按下身后的电梯下行键："他这不是不在家吗？"

"傅总去沪城出差了，今天去，后天回。您来没跟他说吗？"

"没有。"

电梯门开了，两人一起走进去。

季凡灵顿了顿："不用对我那么客气。"

陈师傅回想了下自己的话："我习惯了，见谁都喊您的，别介意。"

"哦。"

到了一楼，两人一起走出去。夜色昏暗，漆黑的迈巴赫就停在楼前的香樟树下。

陈师傅热情道："您是去吉星街吗？我送您。"

季凡灵摆摆手："不用。"

陈师傅哪敢让她大半夜的一个人回去，万一出点什么事，傅总不得要他的命啊？

"我回家顺路，特方便……哎，等下！"

陈师傅突然注意到季凡灵手上的东西，努了努嘴："您给傅总带的石榴，忘了放进屋了。"

季凡灵瞬间头皮发麻，快速把塑料袋藏到身后。

当时想送傅应呈，也就一时兴起，现在仔细一想，其实怪蠢的。

人家什么水果没吃过啊？

阳台上堆着成箱的车厘子，每次都是童姨说再不吃要坏掉后，季凡灵为了不浪费，从早吃到晚。导致现在她看见车厘子就害怕，一边打嗝，一边跟童姨说少买点，傅应呈吃不了多少。童姨嘴上说"好好好"，转头又下单了一箱芒果。

就这五个石榴，还有些原生态的丑，坑坑洼洼斑斑点点的，有些拿不出手。

季凡灵硬声道："不是给傅应呈的。"

陈师傅一愣。

季凡灵慢慢道："我准备拎去他家，让他看着我吃。"

陈师傅更不解了。

季凡灵继续说："既然他不在，那我只好带回去自己吃了。"

陈师傅僵硬地扯了扯嘴角。

好……好小众的爱好。

最后，季凡灵还是没能拗过陈师傅载她的决心。

毕竟为了让她上车，陈师傅一路都快追出小区了，季凡灵感觉再拒绝就有点太拿乔，只好妥协。

那几个石榴她自己吃了，一边吃，一边忍不住发愁。

想不到自己有什么好东西能给傅应呈，感觉给他什么他都不会喜欢，下场都是被嫌弃地丢掉。

……算了，还是先把欠的钱还清再说吧。

第二天本来是季凡灵的休息日，但她想把上次生病请的假补回来，所以照常上班。

同事们都在议论下周来他们店门口路演的乐队。

但她压根不记得程嘉礼的乐队叫什么名字，所以也并未放在心上。

晚上，大排档热闹红火，一群有男有女的高中生咋咋呼呼地占了张圆桌。

季凡灵被笑声吸引，抬头瞥了眼，通过校服辨认似乎是北宛一中的学生，但因为不是她负责的桌，所以没有多看。

直到她收拾餐桌的时候，身后突然传来很轻的一声："姐姐？"

季凡灵回头，眼里的惊讶一晃而过。

上次见到小星星，还是和傅应呈一起去吃江家小面的时候。

少年又高又瘦，卫衣外面套了件运动服外套。

大冬天的他好像也不冷，外套敞开着，高兴得脸上像是在发光："原来姐姐在这里工作啊！我以为姐姐还在上学呢。"

季凡灵撇开视线，"嗯"了声，手上不停，三下五除二把桌子擦完。

"姐姐是服务员吗？"

"你看我像老板吗？"

"为什么总是不回我的消息？"

"大人都是这样的，要工作。"

口吻像是在敷衍小屁孩。

江柏星有些委屈地说："我以为你还在一中上学，去高三年级找过你几次，都没找到。"

季凡灵掀睫："你不好好上学，找我做什么？"

"好好上了的，期中是年级前十。"

季凡灵脸上挂着一种"年级前十也不过如此""遥想当年，老子哪次不是"的神气，慢吞吞道："哦，这就骄傲了？"

"没有骄傲……对了！既然都是当服务员，姐姐可以去我们家店里啊！"江柏星快步绕到季凡灵跟前。

"不去。"

"真的！"江柏星觉得自己真是想到一个"好"主意，"我们店里正好缺人。双休、年终奖、五险一金，什么都有，而且在跃通商城里，不用风吹日晒，也不至于这么冷……"

他目光落在女孩抓着湿抹布、冻得通红开裂的指节上，突然顿住，心脏像是被一只大手狠狠揪紧，剩下的话便说不出口了。

假如……

她真的是那个救了他的姐姐，那他所有的一切，都该是她的。

结果他什么都没做，什么都做不了。

少年找回自己的声音："而且江家小面事儿不多，随时都可以请假，我妈人也很好的……"

季凡灵总算是放下手里的活，抬头认真地看了他一眼。

夜幕里，少年的眼神愧疚又热烈，让人想起使劲摇尾巴的大狗。

这小孩还挺知恩图报的。

他读书受了傅应呈的资助，想报恩的心都写在了脸上。

可能是上次看她跟傅应呈一起吃饭，以为她跟傅应呈关系很好，都找到她跟前来了。

季凡灵很轻地笑了声："让我去给你干活？"

江柏星心思一动，以为她同意了，就听到女孩又淡淡来了句："想得美。"

江柏星一蒙。

另一边，北宛一中高二（3）班的高中生们正在大吃大喝。

"江哥在搞什么？半天不回来，掉厕所里了？"一人撸着串，突然想起。

"不就在那儿吗？"旁边的男生靠着椅背张望，抬手指向远处，"他在搞什么？跟服务员说话？"

"不会是打算偷着结账吧？"项坤抬头，"说好了 AA 的。"

刚说话的人眉头一紧："他和服务员吵起来了？"

"不会吧？"

闻言，几个学生纷纷看过去，只见远处的江柏星摊开手，很激动地在说着什么。

江柏星面前的女孩身形纤细，头顶只到他胸口，敷衍地转身想甩掉他，而江柏星很有几分巴结的样子，屡次三番绕到她面前，试图让她看看自己。

最后，江柏星拉住她，口不择言地说了句什么。

只见女孩动作一顿，仰头，抄起记菜单的小本本，踮起脚，像训小孩一样，扎扎实实地敲了下他的头顶。

几个男生看傻眼了。

"我的天！江哥被服务员揍了？"

"还有没有天理了？"

"哎哎！服务员动手了！没人管管的吗？"

几个男生抗议着齐刷刷站起来，正准备替江柏星打抱不平，就看到少年耷拉着眉眼，揉着头，垂头丧气地回来了。

"江柏星！你行不行啊？"

江柏星见他们几个跟要干架似的："怎、怎么了？"

项坤气急败坏："那服务员对你干什么了？"

"不不不，"江柏星吓坏了，"不是的，我认识她！她是我、我……重要的朋友！"

几个人一愣，怒气顿消，互相推搡着，阴阳怪气地嬉笑道："哦，重要的朋友……"

江柏星呆了两秒，耳朵通红地扑上去拼命辩解："不是那个意思！不许这么想！是我对不起她！"

几个好兄弟闻言更癫了："是——我——对——不——起——她——"

少年手忙脚乱地"镇压"起哄的兄弟。

这么多年沉积的内疚、每年清明扫墓时的祭奠、父母挂在嘴边的话语，早就让季凡灵变成一个类似于符号一样的东西，是完美的、神圣的、说不得的。

更别提被这样起哄。

虽说不上恶意，但确实有点犯贱，江柏星听得心惊胆战，生怕把天上的姐姐弄脏。

不过，他知道了姐姐在哪里工作，也算是新的进展，就算是天天硬磨，也要让姐姐去过更好的生活。

还有一件更加重要的事情。

除去幼年时的记忆和说不清的直觉，他还需要更确凿的证据。

他得想个办法试探，确认她究竟是不是"那个人"。

周五晚上九点，北宛机场。

陈师傅早早将迈巴赫停在了接机口，傅应呈从机场出来的时候，空中飘起了小雪。

男人身形高挑，没有撑伞，宽阔的肩上落了零星几点雪片。

陈师傅替他开了车门，敏锐地察觉到他心情很差。

是那种连轴转工作，缺乏睡眠，还遇到不顺心的事情后冷到冰点的差。

上了车，傅应呈给韩文韬打了个电话，让韩文韬从德国滚回来，从他打这通电话起，欧洲项目部换张简全权负责。

对面的人在电话里大声急切地申辩，傅应呈冷冷打断，只说了一句话："上次我已经警告过你了，还想要多少次机会？"

挂了电话后，傅应呈又打给温秘书，让她安排明早的高管人事调动会议，走一个工作交接的过场。

两通电话，让明明暖气充足的车厢里温度骤降。

傅应呈简短发了几条消息，按了按眉心："陈师傅，东西……"

"已经送过去了，"陈师傅说，"放在您家门口的地毯上了。"

"好。"

陈师傅斟酌了一会儿，小心翼翼地开口："……送东西的时候，我还碰到了季小姐。"

车厢里的气氛悄无声息地变了。

傅应呈抬眼，无声地看了眼后视镜里的陈师傅。

陈师傅说："她拎了一袋石榴，好像是打算送给您的。"

"也放在门口了？"

"没有，您不在家，她就拎走了。"陈师傅补充道，"我看她一个人回去不方便，送她回去的。"

傅应呈"嗯"了声，视线移到窗外，好像并没有放在心上。

陈师傅说这话没有邀功的意思，就是随口一提。

细雪落在挡风玻璃上，很快就被雨刮器规律地左右刮尽。

过了两个路口之后，后座突然传来一声很轻的气音，好像是漫不经心飘来的一句话。

"……她不过是借了我的钱，想还人情。"

陈师傅一愣。

跟他说话吗？

还在想这事儿呢？

陈师傅脑子转了半天，不知道傅总在下哪门子的结论，斟酌着开口："但我觉得季小姐是真心的吧，借钱之后还钱就好了啊。"

"你不了解她，"傅应呈嗓音古井无波，不掺一点情绪，"她这个人，只想和别人扯平。"

按理说，傅应呈把话说到这个份儿上，陈师傅就该闭嘴了，但好歹打了年轻起就给人当司机，陈师傅也混成了人精，敏锐地从话里嗅到了一点特别的、微妙的味道。

有的时候，一个人表面上是在和别人争论，实际上内心却是无比渴望被否定的。

陈师傅说："但是都夜里十一点多了，来一趟也不容易。如果不是图水果新鲜，季小姐大可以等到休息日再来。"

车厢里又沉默了。

这份沉甸甸的安静压得陈师傅心虚。

亮着红灯的路口，陈师傅缓缓踩下刹车，将挡位推到 P 挡，不动声色地往后视镜里瞄了一眼。

男人穿着黑色的长款大衣，没有像平常一样在后座办公，而是侧头愣愣望着窗外。

夜间的光影穿透深色的车窗，在男人面部折出清冷的骨骼感，让他看上去像一尊寡言又矜贵的雕像。

他双唇也是抿紧的，只有嘴角不易察觉地勾起了一点，半天都落不下去。

陈师傅好像明白了什么。

这是在高兴吧？

头一次发现傅总还挺容易高兴的。

傅应呈稍微一动，陈师傅就立马收回了视线。

男人沉默了两秒说："去吉星街吧。"

陈师傅应道："好的，傅总。"

北宛机场在市郊，他们到吉星街的时候，已经晚上十点多了。

空中飘着薄薄的细雪，街道寂寥，客人几乎走光了，服务员们也难得清闲，有的在角落里看视频，有的在桌前吃炒饭。

坐在前台的女生正玩手机，看见傅应呈的脸，瞬间变得精神抖擞："你好，几位？"

傅应呈扫了一眼室内，转身掀帘而出。

季凡灵不在。

傅应呈在室外的塑料棚里也没看到她，正想发个消息，突然听到屋后传来隐隐约约的说话声。

傅应呈循声望去，两家店铺之间，短短一截漆黑的窄巷的屋檐下，女孩背对着他，坐在塑料凳上，心不在焉地玩着手机。

一个穿着短棉服的高中生蹲在她面前，有点无奈："姐姐，你有什么条件，可以说的嘛。"

季凡灵叹了口气。

傅应呈走近，就见她放下手机，抬了抬下巴："你要我说？"

"你说，你说。"

"虽然上次我确实是和傅应呈一起去吃江家小面……"

窄巷里，漆黑的皮鞋踏在薄雪上，脚步下意识止住。

江柏星不知道季凡灵为什么提这个："是啊。"

"当时是……特殊情况，傅应呈帮了我不少，就像帮你一样……我还欠他的钱。"

女孩语速很慢，混在夜风里，字字清晰。

"但是，除此以外，我和傅应呈其实没什么关系。"

嗓音疏离而淡然，和从高远的夜空落进窄巷里的薄雪一样冷。

仿佛有个无形的旋涡开始席卷，将剩下的字句和话语尽数吞没。

天地间骤然变得极为安静，只剩下沉甸甸的心脏收缩声、风雪的嗡鸣声和缓缓后退的脚步声。

没有人发现傅应呈，也没有人追上来。

追上来的只有他自己的话，清晰可闻，字字诛心。

"她这个人，只想和别人扯平。"

明明他心里是最清楚的，还是被其他人随口说的话轻易动摇，萌生了不切实际的希冀。

简直和十年前一模一样。

时间拉回 2011 年，高一某个周五的晚上。

书店里，傅应呈挑选了几本新出的联考套卷和物理竞赛书，结账后，走出了书店。

远离身后空调的凉气后，夏天的燥热瞬间扑面而来，让人错觉置身于闷热潮湿的蒸笼里。

他不喜欢这样的天气，拎着塑料袋，沿街快步往回走，无意中瞥见街道上的女孩。

她穿着校服，两手插兜，垂着头，一边踢着脚边的石子，一边漫无目的地往前走着。

傅应呈下意识放慢了脚步，不远不近地跟在她后面。

反正是顺路，他又不急。

走出几十步，傅应呈才掀起眼睫毛，不动声色地望过去一眼。

恰巧，路边店铺的灯光照亮季凡灵雪白的后颈，露出一道蜿蜒向下、鲜红刺目的血迹。

心猛地漏跳了一拍，傅应呈眼皮绷紧，快步追了上去，拉住她的胳膊。

"……你在流血。"

因为季凡灵拒绝去医院，傅应呈只能简单地帮她处理下伤口。

事实上，这么严重的伤势仅用棉签和碘酒远远不够，然而季凡灵却好像已经很满意了，竖起领子，遮住了脖子："差不多了吧。"

傅应呈垂眼，将剩下的药物和棉签递给她。

季凡灵伸手接过："谢谢。"

她正准备离开，突然间似乎想到了什么，问傅应呈："现在几点？"

傅应呈看了眼手表："快八点。"

"你有时间吗？"

傅应呈眉头微松，以为她终于想通了："北宛一医院离这儿不远，现在过去也……"

季凡灵："那正好，你跟我去个地方。"

傅应呈微怔："去哪儿？"

"去了不就知道了。"季凡灵往前走了两步，侧身，见傅应呈依然站在原地，"来吗？"

不算很有诚意的邀约。

背景灯火明亮，女孩站在拥挤的人群里望着他，微微汗湿的苍白小脸上，眼瞳黑白分明，安静又虚弱。

好像他说一个不字，她就自己走了。

傅应呈朝她走了过去。

季凡灵在前方领路，傅应呈跟在后面。

两人明明是一起的，但好像互不认识一样，隔着两步左右的距离。

正是步行街热闹的时候，街道上人来人往，烟火气很足。季凡灵一手拎着塑料袋，一手插兜，熟练地拐进小路，在蛛网般的老城区胡同中穿行，偶尔还会停下，看看傅应呈有没有跟上。

两人来到一栋废弃的烂尾楼前。

陈旧的铁门用沉重的铁链和生锈的锁头封死了，季凡灵领着傅应呈绕了半圈，找到楼后一处破了洞的铁丝网。

女孩很轻易地猫腰钻了进去。

尽管傅应呈清瘦，但破洞相较于少年高挑的骨架还是太小，钻进去的时候费了点功夫，最后还刮破了外套的衣角。

季凡灵听见布料被撕裂的声音，回头看过来，有些欲言又止："我看你还挺瘦的……"

傅应呈冷冷地瞥了她一眼。

季凡灵凑近，低头看他外套上的小洞，好像在估量经济损失，闷闷道："这地方只有我知道，之前从没带别人来过，我以为你能钻进来的。"

只有她知道……

少年低垂的睫毛颤了一下。

"可以找邻居奶奶给你缝，"季凡灵信誓旦旦，"绝对谁都看不出……"

"不用。"傅应呈抽回袖子。

季凡灵抬眼看他。

两人近在咫尺。

少年微微后仰，先一步挪开目光，淡淡道："没有补的必要，这衣服……本来我也不想要了。"

季凡灵"哦"了声，松了口气，转身道："那上楼吧。"

烂尾楼一共六层，楼梯里没有灯，摸黑爬上逼仄的楼道，推开生锈的铁门是一个露天天台，豁然开朗。

夜幕半垂，远处的天际由浅白过渡到沉郁的深蓝，高楼如玻璃巨幕拔地而起，底下的平房高高矮矮参差不齐。

季凡灵站在天台边缘凸起的台阶上，指着不远处："你看那里。"

傅应呈："你下来。"

季凡灵："啊？"

她习惯性地回头，动作太快，牵扯到脖子上的伤口。

一瞬间窜起的疼痛让女孩眯了眯眼，趔趄半步，半只脚都踏空在外面。

傅应呈脸色骤变，上前一步翻过围栏，抓紧她的手腕，声音硬得像是命令："下来！"

"……怕什么，掉不下去的。"季凡灵很无所谓，后退了两步，瞧见他的脸色，抿唇嗤笑，"你该不会恐高吧？"

傅应呈松开手，皱眉看着她，没有说话。

季凡灵转身，重新指着底下的巨型电子屏："看到旁边的体育馆了吗？"

"怎么？"

"八点开巡回演唱会，在天台上什么都能看见，比坐在里头看还清楚。"季凡灵说这话的时候还有点小骄傲，说完却心虚地瞄了他一眼，"唱歌的是许成霖，你喜欢他吗？"

许什么？

根本没听说过。

傅应呈对明星的兴趣不比对萝卜的兴趣多。

"还行。"傅应呈说。

季凡灵单手撑地，随性坐在天台边缘的台阶上，两腿自在地垂在外面，侧头看见少年对着没有竣工、满是灰尘的水泥地面眉头紧锁。

季凡灵摸了摸口袋，掏出一张皱巴巴的纸巾，努力在旁边的地上铺开，比了个请的手势："纸，干净的。"

傅应呈眼角抽了抽。

季凡灵："不信拉倒。"

傅应呈脱下那件破了洞的外套，铺在了地上，权当是践行他说"不想要了"的那句话。

两人并肩坐在天台上，一个随意屈着一条腿，潦草颓丧，另一个背脊笔直如松，像是在听讲座。

晚风从截然相反的两人身上掠过。

风是清凉惬意的，傅应呈身上却出了一层薄汗。

他的目光几次三番落在女孩欲盖弥彰竖起的领子上。

随着时间的推移，领子上逐渐漫出一层血。

比他想的还要严重，他处理的只是脖颈处的伤痕，血迹却一直蔓延到后背更深的地方。

血色越来越浓……

少年手背的肌肉绷紧，如坐针毡，焦躁如影随形。

已经过了八点，演唱会开始热场，随着密集的鼓点，劲爆的开场群舞在舞台周围骤然喷射的火焰中开始了。

底下的尖叫声排山倒海，直冲云霄。

一首歌结束，女孩除了望着脚下的体育馆，没有别的举动。

傅应呈终于忍不住，冷声开口："你就是来这儿听演唱会的？"

"不然呢？"季凡灵的眼神疑惑。

"有时间在这里听演唱会，没时间去医院？"

季凡灵垮下脸："你管我？"

傅应呈黑沉沉的眼眸盯着她。

那是一种珍视的东西被别人随意糟践，可他只能眼睁睁看着的无力和恼火。

还有更隐晦的……

少年倔死也不肯承认，却又扎扎实实感受到让人无法呼吸的尖锐心疼。

傅应呈嗓音微冷："你是神经麻木还是怎么，感觉不到疼？"

"我本来好得很，"季凡灵撇开脸，"你不提，我都快忘了。"

傅应呈："怪我？"

季凡灵冷冰冰道："你不想听，你走你的，少在这儿啰啰唆唆。"

她分享自己的秘密地盘，多少是想看到傅应呈脸上喜出望外的表情。

虽然，很难想象他这种常年跟冰山一样冷淡的人能有多惊喜。

但表现出高兴很难吗？

一点点都没有吗？

两人都不说话了。

本来也算不上朋友，只是不熟的同班同学。

季凡灵刚刚的意思差不多是让他滚了，傅应呈却没像她以为的那样拎东西走人。

向来倨傲眼里又容不下沙子的少年只是坐在她身旁，不肯走，也不肯说话，半边脸笼在夜幕中，阴沉得有些吓人。

季凡灵看了他一眼，又看了一眼。

奇怪，他看起来气得都要动手了……她却依然没在他身上感到一丝一毫的恶意。

季凡灵板着脸："喂，你在生什么气？"

傅应呈没出声。

"你的脸有点白，"季凡灵开始有点担心，"该不会是晕血吧？"

傅应呈还是没出声。

"又恐高又晕血又怕脏……"季凡灵自言自语着，忍不住笑了声，"傅大小姐……"

傅应呈的额角狠狠跳了下："再喊一声试试？"

这时，两人身后传来一声细细的猫叫。

季凡灵费力地转过上半身去看，"啊"了声，勾了勾手指："过来。"

那是只灰色的野猫，还是幼崽，一只眼瞎了，不知道是受了伤还是天生的。

季凡灵轻而易举地拎着猫崽的后颈，抱在腿上。

那猫看起来跟她很熟，一边用头顶去蹭她的手，一边发出呼噜噜的声音，任由女孩的指尖挠它毛茸茸的下巴。

只是剩下的那只眼……绿色竖瞳一直戒备地眯起，盯着傅应呈。

撸了一会儿猫，季凡灵从衣服内侧的口袋里摸出一根火腿肠，歪头用牙咬开，问傅应呈："……吃吗？"

傅应呈收回目光："不吃。"

季凡灵有点可惜又有点高兴，掰了一截火腿肠喂猫，然后自己咬了一小口，餍足得眯起眼。

她跟猫分吃一根火腿肠，最后却让猫吃了大半。

傅应呈用余光看着她的动作，突然后悔什么都没带来，只带了一塑料袋的辅导书。

头一次，那些崭新带着油墨香的书本成了沉重的无用之物。

夜幕彻底降临，头顶繁星密布，脚下的体育馆灯火通明。

黑色的人潮里，荧光棒如浪涛汹涌，音响设备将现场乐队的声音顶上云霄，即便是在天台上也震耳欲聋。

时间过得很快，歌曲一首接着一首。

野猫在女孩的腿上睡了一觉醒来，舔了几下她的手，跳下台阶走了，不知道去了哪里。

两人有一搭没一搭地聊着天，彼此都很放松。

季凡灵晃着腿，看傅应呈："你平时除了学习，还做什么？"

"不做什么。"

"就一直学？不累吗？"

"没有感觉。"

季凡灵"啧"了一声。

傅应呈侧头："你呢？为什么总是上课睡觉？"

季凡灵不答反问："你是老唐派来的吗？"

傅应呈顿了顿："你以后想做什么？"

季凡灵毫不犹豫地说："去吃江家小面。"

傅应呈纠正："我说的不是明天，是未来。"

"哦……未来啊。"季凡灵慢吞吞地想了一会儿，点了点头，"去吃江家小面。"

傅应呈不经意地勾了下嘴角。

"你呢？"季凡灵问。

他们脚下的荧光像在地上流淌的银河。

傅应呈想做的事，这么多年，没对任何人说过。

因为傅致远主观故意酿成严重的医药事故，致使从祖辈继承下来的企业声名狼藉，公信力尽失，人人喊打。

傅应呈想做成的事，仅仅因为他是傅致远的儿子，仅仅因为做的人是他，就要比普通人艰难百倍。

更艰难，更荒谬，更不配。

"我想重建九州医疗。"少年静静地说。

出乎意料，藏了很多年的话，居然很轻易地就说出了口。

傅应呈眼眸漆黑："我要做成中国第一大药企，自主研发最好的药品和器械，卖往全世界。"

无人知晓，此时这个尚且稚嫩的少年口中的每个字，都将成为医疗界未来数十年反复传颂的传奇。

季凡灵听完，只是淡淡"嗯"了一声："对你来说，应该不那么难吧？"

傅应呈一愣："为什么？"

"因为你是年级第一啊！"女孩神色认真。

傅应呈看着她的眼睛，沉默了两秒，忍不住轻笑了声："你知道年级第一和我说的事中间差了有多远吗？"

"是吗？"季凡灵看着前方，语气理所当然，"你又不一样，你是傅应呈。"

傅应呈定定地看着她的侧脸，眼底像是漆黑的海浪层层翻涌。

演唱会上的最后一首歌，顺着炽热的晚风飘上来：

让那祈求的失去，

让那短暂的长久，

明知结局是悲剧以后，

逆流而上命运的洪流……

"你自己呢？"傅应呈低声问。

"什么我自己？"

"你以后准备做什么，考什么大学，做什么工作？"傅应呈没有丝毫嘲笑的意思，只是平静陈述，"就一直在学校里浑浑噩噩，得过且过吗？"

季凡灵撇了撇嘴："你说话有的时候真的很像老唐……"

"季凡灵。"傅应呈低声喊她。

歌声再次传来：

心里的话早已震耳欲聋，

嘴边的话还是说不出口，

为何后悔总在失去以后，

沉默是另一种爱意汹涌……

女孩抬眼，对上他的眼神，很轻地笑了下，露出尖尖的小虎牙："傅应呈，我跟你不一样的。"

那是一种很奇怪的笑容，明明像小孩子一样幼稚，眼里却有很多的无奈和悲伤。

那一刻，傅应呈还不明白季凡灵为什么会露出这样的眼神。

她生前的每一刻，他都没能理解她。

傅应呈问："哪里不一样？"

季凡灵慢慢咬字："傅应呈，你的未来，一定前途无量，一路光明。"

"砰砰砰"一连串巨响，自下而上，如火炮一样冲天而起。

伴随着演唱会高潮的最强音，体育馆四周喷射出巨大的烟花，向上绽放，大概有六层楼的高度，不高不低，刚好在他们身前炸开。

烟花的气流吹起女孩的长发，火光飞溅，圆盘状的烟花在空中此起彼伏，如似锦繁花将他们环绕。

女孩素白的脸被无数迸发的色彩映亮。

那一刻，她脸上的灰尘和血痕通通都不见了，素白的脸在光影中漂亮得惊心动魄。

她的嘴唇轻轻开合。

"什么？"傅应呈眉心紧皱。

季凡灵摇了摇头，又说了一遍。

"我听不见。"傅应呈身子前倾。

季凡灵笑了，手指搭着台阶，凑近，在他耳边呼出一缕温暖的气流。

"而我……"

女孩轻轻的嗓音在震耳欲聋的烟火爆炸声中，从耳郭传到耳膜，触电般，让人头皮发麻。

"……我只活这一瞬间。"

纷乱的光如流星般从天空滑落。

盛大的火光里，女孩坐回去，眨了下眼，指了指前面，示意傅应呈去看烟花。

傅应呈强迫自己将目光从她身上移开，望向前面。

季凡灵的那句话隐隐透出一丝悲哀的、黑色的不祥，细细绞紧了傅应呈的心脏。

有些人为了美好的将来拼命奋斗，而有些人只想抓住现在不那么痛苦的一瞬间。

烟火落幕的时候，没有人知道命运的恶意早已将两人的轨迹暗中错开。

活在现在的人去了未来。

向往未来的人却被困在现在，十年如一日，走不出来。

那夜，听完演唱会，都十点多了。

傅应呈本想找个借口送季凡灵回去，但季凡灵说她不打算回家，摆摆手就走了，于是两人一东一西，就此分开。

分开前，季凡灵状似无意地提了一嘴，说不喜欢天台上太多人。

傅应呈知道她什么意思。

天台的位置是个秘密。

除了他和她，没有第三个人知道。

共有的秘密总是可以轻易拉近两个人的距离。

假如季凡灵不把他看作重要的人，怎么会轻易跟他分享自己的地盘呢？

那之后的一整周里，傅应呈都难以压抑心里时不时冒出的念头，甚至平生第一次在考试中走神，前一秒还在写圆锥曲线的方程，后一秒突然想起了一件事——

季凡灵不是总跟那个叫周穗的女同学在一起吗？

连周穗都没告诉。

就只告诉他了……

然而事情却并不像傅应呈以为的那样发展。

考完试，傅应呈在走廊上迎面碰到从厕所回来的季凡灵。

傅应呈觉得以他们现在的关系，也该打个招呼了，但他还没开口，季凡灵就面无表情地和他擦肩而过。

月考卷子改完，数学老师让傅应呈帮忙发一下卷子。他发到季凡灵桌前的时候，女孩只是趴着睡觉，接过 45 分的卷子，随手塞进桌肚，全程连眼皮都没抬一下。

傅应呈甚至鬼使神差地关注了体育馆的官方网站，发现下周日有一场新的演唱会。

但那一整周，不管和他擦肩而过多少次，女孩的视线都只是漠然地掠过他，没有丝毫邀请的意思。

那天晚上天台上的亲近，就好像只是他一个人的幻觉。

很快到了学校运动会。

高一的时候学习压力还不算大，同学们都把运动会当放假，教室里不剩几个人，有的在看台上看比赛，有的约着朋友去打球，有的则忙着串班唠嗑吃零食。

傅应呈跑完 3000 米，拿了个第一，不愿坐在积灰的看台上看比赛，从操场回班，打算做几套卷子。

刚做完一套，他余光看见当天的值日生何彤彤从教室里拎着拖把往外走。

恰好季凡灵也从操场回来，在门口撞见她："你今天值日？"

何彤彤点点头："对呀。"

季凡灵伸手去拿她手里的拖把："几组？"

"哎，你要干吗？你帮我拖地？"

季凡灵"啧"了一声，好像有点不耐烦似的："我呢，现在闲得很。"

"啊？"

"特别想拖地。"

何彤彤愣了愣。

季凡灵好似商量一样看向她："要不，我等你拖完，再拖一遍？"

"……那也不用。"

何彤彤只好去座位上歇着。

季凡灵拖了两下，似乎是觉得拖把不干净，拎着出门去厕所冲洗。

何彤彤有些过意不去，抬起头，喊着："季凡灵，等等！"然后就想追出去。

"那个……"身后有人小声喊住她。

何彤彤转头看去。

后排的周穗小心翼翼地举手："你是不是帮凡灵做什么事了？"

"没有啊……"何彤彤蹙眉想了一会儿，"对了，上周五大扫除要把椅子翻到桌子上架着，她那天胳膊疼，我看她半天架不上去，就帮她搬了。"

周穗点头："那就是了。"

"顺手的事儿，不至于帮我做值日吧？"

"她不喜欢欠别人，非要扯平不可的。"

"哦哦，这样子啊……"

两个女生叽叽喳喳聊起来了，很快话题就转到别的地方去了。

教室里的风扇悠悠卷起燥热的风。

前排座位上的傅应呈坐姿挺拔，睫毛低垂，手里的黑笔悬着，笔尖颤抖，却很久没有落下一个字。

原来是这样。

他给她买了药，帮她处理了伤口，她想方设法也要和他扯平。

那场烟花，对他来说是一场开始，对季凡灵来说却好像是一场结束。

早知如此，他不该去的。

他宁可让季凡灵永远欠他，也好过两不相欠。

十年前的烟花。

十年后的石榴。

季凡灵还是一点没变，表面毫不在意，背地里却总是想方设法地多做一点，直到她觉得不亏欠别人为止。

宁可把自己饿死，也绝不要别人半分施舍。

无论多狼狈，也要坚决维护敏感又不容侵犯的自尊。

傅应呈表面上不理解，心里却并非不能理解。

因为他自己，也是这样的人。

翌日，九州集团。

已是夜里十一点了，写字楼里的灯大部分已经灭了，只留下安全通道的荧荧绿光，然而顶层的办公室仍然灯火通明。

温蒂抱着文件，单手叩了叩总裁办公室的门。

落地窗外是万家灯火，男人坐在电脑前，整洁的白衬衫袖口挽起，露出紧实的小臂，冰冷的镜片反射着屏幕的光，没什么情绪地说了声"进"。

"傅总，您要的材料我都拿过来了。"温蒂说。

"时间不早了，你回吧。"傅应呈并未抬眼。

"没关系，有加班费的。"温蒂平静道，"如果您工作需要，我希望自己能随叫随到。"

傅应呈没有回答，将材料摞起，整齐地放到桌子的另一边，似是犹豫了下："等一下，我有个问题问你。"

温蒂眼神微凝。

这话本身就极反常。

傅总问她问题，什么时候需要先告知她"他要问一个问题"了？

在温蒂紧张的注视中，傅应呈摘下眼镜，指节抵着眉心按了按，慢慢开口："假如你收到一份生日礼物，你希望是什么？"

温蒂毫不犹豫："一百万现金。"

傅应呈沉默了片刻，重复："礼物。"

"抱歉，"温蒂改口，"那就价值一百万的房产或黄金。"

傅应呈捏了捏眉心，凉凉地抬眼："像话吗？"

"对不起，太代入自己了。"温蒂沉思了一会儿，"对象是什么人呢？"

"高中女生。"傅应呈说。

"那您问错人了，我跟十七岁的距离和跟四十岁的距离一样远。"

"你不是有个妹妹？"

"我妹妹只喜欢手机里的虚拟男人和虚拟男人徽章。"

傅应呈有点没反应过来。

温蒂沉默了两秒，提议："您还是去问苏总监吧，他对送女孩礼物比较有经验。"

傅应呈听到苏凌青的名字就头痛，好像撕心裂肺的"畜生啊"又开始反复在耳边回荡。

温蒂给傅应呈当了多年秘书，对他做决策时的微表情了如指掌，立刻意识到苏凌青不是解决问题的办法："我会给您做个方案出来，请问截止时间是什么时候？"

"下周。"

"我尽力而为。"

傅应呈摆了摆手，意思是不必了。

温蒂微微弓身，向门口走去，思量了片刻，转头说道："傅总，恕我直言，假如钱不在考量范围内的话，礼物本身是什么无关紧要，最重要的还是心意吧？"

傅应呈抬头和她对视。

落地窗外是无边的夜色，明暗对撞下，男人的眼瞳显得越发漆黑冷寂。

半响，他低头，自嘲似的轻笑了声："是吗？"

他的心意值几个钱？

在季凡灵那里，分明只有钱才值钱。

她不是喜欢跟人扯平吗？

那他偏要给她她努力一辈子也没法扯平的东西。

第七章

傅应呈的一部分，永远留在了那个没等到她的天台上。

　　季凡灵本以为那天晚上自己跟江柏星已经说得够清楚了，她既然跟傅应呈没关系，江柏星就该放弃了。

　　他就算要报恩，也该去九州集团蹲傅应呈去。

　　谁知道这小孩死犟死犟，还是隔三岔五往大排档跑，不仅如此，还喜欢抢着帮她干活。

　　赵三串大排档里的铁锅炖大鹅是最沉的，跟实心秤砣一样，搬一次还好，如果不巧吃的人多，季凡灵晚上回去洗衣服的时候胳膊都在抖。

　　结果好几次都被江柏星抢着搬去了。

　　从前男孩个子小小的，跟小包子似的，现在倒是个高腿长，抱着铁锅飞一样跑。

　　季凡灵追在后面，压着嗓门急喊："不是，反了反了！7号桌在那边……小星星！"

　　江柏星小时候也是这个样子，黏人、热心肠，店里有什么活他都要抢着干。

　　有时他帮着大人上菜，板着脸、憋着力把面端上来，还会小大人似的轻轻拽一下季凡灵的衣袖，踮脚在她耳边说："姐姐，我给你加了两块叉烧。"

　　季凡灵用筷子翻了下面条，果然在面里藏着两块叉烧。

　　季凡灵挑眉："偷东西？"

　　"自己家的东西，怎么叫偷？"江柏星振振有词。

　　季凡灵一手钳住他，无视他徒劳的挣扎和狡辩，提高了音量："江姨——江姨！"

　　江姨掀帘从后厨出来："怎么啦？"

　　季凡灵说："小星星给我多加了叉烧。"

江姨凑过来，哈哈笑起来："加了你就吃嘛，两块肉而已，江姨再给你加两块。"

季凡灵愣了下，嘴唇动了动，木着脸："不行，我付的是素面的钱。"

"有什么不行的？我说行就是行。"江姨手脚麻利，已经进后厨夹了两块叉烧，不由分说地放进她碗里，温柔道，"这次的换了配方，你帮江姨尝尝好不好吃，嗯？"

季凡灵完全输给了他们母子，低头夹了一块放进嘴里。

"好吃吗？"小星星趴在她腿上，眼睛黑亮，像小狗一样。

热腾腾的蒸气扑进眼里，让人都看不清楚了。

女孩的头更低了，几乎把脸埋进了碗里，低声闷闷道："嗯……好吃。"

当年，季凡灵还能完全拿捏小星星，现在真有点招架不住了。

他来吃饭也就算了，还偏偏是个话痨，天天追在季凡灵屁股后头。

"姐姐，你哪一年上一中的呀？"

"上届？还是上上届？"

"姐姐，你家住在哪里啊？"

"你们班主任是谁呀？说不定我也认识。"

…………

"49 年。"

"下届。"

"没家。"

"不记得。"

江柏星："姐姐……"

季凡灵赶人："别烦我了，走吧。"

其实，真要跟江柏星坦白，说她就是当年的季凡灵，没死，其实也没事，他肯定会替她保密的，最多告诉江姨。

但问题是……

她只是沾了点傅应呈的光，江柏星报恩的势头就这么可怕了，假如真把她当成救命恩人，还指不定干出什么事来。

想想都叫人害怕。

江柏星，还有江姨，这两个人，她完全应付不来。

算了，还是不要相认了吧。

晚上下班，季凡灵总算打发了江柏星。

回到出租房里，吕燕说要去澡堂洗澡，季凡灵昨天刚洗过，就没跟她一起去了。

　　她把攒了两天的衣服洗了，打扫了一下房间，收衣服的时候，突然发现内衣又少了一件。

　　季凡灵左右找不到，终于忍无可忍，皱着眉去敲一号房小情侣的门。

　　房间里音响外放，K-pop热曲震耳欲聋，开门的正好是情侣中的那个女生。

　　她只露出半张脸，上身是蹦迪吊带，原本娇笑的脸瞬间带上了不爽："干什么？"

　　"我是四号房的。"季凡灵说，"我晾在阳台上的内衣找不到了，有没有可能是你拿错……"

　　"不可能。"

　　季凡灵继续说："白色，楼下超市买的，很有可能和你买的是同款……"

　　"不可能。"女生再次打断，上下扫了眼季凡灵，嘲笑道，"拜托，我跟你都不是一个尺码，就算拿了也穿不上好吧！"

　　季凡灵没有表情地看着她。

　　女生像是觉得没意思似的嚼了嚼嘴里的东西，把门缝开大，让季凡灵能看见她身后——她的精瘦男友衣冠不整地瘫在床上。

　　女生双手抱胸，靠在门框上："我说，你不是和三号房是朋友吗？"

　　季凡灵眼皮绷得紧些："那又怎样？"

　　"她没告诉过你，她之前也丢过内衣裤？"

　　季凡灵愣了下。

　　女生见状，挑眉笑了声："看来你们的关系也不怎样。"

　　季凡灵蹙眉："什么意思？"

　　"自己想喽。"

　　女生说完，"砰"的一声摔上门。

　　没有交情的人就算问也问不出什么，她如果愿意说，刚刚自己就会说。

　　季凡灵按了按指节，转身，准备回房，冷不丁听到二号房门关上的声音。

　　门关得很急，季凡灵只看见穿着拖鞋的大脚匆匆收回去的影子。

　　她记得二号房里住着的是个没有工作的邋遢男人，又高又胖，头发长得遮住了眼睛。

　　季凡灵的房间在角落，进出必须要经过他门口。

　　男人经常房门大敞，有时季凡灵出去，余光会看到他坐在床上对她笑。

　　季凡灵盯着二号房的门。

　　她记不清男人的脸了，但她记得，那天她发烧，她一个人躺在房间里，就是这个人，不知道为什么在她门口不停地敲门，还说了很久的话。

　　爱偷东西是吧？

　　季凡灵眯了眯眼。

不管是谁，偷她的东西，都是要付出代价的。

转眼就到了 2 月 11 日。

赵三串大排档外，黄昏与夜色交接的时候，落日放逐者乐队的人已经陆续到场。

一条赤红色的横幅高高挂起，场地上架起了音箱、架子鼓、电子琴和立式麦克风。

季凡灵按照老板要求，揣了一兜子印有乐队标识的彩旗，挨个桌子插过去。

"凡灵？"

季凡灵扭头。

喊她的是程嘉礼。

因为晚上要演出，他化了夸张的舞台妆，眼尾的眼线上挑，暧昧的桃色眼影让他原本就狭长的眼睛如狐狸精似的蛊惑多情。

季凡灵面无表情地转了回去。

"你怎么没长大？当年发生了什么？"程嘉礼快步走近，"你不知道这么多年我是怎么过来的……凡灵，我每天都在想你。"

季凡灵翻了个白眼，继续插彩旗。

程嘉礼走过去，嗓音颤抖："我知道你就是凡灵，我第一眼就认出你了，我只是、只是不敢相信……怎么会？"

他挡在季凡灵去另一桌的路上，女孩冷冷地绕开了他。

"我不敢跟你相认，但无论如何还是想靠近你，你也感觉到了吧？"程嘉礼低声说，伸手勾住了她的围裙系带，"我知道你也想我，要不然，你为什么会来我的婚……"

他这才注意到，原来一直以来她的名字就写在围裙上，笔迹潦草，张牙舞爪的。

季凡灵忍无可忍，反手把系带从他手里抽回来："你有病？你有妄想症？打个 120 吧。"

程嘉礼愣住。

这绝对不是他想象中和季凡灵相认的画面。

他以为点破季凡灵的身份，她就再也没有后顾之忧，现在她活得这么辛苦，肯定再没有人记得她。

她举目无亲，说不定还会因为他认出她来而感动得哭鼻子。

"凡灵，我知道是你了。"程嘉礼温柔地摊手。

季凡灵冷冷地抬眼："所以呢？"

她既懒得承认，也懒得否认。

"我结婚了，没跟你说，是我不好，"程嘉礼跟在后面，口不择言地哄着，"让你伤心了，我跟你道歉。你知道的，我也是没有办法，我不知道你还活着，要不然我怎么肯……嗷！"

季凡灵整理着板凳，顺手将板凳腿砸在他脚上了。

程嘉礼惨叫一声，季凡灵眼皮绷着，没情绪地把板凳放回原处。

程嘉礼疼得屈了屈腿，想到他这阵子忙里忙外，改编曲子、说服成员在这个鬼地方演出、运输乐器、宣传路演……真是气得有些肺疼。

可又拿她没办法。

季凡灵往大排档室内走去，程嘉礼无可奈何的嗓音乘风飘过来：

"凡灵，今天这场路演，都只为了你一个人。

"你至少听听看。

"就当是……可怜可怜我。"

路演开始的时候，视野好的几桌全被乐队的粉丝占领了，粉丝都在忙着拍照录像，没人吃饭，所以服务员也解放了。

黄莉莉有赵老板给她留的位置，挤到第一排去听歌。吕燕和吴晴从没听过现场乐队演出，都激动得两眼发光，还没开演就已经疯狂拍照发朋友圈了。

季凡灵显得格外不合群，孤零零地落在人群后面，坐在台阶上玩手机。

"凡灵！凡灵！"吕燕踮脚喊她，"我这边还能站下，你快来！"

季凡灵隔着人群看到吕燕热情的脸，脑子里忽然闪过一号房女生幽幽的那句话——

"看来你们的关系也不怎样。"

"我不去。"季凡灵对吕燕摆了摆手，神色如常。

吕燕遗憾地转过头去了。

很快，路演开始，一首接着一首，大排档的人也越来越多。

曲目演出过半，程嘉礼比了个暂停的手势。

男人穿着一件带亮片的大红衬衫，单手握麦克风，笑着说：

"其实今天，除了是我们的第一场巡演，还有另一个主题。

"我有个朋友，今天过生日，我想在这里祝她生日快乐。"

这句话还是念白，下一句话，随着吉他琴弦轻轻拨动，变成了抒情的低唱。

"祝你生日快乐……"

旁边电子琴的和声加了进来。

"祝你生日快乐……"

再然后是鼓点。

"祝你生日快乐……"

贝斯加进来的时候，吉他滑音，一个快速的变调，电音轰鸣，鼓点瞬间从温暾变得激昂。

C大调转D大调变奏，从熟悉的《生日快乐歌》，丝滑切进改编的英文Rap。

原本还在拍手的观众瞬间嗨了起来，全场沸腾。

黄莉莉举着双手尖叫。

季凡灵眼皮跳了一下，头也不抬，坐在台阶上继续玩手机里的消消乐。

北宛机场。

港城直飞北宛的航班因为天气原因，延误了整整一个半小时。

港医集团的文员抱着东西慌慌张张地出了接机口，一边查看手机消息，一边左右张望，目光划过人群的时候，一愣，赶紧跑向人群里那个一身黑色大衣却依旧鹤立鸡群的男人。

"傅总！怎么是您亲自过来的？"文员惶恐地赔笑，"真不好意思，宋总以为是您的秘书来取，他自己没来，让我来的。"

"没事。"傅应呈接过沉重的纸袋，"转账收到了吗？"

"收到了，收到了，宋总收到转账就发消息给我，还以为我已经见到您了，没想到航班延误我才刚下飞机，宋总说您实在是太客气了。"

"应该的。"

"延误这一个多小时，您、您都在等我吗？您吃晚饭了吗？"文员有些受宠若惊。

要知道，对傅应呈这种人而言，钱都不算真的值钱，时间才是最值钱的东西，简直可以说是分秒必争。

虽然他刚出拍卖场就上了飞机，一路加急送来的东西确实昂贵……但远不至于让他亲自来接的地步。

"没事。"傅应呈还是这两个字。

文员语速很快："对了，我们宋总对这次合作是非常上心的，苏总监那边吃了几次饭也没给个准信儿，他是想借这个机会问问，能不能安排业务代表去贵公司简单商谈……"

"我时间紧，"傅应呈淡淡打断，"会议安排联系高助，还有别的事吗？"

对方愣住，结巴道："没……没了。"

"替我跟宋文澜道声谢。"

傅应呈说完，转身就走，从北宛机场去吉星街。

黑色的SUV一路疾驰，停在树荫下的车位里，傅应呈正要拎着东西下车，动作顿了下，打开纸袋。

里面是个真皮材质的首饰盒，首饰盒打开，里面又是个重工的雕漆仙鹤云纹镂空檀木盒。

再打开，纯黑天鹅绒衬底上躺着的，才是他要的东西。

傅应呈定了两秒，指腹摩挲了下，把东西单独拿出来，装在口袋里，将浮夸奢靡的层层包装全部留在了副驾上。

一推开车门，震耳欲聋的音乐灌入耳朵，傅应呈眉心紧蹙。

舞台的聚光灯下，随着放缓的旋律，重新绕回最熟悉的 C 大调，抱着大红吉他的主唱深情地唱完最后一段：

Happy birthday to you.

All I promised was true.

Present is my soul.

Forever along with you（祝你生日快乐，我承诺的都是真的，现在是我的灵魂，永远与你同行）……

程嘉礼垂睫定了一会儿，手掌按住吉他的琴弦。

全场响起沸腾的掌声。

傅应呈的眉眼彻底冷了下去，闪烁的彩色射灯中，他一时竟找不到季凡灵的身影，于是快步往舞台前方人最多的方向走去。

台上的程嘉礼笑了下，食指按唇，"嘘"了声。

台下又安静下来。

"过生日的这个朋友，今天就在现场。"程嘉礼轻声笑着，"可以站起来吗？季凡灵。"

鼓手适时敲了一串鼓点。

"啊啊啊，凡灵！"吕燕和吴晴都尖叫起来，朝季凡灵的方向看去。

"什么？"黄莉莉不敢相信自己的耳朵，问左右的人，"他说谁？他说的是季凡灵吗？"

黑暗里，傅应呈的指尖几乎嵌进了掌心。

潮水一样的起哄声中，季凡灵终于被认识的人找到了，全场的目光聚焦。

女孩不情愿地站起来，立在台阶上。

很快有人把话筒强塞进她手里。

"凡灵，"程嘉礼的目光透过人群，嗓音温柔又蛊惑，"刚刚唱的这首歌，是我写的，你喜欢吗？"

傅应呈心头突跳，拨开身旁的人群，往季凡灵的方向挤过去。

眼前闪过过去的一幕——

昏暗的车厢里，女孩坐在副驾驶座上，低着头，柔软的刘海遮住了眼睛，不情不愿地闷声说她根本就不喜欢程嘉礼，是因为众目睽睽之下，不好让那么多人扫兴……

看起来浑身是刺，实际上比谁都心软。

当年错过一次就够了，难道现在还要眼睁睁再错过一遍吗？

傅应呈步伐越来越快，前进的路却被杂乱摆放的桌椅挡住。

周围的粉丝挤在一起，寸步不让，堵住了每个空间，耳边充斥着叫嚷："挤什么挤什么，我先来的！"

混乱的嘈杂中，男人掌心出汗，耳边依稀出现渺远的幻听。

是当年在高中教室里，八卦的同学七嘴八舌的惊呼。

"国际部那边有人表白了！"

"天啊！真的吗？"

"真的真的，快去看！程嘉礼他们班，满教室的鲜花！好浪漫啊！"

"这么高调？教导主任是真不管国际部啊！有钱了不起是吧，让我转班！我要转班！"

"程嘉礼跟谁表白啊？急死我了，没人知道吗？"

"季凡灵？真是季凡灵吗？我们班的季凡灵？就她？"

少年的心跳漏了一拍。

"季凡灵同意了吗？"有人问。

"是啊，她同意了吗？别同意了吧！那可是程嘉礼啊！"

…………

混乱中，傅应呈的视线好像都些微失焦。

模糊的人影中，好像慢动作一样，女孩站在台阶上，慢吞吞地拿起话筒："……我是季凡灵没错。"

季凡灵好像刻意让所有人都听清楚似的，一字一顿。

"但是，今天不是我生日。"

不、是、我、生、日。

全场几百个眼珠子茫然地乱转。

火热的现场一瞬间冷到了冰点。

这《生日快乐歌》唱得本来还挺浪漫，现在多少有点尴尬了，让人都不知道怎么接话。

季凡灵随手把话筒递给旁边的人，转身进屋。

程嘉礼脸上的笑几乎挂不住，见状，一旁的贝斯手大吼一声："那今天过生日的朋友有吗？让我看到你们的手！"

现场聚了一两百个人，过生日的还真有，气氛很快被拉回正轨。

趁着贝斯手在控场，程嘉礼下台，绕路跑到后门，气喘吁吁地冲进了室内："……凡灵。"

季凡灵眼睛都不抬："滚。"

程嘉礼单手撑着门框，喘着气，摇了摇头："我看了你的身份证，今天明明就是你的生日。"他蹙着眉，深深望着她，"你是因为我结婚了故意避嫌吗？没必要的，我只是想和你做回朋友。"

立在光下的女孩眼神冷冷的："少在这里又当鸭子又立牌坊。"

程嘉礼一愣。

"想做朋友？"

季凡灵顶着稚气未脱的脸，说话却带着混了很多年的痞气："你不就是想玩弄我？"

程嘉礼明显惊住了，眼里的某种情绪无声碎掉，咧着嘴，用力搓着自己的额头："你、你可真是误会……"

季凡灵不耐烦地打断："我有男朋友了。"

"你有什么……"程嘉礼失控地抬眼，抬眼的一瞬间才意识到他这个反应无疑是打了自己的脸。

"比你有钱、比你聪明、比你帅，还比你对我好。"季凡灵盯着他，慢慢说道，还笑了下，"所以我看你就好像看到垃圾一样。"

程嘉礼愕然半响，说不出话，盯着她的眼睛，突兀地笑了声："别骗我了，你是不是撒谎，我一眼就看出来了。你要真有男朋友，他怎么会不在你生日的时候出……"

程嘉礼身后，浓浓夜色中，一个比他高半个头的高大身影从暗处显露出来，压迫感骤显。

黑色大衣挺括的衣角被冰冷的夜风掀起。

男人面容英俊，带有攻击性，漆黑额发下肤色冷白，剑眉挺鼻，面色不善，脸沉得像是能滴水。

季凡灵面无表情地冲傅应呈抬了抬下巴："就他。"

程嘉礼猛地回头，撞见傅应呈的脸。

当时在大排档外见的那一面，程嘉礼在车外，傅应呈在车内，一个在明一个在暗，程嘉礼没看清傅应呈的脸，只是被他开的车震慑到了。

此时近距离一看……

程嘉礼莫名觉得自己被衬得矮了一头。

男人从室外进来，身上带着浓重的寒气，眉眼深沉，一言不发，骨子里透着上位者与生俱来的气场。

不只是上次隔着车窗的仓促一眼，程嘉礼总感觉自己在哪里见过他。

他这种人，就算只是十年前见过一面，也是很难忘记的。

程嘉礼扯着嘴角露出一个笑："哎，你就是凡灵现在的男朋友？"他刻意咬重了"现在的"三个字。

傅应呈完全没有看他，好似他不存在似的，漆黑的双眼只是望着季凡灵。

她扯的瞎话进到耳朵里，迟了一步才被脑子理解。

男人狭长冷淡的眼尾很轻地眯了一下。

季凡灵问程嘉礼："怎么？有问题？"

"没有，就是好奇……"程嘉礼还是笑，"毕竟，之前从没听你提起过。"

季凡灵："我爱提不提。"

"我们上次见过吧？在大排档外面。"程嘉礼转向傅应呈，"你叫什么？我怎么看你有点面熟？好像见了不止一次。"

傅应呈这才将视线移到程嘉礼身上，扫了他一眼："你不用认识我。"

语气轻蔑得像是你不配被我认识。

被这样无视，程嘉礼的脸色也不太好看："这有什么用不用的？你知道我和凡灵认识多少年了？"

"比你久得多。"傅应呈冷冷道。

季凡灵很快地瞥了傅应呈一眼。

久得多？

倒也没有吧？

他们不都是高一认识的吗？

但是当着程嘉礼的面，季凡灵绝不可能反驳傅应呈的话。

"你怎么可能会比我早……"程嘉礼见到季凡灵的反应，笑意又有点僵硬了，"不是，我怎么有点看不明白你俩呢？"

突然冒出来的男朋友，还是经济实力完全不匹配的男朋友。

就算是假的，可又怎么会这么巧冒出来一个人供她作假？她又是怎么说服这样的人陪她造假？

外面乐队响起密集的鼓点，催促似的，贝斯手带着观众在喊程嘉礼的名字："程嘉礼！程嘉礼！程嘉礼！"

主唱不在，后面的环节都进行不下去了。

"你还杵在这儿干什么？"傅应呈嘴角很轻地抬起一点，讥诮道，"等人赶你？"

外面的叫声更快了，而且是越来越快，越来越快。

程嘉礼左右为难，多少是有点狼狈的，后退了两步，望着季凡灵："那我先过去了，大家都等着我呢。小寿星跟我一起吗？"

季凡灵面无表情地看着他。

程嘉礼勉强笑了笑："那我先走了。"

程嘉礼走后，室内诡异地安静下来。

室外的乐队在一阵急促的鼓点中迎来新的高潮，此起彼伏的尖叫声中，室内的空气却好像凝固了。

季凡灵有种不好的预感。

果然，身后的人踱了几步，不疾不徐地靠近。

男人嗓音优越，轻缓地传来一声："拿我当工具人？"

季凡灵叹气："……没有。"

"你不知道吗？"傅应呈随意找了个附近的位置坐下，往后靠了靠，盯着她的眼睛，意有所指，"我这个人，最不喜欢演假的。"

季凡灵小心瞅着他的脸色。

刚刚一时兴起指了傅应呈，只是为了打发程嘉礼，不这样的话，程嘉礼不死心，天天来她眼前晃悠，实在是恶心人。

有些男人就是这样的，他们理解不了女性的拒绝，只能理解同性的占有。

只不过，她决定得太突然，忘了考虑傅应呈的感受。

他那样高傲的人，被她拿来利用，肯定是很不高兴的。

"是吗？"季凡灵捏了捏指节，慢吞吞道，"你放心，下次绝对不会了。"

"没了？"

女孩想了想："那，你要我现在给他打电话解释吗？"

原来还有电话号码。

傅应呈的目光沉了下去。

季凡灵看他阴着脸没说话，改口道："假如程嘉礼还来，我就换别人演，绝对不找你了。"

傅应呈的眼神冷得几乎要掉冰碴了。

季凡灵"啧"了了声："而且，说实话，我俩看起来一点也不像……"

"行了。"傅应呈忍受不了了似的，突然打断了她，冷声道，"一套套的，说这么多话，喝点水吧。"

季凡灵一愣：这不是在跟你解释吗？

打了一晚上消消乐，确实是有点渴了。

季凡灵去拿了个杯子，给自己倒了杯水，仰头一口气灌了下去。

房间里一时间格外安静，只有"咕噜噜"的喝水声。

季凡灵掀起眼睫毛，透过玻璃杯壁悄悄打量着傅应呈。

程嘉礼突然认出了她，大概是因为从赵老板那里得知了她的名字，否则，人的记忆都是会褪色的，十年前的人给人留下的印象不会那么清晰，只会是模糊的、让人觉得无端相似的剪影。

可当时，那个下着雨的十字路口，隔着街道，男人掀开伞檐，从伞下无意中投来的一眼……

只一眼，好像就认出她了……

季凡灵喝完水，放下杯子，喊了声："傅应呈。"

男人抬眼看来。

"你当时怎么认出我的？"季凡灵问。

"你又没变。"傅应呈淡淡道。

"可是过去很久了。"

男人看着她，脸部被头顶的光线照亮，半晌，很轻地笑了下："时间久就忘了，那是别人。"

季凡灵一愣。

"我的脑子呢，"傅应呈往后靠了靠，意有所指地道，"不是那么废物的东西。"

好好好，你牛，你过目不忘。

季凡灵"喊"了声，嘴角却是勾着的，有点说不出的高兴。

傅应呈低下眼，漫不经心地摆弄手机，问道："所以，今天为什么不是你生日？"

"身份证上是今天，"季凡灵说，"但我从小只过阴历生日。"

傅应呈好像不在意似的"嗯"了声，指尖滑动，像是在翻找什么。

"早过了，"季凡灵远远地一瞥，看到他手机屏幕上显示的日历，"上个月，十二月二十三。"

她说这话的同时，傅应呈也翻到了1995年的2月11日。

"小年？"

季凡灵垂下眼睛，"嗯"了声。

傅应呈放下手机："怎么过的？"

"没过。"季凡灵转身走向碗柜，好笑似的说，"谁每年都过生日啊？又不是公主。"

她的态度太过理所当然，傅应呈一时说不出话来，只是目光沉沉地看着她。

季凡灵没注意到他的情绪，弯腰，在碗柜里拿了个杯子，给傅应呈倒了杯柠檬水，想了想，又掏了两大把免费的薄荷糖和瓜子。

她拿着柠檬水和吃的，走到桌前，坐下，一边嗑瓜子，一边问："你为什么来了？"

"开车路过，听到这边鬼哭狼嚎，"傅应呈嗓音冷淡又刻薄，"……还以为死了人。"

季凡灵咬着瓜子壳，"扑哧"一声笑了，把水杯往傅应呈的方向推了推。

傅应呈没喝，垂着眼，不知道在想什么。

片刻后，他从口袋里掏出一个东西，状似随意道："你生日都过了，那我就随便补个礼物吧。"

季凡灵一怔："啊？真的？"

男人掌心向下，修长的手指微屈，筋骨分明，冷白的指节上绕着明艳的红绳。

红绳垂落，下方坠着一枚清透如冰的玉佛。

"还能有假？"傅应呈手往前送了送，语气里带着点淡然的散漫，"拿去。"

季凡灵伸手，掌心向上。

男人指尖低垂，玉佛顺着他指骨滑落在她手心，触肌温润。

季凡灵眨了下眼："贵吗？"

傅应呈欲言又止，最后只是撇开眼，淡淡道："前两天随手在地摊买的，本来准备挂在车上……不值钱。"

季凡灵"哦"了声。

"买都买了，顺便去寺庙开了光。"傅应呈又不冷不热地补了句，"保平安的。"

季凡灵奇怪道："你不是不信佛吗？"

傅应呈："谁说的？"

"教学楼下的文曲星，你从来都不拜。"

季凡灵随口一说，傅应呈却微愣住了。

半晌，他好像觉得很有意思似的笑了声，也不知道在高兴什么。

男人手指勾着领口，不动声色地松了下领带："我还以为你上学的时候都不带睁眼的。"

季凡灵腹诽：我是瞎子吗？

傅应呈淡淡道："我信不信无所谓，你信不就行了？"

"也是……谢谢。"

季凡灵小心翼翼地把玉牌挂在了脖子上，又低头摸了摸，顺口问道："对了，你什么时候过生日啊？"

也不知道这句话触到傅应呈什么霉头，他脸色稍冷，眼神像是在说"果然如此"。

他审视似的盯着她看了一会儿："怎么，想给我送礼？"

季凡灵还未来得及说话。

傅应呈理了理袖口，冷淡地"呵"了声："你就想着吧。"

季凡灵一头雾水：我又不拿生辰八字作法，给您送礼是什么禁忌吗？

傅应呈不肯说，季凡灵也就不问了。

两人对坐了一会儿，季凡灵嗑了一小捧瓜子，突然想起什么来："你有事吗？有事就先走。"

她还不能走。

路演期间，她确实是轻松了，但演出结束以后，聚集的观众肯定会留下满地垃圾，还不知道要打扫到几点。

傅应呈没说什么，站起身，顺手抓起那一大把薄荷糖，面无表情地装进了口袋。

看来，他还挺喜欢吃薄荷糖的。

季凡灵也就这么想了一下，没说什么，因为糖本来就是拿给傅应呈吃的。

她低头开了新的一局消消乐，打到最后，只剩最后关键三步的时候，突然听到一声低低的喊声。

"季凡灵。"

"啊？"季凡灵抬头看去。

不知道为什么，傅应呈竟然还没走。

男人立在门口，侧着身，远处是无数晕开夜色的朦胧彩灯，他高大的身形逆着光，漆黑的额发被风撩动着，让人看不清他眼里的情绪。

"生日快乐。"傅应呈说，"……迟了十年的长大成人，恭喜。"

很平静、很普通的一句话，既没有花里胡哨的编曲，也没有请个乐队来给他做配，但莫名就是沉甸甸的。

沉得好像心脏都稍微往下坠了坠。

"哦。"

季凡灵仓促移开视线，胡乱在手机上滑了几下。

屏幕上跳出"步数耗尽"的提示。

好不容易攒的道具……

这关又被她玩死了。

季凡灵慢慢眨了下眼："谢谢。"

过了三天，14日中午。

傅应呈按照计划飞去了华盛顿，和贝普洛医疗总裁会面。

原本这是一次水到渠成的商业合作，对方也一直以最高的待遇和诚意接待傅应呈等人。

然而到了第三天，贝普洛总裁加文的态度却一百八十度大转弯。

早上八点，傅应呈等人还没到会议室，在走廊上就远远听见加文先生在发火，男人含怒的英文咒骂毫不避讳地传了出来。

"这种丑闻为什么没有人提前告诉我？还有什么合作的余地？你们调查九州背景的结果太让我失望了！鬼知道明年傅应呈会不会也进监狱陪他爸去！"

门外的几人停住了脚步。

毫无疑问，有人把傅应呈父亲当年的事传到了加文的耳朵里。

高义恨得牙痒痒："肯定是惠亚医疗干的！"

温蒂压低声音警告："不要说没用的话。"

惠亚医疗是国内老牌医药公司，二十世纪八十年代吸引了大量外资之后得到政策扶持，乘上时代东风，在部分医疗领域呈现垄断态势。

惠亚作为九州集团的竞争对手，很早之前就对九州不满了。

虽然没有直接的证据证明是他们做的，但是所有人都心知肚明。

这些年，惠亚那些见不得光的小动作还做得少吗？

高义小心地看着傅应呈的脸色。

傅应呈脸色沉冷，抬手推门，走了进去。

原本用于商谈的房间极为宽敞，地上散落着砸碎的中式茶碗碎片。

加文往常都会立刻站起来迎接，然而今天，却只是坐着，瞥了眼傅应呈，手指搓着自己的额头。

傅应呈面色如常地在他对面落座，语气平静："有什么话，当我面说。"

好像撕开一个宣泄的口子，加文立刻控诉："我昨晚听说了你父亲的所作所为，间接导致数百人延误治疗死亡，其中甚至大部分是儿童！"

"所以？"

"这种无视药物质量和器械安全的行为，在我们国家是绝对无法容忍的！"

"在我们国家同样无法容忍，"傅应呈冷冷回道，"否则他也不会在监狱里了。"

"这种骇人听闻的丑闻，一旦散播出去，你知道会对贝普洛的声誉产生多大的影响吗？"

"贝普洛传出和九州合作的新闻之后，股价一夜暴涨七个点。"傅应呈不紧不慢，"影响是好是坏，您心里比我更清楚。"

"这是两码事！"

加文腾地站起来，脸庞赤红，手舞足蹈，情绪激昂。

他带的翻译完全跟不上他的语速，在旁边尴尬地站着。

傅应呈如一座狂风骤雨中岿然不动的巍峨冰山，面对加文如沸水泼面般的愤怒斥责，他的气场也没有丝毫动摇。

每一句回应都像是刀子，笔直精准切入对方的话里。

嗓音低沉，音量并不大，气场却隐隐压过了加文。

高义在一旁心惊胆战，汗如雨下，手脚都不知道往哪里摆。

傅应呈语速很快，而高义的英文水平不如温蒂，全程听得云里雾里，只勉强听懂了最后一部分。

"今天来跟你谈生意的是我，创建九州集团的人是我，坐在你面前做出承诺的人是我。

"傅致远是傅致远，傅应呈是傅应呈。

"这个道理，连三岁小孩都明白，想必加文先生也不例外。"

一通发泄，加文先生在傅应呈说出最后这句话之后，愣怔了很久。

片刻，加文抬了抬手，示意翻译可以走了，让他和傅应呈单独待一会儿。

因为对方的下属离开了房间，温蒂和高义很有眼力见地随之离开，将房间留给二人。

高义走出房间，腿都在发软。

他忍不住在门口鬼鬼祟祟地探头："吓死我了，我还以为要白来一趟。"

"不可能。"温蒂踩着细高跟，靠墙站得笔直。

高义诧异："你为什么一点也不担心？"

"因为那是傅总。"温蒂目不斜视，"这种质问，在你就职之前，他就已经面对无数次了。"

大约半小时之后，房门被笑容满面的加文重新打开。

他喊双方的秘书和助理等人进去，进行下一步合同的细则敲定及签署工作。

比起家族传承和子承父业，西方文化还是更崇尚个人英雄主义和力挽狂澜的强烈人格魅力。

毫无疑问，傅应呈征服了加文。

加文一开始把茶碗摔了，最后还是他自己屁颠屁颠地去拿了套私藏的青花瓷给傅应呈用，还热情地亲自按电梯送傅应呈下楼。

但只有熟悉傅应呈的人能看出来，傅应呈并没有为此感到得意或者高兴，只有一种难以形容的、深深的疲倦。

结束谈判，傅应呈上了车。

下午，他还要接受美国业内领头媒体的采访，采访结束后还要赶去参加今年的医疗峰会，后续几天行程同样塞得满满当当。

车上，温蒂语速很快地梳理接下来媒体可能问到的问题以及采访中可能会用到的数据，然而，她刚开始汇报，就被傅应呈抬手打断了。

"一会儿再说。"

温蒂应了一声，闭嘴坐了回去。

傅应呈靠在后座上，闭了闭眼，掏出手机，在通讯录里翻到了季凡灵的名字。

他手指悬在上面，停了几秒，又挪开了。

心算了两地的时差，确认北宛现在还是白天，他的手指才重新回到她的名字上。

心底有股越演越烈的欲望，想要按下去，想要听到她的声音，哪怕只是呼吸声。

甚至没有确切要说的话。

只是单纯地想给她打个电话。

上次傅应呈给季凡灵打电话，电话响了很久，被挂断了，只换来微信里一句疏离的问话：有事？

然而这次，傅应呈隐隐猜到她会接电话的。

因为他才给她送了生日礼物不是吗？

她会看在礼物的分上接他的电话，没准还会抽空跟他说很久，直到她觉得已经足够扯平那份"不值钱"的礼物。

男人的指尖在她的名字上悬了很久，最后也没有按下去。

用钱来换取相处的时间，简直就好像是一种处心积虑的利用。

太不堪了。

傅应呈锁上手机，靠在椅背上，闭着眼，沉沉吐了口气。

今日的遭遇牵扯出记忆深处的一些往事。

就像温蒂说的那样，因为傅致远给傅应呈带来的事业上的质疑，这不是第一次，也绝对不会是最后一次。

早在刚创建九州集团的时候，或者更早。

高三的时候，北宛一中开始评选区级三好学生。

本身三好学生只是一个荣誉，没有奖金，但是学校自掏腰包附上了五千元奖学金，所以这唯一一个竞争名额争抢异常激烈。

傅应呈也在其列。

和其他人不一样，比起荣誉，他更在乎的其实是那份奖金。

在他小时候，傅家的确是北宛首富。

父亲成日花天酒地，是个不折不扣的纨绔，母亲嫁入豪门只为了当阔太太享福，不喜欢带孩子，关心他的方式就是给他买奢侈品。

这一切都在 2003 年化成泡影。

公司破产，天价赔偿，父母离异，他像个垃圾一样被丢到奶奶家，每个月的生活费都被严格限制。

所以高中时，傅应呈比别人想象中穷得多，穷到过年也没有压岁钱，在食堂点荤菜都要考虑性价比的地步。

所以，当他想给季凡灵钱的时候，他发现自己根本就没有钱。

囊中羞涩的少年开始暗中攒钱，包括参加学科竞赛的奖金、平时节省的生活费，加上他私下接了不少家教的工作，到高三上学期开学的时候，他已经攒了一万五了。

如果拿到三好学生的五千元奖金，他就能攒够两万。

他想以借钱的方式把这些钱都给季凡灵，让她在高中的最后一年里吃点好的，买点衣服，专心学习，考上大学。

然而事与愿违。

傅应呈的名字刚被报上去不久，区教育局还没审批，不知是谁走漏了消息，当晚竟然冲上了热搜第一。

——假药事件董事长之子评市三好，前途灿烂。

教育局很快发文辟谣，说市级三好学生还在评选中，名单系媒体杜撰，并不属实，然而舆论已然爆发。

网友指名道姓的辱骂铺天盖地。

——互联网没有记忆是吗？傅致远的儿子都能洗白？

——我们也不是不讲道理，没不让他读书，没不让他考大学，但是评三好，他也配？

——整个北宛市是没别的学生了吗？轮得到这么个败类？

——合理猜测他家有关系，搞不好傅致远早就不在牢里了。

——傅应呈是前途灿烂了，躺在病床上跟他一样大的小孩呢？

——说他无辜的圣母，能不能先去给受害者家属磕个头？

…………

校外的舆论很快波及校内，那阵子，北宛一中流言四起，同学们都忍不住议论纷纷。

傅应呈走在校园里，总有人对他指指点点，仿佛他是个格格不入的异类。

从前那些钦佩羡慕的目光全变了。

"年级第一又怎样？"

"学习成绩好了不起啊？"

"他爸害死了好多人呢！"

…………

老唐为此单独把傅应呈叫到办公室里，苦口婆心东拉西扯地说了很多。

一会儿说他在老师心里是好孩子，一会儿又夸他是朵出淤泥而不染的白莲花，总之核心思想只有一个——

傅应呈知道，这笔奖金，他大约是拿不到了。

离开老唐办公室的时候，傅应呈和进门的季凡灵擦肩而过。

女孩耷拉着眼，困惑惑的，一眼也没看向他。

"一千零二十一，学费加书本费，"身后传来女孩的嗓音，"你点一下。"

"哎，我跟你说了学费不急……"

"两个月前就说要收了的。"

"我不是帮你垫了嘛，老师又不急着用这个钱，我知道你家……"

再之后的对话，傅应呈已经走出办公室，听不到了。

但他听明白了一点，季凡灵连学费都是自己想办法省吃俭用挤出来的。

这笔三好学生的奖金，没有也无所谓，他不想等了，现在就想把钱都给季凡灵。

在学校给钱太过显眼，傅应呈站在办公室门口的走廊上，等季凡灵出来，想约她晚上见面，结果被程嘉礼打断，没能把话说完。

傅应呈气得有点不想跟季凡灵说话，就托周穗给季凡灵传话："等季凡灵回来，问她有没有时间，跟她说晚上七点见面。"

周穗一愣："啊？"

傅应呈又说："等季凡灵回来，问她……"

周穗慌忙道："我听见了，我听见了……在哪儿见啊？"

傅应呈回答："她知道。"

——只有他俩知道的地方。

傅应呈向来不信神佛，只信自己，笃信世上没有人力不可及之事。

他觉得季凡灵不应该只活一瞬间，而是应该活在美好的未来里，就算她自己做不到，他想尽办法也要给她。

那个时候，天高地远，阳光明亮，仿佛一切都要变好了。

下午放学，傅应呈回了趟家，把辛辛苦苦攒的一万五千元装在牛皮色的信封里，塞进书包。

晚上六点半。

傅应呈已经背着书包站在烂尾楼的天台上了。

放学的时候天气还是晴朗的，然而转瞬之间，厚重的乌云黑压压地聚拢，狂风尖啸，如山峦般的云层撞出轰鸣声，雨水瓢泼般砸下。

他忘记看天气预报了，没料到会下这么大的雨。

他带了伞，但他不知道季凡灵有没有带伞，可季凡灵没有手机，他也没有，两人根本无法联系。

傅应呈只能站在天台上等。

青白的闪电划过天际，一瞬间，映亮了少年苍白的脸。

隔着一条街的地方，季凡灵推开门，走进江家小面。

六点四十分。

狂风卷挟着漆黑的伞面，傅应呈艰难地攥着伞柄，全身都湿透了。

他把书包换到身前背着，护在怀里。

因为不想让钱被淋湿。

底下的十字路口，女孩撑着伞站在路边。

暴雨遮挡了视线，司机醉眼蒙眬，轮胎在刺耳的摩擦声中急刹，但沉重的车辆还是带着惯性碾了过去。

季凡灵扑上去，推开了江柏星。

七点。

楼底，交替响起两道尖锐的警笛，撕裂了天地间的滂沱雨声。

傅应呈的手表响起孤零零的闹铃声，他撑着伞，站在六楼的天台上。

底下一辆救护车和一辆警车一前一后，由远及近，闪烁着红蓝交替的光芒，急促地闯过红灯，驶过空无一人的路口。

亮光刺穿昏暗的夜幕，隔着六层楼的高度，照亮少年风雨中晦暗的双眼。

尖锐的声音离近了又拉远，带来一种说不明白的心悸。

好像有什么东西永远地被他错过了。

七点二十分。

季凡灵迟到了。

女孩是那种要么不来，要么绝不会迟到的人。

浑身湿透的少年抿了抿唇，低着眼，沉重的雨水滚下乌黑的睫毛，滑过惨白的脸。

他下了烂尾楼，撑着伞往家的方向走去。

七点半。

傅应呈在雨里跋涉，在积水中寻找着勉强能下脚的地方。

经过路口的时候，他看见警车和救护车都停在路边，系着围裙的女人紧紧抱着怀里的男孩，男孩攥着塑料袋号啕大哭，嗓音破碎地喊着"姐姐"，穿着制服的警察一边盘问，一边记录，酒驾的司机靠着车前盖，大着舌头激动地说着什么。

模糊的语句碎片在铺天盖地的雨声中传进了傅应呈的耳朵里。

"小朋友……你确定看到了对吗？再描述一下当时的情况可以吗……"

"我没有喝酒！而且我也没有撞到人！小孩的话能作数吗？"

"作不作数不由你说了算！酒驾你还有理了是吧？"

"雨太大了，监控可能要等到明天……"

"是啊，人呢？为什么人消失了？不应该啊。"

"会不会是在那边……窨井盖没了……下水道好像通向宛江……"

"好可惜……年纪轻轻的，明年就高考了。"

…………

傅应呈没有停留，甚至没有多看一眼。

他从不关心跟他无关的事情。

少年顶着风，头也不回地远离命运交错般的十字路口。

次日一早，北宛一中高三（7）班。

早上前两节课都是老唐的语文，连堂讲卷子，絮絮叨叨没完没了的声音让人昏昏欲睡。

大课间的铃声响起，一拨人直接倒头趴在桌上入睡。

傅应呈收完桌面的东西，装作无意地往后看了眼季凡灵的座位。

座位还是空的。

迟到或是旷课对她来说不是什么稀奇的事情，但只有今天的缺席冥冥之中让人有种不好的预感。

傅应呈没有多想，掏出卷子写题。

没过一会儿，走廊上突然爆发出惊叫声，伴随着七嘴八舌的讨论。

"什么？"

"真的啊？"

"昨天还在啊？"

"在哪儿出的事？"

"确实是没来。"

"听谁说的？"

"什么什么，发生了什么？"

…………

过了几分钟，傅应呈的同桌从教室外回到座位，开始统计数学作业没交的人："陈明辉、宋玉桥、吴岚……OK 了没？"

傅应呈笔尖顿了下，随口道："季凡灵呢？"

同桌古怪地看了他一眼，停下了动作，压低声音："哎，你没听说吗？"

傅应呈掀起眼皮，双眼黑白分明。

同桌欲言又止："呃……我听说，我只是听说哈。"

时间好像突然被拉慢了。

男生的嘴唇开合，吐出来的每个字都怪异地扭曲起来。

"季凡灵昨天晚上出了车祸。

"人可能已经……

"死了。"

…………

没过几天，消息很快就被证实。

新闻上把季凡灵消失这件事传得神乎其神，连 UFO 都扯出来了，说那晚的异常雷暴就是一个征兆，毕竟北宛近五十年来都没有下过那么大的雨。

老唐不许任何人在班里讨论这件事情，也不许学生在网上乱说话。

警方找遍了附近的街道，还在宛江下游打捞了好几天，但都一无所获。

失踪者家属不仅没有寻找的意愿，而且还巴不得早点了事，于是很快就宣告当事人因意外事故身亡。

季凡灵被宣告死亡的第二天。

学校和往常一样人来人往，热热闹闹，一切都在照常运转。

月考成绩出来了，排名张贴在班级前面的黑板旁边。

男生们挤成一团去看，争先恐后地夸张起哄：

"傅神又是年级第一！"

"我的天，720分，不是人！"

"理综297……大胆！谁！谁扣了我们傅神3分？"

有人扭头大喊："傅神！你又是第一！"

"傅神根本不想理你。"

"人家已经无所谓了。"

"什么时候让我也体验一下孤独求败的感觉？"

…………

上课铃响起，数学王老师夹着卷子走进教室，那群聚在黑板前的男生乌泱泱作鸟兽散。

王老师翻开卷子，没有按顺序讲解，而是直奔填空题的最后一题。

这题上了难度，全年级几乎全军覆没。

"有这么难吗？"王老师问。

全班同学集体发声："难啊——"

王老师痛心疾首："这题我上周才讲过！我拿到卷子时还窃喜，我们班这次绝对会遥遥领先，结果呢？题型变了一点，你们就又不会了！"

王老师叹息着在过道上踱来踱去："再给你们十分钟的时间算，现在算！快点！"

十分钟以后，依然没有人解出来。

王老师一连叫了几个同学，全部支支吾吾不出声。

他只好拿出撒手锏："来！傅应呈！你来讲这道不等式。"

少年低着头，攥着笔。

过了好几秒，同桌着急地碰了他几下，他才愣愣地站起来。

王老师："你说说看，这里怎么从lna和lnb的等式推出含分式的不等式关系。"

傅应呈拿起卷子，顿了几秒，慢慢开口："先对函数求导，等式两边同除

·214

以 ab，然后……然后……"

原本齐刷刷低着头的人陆续抬头，奇怪地看向傅应呈。

卷子在抖动。

数字也在抖动。

白纸黑字，字母和数字像扭曲的蝌蚪一样缠绕着。

傅应呈甚至不能理解这道题的意思。

明明很简单的，明明对他来说很简单的……

王老师有些惊讶："啊？不会你都做错了吧？"他走过来，抽走傅应呈的试卷，扫了眼，笑了，"这不是对的吗？全年级唯一一个满分，怎么，自己做的自己都不记得了？算了算了，坐下来吧，我来讲。"

王老师的手搭在少年的肩膀上，拍了拍，把他按了下去。

同桌看着傅应呈，发现少年的手无意识地卷着试卷，把试卷一角卷得皱巴巴的。

这可太奇怪了。

因为傅应呈的东西从来都是最整洁、最干净、最完美无缺的。

不知道什么时候，突然有了一片永远抚不平的角落。

因为有同学意外离世，出事的又是最要紧的毕业班，北宛一中特地安排了心理辅导老师。

从那天开始，每天晚自习的时候，都有教务处的老师拿着花名册在教室门口喊同学去综合楼约谈。

最先被叫去的是和季凡灵关系紧密的人，包括坐她旁边的周穗、坐她前面的陈俊，还有从其他同学口中打听到和季凡灵来往密切的国际班的程嘉礼，再然后是和她有过交集的同学，譬如小组组长、跟她一起值日的同学等，最后是那些普通的同班同学。

一开始去的那批人总是哭得不成样子，一去就是一整个晚自习，连着好几天都被叫过去谈话。

尤其是周穗，每次都肿着眼睛回来。

后来去的同学明显情绪稳定很多。

而傅应呈是最后一批被叫到名字的同学，甚至在他同桌后面，因为他同桌是数学课代表，经常记季凡灵的名字。

轮到他的时候，已经是将近二十多天以后了。

傅应呈走进心理咨询室，心理老师坐在办公椅上，姿态放松，递过来一张问卷和一支黑色中性笔，让傅应呈坐在沙发上慢慢填写。

傅应呈刚写上名字，旁边正准备离开的行政处老师突然注意到了傅应呈的脸："咦，是傅应呈吧？"

"嗯，怎么了？"心理老师问。

"就他，来的时候就是中考状元，垄断我们学校年级第一连续两年了。"行政老师笑着说，"今年的理科状元就指着他了。"

"嚯，"心理老师惊讶，"这么厉害呢？"

"赶紧好好辅导辅导我们的状元，别影响成绩了。"行政老师调侃。

"那肯定的，没有什么比学习更重要的。"

大约二十分钟后，傅应呈填好问卷，递还给心理老师。

心理老师接过来随意扫了一眼："没事啦这位同学，你可以走了。"

少年定定地看着她。

"怎么了？"心理老师注意到他没动。

"这就结束了？"傅应呈问。

"啊……是的，"心理老师笑了笑，"都高三了嘛，时间紧张，不耽误你们时间。"

傅应呈站起身。

胸腔里好像有什么东西在安静地溃烂。

那种无所谓的态度，就好像赤裸裸地在说，我知道你跟她没什么关系，也没什么来往，我们重点关注的同学都做了心理疏导，但这些人中并不包括你。

没有惹上麻烦，这很好，傅应呈本身不想和他们多说，他其实还特地准备了一套说辞，只可惜没用上。

但他动作很缓慢，仿佛身体里有一部分本能在发挥作用，就像溺水的人明知道呼吸不到空气仍然会张开嘴，任由浑浊的泥浆灌进肺里。

帮帮我。

不要只帮他们。

也请帮帮我吧。

或许是同事的嘱托起了作用，或许是状元的光环让人关注，或许是傅应呈的动作真的太慢了，就像已经走了很远的路，累得没有力气了，心理老师看着问卷上显示一切正常的答案，还是多问了一句："话说，季凡灵同学在你心里，是个什么样的印象？"

少年停住了脚步。

"我不知道。"

他转过头，瞳孔漆黑，视线慢慢移到心理老师的脸上，平静地说："……她跟我不熟。"

"傅应呈，傅应呈……傅应呈！"

傅应呈走出心理咨询室，隐约听到有人在喊他。

那人喊了好几声，傅应呈才回神，抬头循声看去："唐老师。"

老唐在教学楼三楼的围栏处冲他招手："正好，省得我去班上找你了，你来下我办公室。"

傅应呈上楼，走进高三年级的办公室。

老唐烧了壶开水，用保温杯泡茶，扭头看见傅应呈来了，说："关门，坐下吧。"

傅应呈坐下。

"哎，喊你过来呢，是想跟你说个事。"老唐有点难以启齿，搓了搓下巴，"那个，下午放学的时候，学校开了个会，校领导呢，还是决定把市三好的名额给了一班的李博航。"

老唐语速很慢，也很温和。

他一边说，一边仔细观察傅应呈的表情，就好像生怕傅应呈情绪突然变化一样。

"你想想，你这个成绩，以后去清北没有问题，如果再有那么一点点运气，状元也是稳的。这个三好，其实咱们不稀罕，是不是？"

老唐的声线和语气要比心理辅导老师小心翼翼得多。

在外人眼里，这才是他傅应呈该难过的事情。

真的是这样吗？

他自己也分不清了。

时间过得越久，越有种空洞的麻木，像弥漫的雾。

他感知不到自己的情绪，就好像他胸膛里早就什么都没有了。

窗外下起了雨，风把雨水扫进了窗内，落在办公桌上。

老唐回头看了眼，站起身把窗户合上。

雨被关在窗外，还是不停敲打着玻璃，就像那天在天台，雨和雷声敲打在伞面上。

止不住地响。

好吵。

傅应呈慢慢抬起眼睫毛。

又在下大雨了。

真烦人啊，怎么会有这么多下不完的雨？

老唐回头看见他的表情，忍不住叹息起来：

"小傅啊，你不要在意其他人怎么想，也不要管网上的人怎么说。

"就像老师上次跟你说的，无论环境怎么样，一个人总是拥有选择。你在老师心里呢，就是一朵白莲花，出淤泥而不染。"

傅应呈的心重重跳了一下。

女孩的嗓音突然在他耳边响起，像风掀动风铃，清晰又鲜活。

——"你多恨他啊，把他比作白莲花。"

空洞的雾猝不及防散开一个角，刺出尖锐的痛意。

傅应呈失控地站起来。

他身后的椅子发出"吱呀"一声刺耳的响动。

老唐一惊。

面前的少年面色惨白，低着眼，让人看不清神色。

"我想回去了。"

"哦哦，行，你回教室做作业吧。"老唐点了点头。

傅应呈刚走出两步，老唐想起什么似的，又叫住他："你等等。"

老唐打开抽屉，从里面找出一张叠起来的纸："这个给你。"

傅应呈伸手接过来，翻开，扫了一眼。

血液涌上脑子，"轰"的一声。

一瞬间，嘈杂的雨声远去了，四周骤然变得极为安静，他视线里只有这么一张普普通通的纸。

纸是洁白的，上面的字虽然仍旧很丑，却全部是一笔一画，让人可以想到写它的人是以一种怎样格外端正的态度写下来的。

他一眼就认出来了。

这是季凡灵的字迹。

我匿名支持傅应呈同学当三好学生！

徐志雷欺负我们班同学的时候，李博航袖手旁观，他虽然没有参与，但他也没有阻止，没有阻止就是一种参与！傅应呈才应该是三好学生。

他爸不是好人，跟他有什么关系？他是他妈生的，又不是他爸用头发克隆出来的！

傅致远是傅致远，傅应呈是傅应呈。

我代表我自己。

永远支持傅应呈！

傅应呈攥着纸，按到指尖泛白，又如触电一样松开。

短短几行字，他看了一遍又一遍，好像不能理解一样。

他几乎可以想到女孩鬼鬼祟祟地溜进办公室，面无表情把纸压在老唐的桌子上，再装作若无其事的样子离开的画面。

她以为自己做得天衣无缝，却不知道自己的字有多丑，丑到稍微了解她的人一眼就能认出来。

她也不知道这封匿名信根本就送不到校领导手里，只会在老唐的办公室里积灰，他们只关注学校的形象，根本不在乎学生的感受。

况且，他努力去争这个三好，只是为了奖金而已。

你都死了，我还要这些没用的东西做什么呢？

你以为我都是为了谁啊？

你都愿为我争取，为什么不愿意为自己争取一下呢？

为什么不为自己活呢？为什么要去救人呢？管他什么小孩，死了就死了！谁在乎啊！只要你活着就好了啊！

太可笑了，太不值得了，太不公平了……

一切的一切。

傅应呈往后退了半步，又退了半步。

"不仅是我，也有同学是支持你的。"老唐的声音幽幽响起，"所以，不要太难过了啊。"

傅应呈走出办公室，身形摇摇晃晃。

一贯挺拔的背影此时微微佝偻着，头很低，后颈处凸起一截苍白的棘突，好像那张纸是什么很沉重的东西，把他永远挺直的背都硬生生压弯了。

老唐忍不住多看了一眼，但门被傅应呈从身后关上，阻隔了他的视线。

或许是风吧，吹动了门板，让门板朝内重重抵了一下，发出沉重的闷响。

风尖锐地从楼宇间穿过。

低哑的哭声像是重伤濒死的野兽压抑的呜咽，刚刚发出，又很快被铺天盖地的雨声吞没了。

世界上没有任何一个人知道，傅应呈的一部分，永远留在了那个没等到季凡灵的天台上。

四天后，傅应呈乘班机从华盛顿飞回北宛。

苏凌青鼻梁上架着墨镜，一身亮眼的橙色西服，掐着点提前到了机场，笑眯眯地等着接机。

他一不懂技术，二不通外文，所以没跟着去华盛顿。

但傅应呈手下没有吃干饭的人，苏老爷子是老一辈里声誉极佳的官场人，钱没多少，但关系网遍及北宛。

苏凌青虽然算个废物纨绔，书读不出来，但继承了他爷爷打点关系的天赋，再加上长了个帅得讨喜的皮囊，天生就是能物色和拉拢合作伙伴的人才。

远远看见傅应呈几人出来了，苏凌青挥手："哟，这里！"

等离近了，看清傅应呈的状态，苏凌青的笑容逐渐消失："我的天，你几天没睡觉了啊？"

男人眼窝深陷，眼睑青黑，英俊的骨相也难掩疲倦："睡了。"

"睡了怎么跟没睡一样？你这怎么跟吴总吃饭？"

吴总是苏凌青拉的人脉，合作了也有两年了，态度又特别诚恳，一心一意要给傅应呈接风洗尘，别无所图，苏凌青也有些难以推辞。

一般苏凌青安排的饭局，没有特别的事情，傅应呈都会到场。

可谁想到他今天状态这么差啊？

"你都替我安排了，我还能不去？"傅应呈瞥了苏凌青一眼。

苏凌青很快地跟温蒂使了个眼色，无声地问：这人怎么气压这么低？

温蒂不理他，苏凌青只好搂着高义的肩膀，拉近了问："怎么了？不是说谈得比预期还高？"

"是高。"高义苦着脸，"不过中途惠亚那帮人把傅总父亲的事透露给了加文，加文发脾气来着。从那天开始，傅总心情就没好过。"

苏凌青可疑地眯了眯眼："你确定是因为这事儿？"

"没别的事儿啊。"高义不解。

苏凌青很了解傅应呈，他对自己的要求近乎苛刻，最讨厌没用的情绪。

傅致远的事都过去很多年了，除了添麻烦，绝不可能在傅应呈心底掀起一丝一毫的波澜。

那是因为什么呢？

今夜北宛有雨，饭局定在听雨楼，菜色是精心布置了的，精致小巧，琳琅满目。吴总迎在门口，看到傅应呈就眉开眼笑，热情地端茶倒水。

虽然傅应呈情绪很淡，但苏凌青绝不会让场子冷下去，桌上一时间其乐融融的。

吴总站起来给傅应呈敬酒："傅总，我真不知道您是今天的航班，让您受累了，我自罚一杯。"

傅应呈眼皮不抬，跟着喝了。

过了一会儿，吴总又起身敬酒："这两年的合作全仰仗傅总的关照，这杯我喝了，您随意。"

傅应呈一言不发，仰头饮尽。

苏凌青疑惑地挑了下眉。

酒过三巡，吴总红光满面，喜气洋洋。

要知道，他跟九州医疗做生意是高攀，没有他吴总，也有王总、李总、胡总。他给傅应呈敬酒，傅应呈完全可以以茶代酒，但傅应呈不仅喝了，而且杯杯见底，这说明什么？

说明傅应呈看重他啊！

太感人了！

太真诚了!

太看得起他了!

虽然傅总寡言少语,但感情深不深,全部在酒里啊!

吴总不了解傅应呈,然而傅应呈这边的人都看出了老板的不对劲。

……这两年傅应呈几乎是滴酒不沾的。

"苏总监,要不要拦着点?"高义低声征求苏凌青的意见。

"不用。"苏凌青按住他,"他心里有数。"

傅应呈酒量好,酒品也好,信奉实力,而不是酒桌关系,就算是公司起步最艰难的时候,他也不会以消耗身体为代价去谈生意。

这么多年,苏凌青只见过傅应呈喝醉过一次。

大约七八年前,巧了,也是二月初的时候,一贯律己的男人破天荒喝得烂醉。

他外表看起来依旧是清醒的,面色冷淡,吐字清晰,但是大半夜突然发疯,非要买生日蛋糕,劝不听,买不到就不回去。

苏凌青硬着头皮陪他找蛋糕店,最后好不容易找到了,给他买了个小的,他还不肯让别人拿,非要自己捧着。

等苏凌青半拖半拽地把他弄回家,他还非要点蜡烛,点完蜡烛,跌跌撞撞走进卧室,对着床头一张两寸的证件照说生日快乐。

不知道是不是烛火的缘故,有那么一瞬间,男人的眼眶竟然好像红透了。

苏凌青那天也喝了不少,觉得他给照片点蜡烛这架势跟给遗照上香似的,怪瘆人的。

第二天苏凌青再笑话他这事,他却不认了。

苏凌青问:"昨天谁过生日?"

傅应呈说:"什么生日?"

苏凌青问:"那照片上的人是谁?"

傅应呈说:"什么照片?"

不管苏凌青怎么问,他就一句:"喝醉的是你吧?"

…………

苏凌青端起酒杯,笑着跟吴总插了几句话,余光瞥见傅应呈又自顾自端起了酒杯。

苏凌青心想:他心里到底有没有数啊?

酒局结束,傅应呈看起来还是面色清冷,背脊挺拔,而吴总面红耳赤,醉得结巴,不住地夸傅应呈好酒量。

一群人闹哄哄地下楼,走向停车场。

因为这次连傅应呈都喝了这么多,吴总那边的人不敢不喝,所以一个能开车的都没有。

苏凌青张罗着叫代驾，一不留神，吴总已经自己拉开车门，坐上驾驶位了。

人群喧闹，没人注意到傅应呈的眼神瞬间沉了下去。

"傅总，您快回去吧。"吴总摇下车窗，"时间不早，又下了雨。"

"你不能开。"傅应呈说，"我让陈师傅送你。"

"哎！不用！"吴总慌忙道，"哪能让您的司机送我，我自己来。"

"你下来。"傅应呈冷冷道。

"不不不用，这哪好意思，我家近着呢！就在前头！"吴总沉浸在客气和寒暄中，全然没注意傅应呈冷到冰点的眼神。

其他人跟着劝了几句，吴总不管不顾地已经挂了前进挡。

车辆起步。

就在所有人都没反应过来的时候，傅应呈大步走出伞下，抬手，直接从敞开的车窗伸了进去！

男人的手肘抵着吴总，把他往后一按，将挡位挂到 P 挡，拉起手刹，从内打开车门，拎着吴总的领子，硬生生地把他从座位里拖了出来！

这一切都在分秒之间，行云流水！

"嘭"的一声响！

傅应呈单手攥着吴总的领子，将他按在车上，手背青筋突起，另一只手抵着他的喉咙。

雨水顺着男人的黑发滑落。

"吴晓晨，你听不懂人话是吗？"

全场鸦雀无声。

刚刚还好好的，什么情况？

苏凌青一扭头，脑子都炸了，把伞一丢，冲过去掰傅应呈的手："傅总！有话好好说，别动手！哎哎哎，傅总……傅应呈！"

还不如买小蛋糕呢！

也不知道傅应呈哪来这么大手劲，苏凌青平时也撸铁健身，此时龇牙咧嘴，使出浑身解数，居然都无法撼动他的手臂！

"我我我……"吴总人都傻了，直接酒醒了大半，"我不开了，我不开了！我错了，傅总！我是想跟您客气来着。"

"客气？"男人眼底一片深黑，"酒驾犯法你不知道？"

"真的，很近，不会，出事……"吴总快要喘不上气了。

傅应呈就算醉疯了，嗓音居然依旧是清冷的，如冰块一样的质感："……你不在乎，是因为就算撞到人，死的也不是你吗？"

几个人一起发力，总算是把傅应呈往后拖开了。

苏凌青双手按着傅应呈的肩膀，垂着头气喘吁吁地说："好了，好了，可以了，吴总他也不是有意……嗯？"

苏凌青注意到了什么，看向傅应呈垂下的手。

停车场的惨白灯光下，雨水混着鲜红的血液从男人的手掌上淌下。

淌过指骨，溅在水泥地上。

苏凌青脑子一蒙，抓起傅应呈的手，触到满手温热黏腻。

"这？刚刚搞的？"

苏凌青瞬间火了，扭头大吼："谁干的！吴晓晨？"

吴总跌跌撞撞过来，吓得要晕过去了："我没有我没有……啊，是不是因为我的领针？"

怪就怪他今天特地打扮了一番，在衬衫驳领处别了个骚包的金叶领针。

就是这个领针扎穿了傅应呈的手掌。

一群人飞快跑过来，都没想到伤得这么重，六神无主地出主意：

"赶紧去酒店处理一下吧。"

"酒店不行，这得上医院！"

"北宛一医院就在这附近吧？好像几分钟就能到！"

"我的天，怎么会流这么多血啊？是不是扎到动脉了？赶紧把血止住吧，傅总！"

现场乱哄哄的，还有一位高管晕血，闭眼直挺挺倒在了地上，混乱瞬间加剧。

吴总快要哭了，醉醺醺地抽自己巴掌："我真该死啊，要不然您扎我吧，您扎死我算了。"

混乱中，温蒂一把揪下自己头上的皮筋，箍紧傅应呈的手腕，冷静地对陈师傅说道："现在就送傅总去医院。"

傅应呈转身往车上走，苏凌青快步跟上。谁知傅应呈刚坐进后排，就把车门关上了，苏凌青和温蒂一起被拦在了外面。

温蒂伸手拉车门，车门已经锁了。

苏凌青弯腰敲窗："傅应呈！锁门干什么？"

"不用跟着。"傅应呈在车内淡声道，"陈师傅，走吧。"

口吻很淡，但依然是命令。

陈师傅犹豫了两秒，还是不敢违抗。

迈巴赫快速起步，驶出停车场。

车尾气高高扬起，苏凌青跟在后头追了几步，无奈停下，捂着额头，喃喃道："他果然醉了吧？他绝对是醉了！"

他回头，看见温蒂正在手机上叫去医院的网约车，看样子是不放心，必须得跟去看情况。

过了三分钟，网约车赶到。

温蒂快步上车，苏凌青紧随其后。

然而温蒂就当他不存在一样，进车后立刻摔上车门："尾号7981。麻烦快一点。"

车外的苏凌青差点被夹到手。

今晚第二次被拒之门外，苏凌青气得舔了下牙尖，叩了叩车窗。

"温小姐，"男人眯着眼凑近玻璃，"你是不是对我有什么意见？"

温蒂面无表情地端坐车内："总监的工资比我高，没必要蹭我的车吧？"

网约车不留情面，疾驰而去。

迈巴赫内。

车窗开了一条缝，冰冷的夜风卷着雨丝扑在脸上，雨声一边让人清醒，一边把人拖进更深的情绪里。

傅应呈刚才还算清醒，此时酒的后劲涌上来，反而晕得更厉害了。

"我尽量开快些啊。"陈师傅瞥了眼后视镜，关切道，"傅总，您还好吗？"

傅应呈没说话，脸色苍白，合着眼靠在后座上。

太阳穴一跳一跳地胀痛，以至于他都不怎么能感觉到手疼。

他之前已经连续失眠了好几晚，安眠药都不起作用。

因为加文提到傅致远，让他想起高三时的事，思绪一回忆起来就止不住，当夜就开始做噩梦。

这个噩梦，其实萦绕了他十年之久。

梦里还是那个灰蒙蒙的天台，还有永不停歇的大雨。

天台上，纸箱和家具之类的杂物堆积成山，多得能把他整个人淹没。

他在雨里拼命翻找，却不记得自己在找什么，只记得必须在七点前找到不可，再晚就来不及了。

他一边拼命回忆自己忘记了什么，一边急得好像整个心脏都在被烈火煎烤。暴雨迷了他的眼睛，狂风刮走他的雨伞，他记不清哪里被自己找过，哪里还没有，就那样跪在地上疯了似的翻找，直到手表响起闹铃声。

这闹铃声像一枚炸弹，将深陷恐惧、浑身汗湿的他瞬间炸醒。

他醒来才会想起他要找的不是一个东西，而是一个人，但他永远不可能找到她，因为结局早已在过去注定。

或许是太厌恶这样的梦，他每次刚要入睡，潜意识就强迫自己醒来。

反复折腾几次，晚上也不用睡了。

车子缓缓停下，陈师傅心急如焚地探头看前面："这个点还堵车？前边路口我稍微绕下路，看看能不能更快一些。"

傅应呈睁开眼，看向窗外。

大排档、海鲜店、烧烤摊的霓虹灯在夜色里闪耀。

傅应呈突然开口："右拐。"

陈师傅满脸茫然："啊？如果右拐的话，和医院完全是反方向了……"

"不去医院，"傅应呈嗓音沙哑，"去吉星街。"

晚上十点，季凡灵下了班，和吕燕一起撑着伞往出租屋的方向走。

她低头看着手机。

江柏星还在给她发短信，一定要她去江家小面吃饭。

季凡灵被他缠得头痛，就答应了。

这周五轮到她休息，她说周五晚上去吃。

季凡灵还在打字，吕燕突然小声说："快看，我们楼下有个帅哥。"

她头也不抬："哦。"

吕燕控诉："你看都没看一眼。"

季凡灵没有情绪地抬头："我看他他还能给我钱……"

话说一半就顿住了。

透过伞檐看去，行道树旁的路灯下有一个极高挑的背影。

黑色大衣剪裁凌厉，男人背脊抵着树干，头颅丧地垂着，额头饱满，眉骨英挺。

只露出一个轮廓，就无端让人觉得英俊。

季凡灵一愣。

女孩把吕燕往楼道里一推："你先上楼，我还有事。"

吕燕被推着走："哦……哦，那好吧。"

季凡灵眼看着吕燕上楼后，跑了过去。

雨水淅淅沥沥打在行道树的叶子上，男人身上湿透了，雨水从苍白的脸颊滑到脖颈，浑身有种落拓的冷寂。

季凡灵跑过去，把伞撑在他头顶。

"傅应呈？"

雨水打在伞面的声音，随着女孩鲜活的嗓音，从梦里穿进现实。

男人很慢地掀起长睫，定定地看着她。

黑冷的双眸染了水汽以后似乎越加深浓，像是之前那个少年隐忍的眼睛。

他张了张嘴，嗓音低哑微涩："季凡灵，你怎么才来？"

第八章

她死了以后，傅应呈买下了这栋楼，然后在天台上种满了花。

　　"你怎么来了？"季凡灵蹙眉，"我刚下班啊！你不会在等我吧？有急事为什么不去大排档？"

　　这还是陈师傅的主意。

　　陈师傅也不知道季凡灵工作到这么晚，以为她在合租房里，因为帮她搬过家，知道位置，所以直接把傅应呈载到了小区门口。

　　他本来想停在门口待命，傅应呈不同意，他只好走远了。

　　傅应呈半天不说话，季凡灵意识到他状态不对，鼻尖动了动，问道："你喝醉了？"

　　傅应呈："……没有。"

　　季凡灵冷飕飕道："喝醉的人都这么说。"

　　傅应呈顿了顿："季凡灵。"

　　"嗯？"

　　傅应呈艰难地开口："你能不能回……"

　　一阵风刮来，把伞吹歪了，季凡灵本来抬高了胳膊给他打伞，手臂使不上力，雨全扫在两人身上。

　　傅应呈下意识伸出手。

　　"等等，你的手怎么回事？"季凡灵一把抓住了他的手。

　　本来傅应呈的手垂在身侧，光线暗，看不清楚，现在一伸出来，伤口就很明显了，血已经染红了半只手掌。

　　傅应呈不耐烦地瞥了眼自己的手："不小心。"

　　"不小心能弄成这样？"季凡灵眉心紧拧。

　　也不知道在外面站了多久，男人湿漉漉的手腕都快冰透了。

　　"什么东西扎得这么深？钉子？"

"差不多吧。"

"不去医院你杵这儿干什么？你的车呢？"

"陈师傅把我丢在这附近。"

季凡灵愣了愣。

陈师傅看着浓眉大眼，背地里怎么这么缺德啊？开车不是他的工作吗？哪有把醉酒的老板丢在路边的？

季凡灵凶巴巴道："你把电话给我，我来跟陈师傅说。"

傅应呈："不给。"

季凡灵盯着他，皱着眉："那我给你叫个车去医院。"

傅应呈："不去。"

季凡灵："……那我给你叫个车回家。"

傅应呈顿了下，掀起一点眼皮，盯着她。

这人就算醉了，外表也是冷冷的清明，双眼皮狭长，开褶由窄到宽，眸色又黑又深。

只是平时，他眼里不会有这么多直白的情绪。

"季凡灵，"傅应呈又念了下她的名字，扯了下嘴角，凉凉道，"你的良心，就这么一点儿？"

季凡灵眉心一跳："那你要我怎么办？这也不行，那也不行，你难道想跟我上楼去冲自来水？"

傅应呈这次站直了："行。"

季凡灵："……啊？"

傅应呈很慢地"啧"了一声，催促似的看向她：

"我不是都说了……

"行。"

小区里的高层建筑楼挤楼，密集压抑，物业形同虚设，未完工的电梯裸露着木板，角落里放着一桶油漆，开关门发出刺耳的摩擦声。

进屋，玄关处狭窄，堆满了快递盒，鞋架放不下的鞋挤满了过道，空气中弥漫着一股人多又缺乏通风的霉臭味。

傅应呈在门口停了一下。

鞋堆里有不少男鞋。

他不知道合租还能是男女混住。

季凡灵回头看见傅应呈呆在门口，上前去拉他："不用换鞋，我一会儿正好要拖地。"

去厕所要穿过客厅，餐桌上散乱地放着好几份炸鸡外卖盒和可乐杯，这是昨天晚上一号房那对情侣和朋友吃剩的垃圾。

他们倒也不是不收拾，但就是收得非常慢，不管怎么催，非要放到变质发臭引来蚊虫才不情不愿地收拾。

季凡灵拽着傅应呈的袖子，不想让他多看，硬着头皮走过客厅，把他带到厕所，"啪啪"打开灯和排气扇："这里。"

厕所有台阶，门框也低，傅应呈微微低头，迈进去，打开水龙头，弓着背，开始冲洗伤口。

里面位置太窄，季凡灵不自在地站在外面。

她在厕所对面都睡这么久了，除了刚来的那几天觉得臭，现在已经完全免疫了。

不知道为什么，傅应呈一来，她的五官好像重新复苏了似的，臭味冲进鼻腔里，觉得到处都脏乱得让人难以忍受。

本以为傅应呈绝对不会上来的，谁想到他立刻就同意了。

她也不好反悔。

他让她在家住了两个月，她连让他上楼都不肯吗？

未免太小气。

不过……

现在应该轮到他后悔了吧？

季凡灵听到水声停了，立刻转头："还出血吗？"

傅应呈没什么情绪："有点。"

季凡灵挤进去，几乎和傅应呈贴着站，低头看了眼他的手掌和手腕上的皮筋，很有经验道："皮筋没用，拿一条毛巾扎，然后举手，举高点，过一会儿就不出血了。"

说着，她从墙上拽下自己的毛巾，正要给他包上，想到这人有洁癖，又停下来解释："这毛巾是我洗脸的，干净的，还是从你家带来的，不信你闻。"

她说着把毛巾往傅应呈脸上凑。

男人下意识后仰，偏头避开了。

可能多少还是有点嫌弃。

季凡灵改口："抽纸也行。"

傅应呈看着别处，脸绷得很紧，耳郭薄红："……不用，你包吧。"

季凡灵虽然有时也自己处理伤口，但并不像傅应呈处理这样认真，勉强包好后，问道："紧吗？"

傅应呈说："还行。"

其实她也没什么能做的，但傅应呈看样子醉得不轻，最好是坐下来缓一会儿再走。

季凡灵想到这里，开口问道："你要不要去我房间坐坐？"

她的房间就在厕所对面两步远的地方，季凡灵掏钥匙开锁，先一步进去。

房间很窄，进门就是床，除了床，只有一条仅能站下一人的过道，过道里还放了她的包裹。没有窗户，两边的墙纸泛黄，墙上拉了一条长长的塑料绳挂衣服。床头唯一一块空地上，放着她妈妈的相框。

因为地方小，有些东西不可避免要放在床上。季凡灵蹿进去，"嗖嗖"两下把床头的内衣裤塞进包里，拉上拉链，踹到床底。

"你坐床上吧。"

也没别的地方坐了。

傅应呈眉眼深沉，不知道在想什么。

季凡灵又说了一遍，他才坐了下来。

季凡灵走出房间，又在背后带上门："你坐着，我马上回来。"

说不清为什么，她不太想让傅应呈看到她那些不太正常的室友，而且也不想让她的室友看到傅应呈。

季凡灵快步走进厨房。

之前她低血糖的时候，傅应呈给她泡过蜂蜜牛奶，感觉应该也能用来解酒。

季凡灵也想给他泡，可她既没有蜂蜜，也没有牛奶，最后只好洗了个杯子，给他倒了杯热水，水里扔了三颗从大排档带回来的薄荷糖。

凑合喝吧。

季凡灵走回房间，看到傅应呈还在原处坐着，递上杯子，语气硬邦邦道："给。"

傅应呈看着杯子里没化开的糖，有些欲言又止："季凡灵。"

"啊？"

"薄荷糖泡水？"

"不喝算了。"季凡灵板着脸。

傅应呈不说话了，仰头喝了大半杯，把杯子放在一边。

一号房的情侣又开始放歌，墙壁那边传来听不清歌词的闷响。

坐了一会儿，男人又想到了什么似的，抬起眼："季凡灵。"

季凡灵季凡灵季凡灵……

"喊什么啊？"季凡灵终于忍不住孿毛，"这房间里是挤了一百个隐形人吗？你老喊我干什么？"

她倒不是不喜欢，只是傅应呈平时很少连名带姓地喊她，再加上他喝醉了，嗓音里带着低沉的颗粒感，有点……难以描述的性感。

喊得她鸡皮疙瘩都要起来了。

傅应呈好像听不见："你喜欢薄荷糖？"

"一般，这不是不要钱嘛。"

"桃子糖呢？"

"不喜欢。"季凡灵说。

傅应呈兀自冷笑了声，像是又被气到了。

季凡灵愣了愣。

不是，你在气什么？

季凡灵问道："你很喜欢桃子糖？"

房间里的顶灯半亮不亮，昏暗的光落在男人的长睫上，将锋利的棱角都变得柔和。

傅应呈黑眸微亮，像藏了钩子，望着她，半晌后，轻声道："是啊，我很喜欢。"

那你就想着吧。

季凡灵扯了下嘴角。

大半夜的，到哪儿给你搞桃子糖去？

事儿还挺多。

过了一会儿，季凡灵注意到毛巾逐渐变红，说明伤口还在渗血。

"手给我看下。"

傅应呈伸出手，任她解开毛巾看了眼伤口。

季凡灵说："你这不行，得去打一针破伤风。"

傅应呈顿了两秒，掀起眼睫毛，突然轻笑了一声："你还知道破伤风？"

季凡灵的小脸瞬间垮了："看不起谁？"

傅应呈醉意很浓，盯着她，慢慢说道："那为什么你受伤的时候，不去医院？"

季凡灵咬牙。

原来搁这儿等着她呢。

该不会他不去医院，是在报复吧？就因为当年她不去医院，所以他现在也不去？

但是这对他到底有什么好处啊？

季凡灵抬了抬下巴："你跟我能一样吗？"

傅应呈问道："哪里不一样？"

哪里都不一样。

她的命不值钱，死了就死了，他的命可太值钱了。

季凡灵说："我又不怕死。"

傅应呈眼神微变，暗了下去。

季凡灵站起身，丢下一句："在这儿坐着，我下楼给你买药。"

季凡灵离开后，过了几分钟，房门突然被敲响。

隔壁房的情侣还在放震耳欲聋的歌，傅应呈没有动。

敲门声越来越响，几乎是带着怒气砸门，嘴里还骂骂咧咧："开门，我知道你在里面……辣死老子了……开门！"

一号房的情侣在大声听歌，没注意房门外的动静。

离得比较远的地方，三号房的吕燕打开门，从走廊探出头来，又很快退了回去，关上自己的门。

"开门！"男人几乎是在砸门。

傅应呈起身开门。

门外的男人满脸涨红，额头青筋凸起，像是在忍受着某种折磨，开口就是怒意："你……"

他视线上移，撞见傅应呈冷漠的脸，话音一顿："你是谁？"

傅应呈语气冷冷的："做什么？"

男人往他身后一扫，狭窄的房间一览无遗，看到女孩不在，恼火地抹了下额头的汗，扯了下裤腰："敲错门了，不是找你的。"

傅应呈眼神更冷了："你找谁？"

男人嘟嘟囔囔，不和傅应呈对视，拉开旁边的房门，进了自己屋，"啪嗒"一声落了锁。

傅应呈眼神微暗，眉头紧锁。

小区外的药房。

季凡灵买了纱布、酒精、棉签，还有消炎药。

临走时，她看见收银台附近的架子上摆着一排五颜六色的旺仔QQ糖。

季凡灵装作不经意地低头看了一圈，犹豫了下："请问，这个糖有桃子味的吗？"

收银员瞧了一眼："呃……你找找那边的货架？"

季凡灵去旁边的货架上找了下，还真有水蜜桃味的，她撕了一包，丢进了篮子里。

她把买的东西放在收银台上，收银员熟练地扫着条形码："医保有吗？"

"没有。"

"这边扫码。"

季凡灵低着头付钱，收银员见她可爱，忍不住问了句："喜欢吃水蜜桃？"

"不是我吃。"话刚出口，季凡灵愣了下，抬起头，忍不住勾了勾嘴角，"……买给大小姐的。"

季凡灵付完钱，走出药店。

被户外的冷风一吹，她又看了眼塑料袋里的糖，突然觉得自己怪蠢的。

她想把糖塞在口袋里，不给傅应呈了……

又感觉好像更蠢了。

说起来，之前几乎没有人来她家做过客，她都有点不知道该怎么办了。

季凡灵叹了口气，拎着东西回了出租屋。

傅应呈还坐在原处，低头看着手机，周身的醉意散了不少，但不知道为什么，感觉比她离开的时候更压抑了。

季凡灵坐在他旁边，解开塑料袋，板着脸，说道："伸手。"

傅应呈放下手机，伸出手，只不过不是把手伸给她，而是伸进塑料袋，拿起那包QQ糖，用眼神询问。

季凡灵"哦"了声："不是你非要吃桃子糖吗？就在收银台旁边，我随手拿的。"

傅应呈："不是这种。"

季凡灵一愣。

傅应呈："是硬糖。"

季凡灵凶巴巴地冷着脸："不吃拉倒，那你别吃。"

傅应呈好像听不见一样，面无表情地把糖塞进自己口袋里了。

季凡灵撕开棉签包装，拿起一根蘸酒精。

她不是什么很有耐心的人，一般给自己消毒伤口的时候，都是草草擦一下了事，此时给傅应呈消毒，多少有些动作僵硬。

鉴于当年傅应呈给她处理伤口的时候挺小心的，所以她也想下手轻点，奈何手有点不受控制。

前一秒想着小心，后一秒就捅进他伤口里了。

季凡灵立刻收手，心虚地看他。

极近的距离，男人的五官都格外清晰。

他睫毛垂着，额发在脸上落下层次分明的阴影，眸色很深，没有看自己的手，像是在看别的地方。

可能是酒精麻痹了他的神经，让他感觉不到疼？

季凡灵想到这里，绷紧的胳膊稍微放松了一些。

女孩坐在他旁边，低着头，领口里沾染了她体温的玉佛吊坠露了出来，随着她的动作很轻地一晃一晃。

这无声地吸引着傅应呈的目光。

和摇晃的温润玉石相对的，是女孩单薄的锁骨，凹出一小片阴影。之前在他家的时候，还没这么明显，现在却更瘦了，隐隐有种将要折断的脆弱，像是春天小鹿的鹿角。

傅应呈呼吸越发沉重，漫起一股难以忍受的恼火。

分不清是针对一墙之隔大声放歌的情侣，或是方才敲门骚扰的男人，抑或是从头到尾一字不提的女孩，还是针对他自己。

片刻后，季凡灵松了口气，坐了回去："差不多就行了吧。你要不要来几颗消炎药？"

傅应呈像是没听清。

季凡灵晃了晃塑料袋里的药盒："消炎药，吃吗？"好像他一说吃就立刻给他抠几颗。

"……不用。"傅应呈看着她吃药跟吃糖豆一样的随意态度，头有点隐隐作痛，欲言又止，"你不觉得吵吗？"

"哦，你说隔壁啊？"季凡灵收起药盒，"你是没习惯，到了我这样的境界，就算他们砸墙，我也是听不见的。"

傅应呈也没有反驳，过了会儿又说："你房间里没有暖气？"

季凡灵继续敷衍道："你要是冷就从墙上随便挑个衣服穿上，反正我是一点不觉得冷……"

傅应呈没说话，只是看着一个方向，眉尾微挑。

季凡灵话音戛然而止，顺着傅应呈的视线，看到了床头的退烧药。

光记着收内衣，忘了收药了……

季凡灵三步冲过去，抓起药，往裤子口袋里一塞："哦，这是吕燕的，上次她落在我这儿了。"

傅应呈无声看着她。

季凡灵硬着头皮说："我一会儿还给她。"

从表情看不出傅应呈信了还是没信，平时傅应呈是很难糊弄的，但现在他喝多了，估计也不怎么清醒。

沉默了几分钟，傅应呈突然开口："刚刚有人敲门。"

季凡灵不在意地问："吕燕吗？"

傅应呈示意左边的墙壁。

季凡灵脸色变了，语速很快："那个男人？他说什么了？你给他开门了？"

"开了。"

"他说了什么？"

前阵子丢了内衣后，季凡灵去菜场买了瓶工业辣椒素，兑在水里，把红内裤泡了一宿再晾在阳台上，昨天丢了，她也装作没发现似的，不吭声。

不管小偷拿内裤做什么龌龊事，穿也好用也罢，很快她就会知道了。

谁想到就这么不巧，刚把小偷炸出来，就被傅应呈撞到了。

季凡灵都不敢想自己下楼那段时间小偷做了什么说了什么，也不知道傅应呈听见了多少，一瞬间难堪极了："他就是个纯粹的傻子，他说什么你都别信。还有，我不是让你坐着别动吗？你为什么要开门？"

傅应呈语速很慢："你觉不觉得，你住的这个地方……"

"我不觉得，"季凡灵又一次打断，语气很生硬，"我觉得好得很。"

傅应呈眼神暗了。

女孩的语气有点控制不住的冷："我不觉得吵，也不觉得臭，也不觉得冷，你哪有那么多问题要问？与其在我这儿挑三拣四，这看不惯那看不惯，不如打个车回你自己家去。"

她话说得太急，都没有经过大脑。

两人对视着。

房间里骤然静了下去。

季凡灵微微喘着气。

她移开视线，看着旁边的墙壁，鼻子突然有点发酸。

很烦。

她过得不是挺好的吗？

她又不像他那样有钱，五百块的房子还有什么可挑剔的？就算她想换，同样的价位她能找到更好的房子吗？房租更高的她租得起吗？是她自己想住这儿的吗？

旁边传来布料摩擦的声音，男人沉默地站起身。

他一站起来，阴影几乎完全把季凡灵笼住了。

"我回去了。"

男人从高处落下的声音冷冷的，像结了一层薄薄的霜。

季凡灵垂着眼，什么都没说，让开了路。

傅应呈走后。

季凡灵躺在床上，用小臂挡着眼睛。

刚刚她甚至都没看傅应呈是什么眼神，高傲？嫌弃？厌恶？看不起？担心？同情？

回想起来，傅应呈好像也没有嘲讽的意思，就是陈述事实而已。

可能这个环境确实让他难以忍受。

况且，她跟一个喝醉的人较什么劲呢？

女孩猛地抓头，把自己的头发抓得一团糟，罕见地有些后悔。

她从前不是这样的。

在学校里的时候，也不是没有过犯贱的男生笑话她衣服土气，她连眼神都懒得给一个，大不了就干架。她既不怕被叫家长，也不怕被开除，光脚的不怕穿鞋的，最后那些男生全怕了她，在学校里绕着她走。

说到底，她有没有钱，关别人什么事？

这还是第一次，别人只是出现在她面前，什么都没说，她就觉得自卑。

季凡灵烦躁地抓起床边的手机，想打一盘消消乐。

输入密码，密码错误。

重新输入，还是错误。

季凡灵猛地坐直。

等等，她的锁屏壁纸不是纯黑的。

这是傅应呈的手机？

款式好像跟她的一模一样。

那她自己的手机呢？

被傅应呈带走了？

季凡灵试图给自己的手机打电话，还在捣鼓，就听到重重的叩门声。

季凡灵第一反应是傅应呈回来了，立刻去开门，拉开门才想起来不对。

傅应呈进不了大门，怎么可能敲她房间的门？

门外站着的是隔壁二号房的男人。

他快速扫视她身后的房间，咧开嘴："你男人走了？完事还挺快。"

他在房间里听到了傅应呈离开的动静。

季凡灵冷喝："滚。"

男人眼神闪过一丝凶光："怎么，跟他能玩，跟我就不能？"

他抬腿就想进屋，季凡灵见状猛地关门，男人反手抵住门板，季凡灵抬脚踹在门板正中。

"咚"的一声，季凡灵腿部的力气还是要比他胳膊的力气大一些，门板往后猛撞。

男人的手被夹住，痛叫了一声，气急败坏地撞开门，大步上前："没完了是吧，你个小婊子……"

"怎么？很痛？"季凡灵翻身上床，站在床上，居高临下，"跟辣椒比起来，哪个更痛？"

之前来砸门的时候，他被辣得失去理智，然而此时，愤怒熄灭之后，一股阴暗的恶毒就涌了上来。

男人笑了下，舔了舔嘴唇："是你先招惹我的。"

季凡灵："没听过这么荒谬的屁话。"

男人扑上来抓她，地方狭窄，季凡灵没有太多躲闪的余地，几番拉扯，很快被男人按倒在床上。

男人制住她一只手按在头顶，正处于得逞的快感之中，欲火翻涌，没注意到她另一只手在做什么。

突然，冰冷的液体一股脑浇到他头上身上，辛辣的液体淌进他的眼睛，一股浓郁的酒精味冲入鼻腔。

男人只好暂时松开她，用袖子擦眼睛："什么鬼东西！"

季凡灵眼神冰冷，丢开空瓶。

她倒空了一整瓶给傅应呈消毒的医用酒精，因为男人刚刚在她上方，一些酒精不可避免地洒在她自己身上。

冰凉的液体从脸颊上淌下，女孩面不改色："不是想玩吗？带你玩点好的。"

她从口袋里掏出了打火机。

男人勉强睁开被刺激得红肿的眼，眼神一瞬间从充满欲望变成恐慌："你想干什么？"

"啪"的一声，火焰腾起，映在女孩明亮的瞳孔里。

她竟然还笑了一下："要不要试试，看谁先被烧死？"

男人明显被镇住了，像是没想到她这么疯，但很快又因为自己犯尿而恼羞成怒，声音高亢道："呵，呵呵，我还怕你不成？你有种就烧……"

突然，身后的脚步声急促靠近。

室外冰冷的潮湿空气卷起衣摆，一个黑色的高大身影大步流星过来，挡在了季凡灵身前。

一只修长的手径直朝着火苗盖了下去。

季凡灵一惊，怕烫到他，松开手，将打火机抓进掌心。

火苗熄灭，傅应呈眼里的光也彻底冷了下去。

男人还在叫嚣着："小婊子，你以为把人叫回来就……"

傅应呈眼神冷沉，一拳打在他脸上。

男人的头瞬间往后仰去，又被傅应呈拎着领子拖回来，继而是更狠更快的一拳！

"咚"的一声闷响，男人的后脑勺结结实实地撞到墙上，滑坐下去，瞬间哑火。

傅应呈回头瞥了眼季凡灵。

季凡灵触及他的眼神，缩了缩脖子。

这么凶干什么？

傅应呈攥着季凡灵的胳膊，把她拽出房间，掌心用力抹了一下她的脸，抹出满手的酒精："火很好玩？还是寻死很好玩？"

"你当我傻？我心里有数。"女孩仰头瞪他，小脸上酒精混着血，"我没寻死，就想吓唬吓唬他。"

"他不敢，你敢是吗？"男人的瞳孔在黑暗中紧缩，像是怒极了，声线冰冷，"是啊，你怕什么，你都死过一次，死对你来说什么都不算。"

他这个眼神……

季凡灵依稀记得，这和当年她受伤了以后不肯去医院，少年盯着她的眼神一模一样。

莫名让人心虚和愧疚的眼神。

好像刚刚她想烧死的，是他傅应呈。

季凡灵慢慢眨了下眼："……你的手没事吧？"

傅应呈一拳下去，她辛辛苦苦包扎的伤口又完全裂开了。

说话间，血顺着他的指缝往下淌。

傅应呈无视她转移话题，也不欲和她多说，抓着她的胳膊往外走，跟当年拖她去处理伤口时的手劲一样大。

季凡灵顾及他的手伤，只好跌跌撞撞跟上。

吕燕呆呆站在走廊上，喊了一声："凡灵……"

大门玄关处站着一号房小情侣里的那个女生，她手里拎着炸鸡外卖盒，挑眉看着他俩。

傅应呈谁都没看，脸色沉得吓人，一路把季凡灵拉出门，拽进电梯。

进了电梯，季凡灵才回过神："不是，你拉我去哪儿啊？"

傅应呈一直攥着她的胳膊，好像永远不打算放手似的，冷冷地道："我家。"

"哈？"季凡灵用力挣脱，"傅应呈！你喝多了吧？我去你家干什么？"

"今晚你还想住在这儿？"

"怎么不行？"

傅应呈不说话了，看了她一眼。

深深的又很短促的一眼。

季凡灵有点不敢和他对视，避开他的眼神，把手机递给他："你的。"

傅应呈把手机换了回来，发消息让陈师傅到楼下接人。

电梯门打开，傅应呈把季凡灵拉出楼道，但季凡灵不肯再往前走了："傅应呈，我不去你家。"

"你就这么喜欢住这里？"

"这是喜欢的问题吗？这不是钱的问题吗？"

"我借你钱。"

"你想借，我还不想借了呢！"

季凡灵破罐子破摔地说出口，又觉得丢脸，又觉得火大，甩开了傅应呈的手："我不想哪天一觉醒来，发现我要打一辈子工还你的债！"

237

"那不还不就行了？"傅应呈冷怒至极，心里的话脱口而出，"我从来也没要你还过！"

两人对视着，空气一瞬间安静了下来。

女孩完全卡住了，像是大脑无法运转了一样，发出迟疑又短促的一声疑惑："……啊？"

是她未曾预想的回答。

不还了？

哪有借钱不还的？

那就不是借了，而是白给了。

所以傅应呈为什么要白给？

所以他晚上到底喝了几瓶？

季凡灵从前十七年里就没有吃过什么好的，以至于她现在就算吃了一大口糖，也不相信这口糖背后没有阴谋。

这个世界上，不会有人无缘无故对她好的。

绝对不可能的。

卷着雨丝的夜风又急又凶，穿梭在小区里密集的高层楼房之间，发出刺耳的尖啸。旁边的路灯忽闪了几下，终于还是灭了。黑暗像翻起的波浪吞没了露骨的情绪，又归于寂静。

两人在黑暗中站着。

季凡灵用力捏着自己的衣角，张了张嘴，好半天才找回了声音："这是为什么啊？"

为什么借我钱？

为什么又不让我还钱？

为什么对我好？

夜幕里的树冠被风吹得"哗啦啦"作响。

傅应呈的嘴唇动了动，眼神黑压压的："我不直说，你就永远不明白是不是？"

季凡灵愣了下："你不说我怎么会明白？"

路边传来一声低低的汽笛。

两人转头看去，黑色的迈巴赫停在夜色中。

陈师傅摇下车窗："傅总。"

季凡灵一愣："……来这么快？"

这有三分钟吗？

陈师傅的眼神在傅总和女孩中间转了两个来回："我想着傅总可能还要用车，就没走远。"

季凡灵一头雾水地看傅应呈："你不是说他把你丢这儿的？"

傅应呈向车子走去："别让陈师傅等着。"

季凡灵听到这话下意识就迈步了，走到车门边才反应过来，迟疑了一下，但还是跟着坐进了车里。

毕竟回去确实不安全。

季凡灵太了解室友那种货色了，上不得台面的偷内衣的贼，欺软怕硬的东西，没胆子对她出手，只敢在法律边缘偷偷做一些猥琐的事恶心她。

但他现在吃了瘪，"男人的自尊心"受挫，很有可能恼羞成怒真干出点什么事。

假如傅应呈没有邀请她，她今晚也不会住合租房，而是去找个 24 小时营业的便利店凑合趴一晚。

等到明天那男人冷静下来，就绝不敢再骚扰她了。

上了车，却没人说话。

车厢里一时氛围古怪。

行驶了一段时间，季凡灵转头看傅应呈，顿了顿："……所以，你刚刚想说什么？"

男人还有些醉态，不像平时正襟危坐，身影沉在阴影里，一双长腿支着，姿势有些松散和疲倦，正低着眼在手机上发消息。

闻言，他抬头看了眼司机，意有所指："回去说。"

陈师傅在前面眼观鼻，鼻观口，口观心。

季凡灵的表情更古怪了。

难道还是见不得人的理由？

季凡灵这才想起来："那我房里的东西怎么办？"

傅应呈眼皮都不抬："找人给你收了。"

季凡灵"哦"了声，又说："我可以自己收的。"

傅应呈不理她。

空气安静下来，季凡灵后知后觉有点内疚，不管怎么说，傅应呈刚刚带伤帮她出头，出钱又出力，她却还对他发脾气……

女孩咳了两声，摸了摸鼻子，眼睛盯着脚垫："那个……刚刚，谢谢了。"

傅应呈慢慢掀起眼睫毛，盯着她，半晌才问道："谢我什么？"

季凡灵一噎。

傅应呈收起手机，闭上眼，明明是讥讽的话，语气却沉沉的，没有一丝笑意："我还想谢谢你。"

傅应呈和季凡灵到家的时候，两位穿着便装、手拎医疗箱的医生几乎同步到达。

他们重新处理了傅应呈手掌的伤口，用纱布包扎，还叮嘱了不少注意事项。

傅应呈全程沉默，两个医生都忍不住瞟向坐在旁边、一身浓郁酒精味的女孩，但都只是很有分寸地冲她礼貌点头，没有多问。

人一离开，家里就只剩下他们两个人。

傅应呈坐在沙发上，面无表情地垂着眼，手指蜷在掌心里，隔着纱布，一下又一下地、自虐似的深按着手心里的伤口。

一阵阵刺骨般的剧烈疼痛让他汹涌的思绪渐渐平息。

……在这里说喜欢她，她只会逃走。

她要么被迫答应，要么就只能重新回到那个出租屋里去。

她这种事事都要扯平的人，不可能先拒绝他，再心安理得地接受他对她做的一切。

想让她留下。

比任何时候都要想。

所以，他的喜欢，是这个世界上最见不得光的东西。

医生处理伤口的时候，季凡灵也没有离开，只是脱了外套，搭在椅背上，坐在桌边，心不在焉地埋头玩手机。

她还以为傅应呈真打算放着手伤不管了，看来他还是比较理智的，没有信任她处理伤口的水平。

客厅里有种空荡荡的安静，她甚至错觉能听到傅应呈低沉的呼吸声。

可她不敢抬头，心口像有乱糟糟的藤蔓缠在了一起。

——所以，他为什么对我好？

"……你过来。"傅应呈抬起头，淡淡道。

季凡灵心一紧，走到沙发边坐下，面色镇定地抬了抬下巴："说。"

傅应呈直直看着她："你有没有想过，为什么你出现在了十年后？"

"没有。"

"为什么没有？"

"没什么好想的，"季凡灵无所谓地耸肩，"死就死了，没死就没死呗……你怎么想？"

傅应呈在此之前其实也没有想过。

只不过和她是完全不同的理由。

傅应呈想了一会儿，用她能听懂的方法表述："你不觉得发生在你身上的事很可疑吗？"

"什么意思？"

傅应呈靠在沙发背上，黑漆漆的目光盯着她，好像要捕捉她眼里的每一丝情绪。

"仅仅是十年过去，你没有长大这一点，就已经打破了现有医疗体系里对人体的理解。"

季凡灵心里忽然一松："你的意思是，想拿我做人体实验？"

她小时候看过一部制作低劣的科幻电影，电影里天赋异能的变种人被疯狂的变态科学家抓起来进行残忍的活体解剖。

其中一幕，变种人被锁在手术台上，太阳穴里插着电极，变态科学家一边怪笑，一边用手术刀切他肚子，变种人惨叫着挣扎的画面，一度成为她的童年阴影。

都过去十年了，现在的科技水平应该跟当年的科幻电影差不多了吧？

傅应呈听到"人体实验"这么离谱的措辞，忍不住蹙眉，但还是说道："你可以这么理解。"

"带电的？"

电的？

傅应呈不知道季凡灵的小脑袋瓜里在想什么，搬出官方说辞："会针对你的情况做一些调整。"

针对她的情况……那就是被车撞了不但没死还来到未来的情况。

季凡灵轻轻"哦"了一声，思索了一会儿，比画道："是不是类似于把我绑在柱子上，用车撞，然后看我会不会死？"

男人眼神一暗，直勾勾地盯着她。

有那么一瞬间，季凡灵觉得傅应呈气得想敲开她的头看看。

须臾，傅应呈勉强压下情绪，拧着眉说道："不懂就不要乱猜，我们都是用仪器的。"

季凡灵"哦"了声。

——原来是用仪器撞她。

"那，会死吗？"

女孩的表情看起来十分认真。

男人深深吸了口气："要看情况，概率有，但是不大。"

概率不大。

那听起来还行。

她感觉傅应呈不会骗她。

不过傅应呈为什么不一早说这事？

可能是怕她不同意，想先用糖衣炮弹感化她吧？

其实就算不用糖衣炮弹，季凡灵也觉得这是笔不错的买卖。

就算是他骗她，她现在也没有太多选择了。

季凡灵犹豫了下："所以你让我住你家，花你的钱，条件是我配合你们公司做实验？"

傅应呈回道："是的。"

季凡灵点了下头："可以。"

傅应呈站起身："那你明天请假一天，跟我去公司签合同。"

季凡灵愣住："还要签合同？"

傅应呈眉心微蹙："你以为我在跟你开玩笑？"

"签，签。"季凡灵立刻表态，"我都可以。"

傅应呈没有和她多说，往主卧的方向走去，季凡灵跟了上去："对了，我的打火机还在你那儿。"

傅应呈脚步一顿，冷冰冰地瞥她："你被禁止持有打火机。"

季凡灵一愣。

"你提醒我了，这点会写在明天的合同里。"

季凡灵腹诽：可恶。

今晚发生了太多事情，她脑子乱哄哄的，此时实在是有点嘴痒："那我想抽烟怎么办？"

傅应呈瞥了她一眼，妥协似的走进书房。

季凡灵跟在他后面。

傅应呈从抽屉里拿了包烟，抽了支出来给她叼着，掏出打火机替她点燃，又很快把打火机收走，伸着食指，警告道："抽完半支，自己过来给我。"

季凡灵扯了扯嘴角，闷闷道："……知道了。"

翌日，季凡灵一觉醒来的时候，太阳已经亮得刺眼了。

……她好久没睡这么软这么香的床了，整个人跟泡软的面包一样起不来。

季凡灵趿拉着拖鞋在家里晃了一圈，傅应呈果不其然已经走了，就连手伤也没能阻止他早起上班。

季凡灵给他发消息。

关我屁事：你早上怎么不喊我？

她发完消息去洗漱，洗漱完看到傅应呈的回信。

c：早上有别的事。

c：你吃完午饭再过来。

正好敲门声响了，季凡灵走去开门。

"童姨？"

童姨两手拎满了菜，"哎"了声，忍不住有点恼怒："两个月没见，你怎么瘦成这样？小脸都没肉了。"

季凡灵摸了下自己的脸："……那不成骷髅了。"

"等着啊，童姨给你做好吃的。"童姨心疼道，"你喜欢的可乐鸡翅、油焖大虾、酒酿甜汤，今天全部安排上。"

季凡灵反应了一下："傅应呈跟您说了我在啊？"

"那当然说了呀，每次都说的，"童姨笑起来，"要不然怎么提前订你喜欢的菜？傻丫头。"

季凡灵怔了下，低低"哦"了一声，不自在地拈了下额前的头发。

厨房里很快响起水声和榨汁机的声音，冰箱门开合，微波炉转动，过了一会儿，童姨走出厨房，把加了冰块的芒果汁和转热的牛肉饼塞到她手里。

童姨熟悉季凡灵的作息，知道她肯定刚醒，让她先吃点垫垫肚子。

季凡灵在温暖又干净的客厅里盘腿坐在沙发上啃牛肉饼，童姨自己烙的，皮薄馅大。

吃着吃着，她心里慢慢被一种说不出的情绪胀满。

可能是因为……

季凡灵想，自己确实很想念童姨的手艺了。

吃完午饭，陈师傅打电话来，说等季凡灵准备好了，他就来接她去公司。

季凡灵没想到傅应呈还派人来接她。

但转念一想，她可是要去跟傅应呈签合同的。她都冒着生命危险把自己卖了，这些都是傅应呈应该做的。

季凡灵又心安理得了。

她上车后，迈巴赫平稳地驶向公司。

季凡灵望着窗外，越接近目的地，越觉得街道看起来有些眼熟，似乎离北宛一中不远。

但九州大厦毫无疑问是这十年间新建的。

大厦拔地而起，冷灰的主色调，外立面铺设大面积的玻璃幕墙，整体给人一种冷淡矜贵的压迫感，和傅应呈给人的感觉如出一辙。

陈师傅转弯进入大厦停车场，保安看见车牌，立刻行礼放行。

陈师傅打着转向灯："季小姐，您等一下，我停车，一会儿我带您上去。"

季凡灵没让他送："不用，我自己上去，你忙别的吧。"

上了台阶，穿过旋转门，季凡灵走进九州集团内部。

一楼大厅空间极其开阔，仰着头才能看清高耸的天井，空中长长的玻璃栈道交错，一尘不染的大理石地砖光可鉴人，来来往往的人像是电视里的行业精英，皮鞋和高跟鞋踩在地上的声音交错悦耳。

每个人都着装正式，光鲜亮丽，又行色匆匆，像是走在一条清晰的轨道上，很清楚自己要做什么。

季凡灵很快就迷茫了，有点后悔刚刚没让陈师傅带路。

她走到前台，问穿着白色衬衫的引导员："请问，傅应呈在哪儿？"

这话一出口，跟按了暂停键一样，周围的人都朝她看过来，表情怪异。

这就好比学校门口走来一个明显是个小孩的学生，用找厕所一样平淡的语气说要见校长。

引导员愣了一下："你跟傅总预约了吗？"

季凡灵："预约了……吧。"

"找傅总是吗？具体是做什么呢？"

"签合同。"

引导员的表情更怪了。

——这小孩说她不仅要找校长，还要跟校长谈谈上次教改投资扩建的落实问题。

引导员有些迟疑："嗯……我可以帮你记录一下……"

"季小姐？"高跟鞋声停下，传来一个清冷的女声。

季凡灵转过头，面前是一个穿着职业装筒裙的高挑女人："我以为你在门口，没想到你自己进来了，不好意思。我是傅总的秘书，你可以喊我温蒂。"

她脸上没有多余的表情，公事公办的口吻："你来跟傅总签合同的对吧？这边请。"

前台几个引导员惊得眼珠子都快掉下来了。

这不是温秘吗？

还真是签合同的啊？

什么时候九州集团的业务广泛到要跟十七八岁的小孩儿签合同了？

还是傅总亲自签！

要知道，一般几千万的小合同都送不到傅总眼前……

在一行人齐刷刷的注目礼中，季凡灵跟着温蒂坐上直达顶楼的专用电梯。

温蒂站在电梯前部，从电梯门的反光中，不动声色地打量身后的女孩。

本来接待客人一般是高义的活，但今天傅总破天荒让高义去主持会议，单独吩咐她来楼下接个人去他办公室签合同。

当时，傅应呈说："你去照顾一下。"

温蒂又是一愣。

接待，她懂；交涉，她也懂。

但照顾是什么？

有八年工作经验的温蒂从没在傅应呈口里听到这么模糊的描述。

此时她却稍微有点明白傅总的意思了。

这个女孩，看起来跟她妹妹差不多大……

难道这个女孩就是傅总之前送生日礼物的对象？

电梯到达后，温蒂在前面引路。

"傅总在忙，你可以去他办公室等一会儿。"

季凡灵"哦"了声："我不急。"

她说着，被吸引住目光，停下了脚步。

她看见了傅应呈。

隔着百叶窗，投屏前面，男人坐在最靠前的位置，身穿黑色的西裤、白色的长袖衬衫、一尘不染的皮鞋。

他两腿交叠，靠在椅背上，衬衫袖口卷起，露出了劲瘦的腕骨，手持红色的激光笔点在屏幕上，讲解着什么，细边框的银色眼镜反射着投影的光。

有人举手提问，傅应呈冷冷两句作答。

一层薄薄的玻璃，隔音效果却极佳，季凡灵完全听不到傅应呈说的话。

但即便是隔着这么远的距离，还是能感觉到很强的、让人忍不住为之折服的气场。

季凡灵早就知道傅应呈做什么工作，但知道和亲眼看到还是不一样的。

傅应呈结束说明，目光冷冷扫视全场，很轻地扫过季凡灵所在的方向。

他还在工作状态中没有抽离，快速扫过的那一眼，和平时的感觉很不一样。

之前就算是傅应呈最生气的时候，季凡灵也没见他露出过这样的眼神。

极其疏冷的一眼。

一瞬间的距离感，让人感觉他好像站在高不可攀的地方。

温蒂在旁边等了一会儿，开口问："你是要站在这里等吗？"

季凡灵摇摇头："……不，我在想，傅应呈每天上班都这么不爽吗？"

温蒂迈步到她身边，隔着百叶窗看了一会儿："因为人为因素，一批海运的仪器进水受损，傅总居然没开人，今天他的心情是近两个月里最好的了。"

季凡灵一愣，真的吗？

温蒂回过头，眼神有些疑惑："你平时……都这么喊傅总吗？"

季凡灵没反应过来："什么？"

"没什么。"

很快，傅应呈和下属一边谈话一边走出来了，有人注意到走廊里温蒂身边突兀地站着一个年轻女孩。

她穿着过膝的白色大衣、黑色长靴，双手插兜，长发用皮筋简单束在脑后，额发柔软地垂下来，半遮着眼睛，露出小巧的下巴。

傅应呈看见她，脚步顿住，走了过去："站在这儿干什么？"他又看向温蒂，"不是让你带她去办公室？"

温蒂立刻答道："我们正要过去。"

傅应呈带季凡灵去了办公室，办公室里已经有一位律师在等了。

"张律师。"傅应呈简单介绍，"季凡灵。"

张律师伸出手，季凡灵拘谨地与其握手。

双方很快落座。

张律师向季凡灵推来一份合同："您先阅读一下条款。"

季凡灵浅浅翻了一下。

好家伙，一百多页，还没看两行就已经开始晕字。

——如果乙方违反本协议，甲方将保留采取法律手段追究乙方违约责任的权利……

——未经甲方允许，乙方不得私自解除合同……

——甲方按照本协议约定给予乙方的具体服务如下……

——乙方应按照甲方的要求积极配合实验……

季凡灵看得晕头转向，还没分清自己是甲方还是乙方，就听到傅应呈慢条斯理地提点："你看一下第17页的15.2条。"

季凡灵飞快翻到第17页，定睛一看。

"在合同生效期间，乙方无权持有打火机……"季凡灵木着脸，"我要求在合同里加一条，乙方有权抽一整支烟。"

"要求驳回。"傅应呈冷酷无情，"没让你为了实验戒烟，已经是法外开恩，你还得寸进尺。"

季凡灵看向律师，张律师待在旁边像木头人一样目不斜视。

昨天深夜，傅总打电话给他，让他连夜拟定一份合同。

傅总对合同提出的要求只有两条。

第一，越厚越好；第二，禁止乙方持有打火机。

听到这两条要求的时候，他还以为傅总被夺舍了。

听完整个合同内容以后，他更加震惊。

"这个合同本身有点问题吧？"张律师委婉告知，"对于实验内容的定义太模糊，您提供的薪酬没有确切标准，而且完全没有规定截止时间，解释权都在您……"

季凡灵年满十七周岁，收入能维持生活，可以视为完全民事行为能力人，也就是说，合同是有效的。

从合同签订的那一刻到傅应呈肯放手为止，他理论上可以以"配合实验"

为由，不付出任何代价地对季凡灵做任何事情。

"没有人会签这样的合同。"张律师说。

"她会签。"傅应呈说。

此时，张律师实在良心不安，忍不住开口提醒："签字就不能反悔，你要仔细阅读合同内容。"

女孩"哦"了一声。

她刚读完一页，傅应呈看了眼腕表，语气有些不耐烦道："你还打算看多久？要不我三天后再来？"

张律师心想：傅总是故意的吧？

傅应呈挑了下眉："你的阅读速度一直这么慢的吗？"

季凡灵愣了愣。

傅应呈好像明白了什么似的往后靠了靠，若有所思："难怪你的语文成绩总是上不了一百……"

季凡灵忍无可忍地攥着笔，冷冷地道："你还能记得我语文考多少？"

傅应呈淡淡地说："记性太好了，没办法。"

接下来，女孩在张律师不赞成的目光中，飞快地翻完整本合同，阅读速度堪比量子波动，然后毫不犹豫地拔了笔盖，准备签字。

她刚写完"季"，笔头又顿住。

就在张律师以为她悬崖勒马的时候，女孩转了几圈笔，迟疑道："万一你发现我一点医疗价值都没有，怎么办？"

张律师有点愣愣的。

傅应呈说："这不是你该考虑的事情。"

季凡灵想了一下，觉得确实。

她没什么问题了，拿笔签字，最后还用印泥按了指纹在名字上。

木已成舟。

张律师在内心叹了口气，收好文件："可以了。"

季凡灵还有些蒙："这就好了？那……什么时候实验啊？"

"还要做一些准备，预估下个月。"傅应呈说，"到时候通知你。"

傅应呈之后还有个会，让季凡灵在办公室坐着歇会儿，示意张律师和他先离开。

走出办公室之后，张律师忍不住追上去："傅总，我可以问下，您签这份合同是为了什么呢？"

傅应呈走进最近的一间办公室，头也不回："关门。"

张律师按傅应呈说的关上门，一扭头，发现傅应呈正面无表情地用碎纸机碎合同。

张律师瞳孔地震。

这……这就碎了?

说实话,他一开始本不想做这份合同,因为条款太霸道了,昨晚他一边拟定,一边忍不住担忧一些诸如囚禁和人身控制等极端情况出现。

但就这么碎了……

他写了一晚上呢!

你不心疼劳务费,我还心疼我的手。

傅应呈掀起眼睫毛,不悦道:"站那儿干什么?过来帮忙。"

两人肩并肩,用两台碎纸机碎了半天。

合同的最后一张在张律师手里,上面有季凡灵的签名和手印。

他还没放进碎纸机,傅应呈突然拿了过去。

动作太快,几乎可以说是抢了过去。

一身清贵的男人没有任何解释自己行为的意图。

他垂着眼睫,冷冷地把纸仔细叠好,放进口袋,瞥了张律师一眼:"辛苦了,去忙你的吧。"

张律师两手空空,愣住了……

总裁办公室。

巨大的落地窗视野极其开阔,能一直看到很远的地平线,高架像阳光下浩荡的江水般分支又汇流,底下的车辆和行人都像蚂蚁一样小。

季凡灵窝在傅应呈的办公椅上晃着腿。

签了合同之后,她心情莫名安逸,可能是因为终于不欠傅应呈的了,也可能是因为……

就像当年,她喜欢听程嘉礼说她是自己的缪斯一样。

现在,她对于傅应呈而言,也是一个有用的人。

季凡灵正想着,温蒂在她身后走进办公室,左右巡视:"季小姐?"

椅背完全挡住了女孩。

季凡灵转过椅子,温蒂一愣。

她怎么擅自坐在了傅总的位置上?

傅总的洁癖和掌控欲在公司里也算尽人皆知。

他的座位不许别人坐,他的桌子不许别人碰,他的地盘容不下其他人。

偶有贵宾需要接待,也是一律在会客桌上,不会用到傅应呈自己的座位。

温蒂犹豫了下:"不好意思,你要不挪一下位置,去坐那边?"她指向旁边的会客桌。

季凡灵"哦"了声,好说话地站起来:"你要坐这里?"

温蒂连连摇头："不，这是傅总的位置。"

季凡灵诧异地看了她一眼。

怎么，傅应呈的座位还上了锁，只能接纳他一个人的屁股？

他在家的时候也不这样啊，不都随便坐的吗？

想归想，季凡灵没说什么，顺从地站起身。

温蒂又说："假如你想的话，我也可以带你去公司内部参观一下。"

季凡灵不以为意："公司有什么好转的？"

"地下室有游泳池，一楼有咖啡厅和甜品店，还有仅对内部员工开放的文创店，你可以用傅总的 ID 采购，七楼是健身房和放映厅，每层楼都有茶水间和自取的免费零食，食堂里有 24 小时供应的小食餐点，今天的菜单是炸鸡、薯条、沙拉和爆米花，顶楼还有花园天台。"

季凡灵惊讶："……这些地方你都去过？"

温蒂："不，我没有时间。"

季凡灵腹诽：就知道傅应呈的公司绝对不可能这么好。

她想了下："去天台看看吧。"

她喜欢待在高处。

温蒂愣了下，掏出手机："稍等，我请示一下傅总。"

"这还要请示？"

"天台是不对外开放的。"

"你不是他的秘书吗？"

"严格地说……"温蒂顿了顿，"除了定期上去修剪的花匠，傅总没有让除他以外的任何人进入过。"

季凡灵扯了扯嘴角："他这也太抠了吧？"

这句话，温蒂就不敢附和了。

她看着手机屏幕，傅应呈很快回了消息。

温蒂立刻抬头带路："季小姐，这边请。"

两人乘电梯上了天台，整个天台是全玻璃框架的巨大阳光房，三百六十度观景，采光极好，据说顶棚是可打开的。

锁住天台的是一扇门，门上是电子密码锁。

温蒂说："傅总说你知道密码。"

"我怎么知道……"季凡灵心想傅应呈怎么总来这套。

温蒂刚想再次询问，季凡灵又慢吞吞地叹了口气："我好像知道了。"

他银行卡的支付密码。

温蒂自觉地看向反方向。

季凡灵按下六位数字，门应声而开。

冬天浅金色的阳光穿透玻璃顶棚洒满天台，天台上花团锦簇，琳琅满目的绣球花、月季、三角梅、金盏花、无尽夏，一进去，浓郁的花香扑面而来。

地上铺的是鹅卵石，没有什么娱乐设施，甚至连桌子都没有一张，只有两把面朝天际的椅子。

确实不是用来待客的地方。

"有时傅总会一个人在天台待着。"温蒂说。

季凡灵走上露台，踩在台阶上，趴着边缘的护栏远眺。

"嗯？"季凡灵手搭凉棚，眯起眼，指着下面，"底下那个是体育馆吗？"

温蒂跟上来："是的，那是旧的市体育馆，新建的在开发区。"

季凡灵愣了下。

因为修建九州大厦拉动了附近经济发展，周围原本破旧的居民区大变样了，繁华得让人完全认不出。

可蛋壳状的体育馆还在那里经受风吹日晒，十年如一日。

季凡灵回头，看向身后的整个花园。

微风从后方吹起她长长的发梢，炽烈的阳光下，女孩的睫毛微微颤抖。

她所处的位置，就是当年的那个烂尾楼。

她站着的地方，就是当年的那个秘密天台。

…………

她死了以后，傅应呈买下了这栋楼，然后在天台上种满了花。

"怎么了？"温蒂注意到季凡灵的异样。

"没、没什么。"季凡灵压下心头突然涌起的情绪，掏出手机，低头给傅应呈发微信。

关我屁事：你公司就是当年那个烂尾楼？

关我屁事：你把它买下来了？

过了一会儿，傅应呈不紧不慢地回话。

c：烂尾了，所以比别的楼便宜得多。

c：要不然……

c：还能是因为什么？

不愧是她，随便一挑就能发现商业宝地。

季凡灵心情很好地打字。

关我屁事：如此大恩大德，你要怎么感谢我？

c：你也要买？

c：那我也可以忍痛割爱。

c：便宜点卖给你。

季凡灵咬咬牙。

他恩将仇报!

他嘲笑她!

好像是终于良心发现,傅应呈又淡淡发来一句话。

c:你想要什么?

季凡灵抬眼,满天台盛放的花映满了眼瞳。

一时半会儿她还真想不到自己要什么。

关我屁事:先欠着吧,等我想到再说。

"……温蒂!"

远远传来一声喊,敞着衬衣领口的高挑男人在玻璃门外遥遥挥手。

温蒂蹙了蹙眉,走过去开门。

"我刚才隐隐瞧见天台上有人,还以为是傅应呈,没想到居然是你!他怎么舍得让你上来了?"

苏凌青也是第一次上天台,笑吟吟地往这边走,看见季凡灵从树后绕过来,吃了一惊:"灵妹妹!"

温蒂一愣。

季凡灵按灭手机,应了声。

苏凌青稀奇道:"你来公司玩啦?去吃零食了吗?文创店逛了吗?走,哥哥带你买奶茶去。"

温蒂眉心蹙紧。

苏凌青猜到傅应呈让温蒂带着季凡灵玩,但谁让他碰见季凡灵了,那人可就归他了,正好从她那儿打探点情报。

温蒂反正成天有干不完的活,让她忙她的去。

谁知,不管他们去哪儿,温蒂都一路紧随,寸步不离。

苏凌青低头给季凡灵介绍他的员工卡,每个月自动充值积分,月底清零,但他这个级别的,积分怎么刷都刷不完,让季凡灵放心去挑喜欢的蛋糕吃。

他说完,一抬头,看见温蒂还在旁边:"咦,你怎么还不走?有我看着她呢。"

温蒂充耳不闻。

过了一会儿,几人下到一楼喝咖啡。

苏凌青请季凡灵喝,温蒂则刷自己的员工卡。

季凡灵正在等咖啡,注意到一只胖胖的灰猫竖着尾巴走了进来,熟练地卧在一旁。

一个正在切草莓的员工偷偷扔了个草莓喂它,季凡灵本来已经挪开视线,又多看了两眼:"那是店里养的猫?"

"是公司的猫。"温蒂说,"从我来的时候,它就在这里了。"

"它啊，凶得很。"苏凌青忍不住笑了起来，"傅应呈不知道为什么看上它了，老想养它，几年前他被它抓伤过好几次，还打了狂犬疫苗，最后不得不放弃。"说着，苏凌青冲猫吹了两声口哨。

灰猫警惕地抬头看了一眼。

绿眼睛很漂亮，像猫眼石一样。

季凡灵一愣。

——它只有一只眼睛。

"喂它的话倒是没关系，但如果想抱它，它就会挣扎。"温蒂说，"所以我建议你不要靠太近……"

她话还没说完，就眼睁睁看着季凡灵朝着灰猫走过去了。

"季小姐，小心一点。"温蒂想拦住她。

女孩蹲了下去，冲猫招了招手，淡声道："加勒比，过来。"

灰猫的耳郭很轻地动了动。

它慢慢站起身，朝着季凡灵的方向一步一步靠近。

猫眼竖着的瞳孔一点点放大，越来越圆。

实际上加勒比已经是一只十岁的老猫了，它费力地嗅了嗅，又嗅了嗅，突然卧倒在季凡灵的脚边，翻出肚皮。

在温蒂和苏凌青惊愕的注视中，它像一只刚断奶的小猫一样，用最大的分贝"喵喵"叫了起来。

季凡灵伸手把它抱起。

周围的人甚至连店员都看了过来，因为猫叫得太大声了，叫声还很委屈，在宽阔的大厅里都传出了回声。

要知道，从来没有人听到过这只猫叫唤。

季凡灵把它往上抱了抱，在全场注视中，木着脸，小声说："好了，不要叫了，吵死了。"

温蒂时刻准备保护季凡灵的手僵在了半空，然后缓缓缩回："它怎么……好像认识你似的？"

苏凌青问："你喊它什么？"

"加勒比，"季凡灵顿了顿，解释道，"因为它看起来像独眼海盗。"

加勒比伸着爪子勾女孩的头发，低着头用力蹭她的脸，好像在说话似的断断续续喵呜。

苏凌青狭长的眼尾眯了眯："它怎么好像认识你？"

他虽然和温蒂问的是同样的问题，但又微妙的截然不同。

季凡灵费力地把猫从头上摘下来："可能是我……天生就……讨猫喜欢吧。"

过了会儿，加勒比总算是叫不动了，懒懒地躺在季凡灵的膝盖上。

三人坐在桌前喝咖啡。

苏凌青靠在椅背上，指尖混乱地在桌上敲着，想起之前傅应呈种种反常的行为——

带她回家住、给她办身份证、多年前诡异的证件照和小蛋糕、醉酒后为了旁人的酒驾莫名其妙发怒、怎么想怎么不对劲的"认识季凡灵的时候也是未成年"那句话……

再加上此时的猫。

种种线索把他的脑子搅得混乱，但好像又都指向一个简单但是荒谬的结论上。

乱敲的手指一顿，苏凌青突然前倾身子，冲季凡灵笑："对了，我们还没加微信好友，加一个呗。"

季凡灵吸着咖啡，没什么所谓："行。"

苏凌青扫了她的二维码。

季凡灵看到他的头像是一只毛茸茸的萨摩耶狗头，问道："你的狗？"

苏凌青是 1994 年的，比傅应呈大一岁。

"不是，就是随便……"他不动声色道，"因为我属狗，你是不是属鸡？"

"我不是啊，我属猪的。"季凡灵随口说。

"哦，属猪啊，属猪有福气。"苏凌青笑得很温柔，心里却疑窦丛生。

他亲自跑腿给季凡灵办的身份证，2005 年 2 月 11 日，就算生日记错，她的属相也绝不会记错。

因为他清楚地记得，自己当时跟户籍处的兄弟调侃："啧，现在的小孩儿，快比我小整整一轮了呢！"

她怎么会属猪？

难道她身份证上的生日是假的？

手里咖啡的雪顶几乎完全融化了，苏凌青仍然一口没喝，直勾勾地盯着季凡灵看。

一旁的温蒂终于忍无可忍，按着桌子起身："苏总监，借一步说话。"

苏凌青回过神，跟了上去。

走到一边，温蒂开口就是："请你自重。"

苏凌青不解："啊？"

"季小姐才多大？"温蒂压低了嗓音，恨恨警告，"如果你再这样，我就去告诉傅总。"

苏凌青反应过来，大惊失色："……不不不，你冤枉我了。"

公司起步初期，苏凌青曾达成过约遍公司内所有女员工的成就，在九州集团名传千古。

他说的话，温蒂一个字也不信。

苏凌青竖起四根手指："我对她是真的没有一点想法，我不喜欢小孩儿，我又不是变态。"

温蒂的眼神像是在说：你不是变态是什么？

"况且，那是傅应呈的人，我能下手吗？"苏凌青急得口不择言，"我跟他抢，他不得跟我拼命啊？"

温蒂好像听到了世上最荒谬的笑话，冷叱道："傅总的为人，我比你了解。为了给自己推脱，栽赃别人就算了，居然还栽赃傅总？亏你说得出口。"

苏凌青："你别看傅应呈人模狗样，背地里他偷偷暗恋小学生！"

温蒂转身就走。

苏凌青忙追过去："……不是，你听我说，姐，温姐……我真没撒谎……"

不远处的季凡灵撸着猫下巴，瞥了眼两人。

要命，好像吵起来了。

手机屏幕亮起，是来自吕燕的消息。

小燕子：不好了！

小燕子：我刚回合租房午休，看到一群人把你的东西全搬空了！

关我屁事：我不住了。

关我屁事：应该是我朋友找的人。

小燕子：你朋友？

小燕子：是给你过生日的歌手吗？

季凡灵脸黑了半截。

关我屁事：跟他有什么关系？

关我屁事：是另一个人。

关我屁事：昨天拉我走的那个。

小燕子：该不会是那个劳斯莱斯吧？

关我屁事：……嗯。

小燕子：他给你找别的地方住了？

关我屁事：嗯。

小燕子：可现在搬家的话，这个月的租金不会退的。

小燕子：而且住不满半年，还会扣押金。

小燕子：你要不再考虑考虑？

关我屁事：扣就扣吧。

关我屁事：无所谓。

季凡灵没想到自己这辈子还有机会说出这样不差钱的话。

她不想再和吕燕聊了，放下手机。

另一边，温蒂和苏凌青似乎谈完了事情，走了回来。

季凡灵两口喝完咖啡，站起身："我想回去了。"

温蒂："不再坐一会儿吗？"

苏凌青马上接话："就是啊，来都来了，你还没去楼上看电影吧？最近新出的片子基本都……"他触及温蒂警告的眼神，摊手辩解，"又怎么了？我是让她自己看，我又没说陪她看！"

"不看了。"季凡灵说，"回家收拾东西。"

"好的，我叫车送你。"温蒂立刻道。

季凡灵往外走，谁知猫也跟在她后面，寸步不离。

季凡灵低头，板着脸："跟着我干吗？"

加勒比后腿站立，用爪子扒拉她的腿。

季凡灵叹了口气。

下午，季凡灵把搬家公司运来的行李收拾了一遍，她第一次来傅应呈家里的时候还两手空空，全部家当用一个小塑料袋就能装下，不知不觉，现在东西居然也变得这么多了。

收拾完，季凡灵洗了个澡，瘫在沙发上玩消消乐。

晚上六点，指纹锁准时响起，还是从前傅应呈下班到家的时间。

男人进屋，目光先在房间里搜寻了一遍，看见和从前一样从沙发上探出头的女孩，又不在意似的挪开了目光。

季凡灵开口喊他："傅应呈。"

"嗯？"

"我给你准备了一个惊喜。"她咬字慢吞吞的。

"惊喜？"傅应呈一边换鞋，一边"呵"了声，"别是惊吓吧？"

季凡灵弯腰，身体被沙发挡住了。

等她再站起来时，怀里抱着一只腰比她还粗的大肥猫。

加勒比："喵——"

傅应呈愣住了。

季凡灵从猫后探出头，观察他的表情。

男人脸上没有丝毫惊喜和高兴，只有一种近乎漠然的淡淡疑惑："你把它抱回来干什么？"

"因为它缠着我不放，"季凡灵好似很为难，"我没有办法，只好把它抱回来了。"

猫的身体都快把季凡灵完全遮住了，傅应呈瞥了一眼，蹙眉道："都跟他们说了，不要偷偷喂它，怎么还是这么胖？"

季凡灵掂了掂怀里的猫，语气严肃："加勒比不胖，只是毛多。"

傅应呈将目光移到季凡灵脸上，又挪开视线，像是自言自语："原来它叫加勒比。"

"你同意养它了？"

"不行。"傅应呈冷冷拒绝。

季凡灵："……为什么？"

"因为它是头喂不熟的白眼狼。"傅应呈淡声回答，走去卫生间洗手。

"你不是一直想养它吗？"季凡灵跟上去，有些难以置信，"我都抱回来了，你怎么不养了？"

"谁说我想养？"

"苏凌青。"

"他说的话你也信？"傅应呈嗤笑一声。

"他说得不对？"

"当年是当年，现在是现在。"

傅应呈淡淡抬起头，看着她的脸，眼神微微动了动，声音低下去："我想养的……"

已经养到了。

女孩不甘心，抱着猫跑到他跟前："你真不喜欢它？"

"到处掉毛的东西，有什么可喜欢的？"

傅应呈眼皮不抬，看上去是真没兴趣。

季凡灵思考了一下："因为它抓了你，所以你生气了？"

傅应呈不搭话。

季凡灵抱着猫，让它面对着自己，很严肃地问话："说，你为什么要抓傅应呈？"

男人抬起头，似乎觉得好笑似的扯了扯嘴角。

季凡灵慢吞吞道："好在呢，傅应呈已经原谅你了。"

男人抬眼："谁说的？"

"因为，"女孩装作没听见，好像故意说给别人听一样，"只有小肚鸡肠的人才会记一只猫的仇。"

傅应呈哑口无言。

自从签了合同以后，季凡灵的胆子肉眼可见地肥了。

"我决定养它了。"季凡灵宣布。

男人坐在沙发上，手肘搭膝，漆黑的眼眸自下而上，无声盯着她："你这是在通知我？"

"本来可以养在出租房里，不巧，因为你非要做那什么实验，住在一起，那就没有办法了。"

闻言，傅应呈又勾了下嘴角，神情里有种很淡的愉悦："是吗？"

季凡灵抱着猫往房间走。

傅应呈靠在沙发上，望着她的背影，忽然喊了声："季凡灵。"

季凡灵顿住了脚步，安静了两秒，头也不回："那什么，我会每天打扫猫毛的。"

不等傅应呈开口，她又继续说道："铲屎我也会负责，不会让它上桌，不会让它进你的卧室。如果它打碎东西，我会赔的，我的饭钱分一半给它。"

女孩似乎想了一下，确认没有遗漏才回头看他，语气冷冷的："没意见了吧？"

傅应呈压着嘴角，慢条斯理道："我想说的是……"

季凡灵等着他的后半句话。

"明天你得带猫去洗澡。"

季凡灵僵住，瞪了他一眼："……知道了。"

傅应呈一个人坐在沙发上，靠在沙发背上，沉沉思忖了会儿，抬手按了按眉骨，还是忍不住轻笑起来。

这姑娘……其实，胆子还可以再肥一点。

季凡灵搬家加签合同也就请了一天假，第二天正好是周五，轮到她休息。

早上她一觉睡醒，就看到温蒂给她发的微信，推荐了几家离傅应呈家比较近的宠物店。

季凡灵心想：洗猫还用得着去宠物店吗？自己就行。

于是，她捋起袖子，抓了猫，丢进浴缸就开始洗。

她把浴室门锁上，跟猫搏斗了两个小时。

好在这猫顾念旧情，虽然叫声凶猛，但是一直没对季凡灵动爪子，跟传说中攻击傅应呈的冷酷勇猛形成了鲜明对比。

晚上，按照几天前就跟江柏星约好的，季凡灵给傅应呈留言后，出门去江家小面。

江柏星穿着黑色的卫衣，坐在面朝店门的位置上，一边写作业，一边时不时抬头瞄两眼。

看到季凡灵，江柏星猛地一下站起来了："姐姐，你来了！"

"嗯。"

"坐那边吧。"江柏星热情地把她往里引，又不好意思上手拉她，着急地双手抓空气，"那里桌子大，而且视野最好。"

季凡灵淡淡地说："要那么大桌子干什么，我们不就两个人？"

"大桌好，大桌吃饭香。"

江柏星帮她把椅子都拖出来了，眼睛亮亮地看着她。

季凡灵只好坐下。

她前一秒落座，后一秒江柏星就把菜单递到了她眼皮子底下。

季凡灵："……不用看了，我来碗炸酱面就行。"

"不愧是老顾客，对我家菜单都这么熟。"江柏星笑吟吟道。

"那倒也不是，我之前都是……"季凡灵话语顿住。

她抬头看了眼少年。

她本来想说，她之前都是吃素面的，话说出口一半才觉得不对。

"我之前……"女孩垂下眼，慢腾腾道，"不就在你家吃了一次面？"

"哦，是哦，我记岔了。"江柏星眼底有点失望，但没有表露出来，转身喊了两嗓子，"妈……妈妈！"

江姨推开后厨的门走出来，她还和从前一样，习惯在围裙上擦手，嗔怪道："来了来了，喊这么大声，也不怕吵着别人吃……"

江姨的目光移到季凡灵脸上，一下子连话都忘了说了。

江柏星密切关注着妈妈的表情。

季凡灵不自然地拉了下帽檐，遮了遮脸。

江柏星问道："妈，刘师傅一直在做的春季新品能吃了吗？我想点那个。"

"啊，新品……嗯，可以。"江姨整理好表情，笑了笑，"这位就是你说过的，跟你关系很好的同学吧？"

季凡灵看向江柏星，脸色一黑。

同学？什么同学？小屁孩还能跟她是同学？

江柏星悄悄露出求饶的表情。

季凡灵勉为其难道："……是同学。"

此时，她还不知道这个不起眼的小谎，半年后却一语成谶。

"我们还是第一次见吧？"江姨还在恍神，不由自主地走近了些，好像想仔细看季凡灵似的，声音有点哽咽，"你长得有点像……阿姨从前的一个客人。"

"是吗？"季凡灵有点不敢跟她对视，别开脸，闷闷道，"很正常的，我是大众脸。"

"我不信，"江柏星插嘴，"这么好看怎么可能是大众脸？"

"是啊，都是特别漂亮的小姑娘。"江姨微微侧身，快速抹了下眼角。

季凡灵在两人的夹击中开始坐立不安，浑身发毛。

她有点害怕暴露在这样炽热的善意中，就像一辈子住在地下的鼹鼠很容易被太阳灼伤。

"对了，小同学怎么称呼啊？"江姨微微笑着问。

江柏星也盯着季凡灵。

说起来，他们也见了很多次了。

可他竟然一直没能问出她的名字。

季凡灵摸了摸鼻子："周……周穗。"

"好好好，穗穗同学，小星星难得带同学来吃饭，你想吃什么就说，千万不要客气啊。"

季凡灵轻声说："嗯，谢谢江姨。"

两碗面很快就上来了，还有炸牛奶、小酥肉、羊肉串等配菜无数，甚至还有大半个底下铺了一层冰块的现剥榴莲，两个人吃，愣是上了一整桌的菜。

江柏星一直试图跟季凡灵搭话："姐姐，你在一中的时候班主任是谁啊？"

"唐海天。"

"哦！高一时他带过我，但现在不教我们班了。"江柏星说，"我们现在的班主任是物理老师，陈俊。"

陈俊？

季凡灵也认识一个叫陈俊的。

她高中时那个欠揍的前桌，惊讶她居然"认识"傅应呈，然后被她踹了一脚。他天生话痨，外加自来熟，高中时和她说话最多的，除了周穗，就是他。

不过应该是重名吧？

哪有那么巧……

"如果班主任是唐老师的话，那就是正好比我大三届喽？"江柏星又说，"所以姐姐是 21 届的？"

季凡灵"啧"了声："你能不能闭嘴吃饭？"

江柏星老老实实吃了两口，又抬头道："如果跟唐老师提起姐姐，唐老师应该记得的吧？毕竟也没过去多久。"

季凡灵垮着脸："提我干什么？老唐又不喜欢我。"

"怎么会呢？姐姐成绩那么好。"江柏星不解。

季凡灵慢吞吞道："……八字不合。"

"唐老师还经常提起，你们班出了个省状元，他可优秀了，老唐总在班上念他的作文。"

"是吗？"

"姐姐跟他关系好吗？"

"当年不怎么样吧，毕竟傅……"季凡灵又一次顿住。

江柏星："傅？"

259

季凡灵一不留神，就代入自己班了。

说到状元，就代入傅应呈。

季凡灵抬起头，和江柏星对视，筷子点了点碗沿，突兀地笑了声。

她总算是看明白了，这小兔崽子是在怀疑她，怀疑她就是季凡灵。

难怪呢，这人总是赖在她身边不走，死缠烂打让她来吃饭，撮合她和江姨见面。

她一开始还以为他做这一切是为了傅应呈。

"付了学费的，"季凡灵懒懒地拖着腔调，"我这个人呢，上学是去学习的，又不是搞关系的。"

江柏星愣了愣。

再之后，季凡灵警觉起来，江柏星对她的种种试探全部泡了汤。

这顿饭，吃到最后，愣是把孩子吃得垂头丧气，愁眉不展，都开始自我怀疑了。

季凡灵看在眼里，心里很是得意。

跟她斗？

他还早了十年呢。

饭毕，江柏星老老实实地站起身："我送你下去。"

"姐姐"都不喊了。

季凡灵装作没注意，"嗯"了声。

两人乘扶梯一层层从商城往下。

"这附近其实挺多吃的，"江柏星说，"下次我们也可以吃别的。"

"下次我请。"季凡灵说。

"除了面，你平时还吃什么？"

"随便吃点。"

"一中后街有家烤馍店，味道挺不错的。"江柏星说，"感兴趣的话，可以去尝尝。"

"吉祥烤馍？我高中时也常吃。"季凡灵眯着眼回忆，"他们家的辣酱挺正宗，馍大，还便宜。"

季凡灵说着说着，突然发觉身边人没了。

一回头，只见少年停住了脚步，定定地站在原地，眼眶微红，两侧攥紧的拳头在发抖，绷紧的肩膀也在发抖。

他吸了吸鼻子，肉眼可见的水汽弥漫在眼里。

季凡灵瞳孔地震："你没事吧？"

江柏星注视着她的脸，慢慢道："学校后街的吉祥烤馍，因为小吃街整顿，八年前就关门了，之后整条街再也没有卖烤馍的。"

季凡灵一愣。

"你不知道，因为那个时候你已经不在了。"

江柏星红透的眼睛和她对视，轻声道：

"……姐姐，你不叫周穗。

"你叫季凡灵，对不对？"

第九章

"……你把自己当什么啊？"

"你叫季凡灵，对不对？"

季凡灵张了张嘴，说不出话来。

这次她确实是圆不回来了。

"真行。"女孩抱着胸盯着江柏星，小脸冷如冰霜，一字一顿，"小星星，能耐了，你阴我是吧？"

这也算是变相承认了。

江柏星怔怔看着她，喊了声"姐姐"，眼泪突然掉下眼眶，哽咽道："你不知道，我真的很抱歉……"

季凡灵的脸再也板不下去了，有些恼怒道："我还什么都没说，你哭什么啊？"

"如果不是为了救我，你就不会死……"

"没死呢！"季凡灵咬牙切齿。

"我妈一直说，那天要是她来接我就、就好了。"少年泣不成声，"她说，她救我天、天经地义，不该是你，一命换一命……"

眼看着江柏星越哭越凶了，女孩头皮发麻，一把攥住他的衣服，跟干架似的凶巴巴地威胁："你再哭，我打你了啊。"

"你打我吧，打死我都行，"江柏星"嗷"的一声哭出来，"我真的对不起你……"

不少路人都被这边的动静吸引，纷纷投来视线，好像误以为他们是一对闹分手的情侣。

季凡灵手足无措，恨不得把他的嘴堵上："你、你这么大个子白长了啊！又不是小孩！不许哭！停下！快停！"

　　女孩一手拖着人高马大的少年，找了个僻静的角落，让他坐在长凳上，勒令他收住眼泪，又慌张地跑去楼上的江家小面拿纸巾。

　　过了一会儿，江柏星终于止住了眼泪。

　　少年低头坐在季凡灵身前，肩膀耸着，胡乱用纸巾擦脸，脸颊和脖子通红一片："其实，我一般不哭的。"

　　季凡灵扯了扯嘴角："行了，小孩都这样，也不算特别丢人。"

　　江柏星抬起湿漉漉的眸子："姐姐，你是怎么活过来的？"

　　"在研究中。"

　　"那、那你现在住在哪里啊？"

　　季凡灵淡淡道："反正有地方住就对了。"

　　"是不是因为我，姐姐才去打工的？"江柏星急了，"大排档环境那么差，你不能在那里干了。"

　　"我不能？"季凡灵笑了声，声音冷了几度，"什么时候轮到你来说我不能了。"

　　江柏星知道她吃软不吃硬，小声认错："我不是那个意思……"

　　季凡灵神色缓和了些："还有，别跟你妈说我的事。"

　　"啊？"江柏星抬起头，"为什么啊？"

　　还能是为什么？

　　当然是怕你妈也哭啊。

　　季凡灵挪开视线："反正我的事，知道的人越少越好。"

　　江柏星迟疑道："那今年清明节，她又带我去扫墓怎么办？"

　　季凡灵闭了闭眼，心如死灰："那就扫吧，还能怎么办？"

　　活人被扫墓真是开天辟地头一遭。

　　季凡灵年纪轻轻的，死后的纸钱倒是攒了不少。

　　江柏星考虑了一下，郑重点头："好，我会保密的。"

　　季凡灵突然想到了什么："所以是你和江姨在打扫我的墓吗？"

　　江柏星点了点头。

　　"难怪……"季凡灵又皱起眉，"但你们怎么会有我妈的照片？"

　　江柏星怔住："什么照片？"

　　"不是你们放的吗？"

　　"应该不是。"

　　季凡灵陷入沉思。

　　那能是谁呢？

　　她也不认识什么人了啊……

　　"傅先生。"江柏星突然开口。

季凡灵心里一惊，抬眼。

江柏星继续道："姐姐是怎么认识傅先生的？为什么和他一起吃饭？"

季凡灵不知道为什么，松了口气，"哦"了声："我跟他是同学。"

江柏星一愣。

季凡灵："高中同班。"

江柏星惊道："居然这么巧？"

救了他的季凡灵和资助他的傅应呈居然早就认识！

"你们是朋友吗？"

季凡灵含混地"嗯"了两声，一副"大人的事情小孩子少问"的态度："你回去吧，别送了。"

眼睛都哭肿了，真受不了。

江柏星"哦"了声："那你以后一定多来吃面。"

"行了行了，走吧。"季凡灵赶小鸡一样挥手。

可能也是觉得丢人，江柏星没好意思再说什么，小跑着往楼上去了。

季凡灵看着他的背影，皱眉陷入沉思。

所以到底是谁把妈妈的照片还给了她？

晚上，季凡灵本来靠在床上玩消消乐，周穗的消息跳了出来。

穗穗平安：凡灵，最近我家走亲戚，家里牛奶多得喝不完，明天晚上我给你送两箱去。

关我屁事：我不住那儿了。

穗穗平安：搬家了？怎么没喊我去帮忙？那你现在住哪里？

关我屁事：我搬回傅应呈家了。

良久的沉默。

对面反复输入又反复删掉。

终于，两分钟后才发来消息。

穗穗平安：为什么呀？

关我屁事：傅应呈跟我签了个合同，他想研究我为什么这十年没有变化，需要做人体实验，条件是我可以住在他家，也不用还他的钱。

穗穗平安：。

季凡灵没读懂那个句号的含义。

关我屁事：没事，傅应呈说危险不大。

穗穗平安：不……我担心的不是这个……

关我屁事：？

穗穗平安：你不觉得奇怪吗？傅应呈条件这么好，为什么这么多年都没谈恋爱？

关我屁事：←看我微信名。

穗穗平安：嗯……你至少想一想。

季凡灵觉得周穗今天怪怪的，但也没多想，她很少关心别人的私事，谈不谈恋爱也是傅应呈的自由吧？

季凡灵切出微信，继续玩消消乐。

打了几盘，季凡灵耳朵捕捉到门锁的声音。

傅应呈回来了。

季凡灵跳下床，捉了猫，抱在怀里，在他面前晃悠："看我洗得干净吗？"

傅应呈刚进门，脱下挺括的深灰色风衣，挂在衣架上，挽起衬衫袖子，单手扣上袖扣，瞥了眼："凑合。"

季凡灵埋头在猫身上深深吸了口气，满意地评价："完全是香的。"

"至于吗？"傅应呈按照习惯进门先去洗手，从她身侧走了过去。

"真的，我用我的沐浴露洗的。"季凡灵跟在后面，站在水池边，同傅应呈说话，"小雏菊，跟我身上的味道是一样的。你要不要闻？你闻一下。"

女孩一心想展示自己的劳动成果，又抱着猫往傅应呈身上凑。傅应呈还在洗手，下意识后退了两步。

手里的水滴下来，溅湿了深色西装裤。

一瞬间，电光石火，他脑海里闪回了曾经没看到的那一幕。

没看到，但其他感官都格外灵敏。

被浴缸里的热水泡到浑身微烫的女孩坐在他的大腿上，水渗过布料贴上他的皮肤，湿漉漉的、蜿蜒的、潮湿的长发搭在他的手臂上，发丝挠得人发痒。

扑面而来的、潮热的小雏菊香味……

男人额角青筋一跳，手臂的肌肉瞬间绷紧，脸黑极了："我不闻，你拿远一点。"

"不闻算了。"季凡灵脸垮下来，撇了撇嘴，"反正我洗得很干净了，绝对是一点细菌都没有的。"

男人没心思听她那张小嘴在叽叽什么，双眸微沉地去洗手，比往常洗得还要更久一些。

季凡灵把猫放在地上，让它自己去玩，说道："24小时都有热水，还挺方便的。"

比大冷天去公共澡堂可方便多了。

傅应呈没说话，洗完手，去了趟卧室，换了条干净的长裤出来。

两人默契地和从前一样上桌吃饭。

一晃眼，他们居然也有两个月没有这样坐在一起吃饭了。

季凡灵心里有种莫名的情绪，蠢蠢欲动，还有点止不住的开心。

吃饭吃得热了，她顺手脱了毛衣，搭在椅背上："还是有暖气好。"也难怪傅应呈觉得合租房冷。

"热就开点窗。"傅应呈没什么情绪。

"也没有那么热。"季凡灵往嘴里扒饭，还塞了一筷子麻辣鸡丝，"而且这饭……"

她费力咽下嘴里的食物，真诚道："……你别说，好久不吃，我都有点想童姨了。"

傅应呈漆黑的双眼凝住，筷子终于也停下了。

想他家热水，想他家暖气，想他家饭菜……

怎么？他家就是个宾馆？

整整两个月，她甚至都开始想童姨，就没有想过一点他傅应呈吗？

这到底是谁家？

童姨家？

季凡灵注意到傅应呈的眼神，咀嚼的动作缓缓顿住，含混道："怎么了？"

"你吃饭时话太多，"傅应呈垂下眼，语气有点冷，"我不想听。"

季凡灵掏出手机，狠狠打字，回周穗的消息。

关我屁事：想明白了。

关我屁事：傅应呈谈不了恋爱。

关我屁事：是因为他长了张嘴。

三月初，北宛的天气稍稍回暖了些，露天的摊子也摆起来了，大排档生意见长，季凡灵也越来越忙。

不知道是不是因为没那么冷了，人反而容易犯懒，季凡灵总撞见吕燕在角落里偷摸打瞌睡，即便是这样，她眼底的黑眼圈也重得吓人。

这周连续好几天，吕燕都没有像往常一样赶着回合租房睡觉，而是和季凡灵一样趴在桌上休息。

季凡灵吃完午饭，扣上兜帽，正准备午睡，旁边的吕燕突然用指尖碰了碰她的肩膀，吞吞吐吐道："凡灵，我想跟你说个事。"

"嗯。"季凡灵从兜帽下懒懒抬起头。

"就是你那个……开劳斯莱斯的朋友，不是给你找了个地方住吗？"

"所以？"

"我就是想问下，能不能我也去跟你一起住？"吕燕试探道，"当然，房租我跟你平摊。我们一起住了那么久，生活习惯也都了解，而且你搬走以后，我也很想你……"

季凡灵平静地打断："不行。"

吕燕准备好的说辞一下子噎在嗓子里，干巴巴道："为什么啊，凡灵？是不方便吗？"

"是不方便。"

"那你看看，能不能请他帮我也找个地方住？"吕燕恳求道，"我攒了一点钱，预算更多了，假如他需要中介费的话，我也可以出。"

"也不行。"

吕燕顿了顿，话里明显带上了刺："当时你说想跟我一起住的时候，我可是忙前忙后地帮你，你现在拒绝我，倒也不用这么干脆吧？"

厌懒的困意慢慢退去，季凡灵就这样盯着吕燕看了一会儿，问道："为什么突然想搬家？"

"天稍微一暖和，蟑螂就出来了，"吕燕以为还有戏，抱怨起来，"那对小情侣吃了饭总不收拾，家里到处都是蟑螂，我真是受不了了。"

"是吗？"

顿了顿，季凡灵淡淡道："还是因为二号房的男人又盯上你了？"

女孩语气平淡极了，吕燕的脸色一下子变得铁青，尴尬笑道："啊？你为什么这么说？你最近碰到谁了？那个女生？她跟你说什么了？"

"没遇到任何人，"季凡灵说，"只不过，本来那狗东西就是冲着你去的，你意识到了，所以才特别希望我也去住。"

至少，有个朋友一起住会更安全。

一起进出家门，也能壮胆。

其实，也有更隐秘、更见不得人的念头。

新来的同事又白又瘦，年纪又小，还长了张漂亮得足以让人觉得惊艳的脸，假如那男人转眼看上季凡灵，她不就安全了吗？

没想到，事情还真朝着她想象中的、最好的方向发展。

吕燕脸色涨红，气恼道："我从来都没有这么想过，你这是血口喷人！"

"他偷过你的内裤，你发现了，而且像我一样，你也去问了那个女生。"季凡灵冷冷道，"我丢内裤的时候，你却只字不提，还故意岔开话题，不想让我怀疑到那狗东西身上去。"

吕燕瞠目结舌。

"从一开始，我就觉得奇怪，"季凡灵眯了眯眼，"你是宁可渴着都不舍得买水的人，却有一把整个合租房里最新最贵的门锁。"

风好像停下了，房间里一片死寂。

吕燕低着头沉默了一会儿："你早就知道了，为什么之前不说？"

"没什么好说的，"季凡灵无所谓道，"害我的是他，又不是你，你只是为自己考虑，也很正常。"

吕燕对她做的事，在她遇到过的所有恶意里，甚至都排不上号。

吕燕猛地抬起头，怔怔看着季凡灵："所以你没有生气吗？"

"没有。"

吕燕松了口气，重新笑起来："凡灵，你真的太好了，那搬家的事……"

"你帮我搬家，我也替你吸引了他的注意，算是扯平了，所以……"季凡灵重新扣上兜帽，趴在桌上，困恹恹地打了个哈欠，"就不要假装我们还是朋友了。"

吕燕说不出话来了，也没脸继续和季凡灵挨着睡，只好僵硬地站起身，往外走去。

临关门前，她最后回头看了一眼。

女孩用宽大的兜帽罩着头，枕着手肘，已经全心全意地睡起觉来，好像无所谓她的去留，也无所谓她的情绪。

吕燕心里涌起一阵酸楚。

之前她们还是朋友时，季凡灵总显得有些局促和笨拙。

季凡灵嘴上嫌弃，实际总是不动声色地观察她，暗地里步步退让，好像恨不得让她多占些便宜。

有几次季凡灵胃痛得厉害，和她调班，之后加倍还了她。

而现在的季凡灵……有种说不出的距离感，好像和之前换了个人一样。

仿佛和对她不好的人相处，才是她熟练掌握的部分。

而在这种常态里，她浑身长满了尖刺，抗拒任何人的接近，眼底有种近乎直白的冷淡戾气。

假如她不把你当朋友，她绝不会大吵大闹，大发脾气，就只是漠然地转身离开，然后再也不会给你所谓的第二次机会。

转眼气温回暖，宛江江面的浮冰也化了，小区里的草坪上抽出一层绿油油的嫩芽。

同时，加勒比也开始疯狂掉毛，家里到处都飘着猫毛。

傅·洁癖·呈在家时的脸色肉眼可见地黑下去，很快下单了一把猫毛梳，想把加勒比身上的浮毛梳掉。

可惜加勒比也不喜欢傅应呈，一人一猫气场互斥，平时连一个眼神都不想给彼此。

傅应呈一靠近它，它就跑，站在高处居高临下地冲男人哈气，挑衅拉满。

傅应呈站定，气得好笑："你以为你的猫粮都是谁给你买的？"

季凡灵从后面走来，抽走他手里的梳子："真行，跟一只猫生气。"

季凡灵伸出手"喵"了两声，加勒比就乖乖跳到她怀里了。她抱着猫，坐到沙发上给它梳毛。

傅应呈看着，目光柔软了些，冷不丁冒出一句："它为什么就听你的？"

季凡灵骄傲地抬眼，很有点炫耀的意思："也许是因为我喂了它？"

"是你喂的吗？"

虽然猫是季凡灵抱回来的，也是她口头上包揽了养猫的活，但很快，傅应呈就发现她在养猫方面根本就是一塌糊涂，经常是自己吃什么就给猫吃什么，一人一猫很友好地你一口我一口地吃零食。

也难怪，她连养自己都乱七八糟，主打一个活着就行，更何况养猫。

很快，养猫无形中就变成了傅应呈的工作。

他虽然嘴上说不想管这只白眼猫的死活，但还是很快下单了包括喂食器、饮水机、铲屎机等全套猫咪用品，定期还会有宠物店的人上门给它洗澡美容。

如果不是加勒比依然讨厌他，估计连梳毛这种事也轮不到季凡灵来做。

"也许是因为我在它小时候就喂了它？"季凡灵又说。

"我不也……"傅应呈眼神动了动，把话又咽了回去，低头摆弄手机，"……可能吧。"

季凡灵勤勤恳恳地梳了一会儿毛，连猫下巴都没放过。

沙发边角的小几上的喇叭台灯温馨地亮着，在男人的侧脸轮廓上镀了层柔和的光。

傅应呈抬起头，似乎想起什么："对了，合同上的实验定在这周六。"

季凡灵完全愣住了。

她没想到，这么大的事情傅应呈竟会这么随意地说出来，甚至排在梳猫毛后面。

"就……这周吗？"

"你不行？"

季凡灵顿了顿："我请假就好了。"

傅应呈淡淡"嗯"了声："前一天晚上吃完晚饭就别吃东西了，第二天早上禁食禁水，八点陈师傅在楼下接你，其余你到地方就知道了。"

季凡灵虽然不懂，但还是"哦"了声，手指绕着猫毛，都快绕打结了。

沉默了半晌，女孩终于开口问道："……你不去吗？"

空气安静了三秒。

傅应呈放下手机，慢腾腾地抬眼，好笑似的看向她："怎么，还要我陪？"

季凡灵是绝不可能承认自己害怕的。

只不过，傅应呈这个人，哪怕只是单单在那儿站着，就能给人一种很强的安全感。

况且，季凡灵信得过的只是傅应呈，又不是傅应呈手下那帮人，万一他们背着傅应呈偷偷把她给锯了怎么办？

他怎么就不去呢？

季凡灵面上不显，表情木然："你不是说挺重要吗？"

"是挺重要，"傅应呈垂了眼，漫不经心地看着手机，语气倨傲又寡淡，"但，我做的事，哪件不重要？"

季凡灵哑然。

傅应呈没等到她说话，抬头瞥了她一眼，有点勉为其难道："你要是真想要我去……"

"还是算了。"季凡灵很快打断。

傅应呈愣了愣。

"仔细一想，你毕竟也不是医生。"女孩慢吞吞地说，"到时候万一你指手画脚，把我害了，就不好了。"

傅应呈无语了。

之后几天，季凡灵上班都有些心不在焉，甚至连领班黄莉莉挑三拣四地找她碴，她都懒得搭理。

黄莉莉感到莫名其妙："她最近怎么都不和我顶嘴了？"

可能是最近日子过得还挺舒服的，竟让季凡灵都有点不舍得了。

但答应了就是答应了，不可能反悔。

周六一早，她按计划上了陈师傅的车，陈师傅载着她，很快就来到了安升医院。

季凡灵认出这就是上次她胃痛到吐被傅应呈送来的地方。

一进门，季凡灵还没来得及报身份，护士姐姐就笑眯眯地迎她进去，送她上了电梯。

电梯直达顶楼，门开以后，又是几个护士柔声细语地领着她去做各个项目。

她们极为温柔，团团围着她，把她当小孩儿一样照顾。

抽血的时候，甚至有个护士问她怕不怕，如果怕就替她蒙上眼睛。

季凡灵心说：抽血怕什么啊？

但她说不出口，只能僵硬地摇了摇头。

与其说紧张，倒不如说是有点不好意思了。

等到一圈乱七八糟的项目做完，医生让季凡灵平躺，在她手腕上扎了针："一会儿我们会给你上麻药，睡过去就好了，一点都不会难受的哈。"

季凡灵长长吁了口气。

原来还会给她上麻药，真挺贴心的。

季凡灵视死如归："给我多上点。"

医生抿唇笑了笑，哄小孩似的："好。"

季凡灵一觉睡过去，也不知道他们做了什么，隐隐约约听到耳边的交谈声。

"傅总，这边检查都做完了，大概半小时之内就会醒，您要不去楼上等？"

"不用。"

"都按您吩咐的特别照顾了，小姑娘也很乖，很配合。"

男人低低地笑了声。

伴随一阵布料摩擦的声音，似乎有人靠近了，慢慢笼下阴影。

什么东西极轻地在她脸上落下，触感温热，拨开发丝。

再然后，那人的距离又拉远……

这段对话被搅进混乱的梦境。

季凡灵从柔软的大床上醒来的时候，只觉得光线刺眼，脑袋昏昏沉沉的。

她睁开眼四处环视，看到男人穿着单薄的黑色风衣，双腿交叠，坐在距她不远的窗边。

窗外光线明亮，树荫落在他身上。男人眼窝深邃，长睫低垂，看着手里的文件。

季凡灵心想：看来我还活着，很好。

女孩立刻开始摸索自己浑身上下，感觉没有哪里痛，就是喉咙有些干。

她这边在床上"窸窸窣窣"地拱来拱去，那边傅应呈立刻注意到，抬眼看过来。

"……醒了怎么不说话？"

闻言，季凡灵停下动作，支起身子。

女孩长发披散着，肤色雪白，嗓子有点哑："我睡了几年？"

傅应呈目光落回文件上："两年。"

季凡灵抓起床头自己的手机，冷冰冰地说："喊，只有两个小时。"

"那你还问？"傅应呈站起身，掸了掸衣襟，抿唇揶揄道，"一个小时前麻药就过去了，你就是不醒，麻醉师都来过几趟了。"

季凡灵尴尬地蜷了蜷脚趾，分辩道："……我让她多打麻药，所以才睡得久。"

傅应呈不置可否地扯了扯嘴角。

季凡灵突然意识到什么："你知道我在睡，怎么不叫醒我？哪有在医院睡觉的？"

傅应呈的嘴角落下去，瞥了眼腕表，淡声道："睡醒就赶紧起来，还吃不吃饭了？"

季凡灵想着这种实验肯定需要漫长的研究和分析，等结果出来还不知道猴年马月，第二天就把这件事抛诸脑后，无债一身轻地上班去了。

谁知晚上，傅应呈回家的时候，手里拿着一份纸质报告和一袋东西，脸色阴沉。

季凡灵见傅应呈推门进来，正条件反射般地准备去洗手吃饭，傅应呈就叫住了她："等会儿再吃。"

季凡灵一愣。

傅应呈说："昨天的结果出来了。"

他走向书房，季凡灵赶紧跟了过去。

之前她光顾着担心实验，来不及在意结果，现在见傅应呈脸色这么难看，突然有点心慌。

毕竟她也不知道自己为什么十年前跟十年后一个样。

季凡灵还是头一次进傅应呈的书房。

书房和他的办公室布局很像。

他在家的大部分时间都待在书房里。

书房面积甚至比主卧还大，极为宽敞，窗外是小区里的湖景，两侧高高顶到天花板的红木书柜上摆满了书，靠窗的巨大办公桌上摆了电脑，角落里是一盆半死不活的绿萝。

因为只有他一个人在家办公，书房里自然只有一把椅子。

傅应呈坐下，季凡灵只好站在桌前，像是去老师办公室的小学生。

季凡灵着急问道："结果怎么样？"

傅应呈说："不怎么样。"

季凡灵愣了下："不怎么样？"

傅应呈沉着脸，一边翻体检报告，一边细数："红细胞少，血红蛋白浓度低，血小板高，贫血，体重过轻，营养不良……这些我都不提了。"

季凡灵愣了愣。

"糜烂性胃炎，严重的胃溃疡，还有发生胃穿孔的风险。"

季凡灵一惊。

男人掀起眼睫毛，盯着她，嗓音里压着火气："你才十七岁，就把胃搞成这样，你打算以后还要不要吃饭？肺呢？肺现在还是好的，只是等你五十岁的时候还说不定是什么样呢。"

"这是什么人体实验？"季凡灵终于听不下去了，"傅应呈，你是不是当我傻，这不是体检吗？"

"我有说这不是体检吗？"傅应呈语气很重。

季凡灵声音弱了几分："你也没说是啊。"

"入职之前都要体检，做手术之前都得全身检查，你以为实验是你想做就能做的？"傅应呈嗓音很冷，"而且重点是这个吗？"

季凡灵知道傅应呈为什么生气了。

重点是，他打算给她体检完就要开始实验了，谁知道她是个残次品，根本不达标。

现在好了，实验也做不成了，投资都打水漂了，计划无限推迟。

他肯定气死了吧？

还白白把她当个宝贝一样接到家里住了几个月。

季凡灵沉默了会儿，瞥见他的脸色，小心翼翼地建议："要不，你就当没看到体检报告，直接实验呢？"

傅应呈手上一顿。

季凡灵真诚地说："我感觉我应该死不了。"

傅应呈抬头，看了她一眼。

两人目光交会，季凡灵缩了缩脖子。

这么凶干什么？

窗外夜深风急，寒风呼啸着撞在玻璃上，发出闷闷的响声。

薄薄的一层月光将摇晃的婆娑树影刻在桌面上，也刻在男人棱角分明的脸上。

无处发泄的怒火尖锐地在胸腔里乱窜，生生撞得骨头都在痛。

傅应呈就这么盯着季凡灵，半晌，眉心蹙起，嗓音比之前的每一句都更轻，又更沉，沉到微微发涩。

"……你把自己当什么啊？"

季凡灵看着他。

不知道为什么，周遭突然变得极为安静，以至于风声都明显了很多。

女孩迟疑地左右看了看，试探道："……负责的……甲方？"

傅应呈闭了闭眼。

男人像是压着火气，又像是无奈至极，慢慢吐了口气："你是乙方。"

"哦……那你说，想怎么办？"季凡灵按着自己的手指，硬着头皮，破罐子破摔，"是你说我能做实验的，我都跟你说了我不行，你说那是你该考虑的事情，现在你考虑吧。"

"把病养好，"傅应呈收回目光，"其他的，之后再说。"

"……那要是养不好呢？"

"这又不是绝症，怎么会养不好？"傅应呈又看了她一眼，"除非你不想养。"

"……我也没有不想。"

"那好。"傅应呈把那袋东西打开，季凡灵这才发现那一袋子居然都是药。

他挨个拿起来给她看，也懒得解释药是治什么的，"这个，一日两次，饭后吃，这个一日三次，这个每天六粒，用法用量都有标签，不要漏吃，还有饮食忌生冷忌辛辣，忌难消化和刺激性的食物。"

季凡灵忍不住吐槽："那我干脆啥都别吃。"

"你试试？"傅应呈瞥了她一眼，"以后早上我走的时候会把你叫起来吃饭，每天三顿都要吃。"

季凡灵低头不语。

"还有，"傅应呈拿药的手顿了顿，拉开书桌的抽屉，从里面掏出几个瓶瓶罐罐丢进塑料袋。

"这些是治冻疮的药,还有护手霜、面霜、唇膏什么的,没事的时候抹一下。"

季凡灵一愣，摸了摸自己有点干裂的嘴唇："这也是病吗？干嘴症？"

"……不，只是我看不惯。"

季凡灵感觉自己已经灵魂出窍了，左耳进右耳出地敷衍："行吧，你想怎样都行……"

傅应呈交代完，看着她随时拔腿欲走的样子，突兀地冒了句："还有，你没忘记赔偿的事吧？"

这句才是真正的晴天霹雳。

季凡灵僵硬地扭头："啊？什么赔偿？"

"假如因为你个人原因影响实验，你需要赔偿九州集团的损失。"傅应呈恢复了一点资本家高高在上的冷淡，靠在椅背上，慢条斯理的，"这句话里的'影响'，当然包括你身体原因导致的推迟实验。"

季凡灵有点呆："影响应该不会很大吧……"

"也还好，"季凡灵刚稍稍放了点心，就听到傅应呈淡声继续说，"也就不到一百万。"

季凡灵立刻冲回来："我们重新考虑一下立刻实验的事。"

傅应呈抬手，隔空按住了她："但这些，我都可以既往不咎。"

季凡灵愣愣的：啊？已经算是"既往"了吗？这不是正在进行中吗？

傅应呈看着她："我的意思是，我希望看到你积极配合治疗的态度。"

季凡灵等他说完后面的话。

男人顿了顿，意有所指地瞥了眼她手里胡乱攥着的药："而不是说一套做一套，拖延时间，阳奉阴违。"

季凡灵敏感地变了脸色。

女孩蹙了蹙眉，一字一顿："傅应呈，你觉得我会为了赖在你家，故意拖着不治病？"

傅应呈欲言又止，最后很轻地挑了下眉尾："不会吗？"

"我是那样的人吗？"季凡灵气笑了，冷冷地抬了抬下巴，"我既然答应
了你，肯定马上就给你治好，你给我等着。"

傅应呈："……好。"

药虽然噎的噎，苦的苦，但对季凡灵来说根本就不算什么事。

那之后的几天，季凡灵每天都忙着吃药，抹霜，吃药，抹霜，再有就是早
上在固定时间被傅应呈喊起床。

季凡灵没有起床气，只是刚起床的时候总是有点呆，像是灵魂还没来得及
进入身体。

男人在固定时间立在门口，屈指，叩叩门板，喊她的名字："季凡灵。"

女孩就木木地坐起身，垂着头。

从他的角度看，她睫毛低低垂着，浓密地投下影子。

傅应呈看了她一会儿，勾了下嘴角："你不下床，我怎么知道等我走了后
你会不会又躺下去？"

季凡灵揉了揉眼，叹了口气，掀开被子下床，趿拉着拖鞋走到他面前："行
了吗？"

女孩平时总是又倔又硬，冷恹恹的感觉，而她没睡醒的时候，却像个真正
十七岁的女孩一样。

既不顶嘴，也不骂人，就连头顶都是毛茸茸的。

傅应呈的嗓音不自知地温和了些："一会儿去吃早饭，先用微波炉热一
下。"

"嗯。"

"真醒了？"

"嗯。"季凡灵的声音甚至带着点软。

傅应呈轻笑了声，声音落下来："你要不先把眼睛睁开？"

季凡灵终于慢慢睁开了眼，缓缓抬头。

两人对视，女孩的眼神从茫然一寸寸变成了无语："傅应呈，你是不是
有病？"

"……我倒希望有病的是我。"

季凡灵脑子里一团糨糊，拖着腿往厨房走去，像个僵尸一样："我吃还不
行吗？你能不能上你的班去？"

"刷牙。"

闻言，"僵尸"转头往卫生间行进，嘴里还在小声地骂骂咧咧。

傅应呈上午办完事，要去参加一个医疗论坛。

苏凌青正好要去附近谈生意，所以也上了他的车。

傅应呈惯常在车上不爱和人说话，只是在笔记本电脑上审阅计划书，时不时做几道批注。

大半程路上，迈巴赫里都非常安静，只有微不可查的振动和傅应呈时而敲击键盘的声音。

苏凌青没有他那么多活，又是个闲不住的，跟个多动症儿童一样东摸西摸，掀开座位中间的储物匣，看见一把薄荷糖。

苏凌青其实平时不吃这种随处可见的廉价糖果，但一会儿要见人，怕嘴里有味道，就随手抓了一颗。

他正准备吃，却隐隐感到旁边传来一道冰冷的视线。

存在感太强。

跟出鞘的刀子一样。

苏凌青停住："怎么了？"

傅应呈眉心拧起，语气很淡："这是给你吃的东西吗？"

苏凌青有点蒙。

傅应呈从他手里拿过糖，丢回匣子里，还顺手把匣子盖上。

苏凌青眼睁睁看着，气得舔了舔牙："怎么？我在你这儿连个薄荷糖都不配吃了？"

"你几岁了？"傅应呈冷嘲，"想吃糖就自己买。"

"我跟你买还不成吗？我给你转账！"

"不卖。"

"啧……"

苏凌青像只成精的老狐狸一样眯起眼，上下打量着傅应呈，嘴角的笑意越来越浓："噢哟哟哟……该不会是别人送的糖吧？"

傅应呈根本不搭理他。

苏凌青变本加厉："噢哟哟哟……该不会这糖姓季吧？"

傅应呈推了下眼镜，看着窗外的建筑，冷冷开口："我在这儿下。"

"噢哟哟……有人要跑了。"

陈师傅立刻靠边停车。

苏凌青跷着二郎腿，懒洋洋地靠在座位上："我可不下哈，我蹭你的车去金鼎大厦。"

傅应呈瞥了一眼，看见他嘴角的坏笑，警告道："别偷吃。"

"我吃了你又不知道，你总不能数了吧？"苏凌青睁开一只眼瞄傅应呈。

男人睫毛垂着，目光深冷，脸颊的肌肉却微微动了下。

苏凌青的笑容慢慢凝固了，坐直身子："你数了？你真数了？不能吧？"

傅应呈下车，关车门前，转过身来，弓着背，手搭着车顶，冷冷地说道："十六颗。"

男人隔空点了下他，冷冰冰地吐字："少一颗，以后你别坐我车。"

苏凌青瞠目结舌，反应过来以后，扑过去，一把打开匣子开始数。

二、四、六、八、十……十六！

天啊！天啊！天啊！

迈巴赫起步，后座的车窗却摇下，窗口挤出了一颗花枝招展、随风凌乱的头："傅应呈！我看你是疯了！彻底疯了！"

车载着男人的咆哮疾驰而去。

苏凌青坐回车里，理了理领口，又觉得无语，又觉得震撼，又觉得好笑，靠在座椅上哈哈大笑了一会儿。

他笑完，隐隐瞧见倒车镜里的陈师傅也翘着嘴角，一副想笑又忍得很辛苦的模样。

苏凌青："我说老陈，你也受不了他了吧？"

陈师傅："没有没有，傅总只是比较严谨。"

苏凌青抱胸："奇了怪了，我还以为他要当一辈子铁树，结果说开花就开花，真要吓死个人了。"

陈师傅憨笑两声："季小姐确实很特别。"

"特别归特别，那不还是个小朋友嘛。"苏凌青觉得稀奇，"你说萱萱追了他那么久，也前凸后翘、肤白长腿的，怎么他就一点不心动？难不成他就好这口？"

"季小姐好像只是长得显小。"陈师傅想起上次季凡灵说的话，"实际也有二十七了。"

苏凌青的笑意渐渐变得玩味："她自己这么说的？"

"是啊，"陈师傅一边开车，一边说，"我一开始也不信，但她好像蛮认真的。再说，哪个小姑娘会把年龄往高了报呢？"

属猪……

苏凌青掐指算了下，眯了眯眼："她说她二十七岁了？"

"对对对。"

真有意思。

一般人随口开玩笑，绝不至于前后应证，除非是早有预谋的表演型人格，但她再怎么爱演，也不可能让傅应呈那样的人陪她一起演。

苏凌青一边思索，一边把玩着手机，随手在搜索框里搜了季凡灵的名字。

页面跳出来的东西却出乎他的意料。

——《女高中生车祸后神秘失踪，30天生不见人死不见尸》。

——《95年女生见义勇为后突然消失，警方寻找两个月未果》。

——《交通事故后，17岁女生离奇失踪，酒驾司机称其一无所知》。

…………

苏凌青缓缓坐直了。

北宛一中，就是傅应呈毕业的高中。

2012年高三，和傅应呈是同一届。

1995年……

到2023年，正好28岁。

同名同姓的季凡灵。

苏凌青脑子里突然闪过之前在大排档的那一幕——

凌乱的竹扦子、烧热的竹炭、升腾的烟雾，烟火气里，一身矜贵的男人按住他，无可奈何地低声解释："认识她的时候，我也是未成年……"

思绪纷乱，苏凌青狠狠搓了把自己的脸，低声道："这……真是活见鬼了。"

季凡灵发现这几天自己收到的消息格外多。

江柏星就不提了，自从知道她是季凡灵之后，除了上课时间，其他时候隔三岔五就给她发消息，周末还会跑来给她送吃的，顺便抢着帮她干活。

季凡灵怕影响他学习，不怎么理他，但他还是锲而不舍地热脸贴冷屁股。

有的时候客人看见江柏星一边大喊"姐姐我来"，一边风风火火地端菜，都忍不住笑着问季凡灵："这是你弟弟？亲生的？"

"嗯，亲的，"季凡灵面无表情，"异父异母的亲弟弟。"

客人一脸尴尬。

江柏星也就算了，连苏凌青都成天给她发消息，一串一串的。

07：怎么最近又不来公司了？你上次是来干什么来着？

07：食堂上新了蔓越莓提拉米苏，不来尝尝？

07：跳槽有兴趣吗？干脆来我们公司上班呗？

07：链接：观影指南——3月新片。

07：有感兴趣的吗？周六出来玩？不带傅应呈。

季凡灵不知道他是不是对谁都这样。

但因为他是傅应呈的朋友，还帮自己办过身份证，所以几乎每条都回复了。

就因为她这阵子回消息回得稍微频繁些，领班黄莉莉又开始作妖，说是新出的规定，凡是玩手机的，抓到一次，罚五块钱。

她别的人不管，就成天盯着季凡灵。

季凡灵一天之内被她抓了六次，扣了三十块钱。

虽然规定是不给玩手机，但人人都会抽空玩一会儿，她自己也玩，却偏偏要抓季凡灵，针对得有些太明显了。

季凡灵实在是懒得跟她吵，索性把手机丢在储物柜里。

不是爱抓她吗？她不玩了还不行？有本事从早到晚眼睛都黏在她身上。

这样，黄莉莉才消停了几天。

周二，季凡灵忙完了一阵，准备去涂护手霜。

可能是傅应呈的药好，季凡灵手背上的冻疮已经完全好了，只是按照他的要求，每天继续涂而已。

她打开储物柜，解开塑料袋，立刻发现东西少了。

手机还在，药也还在，但是唇膏、护手霜、面霜，全部没了！

储物柜里的东西从来没有丢过，虽然没上锁，但客人不会往里走，而且前台就坐在旁边，从早到晚看着，不可能让外人过来拿。

"刚刚有客人来拿过东西吗？"季凡灵问。

前台闻言抬头："没有呀。"

"你一直坐在这儿？"

"对啊。"前台凑过来，担心道，"你丢东西了？"

"嗯。"

"会不会没带过来？"

"不会，我早上还用了。"季凡灵拿出手机，合上储物柜的门，"刚刚谁来过？"

"就，莉莉姐……半个小时前来了一趟。"前台想了想，"但我没看见她拿了什么。"

季凡灵忍不住骂了声。

"骂谁呢？"季凡灵身后传来一个笑嘻嘻的女声，"哟，又在玩手机呢？看来扣得还不够多。"

季凡灵眉心一跳，进屋的人正是黄莉莉。

她走进来，手里攥着一管护手霜，护手霜雪白的管身上还有一点被搓掉的黑色笔印。

她一边涂，一边还装模作样地分给旁边的姐妹："你也来点？"

季凡灵冷脸道："什么时候，你都开始当小偷了？"

黄莉莉故作惊讶："你在说什么呀……"

她的"呀"字还没落地，女孩已经迎面冲过来，动作迅猛极了，一把攥住她的手腕，把护手霜抢了过去："你说我在说什么？"

"你抓疼我了！"黄莉莉恼道，"放手！"

"其他东西呢？"季凡灵非但不放，反而抓得更紧了。

"都看到了吧？你们都看到了吧？"黄莉莉挣不过她，大叫起来，"她当众抢我东西！还打人！你凭什么说这是你的？我还说是我的呢！"

季凡灵把护手霜往口袋里一塞，就开始搜黄莉莉的身，黄莉莉大叫着挣扎起来，其他同事赶紧过来硬生生把她俩扯开了。

季凡灵微微喘着气，擦了下侧脸："还给我。"

黄莉莉眯着眼看她，直起身："东西写你的名字了吗？"

写了，但是马克笔在光滑的瓶身上留不下痕迹，一擦就能擦掉。

"你知道我的护手霜什么牌子吗？一支多少钱？"

季凡灵眼皮绷紧，死死盯着她。

"真奇怪啊，自己的东西，自己都不知道是什么吗？"黄莉莉咧嘴笑起来，"你哪来的钱买啊？该不会你才是那个小偷吧？"

周围人的视线也变得古怪起来。

黄莉莉的几个跟班趁机在人群里阴阳怪气地起哄：

"口说无凭，要不然拿小票吧？"

"就是就是，这牌子的东西那么贵，你该不会是忌妒莉莉姐吧？"

"说是你的总得有证据，也不能直接抢啊。"

…………

七嘴八舌中，季凡灵直起身，一步步径直走过去，站在黄莉莉身前很近的地方，突兀地笑了下："要证据是吧？"

黄莉莉："那不然呢。"

下一秒，季凡灵一把攥住黄莉莉的马尾辫，狠狠按下她的头，一个高抬膝，膝头干脆地撞上她的鼻梁！

黄莉莉完全蒙了，其他人还没反应过来，季凡灵双手一推，黄莉莉往后跌撞着倒去。

季凡灵直接骑在她身上，两手掐着她的脖子，摁在地上。

女孩的脸冷极了，居高临下地吐字："……你也配。"

周围瞬间响起乱七八糟的惊叫。

晚上。

傅应呈结束工作的时候比较早，给季凡灵发了个消息说会顺路去接她，谁知季凡灵说她提前回去了。

傅应呈隐隐觉得出事了。

她工作时从来没有提前回家。

男人进门的时候，扫视屋里，到处静悄悄的，加勒比趴在沙发上眯着眼打盹儿。

女孩不像往常一样坐在沙发上等他，而是待在自己的卧室里。

傅应呈蹙眉，走过去，叩了叩她的房门："不舒服？"

隔了几秒，里面传来一声："不，好得很。"

听嗓音确实不像病了。

傅应呈却仍觉得不对劲，按动门把，门也没锁，他说了声"我进来了"，等了几秒，推门而入。

才十点，窗帘拉得很紧，灯光明亮，女孩已经躺在床上了。

不仅如此，被子还拉得很高，把头都遮住了，只有几缕黑发散在外面。

傅应呈走近了，站在床边："你在干什么？"

"不是你说要我早睡早起？"

"我说的是早睡早起，不是把自己闷死。"傅应呈眉心拧紧，"坐起来。"

季凡灵："……我睡了。"

"你睡觉不关灯？"

女孩在被子里拱了一下，闷闷道："我平时也不关灯。"

傅应呈没心情和她掰扯，上前一步去掀她的被子。

季凡灵攥着被子，没他力气大，在争夺中失败了，气得一股脑坐起来："你看吧，有什么好看的？我都说我好得很，你怎么就不信呢？"

她的长发像黑色的瀑布一样凌乱地垂下来，但依然挡不住脸上几道还在出血的抓痕。

长长的，从太阳穴一直拉到左眼下面。

男人的眼神瞬间沉了下去。

"而且，我还没让你进我房间，你怎么就进了？"季凡灵恶人先告状，"不是说签了合同，这个房间就归我……"

男人伸手，手掌按住她的头，扳过她的脸，仔细去看她脸上的伤。

动作很凶，但是又很轻。

女孩的话音戛然而止。

男人的手苍白、修长、骨节分明，对她来说有点太大了，大得好像能把她的脑袋都盖住，有种无声的掌控感。

女孩的后脑被迫贴在床头，浑身肌肉都警觉地绷紧，嘴上嘟囔道："干什么……"

温热的指腹落下来，很轻地触了下她眼下的伤。

季凡灵的话僵硬地顿住。

这么浅的伤口，她没感觉到疼，就是莫名其妙有点心虚。

傅应呈的手碰到伤口的那一刻，伤口却像燎着火一样，从他指腹触到的地方烧了起来，触电一样传遍全身，带着战栗的酥麻感，比揍她还让她更加不自在起来。

女孩偏头，躲开了他的手。

傅应呈沉声问："怎么搞的？"

怎么搞的？

当然是她忍无可忍，把黄莉莉按在地上揍了一顿。

黄莉莉看起来牙尖嘴利，实际上也就只是牙尖嘴利而已，打起架来，完全是个色厉内荏的纸老虎。

她被季凡灵一膝盖撞蒙了，全程只会尖叫，外加双手乱抓。

坏就坏在她做了全套镶钻的美甲，就是美甲抓破了季凡灵的脸。

季凡灵吞吞吐吐道："就，打了个小架。"

"小架？"傅应呈冷声道。

伤口确实不算深，就只是抓破几道血口。

但毕竟在脸上，而且位置很危险，几乎紧贴着眼球斜擦过去。

但凡她躲得慢一点，眼睛绝对会伤着。

"就这一个地方破了皮，她还能打得过我？"季凡灵见傅应呈不信，向他伸出手，"真的，不信你检查。"

"你还挺骄傲？"

"那你是没看到她被我打成什么样，"季凡灵"哼"了声，"可惨了，真的。"

傅应呈脸阴沉沉的，一点要笑的意思都没有。

季凡灵心想：这也不影响实验吧？他在不高兴什么？难道这也是他看不惯的东西之一？

不知道为什么，她回家的时候就隐隐预感傅应呈会不高兴，他好像不太喜欢看到别人身上的伤口。

可惜伤的位置太靠上了，戴口罩都遮不住，总不能在家戴眼罩吧？

傅应呈沉沉吐了口气，又问："为什么打架？"

"她偷我东西，"季凡灵冷冷道，"她活该。"

"东西呢？"

"当然是抢回来了。"季凡灵抓起床头的塑料袋，献宝似的给他看，袋子里是面霜、护手霜和唇膏，唇膏外壳上还有油墨黑乎乎的印记，"这些，我每个都写了名字，但是被她擦了。"

傅应呈垂眼，眉头拧起："就这？东西没了就再买，有必要打架吗？"

"我忍她忍了很久，她都骑到我头上了还忍？"

"而且带回来干什么？你不嫌脏，我还嫌脏。"傅应呈冷冷道。

季凡灵抬头看他，顿了顿："……这不是你给我买的吗？"

傅应呈心头突突跳了下，睫毛掀起，和她对视的眼瞳幽深。

季凡灵慢吞吞地补上："就，挺贵的。"

傅应呈的脸色竟然还能再黑一点。

虽然傅应呈长了张天生凉薄的脸，又很少把心思挂在脸上，但毕竟朝夕相处这么久，季凡灵已经完全能读懂他的心情了。

男人不悦的时候，睫毛总是黑压压地低垂着，遮掩着漆黑的冷眸。

有种阴郁的冷气在暗中郁积的感觉。

实际上是很有压迫感的。

但也许是见多了，也许是知道傅应呈也不能把她怎么样，季凡灵不仅不觉得害怕，甚至还有点想戳他一下。

当然，最后季凡灵还是没敢戳他的脸。

傅应呈说要给她重新处理伤口，她也好脾气地跟过去，仰着头，闭着眼，任他摆弄，权当自己是个死人。

傅应呈处理完她的伤口，侧脸紧绷的线条勉强松了一点，侧过身，一边洗手，一边漫不经心地问："所以是跟谁打的架？"

"我同事，你又不认识。"季凡灵说。

傅应呈关上水龙头，就着毛巾擦手："你这个班别上了。"

季凡灵欲言又止地看着他。

"怎么？"傅应呈以为她又不愿意，侧头冷冷瞥着她，"明天再去，明天还打？"

"不是。"季凡灵闷闷不乐道，"……我被开除了。"

空气凝固了两秒。

男人别过脸。

突然，女孩炸毛一样从凳子上跳起来："你刚刚是不是笑了？"

男人抿了下唇，语气依旧冷冷的："……没。"

"我都看见了，幸灾乐祸是吧？"季凡灵抱着胸，气笑了，"我又没有错，她偷东西，要开除也是开除她……但老板是她亲戚，这我能有什么办法？"

"开了又怎样？"傅应呈淡声道，"就算他不开你，你也会辞职。"

这话莫名让季凡灵心里很舒服："就是。"

"那你还在气什么？"傅应呈瞥了她一眼。

季凡灵没想到自己的闷气都被他看出来了，顿了顿，闷闷地捻了捻自己的额发："三月的工资他没发给我。"

现在已经三月底了，她都干了三周多了，结果说白干就白干。

当时，她让赵老板把三周的钱结给她。

赵老板叉着腰轰人："工资？什么工资？我还没找你赔莉莉的医药费呢！赶紧滚吧！"

赵老板手下人多，她闹也闹不出什么名堂。

季凡灵没傻到跟人硬碰硬，就先打道回府了。

回来后，她越想越气。

"明天我跟你一起去。"傅应呈淡淡地说。

季凡灵一愣："你？讨工资吗？"

傅应呈眉尾很轻地挑了下："不行？"

"……也不是不行。"季凡灵打量着眼前的男人，感觉他并不是魁梧狰狞且凶神恶煞的天选讨债人，但确实往那儿一杵，就有种骨子里的上位感，让人觉得他很贵。

打坏了赔不起的那种贵。

而且……

季凡灵眼神往下移。

傅应呈只是看起来冰冷，实际上并不怕冷，冬天经常敞穿羊毛大衣，开春后穿得更少，此时在家只穿一件白色的衬衣。

单薄的布料被水打湿了，在洗手间的冷光下，隐隐透出下面肌肉紧实而富有张力的轮廓。

男人冷淡的声线在头顶响起："看什么呢？"

季凡灵视线飘忽，脸有点发烫，慢吞吞道："就是……我有点担心，你会不行。"

因为季凡灵那句"不行"，傅应呈一晚上没同她讲话。

翌日一早，傅应呈跟平时一样出门上班，把季凡灵喊起来就走了，微信留了条消息。

c：十点到。

季凡灵吃了早饭，戴了顶宽檐的鸭舌帽出门。

她把帽檐压得很低，遮住了大半张脸和眼部下方的抓伤。

她下了公交车，刚走出公交车站，就看见熟悉的黑色轿车驶来，停在路边，后座车门打开，身高腿长的男人迈出车厢。

奇怪的是，傅应呈身后还跟着一个中年人，瘦高个儿，窄肩，头发稀疏。

季凡灵辨认了一会儿，慢慢眨了下眼。

这人她竟然还认识。

这不就是她去九州集团签合同时见过的张律师？

张律师微笑着跟她问好："季小姐，又见面了，你的伤口……"他指了指自己眼下的位置，"还好吗？"

"嗯，挺好的。"季凡灵说。

现在还不是饭点，大排档里只坐了两位客人。

季凡灵领路，三人直接往里走。

店里正在弯腰扫地的吕燕看到季凡灵，视线移到她身后的傅应呈，惊愕地瞪大了眼。

季凡灵没有停留，推开门，直接喊道："赵丰硕！"

赵老板本来在跷着腿玩手机，被喊得一个激灵，放下腿回头，见是季凡灵，转惊为怒，气冲冲地站起来："你还敢回来！来得正好，昨天我带莉莉上医院……"

"你就是赵老板吧？你好，"张律师横插一脚，挡在了季凡灵身前，微笑道，"我是季小姐的律师。"

赵老板完全搞蒙了。

律师？他只在电视剧里见过。

现实中他又不打官司，哪见过什么律师。

"你真是律师？"

"这是我的律师证。"张律师动作优雅地掏出自己的律师证，递了过去，"在下不才，德盈律师事务所高级合伙人，目前兼任九州集团法务顾问。"

"你想做什么？"

"长话短说，请你结清季小姐的工资。"

"她都没干满一个月！而且她还在我店里打架纠……"

"《劳动法》规定不得克扣或者无故拖欠劳动者的工资，工作时长不满一个月时，工资应按实际出勤天数计算。"

顿了顿，张律师继续说："顺便一提，盗窃金额达到一千元即可立案，如果我是你，我就不会主动提起纠纷的原因。这边是季小姐当日失窃物品的购买记录，你要过目吗？"

赵老板接过单子的手微微发抖："你这……这也没必要……"

"而且，季小姐刚入职时，还是未成年。"

"未成年也能雇佣的，别以为我不懂法。"赵老板擦了擦汗。

"没说不能，"张律师不紧不慢地说，"但《劳动法》规定未成年工人的上班时间每日不得超过八小时，平均每周工作时间不得超过四十四小时① 。"

赵老板面色苍白，汗出得更多了。

"我们有足够的证据证明季小姐的工作时长远超《劳动法》规定的标准。赵丰硕先生，"张律师的笑容逐渐露出杀气，"要么，结清季小姐的工资，我们可以既往不咎；要么……你也可以等法院的传票。"

赵老板完全被骇住了，嘟嘟囔囔狡辩了一番，一会儿说"我们这儿的人也

①资料参考网络，部分内容引自《劳动法》。

受伤了"，一会儿说"虽然待在这里时间长，但她一直在休息"，手上却马不停蹄地把钱转给了季凡灵。

而且，估计他是吓傻了，不是付了三周的工资，而是一整个月的。

走出大排档的时候，季凡灵脚步很慢，低着头，反复查看自己的微信余额。

越看越爽。

越爽越看。

季凡灵回过神，一抬头，发觉傅应呈和张律师都站在外头的阳光处等她。

她收起手机，快步追上去，对张律师笑了下："谢谢，我还以为这钱要不回来了。"

"不会的，"张律师温和道，"工作拿钱是你的权利。"

"你挺会吓唬人的。"

"不是吓唬人，是懂法的人可以依法维权。"张律师微笑，"你对律师很感兴趣吗？"

"因为感觉……挺厉害的。"

旁边傅应呈脚步微顿，冷冷投来一瞥。

张律师莫名有点后背发毛。

他谨慎地把话在肚子里转了两圈，开口："我也没做什么，主要是傅总重视这件事，要不然哪能这么快解决？"

季凡灵"嗯"了声，然后不开口了。

精明的张律师后背冷汗滑落。

怎么光"嗯"一声？

怎么不谢傅总？

你俩到底什么关系？

我怎么看不懂？

说实话，张律师本来是不赞成来这一趟的。

季凡灵工资太低，傅应呈付给他这一趟的劳务费比赵老板补的工资还多，就算钱讨回来了，算起来也是亏。

亏本买卖，不如不做。

张律师跟着傅应呈好几年了，很清楚此人绝非大发善心的慈善家，能白手起家在商海立足的，哪个不是杀伐决断冷心冷面？

这些年，眼红九州，想弄死九州的人不少，表面谄媚背后捅刀的、仗着根基深厚正面打压的、暗中联手设计做套的，最后却全部败在傅应呈手里，无一例外。

不仅是败，而且是敲骨吸髓，连本带息，斩草除根，一网打尽。

相较之下，帮季凡灵要工资这件事，完全是高成本低收益，吃力不讨好。

谁知傅应呈却说不是钱的问题。

张律师满脸疑惑，但傅应呈没有跟他解释的意思。

十点半，几人离开大排档。

傅应呈让季凡灵上车，说顺路把她送回小区门口，再去办别的事。

张律师自觉地坐在前排，让他俩坐在后面，一路上没说什么话。

他也知道傅应呈在车上惯例办公，不爱交谈，所以只是坐着，一直没吭声。

不过傅应呈一路上并没有打开笔记本电脑。

男人只是望向窗外，不知道在思忖什么。

快到地方的时候，傅应呈冷不丁开口："你明天带猫去体检吧。"

张律师的耳朵竖了起来。

"我吗？"季凡灵转头，"我明天有个面试，后天吧。"

"面试？"

"昨天晚上投的简历。"

傅应呈看着她，顿了几秒，蹙眉："这个班你就非上不可？"

季凡灵不解："那不然呢？"

在金钱方面，季凡灵有着刻入骨髓的固执。

不论傅应呈给她多少钱，不论她信不信得过他，她都非得自己工作赚钱才能踏实。

所以昨天工作刚黄，她立刻就准备无缝衔接了。

傅应呈面色阴沉地看了她一会儿："你理想薪资多少？"

"三千左右。"季凡灵保守道。

"合同上不是写了我一个月给你三千劳务费吗？"

前排的张律师眼睛瞪得像铜铃。

——我没写这条啊！

季凡灵一愣："啊，写了吗？"

傅应呈冷冷斥责："所以你一个字都没看是吧？"

"我当然看了，我记得清清楚楚。"季凡灵面无表情，"这个月的还没发呢，我在等你自觉。"

傅应呈"呵"了声："用不着你提醒。"

张律师内心呐喊：都说了我没写这条！

过了一个路口，傅应呈又说："所以你明天带猫去体检？"

"你属金鱼的？"季凡灵垮着脸，"不是说了我明天要面试？"

闻言，张律师在前排偷抹汗，大气都不敢出。

季小姐好可怕。

她骂傅应呈是金鱼。

傅应呈蹙眉盯着季凡灵，眼神像是在问为什么还要去。

只听后排的女孩慢腾腾道："你三千，我三千，加起来不就六千了？"

傅应呈一愣。

女孩调子懒懒的："还不许我打两份工了？"

车厢里有种压抑的死寂。

张律师脖颈僵挺，甚至不敢回头看一眼，好像甚至出现了幻听，像是有人气得在暗磨后槽牙。

傅应呈完全可以说是合同规定了季凡灵在实验期间不得为其他用人单位工作。

张律师不信他想不到，但奇怪的是，他到最后也没开口。

很快，到了小区门口。

季凡灵下车回家，傅应呈打开笔记本电脑："张律，坐后面来。"

张律师应声，惴惴不安地上了后座。

迈巴赫向新的目的地驶去。

傅应呈在电脑上敲了一会儿字，张律师坐在旁边隐约瞥见"咖啡店"这样的字眼，但立刻挪开了目光，不敢细看。

傅应呈停手，开口问道："那家店，你有什么看法？"

张律师脑子里还是咖啡店："什、什么？"

"拖欠工资，包庇盗窃，压榨未成年，犯法的地方应该还不止这些。"傅应呈又敲了几个字，掀起眼睫毛，眼神无波无澜，"大排档没必要继续开了，懂我的意思吗？"

"是。"张律师心里一惊，恭敬道，"我会跟进的。"

傅应呈垂睫继续工作，像是什么话都没有说过一样。

张律师见过很多次他这副样子了，还是不由得暗暗心惊。

一两句话就可以定别人的生死，平淡得像是踩死一只蚂蚁，仿佛他天生就绝不会容忍任何人。

跟刚刚相比，这个状态的傅总终于对味了。

但是……

张律师挺了挺肩，不动声色地呼了口气。

去年傅总的斗争对象还是世界五百强的跨国巨头惠亚医疗，为什么现在变成了一家大排档啊？

另一边，九州集团楼下咖啡店的三名店长听了温秘书的话，不由得面面相觑，满头雾水。

"确定要挂招聘启事吗？可是我们不缺人啊？"其中一个店长挠头。

"是的，"温蒂平静道，"傅总的意思是开出月薪六千的条件，不限学历。"

"那要挂多久呢？"

"一直挂到一名叫季凡灵的女生来应聘为止。"

"不能直接给她打电话让她来上班吗？"

"不行，而且还得给她面试，最好表现得正式一点。"温蒂顿了顿，"我觉得傅总是这个意思。"

三名店长的眉头拧成麻绳，一边胡乱点头，一边嘟囔道：

"当然是没问题。"

"别说安排一个人，十个人也行。"

"傅总这么说，那就做吧。"

"就是多嘴问一句，为什么要这么麻烦？"

"是啊，是啊。"

"能透露下吗，这个季小姐和傅总什么关系？"

"对对对，我们就私下一说，绝对不告诉别人。"

向来在全公司眼里最能读懂傅总意图的、无所不能无所不知的温秘，陷入了长久的沉默。

"说实话，我也不知道。"温蒂承认，"最近傅总有点怪怪的。"

可能真的是被夺舍了吧？

第十章

每一个上面，都刻着"季凡灵"三个字，无一例外。

翌日，季凡灵去参加面试，没过，但也无所谓。

整个三月底，她好像又回到了去年到处投简历的阶段。

因为之前她积攒的面试经验，还有一段服务员的工作履历，再找类似的工作也变得更容易了。

只不过因为这次既不缺钱，也不着急，虽然她先后拿到两个Offer（录取通知），但要么是薪酬少，要么是工作时间太长，她并不满意，所以并没有将就。

不知道从什么时候开始，她也开始拥有了选择的权利。

四月初，北宛的天气暖融融的，街道上飘起大面积像雪一样的柳絮，季凡灵出门都会戴上口罩。

这天晚上，她收到宠物医院发来的体检结果。

作为一只即将步入老年的猫，加勒比算健康了，没什么大病，就是超重，关节负担大，外加脂肪肝，医生说必须要减肥才行。

晚上季凡灵跟傅应呈说这件事的时候，傅应呈坐在书桌前皱着眉看体检报告。

"是太胖了，有时我以为自己养的是头猪。"傅应呈说，"以后罐头一周最多三个，外加每周日称一次体重。"

加勒比仿佛听懂了似的，剩下的那只独眼眯起，弓着背，像是要冲上去找傅应呈干架。

季凡灵收紧胳膊搂住加勒比，觉得好笑："差不多得了，猫称什么体重？"

"你也是。"傅应呈说。

季凡灵一愣。

"你现在BMI（身体质量指数）只有16，想参与实验至少得再增重十斤，涨到九十斤。"傅应呈想到什么似的，顿了下，改口，"还是一百斤吧。"

"一百斤？你以为说长就长？"季凡灵没好气道，"你当养猪呢？"

傅应呈望着她："你怎么好意思跟猪比的？"

季凡灵咬牙。

傅应呈嘴角噙着笑意，低头看报告，随口道："人家可比你长得快多了。"

季凡灵对他翻了个白眼。

傅应呈这人向来是说到做到。

补充营养的菜单很快出炉，因为胃病，忌口的食物也不少，所以还是请专门的营养师搭配的，综合考虑了季凡灵的年龄、体重和身体状况。

从前童姨不会留在傅应呈家，都是做完饭就走，现在不仅不走，还会坐在桌边，目不转睛地看着季凡灵吃饭。

有她盯着，季凡灵扒饭的速度越来越慢。

这天，她抬起头："怎么了？"

"没事，"童姨笑了笑，"童姨就是陪你吃。"

季凡灵温暾地摸了下鼻子："我又不是小孩，不用陪的。"

"好吧，是傅先生让我看着你吃完。"童姨抱歉道，"他说得对，你是该好好吃饭。你吃你的，当童姨不存在好了。"

季凡灵哑然。

"哦，他说不要光顾着吃米饭，要多吃菜，尤其多吃肉。"童姨把炒牛肉往她面前推了推。

季凡灵无语。

"还有，他说你吃饭太快了，"童姨看了眼手机，"这才三分钟，你都快吃完了，这样不行，吃快了伤胃，以后要吃满二十分钟。"

季凡灵两眼一黑。

她掏出手机，"啪啪啪"给傅应呈发消息。

关我屁事：有人盯着我，我吃不下。

c：习惯就好。

关我屁事：你让她走。

c：你自己没嘴？

季凡灵在心里暗暗骂傅应呈，恨恨地放下手机，趁着童姨起身去厨房的工夫，一边吃饭，一边措辞。

季凡灵刚抬头，就看到童姨笑眯眯地端着一碗莲藕猪骨汤从厨房出来。

"这汤是养胃的，我昨天用砂锅炖了一夜，入口即化，你趁热慢慢吹着吃，好吗？"

季凡灵沉默地把头埋进碗里，轻轻点了点。

算了，看就看吧，总归看不死。

中午童姨盯着季凡灵，晚上则是傅应呈亲自盯着。

季凡灵习惯了在有饭吃的时候狂吃，实在受不了细嚼慢咽，甚至不怎么咀嚼就开始咽。

每次她装模作样一会儿，趁傅应呈不注意，偷偷往嘴里塞一大口，一抬头，准会看到男人警告的眼神。

季凡灵僵硬地鼓着腮帮子和他对视。

她甚至觉得他都没有在吃饭，就存心盯着她。

傅应呈停下筷子，蹙眉："你要是饿成这样，下午就吃点东西。"

季凡灵说："……我吃得已经很慢了。"

傅应呈看了眼手表："以后再吃这么快，扣你工资。"

季凡灵一愣。

傅应呈："一次一百。"

季凡灵："我不同意。"

傅应呈："合同。"

季凡灵："合同上没有。"

"你确定？"傅应呈嗓音波澜不惊，"因为合同上写的是每次阻碍实验进度扣除月薪的 10%，那就是三百。"

季凡灵哑口无言。

傅应呈抬了抬眉："按合同办事？"

季凡灵忍气吞声："按你说的吧……"

傅应呈不在意地"嗯"了声："从明天起我不在，你最好自觉。"

季凡灵抬头："你要去哪儿？"

"要去一趟法国。"

"多久？"

"十三天。"

那真还挺久的。

傅应呈目光移到她脸上，眸色暗了一点，顿了顿，语气状似无意："怎么，不想一个人住？"

"没有。"季凡灵平静把嘴里的食物咽下，"惊喜来得太突然，都不知道该怎么办了。"

傅应呈眼神淡淡的。

　　第二天一早，傅应呈真走了，或许是赶飞机，比平时走得更早，都没有叫醒季凡灵。

　　季凡灵睡到自然醒，竟然也才八点十分，和傅应呈平时喊她的时间差不多。

　　她打开手机，看到微信新跳出来添加好友提醒，她加上对方。

　　是司机陈师傅。

　　老陈：季小姐，这段时间傅总不在北宛，我平时都闲着，您有什么出行需要，叫我一声就好。

　　他平时只对傅应呈负责，不会接送其他人，最多也只有苏凌青会死皮赖脸地蹭车，但就算是苏凌青，也不会让陈师傅专门送他。

　　关我屁事：谢谢陈师傅。

　　过了大约两个小时，陈师傅又发来一条消息。

　　老陈：对了，您不用觉得麻烦我，您和傅总签的合同里写了傅总会负责您的出行。

　　写了吗？

　　季凡灵"啧"了声，当时她真该仔细看一遍合同的。

　　老陈：尤其是晚上出行，请务必叫我，不然傅总难免觉得是我的能力问题，让您不喜欢坐我的车。

　　陈师傅把话都说到这个份儿上，季凡灵也不好推辞，偶尔出门面试的时候也会发消息让陈师傅接送她。

　　傅应呈不在家，她也没什么事做，每天就只是重复着起床、吃饭、睡觉这样的日常。

　　除了出去面试，大部分时间她都窝在家里，不是在客厅看电影，就是躺在巨型兔子玩偶身上玩消消乐。

　　她还是第一次一个人住在这么大的房子里，有点不适应。

　　有天晚上洗完澡，她脑袋晕乎乎的，发现镜子上方有个小灯泡不亮了，张嘴就喊："傅应呈！"

　　清脆的嗓音传开，传遍家里每一个角落。

　　加勒比走过来，"喵"了一声。

　　季凡灵有点莫名气恼："……没喊你。"

　　过了几天，季凡灵回家的时候，看到门口堆着几个小包裹。

　　她以为是傅应呈的快递到了，搬了进来，放在玄关处。

　　搬到最后一个的时候，她突然发现快递单上收货人一栏写的是她的名字。

　　她的东西？

　　可是她没买东西啊……

　　季凡灵蹲在地上拆包裹，包裹里都是护手霜、面霜、唇膏之类的护肤品，和她之前被黄莉莉偷走又抢回来的那些一模一样，只不过是全新的。

季凡灵想起傅应呈看到她抢回来的东西，眼神嫌恶，说嫌脏。

新的一套都到了，言下之意无非是把黄莉莉碰过的东西全部给他扔了。

季凡灵叹了口气。

那还能怎么办？扔呗，傅大小姐眼里容不得沙子。

季凡灵撕开化妆品包装，挨个揣进兜里，摸到最后一个的时候，隐约感觉手感有点粗糙。

她把唇膏转过来看正面。

底下黑色的管状部分用浮雕工艺刻着"季凡灵"三个字。

冰冷，坚硬，凸起，像刻在石头上一样。

不管是谁也没办法抹掉。

这是属于她的东西。

季凡灵听到自己越来越重的心跳声。

可能是蹲得太久，心跳声混着血液一起涌上来，震耳欲聋。

女孩有些无措，又有些慌乱，把刚刚揣进兜里的护肤品都拿出来。

手忙脚乱的，掏出来的东西丁零当啷掉在地上，滚远了，她跌跌撞撞挨个去捡。

每一个上面都刻着"季凡灵"三个字。

无一例外。

周六，周穗约季凡灵吃饭，季凡灵提前跟陈师傅说好时间。

她还微妙地提前到了。

不知道为什么，她不太想让周穗看到她坐迈巴赫过来。

季凡灵站在约定碰面的商场前等着。

等了没多久，周穗到了，她原本还笑着，等离近了看清季凡灵的脸，立马脸色变了："你眼睛下面怎么搞的？"

"没怎么，"季凡灵不自在地抬手压了压帽檐，"打了个架。"

"傅应呈打你？"周穗怒了。

"……他怎么会打我？"季凡灵感到很荒谬，不知道为什么，还觉得有点好笑，"是同事……前同事，我被开了。"

"啊？"

"本来也不想干了，"季凡灵耸肩，"最后一个月工资还全赔给我了。"

"哦哦哦，"周穗松了口气，"那也……怪好的。"

"没有，他本来不肯给，傅应呈带律师去找他，他才肯的。"

周穗结巴道："那傅应呈也……怪好的。"

季凡灵点了下头："他最近出差了。"

"去哪儿？"

"法国。"

"那你呢？"

"我怎么？"季凡灵不解。

周穗开始啃大拇指了。她每次不知道说什么又很焦虑的时候，就像一只受惊的兔子一样啃啃啃。

季凡灵看了她一会儿，拍开她的手，"啧"了声："别啃了，有屁快放。"

周穗吞吞吐吐道："那你、你会想他吗？"

"我想他干什么？"季凡灵面无表情，脑海里却莫名冒出那些刻了名字的护肤品。

周穗松了口气："没什么，就是因为傅应呈太好了，所以我现在反而有点讨厌他了。"

季凡灵蹙了下眉："为什么？"

周穗眼里露出一丝慈爱："……你不会懂的。"

季凡灵还是那句："为什么？"

周穗想了想："怎么说呢，等你长大……嗷嗷嗷……"

她腰间的软肉被季凡灵毫不留情地拧了下，整个人都蹿了出去。

女孩正了正帽檐，面无表情地盯着她："你过来。"

"我错了，"周穗老实道，"我不过去。"

"来呀，"季凡灵掀起眼皮，似笑非笑，"教教我怎么长大。"

周穗怯怯地求饶："孩子他姨……你比我大，你是我姐，我永远的姐……我错了，我真错了……"

吃完饭，季凡灵陪周穗去接孩子。

涵涵九月上幼儿园，现在已经在上学前班了，季凡灵才知道幼儿园居然也有预科这种东西，教一些加减法和英语。

周穗接到孩子以后，又是给他擦汗又是给他喂水果，带他去吃肯德基，还见缝插针检查他的学习成果。

好像周穗只是在吃饭的中途抽空当了一会儿自己，很快又回归母亲的身份了，仿佛她生来就是一个母亲。

"妈妈，吃薯条。"涵涵讨好地给周穗递了一根。

周穗张嘴吃了，督促道："唔，也给小姨一根。"

季凡灵惊讶地看了周穗一眼。

"小姨，吃薯条。"涵涵乖乖将薯条递到季凡灵嘴边。

季凡灵张嘴吃了："……谢谢。"

没有涵涵的时候，季凡灵觉得自己跟周穗还是很亲密的，可是涵涵出现以后，她就觉得自己跟周穗隔了一层。

她变成孩子小姨了。

她错过的十年，在孩子身上残忍地具象化。

季凡灵忍不住想起傅应呈。

别人三十岁还在为了生计奔波的时候，他在二十岁出头的年纪就白手起家建立了他自己的商业帝国，但是季凡灵在周穗身上感到的隔阂，却从来没有在他身上感到过。

有种说不清的感觉。

好像他的一部分，和季凡灵一样停留在了十年前。

季凡灵回过神，发现周穗正凑近了盯着她看。

季凡灵吓了一跳，推着桌子往后靠，警觉道："你干吗？"

周穗挑眉："在想谁？不会是傅应呈吧？"

"放屁。"季凡灵被说中了，垮着脸，"我是被你恶心到了。"

周穗："啊？"

季凡灵捏起一根薯条："你喊我小姨。"

周穗愣了愣。

季凡灵无情地把薯条塞进她嘴里："我没你这么大的外甥女。"

吃完肯德基，季凡灵和周穗、涵涵道别，假意去了公交车站等车，然后发消息给陈师傅，回了傅应呈家。

到家后，她先去洗了澡，换了衣服，走出卫生间。

北宛昼夜温差大，夜里还是很凉。

季凡灵孤零零地站着，看着窗外透进来的冷光洒满偌大的客厅。

可能是刚刚周穗和小孩儿太吵，她一下子回到家里，觉得过于安静了。

从前她只是觉得傅应呈家大，但从来没有发现他家这么空。

空得都有点冷清，像用于展示的博物馆大厅，巨大的空间里只有黑白两色，因为主人的洁癖，整洁干净到了极致。

无声又压抑的秩序感，走路都会错觉能听到回声。

季凡灵突然很想知道，傅应呈一个人在家的时候是什么样的心情。

大概是既不说话也不笑，没有情绪地连轴转工作。

除了偶尔苏凌青会上门找他，其他时候连个访客都没有。

这样的生活，好像也有点可怜。

季凡灵琢磨了一会儿，突然惊醒。

她在想什么啊！傅应呈那么成功又那么有钱，她居然觉得他可怜？

她好像有点神经病。

耳边突然响起周穗轻轻的声音。

——"你会想他吗？"

"丁零零——"

手机铃声骤然尖锐地响起，季凡灵吓了一跳。

她掏出手机。

是傅应呈拨来的微信视频。

季凡灵心跳混乱，平复了几秒才接通了视频。

"喂？"

默认开的是后置镜头，傅应呈那边只能看到客厅的墙角。

静了几秒，男人的声音从听筒里传来："在干什么？"

这声音似乎带了电流，听起来比平时更低哑。

很沉的声线，听得她耳朵莫名有点痒痒的。

季凡灵："……玩手机。"

傅应呈"嗯"了声，不知道在想什么。

他没说什么，却让人觉得他情绪有点不对，少了几分清冷，多了几分难掩的压抑。

过了会儿，傅应呈低声问："你镜头对着哪里？"

季凡灵突然想起她刚来傅应呈家的时候，傅应呈也是担心她把家里乱搞，工作的时候还给她打视频电话。

估计是出差这么多天，又不放心了。

镜头晃了几下，女孩换了只手拿手机，像是完全洞悉了他的意图一样淡定发问："说吧，你要看哪个房间？"

对面沉默了很久。

半晌，男人气笑了："随便。"倒是有点恢复平时的状态。

"没有随便。"季凡灵不悦道。

"……书房。"

季凡灵推开书房门，很贴心地让他上上下下看了一会儿："够了吗？"

那边的男人说要看卧室，季凡灵倒没有嫌麻烦，又推开主卧的门给他看里面。

"没进过你房间，"季凡灵说，"我没那么闲。"

似乎是错觉，对面的人几不可闻地叹了口气，问道："猫呢？"

"好像在飘窗上。"季凡灵说，"你等下。"

女孩穿着拖鞋"啪嗒啪嗒"往卧室跑，举着镜头对准加勒比。

加勒比不太喜欢被拍摄，一个跳跃跳到地上，从她腿间蹿出卧室，跑进客厅。

季凡灵"啧"了声，追在后面。

画面天旋地转。

"你就不能把它抱起来给我看？"傅应呈终于忍无可忍。

季凡灵把手机放在沙发上，先去捉了猫，抱着猫，然后把手机架在茶几上，对准自己："这下行了吧？你看吧。"

镜头晃啊晃，遮住镜头的手心挪开。

在人的耐心耗尽之前，焦距从模糊到清晰。

总算是对准了她。

女孩靠着沙发，抱着猫，盘腿坐在地毯上。

她只穿着一件乳白色的长袖睡衣，头发随意扎成一个丸子，几缕发丝随意地搭在肩上。

她明显是刚洗过澡，平时脸上没什么血色，白得近乎透明，只有刚洗过热水澡才会泛起一层薄粉。

睫毛长软，眼瞳里带着点湿意的黑白分明。

"看清了吗？"季凡灵把猫举高了一点，袖子随着动作落下去，露出一截细白的腕骨，"……它这几天都瘦了。"

似乎是有延迟，过了会儿傅应呈才低"嗯"了声："是瘦了。"

"不能再减了，我感觉它快把喂食器拆了。"

"……我是说你。"

季凡灵心里一顿。

男人那边光线很差，低着头看手机，轮廓隐在昏暗的光线中模糊不清。

而且，不知道因为离屏幕太近还是怎么，屏幕里就只露出他那双很黑的眼睛。

隔着屏幕，看不太清他的情绪，只觉得目光沉沉，睫毛低垂，想把什么刻进去一样的专注。

过了很久，他才会很快地轻眨一下眼。

不知道为什么，季凡灵撞上傅应呈的视线，突然有点不自在。

可能是因为平时和他都是线下见面，从没有这样打过视频。

"怎么可能？"季凡灵摸了下自己的脸，"我天天吃那么多。"

"药呢？"

"吃了，不信你回来检查。"

空气又安静了一会儿。

不知道为什么，季凡灵觉得今天和傅应呈说话的气氛有些奇怪，让她隐隐不自在。

她几次张了张嘴，都不知道说什么。

"我这几天……"傅应呈低声开口。

"嗯？"季凡灵问。

傅应呈眼眸垂下去，喉结动了动："这边一直在下雨。"

原来背景里的不是电流声，而是朦胧的雨声。

"下雨？"季凡灵隐约觉得傅应呈本来打算说的不是这句，但也不好追问，"影响你出门了吗？"

过了几秒，那边传来很沉的气音："不……是我不喜欢。"

"哦。"季凡灵不太明白他的意思，"但是雨会停的啊。"

傅应呈慢慢抬起眼，看着她。

他身侧的落地窗外是瓢泼大雨，玻璃窗被风吹得闷闷作响，庭院里茂盛的梧桐叶在暴雨的摧残下张牙舞爪的。

屏幕里，客厅明亮的光线下，女孩微微凑近了。

乌发雪肤，明眸皓齿，带着能穿透漫长雨夜的鲜活气息。

"我是说雨，"季凡灵以为信号不好，吐字缓慢又清晰地说了一遍，"早晚会停的。"

傅应呈很轻地勾唇笑了下："是吗？"

那抹笑意很浅，像被光照见的深邃漆黑的海面上掀起的薄浪。

头一次看见傅应呈不带其他含义的笑，季凡灵下意识凑近了一点。

但傅应呈的笑意转瞬即逝。

像浪尖沉在水面下，很快又恢复了往日冰山般天衣无缝的冷意。

"说起来，"傅应呈慢悠悠道，"这几天，你是一个字也没汇报。"

他微微后靠，像是挑剔的老板打量着员工。

季凡灵木着脸："……汇报什么？"

"药吃了没，体重涨了没，胃痛了没？"傅应呈冷淡道，"你以为拿了我的钱，就可以什么事都不干吗？想得还挺美。"

季凡灵："……我以为，人和人之间可以多一些信任。"

"巧了。"傅应呈不咸不淡道，"我这个人，从不相信别人。"

季凡灵翻了个白眼。

因为傅应呈的不信任，季凡灵只好过上了每天报备的日子，吃药跟他说一声，称体重也会跟他说一声，还会时不时给他发加勒比的照片。

因为给傅应呈发了太多猫的照片，她集齐九宫格，就顺手发了个朋友圈。

这还是她第一次发朋友圈。

苏凌青第一个秒赞。

07：哈哈，它去你家以后变得更胖了。

关我屁事：快删，不要被傅应呈看到。

江柏星点赞了。

柏树：姐姐，这是你养的猫吗？好可爱。

关我屁事：嗯。

柏树：姐姐今晚来吃面吗？

柏树：夏天到了，我们这里还有凉皮，很好吃的。

柏树：姐姐，你新工作在哪儿能不能告诉我？

周穗点赞了。

穗穗平安：猫猫的眼睛怎么了？

关我屁事：从小就瞎。

温蒂点赞了。

Wendy 评论 07：为什么还不删？

07：哟，这么关心我？

Wendy：？

傅应呈没有点赞。

c：别偷喂了。

又过了一周，到了傅应呈回国的日子。

苏凌青提前联系季凡灵，说如果没事的话，就出来和几个朋友下午一起玩，晚上吃顿饭，给傅应呈接风洗尘。

苏凌青这阵子约了她好几次了，她也不好一直拒绝，况且晚上还是跟傅应呈一起吃饭，她就同意了。

苏凌青说那地方不太好找，让她先来公司和他们会合。

季凡灵到了九州集团，坐在大厅的咖啡店里等他。

她玩了会儿消消乐，一抬头，注意到咖啡店外墙上巨大的招聘启事。

学历不限，周末双休，奖金丰厚，底薪六千起……

六千？

傅应呈他们公司给的工资还真挺高的。

不愧是大公司。

而且公司内部的咖啡店，营业高峰只有上午和下午上班之前，其余时间的订单都寥寥无几。

季凡灵分明看到里面的店员都在悠闲地聊天。

……都这么闲了，还招新人？

季凡灵有些心动，用手机拍下了招聘启事上的邮箱。

等苏凌青出来，他们一起坐车去目的地。

那是一家绿荫掩映的高级会所，会所是会员邀请制，私密性很强，厚重柔软的暗红色羊毛地毯将声音无声包裹。

透过层层雕花的屏风，能隐约听到轻声低语和笑声。

苏凌青带季凡灵绕过长廊，走进包厢。

推开门，浅金色的灯光铺洒，几间通透宽敞的大房间用拱门相连，桌前有一个瘦高男人、一个健壮男人和一个温柔的中年女人，他们正在一边喝茶一边闲聊。

听到动静，三人转过头，其中一个笑了起来："姗姗来迟啊，苏总，还带了人？"

"介绍一下，沈枝、熊庄、关婧。"苏凌青笑着转向女孩，"季凡灵，傅总的朋友，和傅总关系很好的，好不容易赏脸出来玩一次。"

"哎哟，这么漂亮，真是傅总的朋友？"熊庄挑了挑眉，"我怎么看着像你朋友？"

"我不敢，我不是，"苏凌青举起双手否认，"真是傅总的朋友，我就是一带路的。"

"你别乱说。"沈枝怼了下熊庄，看着季凡灵，"你还在上学吧？哪个学校的？"

"人家工作了。"苏凌青说。

"你别老抢话啊，"关婧抿唇笑，"我想听人家小姑娘说话，就听你在那儿叭叭叭的。"

"好好好，我多嘴，"苏凌青好脾气道，"今天你们四个玩，我端水服务。"

"玩什么？"季凡灵转头。

"麻将啊，你要是不会，打牌也行。"苏凌青说。

季凡灵摇头："我不爱打，你们打吧。"

"真不爱打？"

"真不打。"

苏凌青见她的神情不像客气，没有勉强，让服务员进来把电视打开，让她自己挑电影看，或者打PS5也行。

"菜单上有点心、饮料，都是包含在套餐里的，你随便点。"

季凡灵"嗯"了声，翻开菜单，要了一杯奶茶和小食拼盘，挑了部《侏罗纪公园》。

那边几人很快就张罗着打起麻将。

虽然他们在两个房间，但是中间只有一道镂空的屏风，季凡灵能听到清晰的码牌声和交谈声。

"平时都是凌青带朋友来，这次居然是傅总的朋友。"关婧笑道。

"还这么年轻，多大了啊？"沈枝问。

苏凌青似笑非笑："不好说。"

"真漂亮啊，有点像那个明星，叫什么来着？白蕊？"

"不比什么明星好看多了。"沈枝不赞同。

"她还要长个儿呢，"苏凌青漫不经心道，"长开更好看。"

季凡灵腹诽：你们有脸说，我都没脸听。

她沉默地往沙发里缩了缩。

过了会儿，又听到那边说："我看灵妹妹打游戏一动不动，专注力这么高，一看学习就好。"

"是不是在国外读过书？"

"应该是，跟我那个在柯蒂斯学小提琴的表妹气质很像。"

季凡灵的手机差点砸在脸上。

想不到夸什么可以不夸的，真的。

从前她很少经历这样的环境。

她什么都不做，别人就对她释放善意，好像她只是沾了一点傅应呈的光芒，就在别人眼里光彩熠熠。

季凡灵听了一会儿，渐渐分清了几个人。

他们聊得轻松，但言语间都透露出家世显赫。

沈枝家世代从政，和苏凌青是家族故交，熊庄是房地产大亨之子，关婧则是广告公司的 CEO。

虽然傅应呈人不在，但他们话里总是围绕着傅应呈的工作、傅应呈这次出差和傅应呈这个人展开。

她注意到，虽然私下里苏凌青都喊傅应呈的名字，但有外人在的时候，苏凌青都是喊傅总。

苏凌青这个人跟谁都亲昵，又不失分寸，话里透露了一些傅应呈后续规划的信息，但也没有给太多。

听语气，尽管在座的个个都是人中龙凤，但傅应呈还是在他们之上。

至于麻将，苏凌青似乎是输惨了。

不过他牌品很好，输了也笑嘻嘻的，全然不放在心上，还说了很多笑话，逗得关婧一个劲地笑。

转眼过去快两个小时，苏凌青中途接了个电话，说是傅总的秘书打来的，不敢挂。

结果接完以后他脸色尴尬，说有个重要的事忘了做，必须得在傅总下飞机前做完才行，他只能失陪了。

苏凌青从隔壁房间探头："灵妹妹？"

季凡灵抬头。

"三缺一，你替我一会儿行不行？"苏凌青披上外套，抓起手机，看过来，"你会打吗？"

季凡灵叹了口气，站起身："我还能有不会的？"

"那太好了，"苏凌青笑吟吟道，"你随便打，不要有压力，就是玩玩。"他转过头吩咐，"沈枝，你跟她说下规则，别欺负人家小姑娘。"

"知道了知道了，你走吧，话那么多。"沈枝笑眯眯道，"你最好别回来了，我们巴不得跟灵妹妹打。"

苏凌青笑骂："你想得美。"

季凡灵坐上桌。

关婧温和道："你从前打的是哪里的麻将？我们的规则可能有点特别。庄家翻混儿牌，带杠不带吃碰，点炮包庄，门清翻倍，烧庄翻倍。"

女孩耷拉着眼皮："你们打的时候，我听了一点，没什么特殊的，还有别的吗？"

周围几个大人面面相觑，迟疑地"嗯"了长长一声。

季凡灵按下自动牌桌上的按钮，在骰子"咕噜噜"滚动的声音中，淡淡说道："那就打吧。"

原本苏凌青只是去办件小事，顺带接机，谁知飞机晚点，一晚就晚了三个小时。

如果是平时，其他人干脆就不等了，不过这次聚会的主题就是给傅应呈接风洗尘，请客的又是苏凌青，哪有不等他俩直接开席的道理。

一等就等到晚上八点多。

急促纷乱的脚步声在门外响起，大门推开，苏凌青姗姗来迟，哭笑不得地道歉："不好意思不好意思，飞机晚点，让大家久等了，还在打呢……"

谁知麻将桌上一下子就炸了，三人七嘴八舌的：

"你还知道回来啊？"

"傅总，您是不知道发生了什么，苏凌青可真会找人替他啊！"

"灵妹妹上来就连坐十三庄！而且和得贼大！不是清一色就是海底捞。"

"凌青输的她全赢回来了吧？应该还不止。"

"哪止！除了你开一盘，我开两盘，其他全部是她在开！"

"我看苏总今天是有备而来，先故意示弱，然后杀我们一个措手不及。"

"心机，太心机了！心机得令人发指！"

苏凌青被"千夫所指"，意外极了，抬了抬眉，快步走来。

他一手撑着季凡灵的椅背，一手拉开她身前的抽屉，扫了眼筹码，笑了："哎哟，大丰收啊，感谢灵妹妹，一会儿我折现给你。"

"不用。"季凡灵淡淡道，"我替你打，输赢都算你的。"

苏凌青笑得更大声了："看来今晚这顿饭不是我请的，算是我们季总请的。"

季凡灵站起身，没什么留恋地让位给他。

苏凌青原本站在她身旁，挡住了她的视线，她一站起来，就看见了站在不远处的高挑男人。

可能是将近半个月没见，从记忆里、屏幕中，突然出现在眼前，还是有种骤然拓进眼底的冲击。

傅应呈刚从飞机上下来，穿得单薄，浸着夜风的寒凉。

量身剪裁的黑色风衣下摆过膝，轮廓硬挺，衬得他身材比例极为高挑优越，轻而易举就吸引了目光。

傅应呈隔着人群，眼瞳漆黑，盯着季凡灵看。

或许因为舟车劳顿，他身上带着股很明显的阴沉倦气。

男人视线在季凡灵的眼睛、眼下结痂的伤疤上划过，最后定格在她唇边的烟上，猝然冷了下去。

之前苏凌青说想约季凡灵出来玩，傅应呈没有阻拦。

他以为苏凌青心里多少有点数，应该是带她参加打羽毛球这种健康积极的活动。

谁知一上楼，就看到女孩一条腿屈着，不拘小节地踩在凳子上，嘴里叼着烟，吞云吐雾，手里熟练地抓着麻将。

还和了。

看来他不在，人家过得还挺滋润。

其他人还在热火朝天地寒暄。

熊庄说："十一个小时的飞机，又晚点三小时，傅总辛苦了。"

苏凌青插科打诨："我也辛苦。"

沈枝笑骂："你辛苦个头，灵妹妹替你大赢特赢，你坐享其成。"

周围吵吵闹闹。

两个人对视，谁都没有说话。

季凡灵太清楚傅应呈眼神的意思。

可恶，不就偷偷抽了支烟吗？

谁知他早不回晚不回，偏偏这时候回。

女孩心虚地低下头，走到傅应呈面前。

她认命地把抽了一半的烟从唇边摘开，自觉地上交。

傅应呈一言不发，冷冷接过，低头，衔了自己唇边。

两个人从头到尾不说话，动作却如此自然，如此熟练，如此默契。

一瞬间，仿佛按下开关，周围所有人齐刷刷地哑声。

他们没疯吧？

从旁观的视角看，女孩抽着烟，突然不想抽了，随手把烟丢给傅应呈。

以傅应呈的洁癖程度，这种东西碰都不会碰，不发火就算好的，可他居然一声不吭地接了。

接了也就算了，他还放嘴里了……

他抽她抽剩的！

这是什么概念？

怎么，她是傅应呈的祖宗？

几秒过去，依旧鸦雀无声。

在场唯一一个做了心理准备的苏凌青咳了咳，率先找回自己的声音："都愣着干什么？去楼上吃饭吧，早吃早回。"

一群人懵懵懂懂地上楼去了，一路忍不住互相使眼色。

有的暗地里用胳膊肘捅苏凌青的腰，逼问女孩是什么人。苏凌青嘻嘻哈哈顾左右而言他，就是不正面回答。

坐上餐桌，大家就不好再问了，自觉地把傅应呈身边最好的位置让给了季凡灵。

季凡灵对餐桌座次尊卑毫不敏感，没什么反应就坐了。

她这理所当然、毫不推诿的一坐，立刻引得沈枝和熊庄对视了一眼，两人大脑同时飞速旋转。

姓季。

难道是前年退休的季局的孙女？

不对，那家没有女儿。

难道是年初从港城迁回来搞新能源的季家？

不对，年龄对不上。

那她到底什么来头，居然张口闭口直呼傅应呈的名字？

几人暗自猜测，在傅应呈面前却并不乱打听，和平时一样，聊些工作、旅游、球赛、各家八卦什么的。

季凡灵插不上话，就只能吃饭。

她向来吃饭没耐心，习惯性盯着傅应呈看，一旦傅应呈不注意，就偷偷塞一大口进嘴里。

傅应呈偏头，警告地看着她。

季凡灵移开视线，若无其事地端杯，囫囵灌了几口果汁。

旁边的沈枝眯着眼，更疑惑了。

这两人在饭桌上眉来眼去的，你看我我看你，到底是什么意思？

政界遍地是人精，他自打穿开裆裤的时候就会看家里老爷子的脸色行事，此时却愣是看不出这两人在干什么。

苏凌青见沈枝眉心紧锁，露出老狐狸似的笑，搂着他的肩膀凑近了："兄弟，给你个建议。"

沈枝："你说。"

苏凌青："别瞎琢磨了。"

沈枝不解。

苏凌青眼神高深莫测，举杯，挑了下眉："信我，你猜不到的。"

沈枝更疑惑了。

除了傅应呈滴酒不沾，桌上几人都喝了点酒，说说笑笑的，连傅应呈也难得姿态放松，偶尔接几句闲聊，并没有急着结束饭局。

过了会儿，季凡灵觉得头有些晕，站起身，准备去洗手间冲把脸。

她还没走出门，就一声闷响，倒在了地上。

几人同时转头。

"季凡灵？"傅应呈脸色骤变，最先站起来，但他坐的位置最靠里，出来得慢了。

苏凌青先冲到季凡灵身边："灵妹妹，怎么回事？"

女孩自己坐了起来，表情平静："没什么，绊倒了。"

"没摔着吧？"苏凌青蹲下来，焦急地看了眼她的腿，"被什么绊倒的？"

"没摔着……"季凡灵慢吞吞地回答，"被自己的脚绊倒的。"

苏凌青一愣。

傅应呈赶过来，眉心紧蹙地盯着季凡灵的脸。

苏凌青笑了笑："没摔着就行，赶紧起来吧。"

他伸手要扶季凡灵，谁知他的手刚伸出去，方才还有点茫然的女孩眼里闪过一丝警惕，立马动作敏捷地爬起来，躲开他的手。

但她身体不稳，躲得太凶，脚步踉跄，差点把自己又绊倒在地上。

她这次没摔在地上，倒是摔进一个温热的怀里。

女孩的额头重重地撞在傅应呈的胸膛上，男人伸出手扶她，她这次没躲，细白的手指隔着衬衫的布料，紧紧地攥住他的胳膊，透着点无意识的信任。

傅应呈眼神很轻地一软，但又立刻发觉季凡灵有些不对劲。

平时女孩不太会直视别人，总是低着眼，此时却仰着头，那双黑亮的眼睛直勾勾地盯着他，雾蒙蒙的。

季凡灵笑了下："谢谢你啊，傅应呈。"

一股甜腻的玫瑰酒香从她唇齿间呼出，滚烫地喷在傅应呈的胸前。

傅应呈抬头，脸色冷了下去："她喝了酒？"

"是酒吗？我以为是果汁呢。"坐在季凡灵左手边的关婧伸手端起女孩座位上的空杯子，凑近鼻下闻了闻，"还真是酒。"

"服务员，她喝的是什么啊？"沈枝打了个响指，问道。

候在旁边的服务员拿了个空了的易拉罐过来："是这款玫瑰味的鸡尾酒饮料。"

"谁给她点的酒？"傅应呈的声音也冷了下去。

"呃……好像是我，"苏凌青慌张解释，"我当时也没仔细看，就随意点的一瓶……十二度，这不是纯果汁吗？她喝了多少……喝完了？没醉吧，灵妹妹？"他关切地问。

季凡灵转过头，正色道："我酒量很好的。"

苏凌青松了口气："那就好……"

季凡灵慢慢地说："但是我醉了。"

苏凌青腹诽：你这是要我死。

"我先带她回去。"傅应呈无心吃饭，表情不太好看。

苏凌青双手合十，说道："我真不是故意的，而且我没想到这种饮料也能喝醉……"

"以后你别想约她出来了。"傅应呈语气冰冷。

苏凌青低头。

傅应呈："上来就烟酒麻将荤素不忌，你还挺会借机发挥的。"

苏凌青愣愣的。

傅应呈："下次准备带她做什么？黄赌毒？"

苏凌青哑口无言。

女孩半边身子都靠在傅应呈身上，闻言，抬手轻轻拍了他胸口两下，小脸严肃："傅应呈，我不赌的。"

"看来你对黄毒还有点兴趣？"傅应呈冷冷地说。

苏凌青忍气吞声。

心情不好的傅总大杀四方，周围没人敢触他霉头。

本来沈枝站起来还想劝他再坐一会儿，至少吃饱了再走，再说女孩就喝了点鸡尾酒饮料，能有多大事儿，见状也沉默地坐了回去，一声不吭了。

傅应呈很快地给季凡灵套上外套，抓上自己的风衣，半扶着女孩把她带出了门。

苏凌青还想跟来帮忙，触到傅应呈的眼神，又讪讪地退了回去。

门内其他几人露出关心的眼神："没事吧？小姑娘不舒服吗？"

苏凌青叹了口气："没事没事，没不舒服，就是醉了点。"

"多大点儿事……来来来，喝酒喝酒，"熊庄心大地哈哈笑，"你说傅总搞那么紧张干什么？"

苏凌青落座，表情依然凝重："你不懂，傅总一直很紧张她。"

"为什么啊？"沈枝问。

苏凌青："不是我不说，是我说了，你们也不会信。"

"什么意思？"

苏凌青双手叉着腰，摇了摇头，自顾自笑了："这么说吧，平时的傅总还是傅总，但是碰上她，傅总就不是傅总了。"

众人一脸蒙。

"怎么说呢……"苏凌青终于忍无可忍地吐槽，"他是一个孩子被拐十年后终于找回但因此变得胆战心惊但凡见她受一点伤都会应激发作的男妈妈。"

这句不带断句的话让众人更蒙了。

回家的路上，傅应呈摇下一点后座的车窗，让冷风吹散车内的暖气，试图让女孩醒醒酒。

哪知道，季凡灵酒量是真的差，上车时，她姑且还能勉强自己走，结果下车时，反而站都站不住了。

小区门口，夜深人静，月明星稀。

男人扶着她，还是寸步难移。

女孩像煮熟的面条一样，软趴趴地靠在他胳膊上。

傅应呈咬牙低声道："你能不能好好走？"

季凡灵脸颊有点泛红，低头看了看自己的脚："啊？我走得很好。"

傅应呈闭了闭眼，被她气得想笑："你喝不出来那是酒吗？"

"喝出来了，"女孩揉了下眼，慢慢吐字，"但是没关系。"

傅应呈看她一眼。

季凡灵："我酒量很好的。"

傅应呈跟她在原地磨了半天，也没挪出去几米，终于耐心耗尽，冷冷道："季凡灵，你到底能不能走？你是想晚上在这里睡，还是要我抱上楼？"

这种激将法在季凡灵身上向来好用。

要是在平时，她绝对会没好气地说：我自己长腿干什么的，还用你抱？可此时，女孩眼睛迷蒙地垂下去，看了看自己的脚，认真道："走不了。"

傅应呈噎住了，薄唇动了动，没说出话。

女孩又抬起头，环顾四周，慢吞吞地摇了摇："不在这儿睡。"

小区里盛开着柔软的雏菊，皎洁的月光下，微风吹起她的发丝，露出的眼睛清亮得让人心颤。

她伸出双手，像是没睡醒的声线一样，吐字又慢又软："要你抱。"

轻软的字，却像是重锤一样重重地敲在他心上。

夜风带着凉意吹过男人错愕的眼。

傅应呈的喉结艰涩地滚了滚，像是完全哑了，足足几秒没有说话。

女孩见状，眼里有点失望："算了。"

她摇摇晃晃地转身，迈腿自己走，膝盖一软，差点坐下去。

男人眼疾手快地上前，一手揽着她的肩膀，一手抄起她的膝弯，把她打横抱了起来。

他低着头，额前黑色的碎发被风吹动，眉眼沉在阴影中，嗓音有点喑哑："……没、没说不抱你。"

他手臂肌肉缓缓收紧了些，女孩微烫的脸贴上他微凉的风衣面料。

季凡灵慢慢地眨了下眼，嗅到他领口乌木沉香的味道。

男人薄唇紧抿，冷淡的侧脸绷着，让人看不清他眼里的情绪。

他大步向楼道走去，低声找补："……谁要跟你在楼下耗一整晚？"

上了楼，傅应呈把季凡灵的重心挪到左手，膝盖微抬借力，按了指纹后，单手抱着她开了门，也顾不上换鞋。

他抱着季凡灵进了客厅，黑色的皮鞋踩在洒满月光的地砖上，把她放在了沙发上。

"你坐好了。"傅应呈声线绷得很紧。

季凡灵"哦"了声。

傅应呈换了鞋，转身看她还在原地坐着，小小一团，一动不动。

女孩的黑发在他身上蹭得有些乱了，长长地披下来，蜿蜒着落在她素白的手上。

傅应呈拎着季凡灵的拖鞋走过来，单膝跪下，伸手捞起她的脚踝，想给她换鞋。

四月的气温回升很快，季凡灵只穿了条宽松的单裤，他伸手一捞，很轻易地握住了她的踝骨。

纤细，微凉……

脚踝的触感落进发烫的掌心，傅应呈如触电一样松开，手肘落回膝上。

沉吟片刻，男人抬头，脸色很沉地吩咐："你自己换。"

季凡灵看着他。

"换鞋。"傅应呈绷着脸咬字。

季凡灵又"哦"了声，弯着腰，动作迟缓地把鞋脱下来了，换上他手里的拖鞋。

傅应呈洗了手，去给她冲了杯蜂蜜牛奶，拿了药，回来的时候发现她果然还坐在那里，垂着睫毛，呼吸很轻。

他走过去，女孩就抬头看他。

傅应呈把杯子递到她手里："喝了。"

季凡灵听话地仰头，"咕嘟咕嘟"喝奶。

傅应呈垂着眼盯着她看。

也不知道是什么原因，一般人喝醉了之后都会发酒疯，不受控制，谁的话都不听，只有季凡灵，平时谁的话都不听，喝醉了，倒是莫名其妙地乖得不像话。

傅应呈"啧"了声，不得不再打断她："……行了，留着点吃药。"

等盯着季凡灵把药吃完，奶也喝完以后，傅应呈俯下一点身子，看着她的眼睛："怎么样？清醒一点没有？"

季凡灵打了个嗝，温暾道："喜欢。"

傅应呈愣了下："……喜欢什么？"

季凡灵说："蜂蜜牛奶。"

男人意外地微微挑了下眉尾。

她很少直白地说喜欢什么东西，平时顶天不过一句"挺好"。

现在倒是出人意料的诚实。

傅应呈目光垂下，慢慢在她脸上游移，从满足眯起的眼尾划到小巧的鼻尖，从眼睫划到微张着的、沾了点乳白奶渍的嘴角……

让人有种难忍的冲动，想伸手帮她抹去。

女孩被他看着，不闪不避，就这样安静地和他对视。

好像任由他做什么都行。

男人手背青筋凸起，绷紧的指节动了动，最后还是没有抬起。

傅应呈先移开了目光，抬头，下巴冲沙发上的兔子玩偶抬了抬："那个呢？喜欢吗？"

季凡灵转头看了一眼，点头："喜欢。"

傅应呈轻笑了一声："我上周寄给你的护肤品呢？"

"喜欢。"

"我家呢？"

"喜欢。"

"什么都喜欢？"

"也不是什么都喜欢。"

"那我……"傅应呈看着季凡灵的眼睛，原本流畅得可以脱口而出的话却卡在了喉咙里。

简单的几个字，生涩得像刀子一样，甚至漫出一丝血腥味。

咚、咚、咚……

越来越沉、越来越大的心跳声。

——那我呢？

空气里弥漫着很浅的花香，女孩的眼里倒映着清浅的月光。

让人窒息的压力像潮水一样缓缓漫起。

她眨了下眼："什么？"

傅应呈莫名泄了气。

男人摇了摇头，自嘲似的冷嗤了声。

和小酒鬼有什么好说的。

他一手收起杯子，一手拿起她吃剩的药盒，转身："休息够了就早点洗漱，不想洗就去睡觉。"

身后传来拖鞋的响动，以及女孩很慢的一声："等一下。"

"怎么？又有什么……"男人停下脚步，还没完全转过身，一个温热的身体就迎了上来抱住了他。

甜腻的玫瑰酒香扑面而来。

傅应呈就这样半侧着身，瞳孔微颤，错愕地低下眼。

季凡灵站不稳，踉跄了下，整个人跟着栽过来，胳膊没什么力气地环抱住他的腰。

她原本就清瘦，根本添不了多少重量。

女孩的脸埋在他身上，包括她若有似无的鼻息。

微烫。

隔着布料喷吐在身上，一下下的，炽热地窜过神经末梢，让人后脊发麻。

傅应呈错愕地低头，双眸完全沉在暗处，沙哑地喊她："季凡灵……这又是在干什么？"

女孩嗓音闷闷的，语速很慢地解释：

"我刚刚，要你抱了我。

"我现在，也抱了你。

"所以……扯平了。"

一个字一个字，很轻地吐在他身上，像是在反复碾磨人的神经。

过了很久，傅应呈才理解她在说什么。

他感到荒谬地扯了下嘴角："真行……"

他低着头，看了她一会儿，话里隐匿着几分危险："你以后别想在外面喝酒。"

季凡灵显然是有点困了，迟缓地抬头："为什么？"

傅应呈没有回答她，又开口道："扯平不是这么算的吧？"

季凡灵茫然地和他对视。

"你让我抱你，我抱了；我没让你抱我，你也抱了。"傅应呈一字一顿，像是想把字按进她浸满酒精的脑子里，"都是你想要的，怎么能安在我头上？"

"……你想要什么？"女孩仰着头，表情认真，仿佛不管他提什么过分的要求，她都会照办。

你想要什么，傅应呈？

直击心灵的拷问像一根细针刺破了他冷淡的外表，阴影中，深暗的渴望猛烈疯长，仿佛要将眼前的人整个囫囵吞下。

傅应呈垂眸盯着她，眸色深不见底，不自然地停顿了很长一段时间。

过了很久，傅应呈才闭了闭眼，无奈地扯了下嘴角，声音完全哑了："要你放开我，行吗？"

翌日。

季凡灵睡到了上午十点多才醒。

她昨晚做了个很沉的梦，梦见初三的时候，季国梁因为赌博欠了一屁股债，偷偷把江婉仅剩的遗物挂在二手网站上卖。

季凡灵发现的时候已经找不回来了，她疯了一样砸季国梁的东西："你有本事卖我妈妈的东西，为什么不卖你自己的？"

季国梁醉醺醺地把酒瓶摔她头上，大骂："你就是个赔钱货，吃我的喝我的，还管我卖不卖东西。我不卖拿什么给你吃饭？"

季凡灵跟他打了一晚上，醒来时脑子是蒙的，看着洁白明亮的天花板，一时都分不清自己在哪里。

她回过神，才感觉自己身上不太对劲。

掀开被子一看……

她的裤子呢？

女孩茫然地扫视一圈，终于在床底找到被蹬得凌乱的裤子。

衣服还是昨天出门时穿的上衣。

就这么凑合着睡了一晚。

还好没把鞋穿上床。

季凡灵搓了搓脸，下床穿了条睡裤，把衣服也换了。

她没有傅应呈那么洁癖，偶尔穿着外衣睡一觉也不是不能接受，只要不被傅应呈发现就好了。

从刚才起，她就隐隐听到外面有很轻的脚步声，理所当然地认为是童姨。

女孩去卫生间刷牙，刷到一半，突然想起来什么，趿拉着拖鞋走进客厅：

"童姨，家里有牛奶……吗？"

最后一个字几乎是气音了。

童姨在厨房里应声："有的有的，我给你热一杯。"

与此同时，从厨房里走出一个端着咖啡、没有表情的男人，眼瞳漆黑地看着她。

季凡灵叼着牙刷，愣住了。

傅应呈？

他怎么没去上班？

好像能看出她内心在想什么一样，傅应呈冷冷道："怎么？我出现在我家这件事，对你来说很难以接受？"

季凡灵转过身，含混道："……倒也没有。"

她回卫生间刷完牙，洗了脸，用毛巾用力抹了抹湿漉漉的脸，对上镜中自己的眼睛。

傅应呈应该是出差太辛苦了，所以给自己放了天假，在家歇歇。

就是他眼底隐隐的青黑……看起来怎么比昨晚还重？

季凡灵暗自思忖，走进餐厅。

童姨从厨房端出一份金灿灿的奶油西多士、一杯热牛奶，旁边还有一碟洗干净的圣女果，又转身去厨房忙活中午的菜了。

傅应呈竟也没回书房，端着咖啡坐在桌边看手机，手背上破了点皮。

季凡灵坐上桌，用叉子插西多士吃，吃着吃着，发现傅应呈在看她。

一直盯着看。

季凡灵咽下嘴里的东西，干巴巴道："啊？我吃得还不够慢？"

傅应呈放下杯子，语气冷淡："昨天晚上的事，你没什么想说的吗？"

季凡灵莫名其妙："什么事？"

傅应呈盯了她一会儿，意味不明地笑了声："不认？"

季凡灵迟疑地咀嚼了一会儿，试探道："我昨晚不是……吃完饭就回来睡觉了吗？"

傅应呈看着她。

季凡灵慢吞吞道："也没做什么，不就喝了点酒？"

傅应呈还是看着她。

季凡灵老神在在的："我又不是第一次喝，我心里有数。"

傅应呈算是看明白了，季凡灵完全就是个自己醉得断片，但还能脑补出自己没醉的醉鬼，难怪昨晚无比真诚地说自己酒量好，敢情全是发自肺腑。

傅应呈冷冷地看着她，深黑的双眼里有点隐晦的危险。

他重复了一遍昨晚说过的话："你以后别在外面喝酒。"

季凡灵没当回事，端起牛奶："我酒量……"

"毕竟，"傅应呈面无表情地打断，"你昨天喝醉以后在小区外面满地乱爬。"

季凡灵差点被呛死："啊？"

傅应呈淡淡道："我想拦你，但没拦住，尽力了。"

季凡灵惊呆了。

傅应呈抿了口咖啡，目光像是在回忆，漫不经心地点评："那可真是让人大开眼界。"

季凡灵瞳孔颤抖，一时半会儿还真分不清傅应呈说的是真是假，毕竟傅应呈从来没骗过她。

季凡灵木木道："你有照片吗？"

傅应呈抬眼看向她："你觉得我是这么落井下石的人吗？"

季凡灵还没回过神来。

桌上一时陷入了安静，傅应呈继续看手机，季凡灵满腹狐疑地吃早饭。

等到季凡灵快吃完的时候，傅应呈才刚刚喝完那杯咖啡。

他端着杯子准备送去厨房，又停住了脚步，状似无意地瞥来一眼："你昨晚睡得怎么样？"

季凡灵以为他又在挑刺，面带不爽："好得很，没有乱爬你的床。"

傅应呈盯了她一会儿，像是在分辨她有没有说实话。

半晌，他说了句"那就好"，转身进了厨房。

昨晚……

他冲了个凉水澡，却仍然难以入睡，吃安眠药也无济于事，索性起来办公。

他走去书房，经过季凡灵的房间时，却隐约听到房间里传来女孩说话的声音。

他以为季凡灵还在玩手机，屈指叩了叩门："别玩了，快点睡。"

里面的说话声非但没停，反而越来越大了。

傅应呈家墙壁的隔音效果很好，他站在门口听不清季凡灵说的话，只模糊听见她情绪激动、嗓音沙哑。

傅应呈眉心紧锁，推门而入。

里面黑黢黢一片，连手机的光都没有，只有从他身后投进的光束。

女孩躺在床上，裤子凌乱地丢在地上，被子掀得很乱，大半条细长的腿都露在外面。

可傅应呈却完全没有注意，只看到女孩皱紧的小脸。

巨大的情绪和痛苦仿佛攥住了她，女孩额头渗出细密的汗，不堪入耳的脏话颠三倒四地从她的牙缝里蹦出来。

"去死吧，你为什么不去死……为什么，季国梁，你缺这个钱买你这个畜生的命吗？还给我，还给我，还给我！"

傅应呈下意识上前一步，扯起被子给季凡灵盖好，轻轻拍了两下："好了，好了……"

素来冷淡的声线让低沉的哄声在夜里掺上几分不自知的温和。

季凡灵不说话了，咬着嘴唇，眉心还是紧蹙着。

傅应呈低头看着她，在浓郁的夜色里分辨她的轮廓。

等季凡灵安静了一会儿，傅应呈正要离开的时候，她的手胡乱挥了几下，抓住了他的袖子。

"妈妈……"女孩痛苦地低声喊道。

男人猛然回头，深黑的瞳孔微微缩了下。

她细细的手指抓得更紧了，抠进了他的皮肤。

女孩蜷缩着凑近，脸贴着他的手背，眼睛紧紧闭着，声音变得很委屈，委屈得不像是她了。

像是小动物痛苦的呻吟。

"妈妈……对不起……

"我没有钱……妈妈……对不起……"

细密的胀痛从心脏"轰"的一声蔓延开，血液瞬间涌动起来，太阳穴剧烈跳动，傅应呈感觉没有办法呼吸，四肢百骸都在剧烈地发痛，以至于指尖都控制不住地发抖。

等最后离开女孩卧室的时候，傅应呈甚至都不记得自己胡乱地说了些什么了，只记得那种萦绕了很多年的、令人恼恨的无力感，又一次几乎击垮了他。

他只能任由她攥着自己的手，却说不出一句话。

那一刻，他又变成了十年前那个孤僻且不善言辞的少年。

是他无能。

是他迟到。

是他没能赶上。

他错过了她的过去。

但这次，他不会再错过她的未来。

季凡灵对自己说了梦话这件事一无所知。

她投递完简历后，没过几天，就收到了九州集团一楼咖啡店的答复。

邮件里的语气是公事公办的冰冷，通知她下周来面试。

季凡灵没有跟傅应呈说这件事，到了那天，自己坐着公交车就去了。

面试借用了公司里一间空的会议室，大概用了二十分钟，店长亲自面试。

店长姓崔，面孔严肃板正，面试过程中对季凡灵施加了不少压力，话里话外的意思都是他们并不是外头以盈利为目标的店铺，而是为集团内部服务的，因此质量、服务、标准都比外头高。

崔店长的头一个问题就是："请说出牙买加蓝山咖啡和耶加雪菲咖啡的区别。"

季凡灵从牙缝里挤字："牙买加咖啡，香。"

崔店长："……耶加雪菲呢？"

季凡灵完全麻木："……更香。"

崔店长愣了愣。

头一个问题，季凡灵就觉得自己彻底没戏，都有点想直接拎包走人。

谁知面试结束的时候，崔店长收起简历材料，左右看了看旁边的两个负责人，问道："我们这算结束了吗？"

两个负责人对视了一下，又看了看季凡灵，说："结束了吧……"

崔店长一下子站起来，满脸堆笑，亲自走了过来，握了握季凡灵的手："辛苦了，你要不要喝点什么？我给你做。"

季凡灵有些惊讶。

女孩不太习惯和别人握手，僵硬地抽了抽嘴角："不用，所以，我面试得怎么样？"

"好，相当好啊。"崔店长笑容满面，"我们正需要你这样的人才。"

季凡灵纳闷：……我到底哪里是人才了？你问的问题，我不是一个都没回答上来吗？

季凡灵暗自腹诽，但总归结果是好的，便也没有深究："那我什么时候来上班？"

崔店长亲切道："你看你什么时候方便？"

季凡灵："……随时？"

崔店长："太好了，你明天就来吧。"

季凡灵："但，我还不知道白牙咖啡和椰子咖啡的区别。"

崔店长满脸慈爱："没关系，很简单的，以后我们会给你做一些培训。"

所以你面试时只是纯粹吓唬人是吧？

有店长耐心地手把手教，季凡灵很快亲手做出了第一杯咖啡，感觉确实没什么难的，记配方就好了。

她本想回去，转念一想，又觉得应该跟傅应呈说一声，于是转头坐电梯上了顶楼总裁办公室。

她上次来，是温蒂一路带她去的办公室，此时她一个人上来，却发现地方太大，廊桥支路复杂，路上的员工个个行色匆匆，工位上到处传来"噼里啪啦"

的键盘敲击声和低低的电话交谈声。

只有她一个人格格不入，端着咖啡，找不到路。

两分钟后，季凡灵放弃挣扎，转头按电梯准备回去。

电梯门"叮"的一声打开，季凡灵抬起的脚停在了空中。

宽大的电梯里站了八九个人，全部穿着考究的正装，站位让出一小片空地，隐隐簇拥着为首的男人。

男人身材高挑，一身深灰色的西装，戴着禁欲感的银框眼镜，长腿被裁剪得体的长裤包裹。

他五官带着锋利的英俊，说话时，表情压着极为明显的不耐烦："脑子长了干什么用的？这点事还用得着几次三番地问我？"

凝重的气氛，在傅应呈话语微顿，目光移到季凡灵脸上时，微微松了几分。

傅应呈走出电梯，身后的人也"哗啦啦"跟上。

走到季凡灵面前时，男人的目光落在她手里的咖啡上："做什么来了？"

他身后七八个人的目光跟箭一样，齐刷刷落到季凡灵身上。

季凡灵突然有点想死。

女孩快步走进电梯，快速按了几下一楼的按钮，一脸平静："没事，不是找你的。"

她自以为得体地结束了这一场对话，直到男人的手抬起来，"啪"的一声按住了快要闭合的电梯门，手背上凸起的青筋根根分明。

傅应呈眉心微蹙，冷冷道："不找我？"

季凡灵惊呆了。

傅应呈的睫毛一点点掀起，盯上她的眼睛："……那你找谁？"

第十一章

她不知道，他根本就是拿她一点办法也没有。

电梯门大敞着，季凡灵孤零零地站在里面，试图给傅应呈使眼色——

一大堆人还在后面一声不吭地等你，你看不见啊？你不是在忙吗？忙你的去啊！

傅应呈不为所动，季凡灵只好硬着头皮道："是找你的，我在楼下面试咖啡店员工……通过了，想跟你说声。"

后悔了。

跑上来做什么，就该只给他发个消息的。

傅应呈神色松动了些，淡淡道："是吗？恭喜。"

季凡灵："嗯。"

男人的目光又落到她手里的咖啡上："这就是你做的？"

没想到他还有新的问题，季凡灵肉眼可见地敷衍："嗯嗯嗯。"

傅应呈眼睫毛垂着，没什么表情地伸手，拿走了她手里的咖啡："谢了。"

季凡灵惊讶极了。

堂堂总裁就这样在众目睽睽之下，厚颜无耻地抢了她手上的咖啡？

男人收回手，伴随着即将关闭的电梯门，嗓音冷淡地飘进来："你自己再去做一杯。"

季凡灵："但是……"

缓缓合拢的电梯门缝里，傅应呈一边低头喝了一口，一边掀睫瞄了她一眼，眼神像是在说，反正就算是重买一杯，花的不也是他的钱。

在那么多人的注视下，季凡灵把话咽回了喉咙里。

她当然不是真的在乎这一杯咖啡，更无所谓什么"亲手做的第一杯"这种无聊的仪式感，傅应呈想要，她可以下去给他买，问题是那杯她……她喝过了。

女孩静静站在无人的电梯里，长发垂下遮住的莹白耳郭，像温水煮虾一样
慢慢变红。

半晌，她叹了口气，揉了揉眉心。

……算了，还是不要告诉傅应呈了。

要不然他肯定会发疯，毕竟他那么爱干净。

自从在咖啡店上班以后，季凡灵就开始理所当然地蹭傅应呈的车。

好处是不用再等公交车，也不用担心赶不上末班车，不论是怎样的恶劣天
气，陈师傅都会准点等在小区楼下，一路直接把他们送到公司门口。

坏处是傅应呈又开始盯着她吃早饭了。

之前傅应呈走得比她早，只是会盯着她早起而已，现在她还得在他眼皮子
底下吃早饭。

虽然和傅应呈一起吃也没什么，但他不让她早上喝冰的，作为她早起动力
的冰果汁从此变成了常温的。

没想到还不止如此。

咖啡店的员工比集团正式员工低一级，不能进员工食堂，同事大多自带便
当，要么就点附近小吃街的外卖。

季凡灵原本也打算点外卖，结果临到下班的时候，手机里跳出傅应呈的
消息。

c：上来吃饭。

季凡灵愣了愣。

说不清为什么，她一点都不想在公司和傅应呈吃饭。

女孩借口去厕所，做贼似的从咖啡店溜出来，磨磨蹭蹭地上楼去了。

高层人员和其他员工不在一个地方就餐，这里环境典雅安静，是自助的形
式，从海鲜到甜品，应有尽有，吃什么拿什么，还不需要刷员工卡。

季凡灵跟着傅应呈进去，也没人拦她。

她排在队伍后面，学着其他人一样端了餐盘，拿了几个菜，然后面无表情
地坐在了傅应呈旁边那桌。

傅应呈手里的筷子停在了空中，无声递过来一个眼神。

季凡灵装瞎。

僵持了两分钟，男人放下筷子，冷着脸，站起身，端起餐盘，坐到了她对
面："看不见我？眼睛长那么大是用来喘气的？"

季凡灵用筷子戳着豆腐，低眼慢吞吞道："我呢，喜欢一个人吃饭。"

傅应呈冷冷道："那是谁天天晚上等我到家才吃饭？"

季凡灵一噎。

那是一码事吗？

她总不能让傅应呈回家吃剩饭吧？

季凡灵慢悠悠回道："那又是谁说吃饭时不该说话？"

傅应呈咬牙。

两人自此开始较劲，面对面吃饭，全程一句话也不说，表现得好像谁都不想搭理对方一样，最后分开时也没有丝毫交流，仿佛两个陌生人拼桌。

季凡灵以为有了这次不愉快的经历，傅应呈就不会喊她上去跟他一起吃饭了，谁知第二天上午十一点半，准时准点收到了消息。

c：上来吃饭。

季凡灵有些气愤。

可恶。

每天早上，傅应呈都要来店里买咖啡。

每次远远看见傅应呈过来，季凡灵就装作自己很忙的样子，在水池边狂洗杯子，然而其他店员早就暗中打听到了季凡灵的来历，自有一种无声的默契，硬是装作看不到傅总的样子，等着季凡灵过去。

以至于傅应呈站在柜台半天，店里一群闲人都在假装自己很忙。

男人赶时间，眉心紧了又紧，半晌，终于气笑了，敲了敲柜台提醒："我要点单。"

季凡灵面不改色地装聋，其他店员是真的顶不住了，赶紧迎上去："不好意思久等，傅总还是一份加浓美式吗？"

傅应呈收回目光："不加糖，谢谢。"

季凡灵手上在装忙，余光却一直注意着那边的动静。

等傅应呈走后，季凡灵鬼鬼祟祟地溜过去，压低声音问同事："傅应……傅总他经常来买咖啡吗？"

"是啊，"同事点头，"傅总喝咖啡喝得很凶。"

季凡灵心想：看来还躲不掉了。

同事看着女孩的脸，欲言又止。

傅总虽然喝得很凶，但一般都是高助或是温秘来买，傅总日理万机，哪有工夫天天亲自跑下来买咖啡？

同事不动声色地试探："你刚刚为什么不去给傅总做咖啡？"

季凡灵"哦"了声，淡淡道："刚刚在偷懒。"

同事一脸蒙。

季凡灵接过她手里的抹布："现在轮到你了。"

季凡灵在咖啡店的工作适应得很快，虽然一开始不同咖啡的配方让她记得头痛，但熟练以后也能飞快操作。

咖啡店的客人基本都是公司里的员工，比起之前在大排档鱼龙混杂的客人好太多了，个个都礼貌客气，很有教养。

有两次季凡灵加错了糖和奶，念在她是新人的分儿上，客人也不会说什么，只是让她重做一杯就算了。

转眼到了周五，午休的时候没什么客人，季凡灵正缩在店里面午睡，听到旁边传来脚步声也没有抬头。

直到那人沉声喊她："……季凡灵，你怎么了？"

季凡灵本来也没完全睡着，一下子抬起头，差点撞上傅应呈的鼻尖。

男人站在咖啡店柜台里面，单手插兜，俯身看她，眼神黑沉，看不清表情。

季凡灵一看见傅应呈的脸，立刻变了脸色："你进来干什么？"

傅应呈本来也只是路过，想看看她在做什么，谁知就看见她穿着深色的制服，蜷缩在咖啡店的椅子上，一把连坐垫都没有的金属椅子，靠着冰冷的台面。

她身体的柔韧性也是真的好，说不定遗传自她母亲，本来就瘦，叠起来更是很小一团。

她头埋在膝盖中间，只露出一小截脆弱瓷白的后颈。

一看就很难受的姿势。

他见不得她这样。

男人眼神微沉："我……"

季凡灵凶巴巴地"嘘"了一声，把他的话堵了回去。

女孩探头，左右扫视一圈，看其他同事有没有注意到他，然后一把抓着他的领带拽着走："你跟我出来。"

傅应呈一脸震惊。

他系着条银灰色的真丝领带，不能水洗的金贵面料，就这样在女孩细长手指间被攥成皱巴巴的一团。

深色的底色衬得那手指细长，葱尖似的，白得晃眼。

季凡灵一路拖着傅应呈，去了大厅里一个不起眼的角落，挤进一大盆天堂鸟碧绿茂盛的叶片后面。

借着叶片的遮挡，她凑近了，压低声音急急地问："有什么事不能给我发消息？"

傅应呈眸色忽然变深。

这位置本来就狭窄，她又毫无自觉地靠得太近，说话间，唇瓣开合，看起来……

很软。

距离近在咫尺，温热的呼吸拂过他的鼻尖。

男人垂眼，喉结难耐地轻滚了一下，蹙眉问道："你天天躲什么？有什么话不能在那里说？"

他这辈子就没这么鬼鬼祟祟过。

季凡灵艰难地启齿："你能不能不要在我上班的时候找我？"

傅应呈神色变了："怎么，认识我很丢你的脸？"

季凡灵不知道该怎么跟他说："我不想让别人发现我们的关系。"

傅应呈表情略有些古怪："我们什么关系？"

季凡灵："……利益关系。"

傅应呈无端气闷，轻"哼"了声："怎么，见不得人？"

季凡灵还不知道，在公司里，八卦绯闻传得跟学校一样快，尤其是关于大老板的事情，会在一夜之间传遍整栋楼。

不出三天，就连海外分公司也会全部知悉。

她真以为别人还不知道傅应呈认识她，严肃道："有背景的员工，就总是仗势欺人，惹人生厌。"

就像有表叔撑腰的黄莉莉一样，即便是巴结她的跟班，背地里也不会说她半点好。

傅应呈问道："所以你会仗势欺人？"

季凡灵"呵"了声："我欺人，还用得着仗你的势？"

傅应呈："那你在担心什么？"

其实，季凡灵也说不清楚。

明明在家的时候没觉得有什么不对，可是在公司里，傅应呈只是多看她一眼，她都觉得别扭。

"行吧行吧，没别的事别来找我，我很忙的。"女孩不情愿地松口，"所以你刚刚找我做什么？我睡得好好的。"

"你那是在睡觉？"傅应呈眉心更深了。

"是啊，"女孩骄矜地抬了抬下巴，"你别说给我个椅子，就是在地上，我也可以睡。"

她很有经验地示范："秘诀是不要吃得太饱，然后把重心放在膝盖前面……"

又是那种满不在乎的态度，偶尔言语中透露出的一点过往，像是猝不及防的细针一样刺痛人的心脏。

男人睫毛轻颤了下，眼神晦暗，开口打断："那个姿势睡觉伤胃。"

顿了顿，他又说："为了实验着想，去我办公室睡。"

"啊？去你办公室睡？"季凡灵蹙眉，"你疯了？"

傅应呈眉眼沉沉："我办公室又没人。"

"怎么会没人？你不是人啊？"

"隔壁。"

"隔壁就行了？"

傅应呈深吸了口气："……你晚上都能睡，白天就不行了？"

季凡灵瞬间哑然。

天啊，她竟然觉得傅应呈说得很有道理。

女孩僵持了一会儿，挪开视线："不去，我本来就不喜欢午睡，大不了不睡了。"

傅应呈盯着她，半晌后也冷淡道："随你。"

另一边，咖啡店里，两个中午值班的员工正眼观鼻，鼻观心，一个欲盖弥彰地把手里的容器洗了八百遍，一个动作机械地用抹布擦桌子几乎把桌子擦破。

"哦哦哦，出来了出来了，快别看了。"擦桌子的人收回目光，快速转回身体。

"怎么样！他们干什么了？"

"在那棵草后面，看不清哪。"前者痛心疾首。

"亲了吗？"

"都去草后面了，还能不亲？"

"绝对是亲了。"

"绝对是亲了。"

季凡灵此时还不知道，她拽着傅应呈的领带到天堂鸟后面的画面，被远处的员工偷偷拍了下来。

虽然画质模糊得像是古早视频，但因为内容劲爆，立刻被制作成动图，在员工的地下聊天小群里疯狂传播。

——我瞎了吗？被拉的这个是傅总吗？

——我的天！我错过了什么？什么时候的事情？

——为什么不去草后面拍？为什么？摄影师今晚没有大鸡腿！

——傅总变了，他骂我的时候可没有这么好脾气。

——虽然……但是……傅总这腿是真的长……

——至今还没从这天天加班的狗屁公司离职全是因为我馋傅总的身子。

——你的思想也太危险了。

——你不知道傅总还有腹肌吗？

——你是怎么知道的？

——有次机缘巧合，瞥到一点点，然后……被傅总……盯了一眼，我差点以为我要死了。

——他居然没有开除你？

——他居然没有开除你？ +1。

——谁能告诉我，他们在草后干什么？再不知道我真的要疯了！

——听说亲嘴了。

——你们一个个的，我要不是跟傅总说过话，我真信了。

——所以这女孩是谁啊？好猛啊！

——她穿的不是楼下咖啡店的制服吗？

——内部消息，这人就是傅总安排进咖啡店的。

——我也有内部消息，据说这女孩私下都是喊傅总大名。

——傅总没生气吗？

——何止没生气，他还笑了！

——我想起来一件事，上次傅总去买咖啡，女孩宁可在旁边看手机都不给他做。

——太邪乎了，该不会她和傅总是……

——不会吧？感觉傅总不是那种人。

——而且她年纪很小的，好像才十七……

——什么？才十七？

——傅总……不能……至少……不该……

…………

这时，开着小号混迹在各个群里吃瓜的苏凌青，猛地一下在车后座坐直了。

男人眉头微抬，像馋嘴的老狐狸吃到糖一样舔了舔嘴唇，探头，笑眯眯地跟前排的司机说："师傅，青云台不去了，现在就回公司，现在，立刻。"

二十分钟后。

总裁办公室里，微蹙着眉低头看报告书的傅应呈突然听到大门被人一把推开。

傅应呈抬头，撞见苏凌青一张喜气洋洋、春意盎然的脸。

他张口就是："听说你跟灵妹妹在草后面接吻？"

傅应呈一愣："没这回事。"

"那你们在草后鬼鬼祟祟干什么？"苏凌青眼神里掺杂着嫌弃、痛心、遗憾和难以置信，"就单纯嘴对嘴说话？"

傅应呈抬眼，慢条斯理道："她就爱跟我在那儿说话，不行？"

"行行行……"苏凌青服了他，给自己拖了把办公椅坐，懒洋洋地跷着二郎腿，"要不是我今天来公司，我还不知道灵妹妹在这里上班。"

苏凌青跟傅应呈不一样，傅应呈空有亿万身家，平时却过得跟个苦行僧一样，苏凌青则是要在锦绣繁华里享福的懒骨头。

他没事甚至都不来公司，本来他拉拢的业务对象就遍及全国，维系关系是他与生俱来的天赋，也是他的工作。

有时他横跨大半个中国去跟人喝一夜的酒，还能美其名曰是拉业务，理直气壮要求报销。

苏凌青："我搞不懂你怎么想的，给人搞去做咖啡干什么，还不如来我们公司。"

"她什么都不会，来我公司能做什么？"傅应呈说。

"嘴硬死你得了，"苏凌青"喊"了声，"但一直做咖啡也不是事儿啊，你不心疼我还心疼。"

傅应呈听到"心疼"两个字，眼里闪过一丝不悦，往后靠了靠："她非要工作，不让她做她还不乐意，我能怎么办？"

苏凌青低头。

傅应呈："我把钱都给她，然后把她的腿捆上，天天锁家里？"

苏凌青："你别在这儿夹杂私货。"

傅应呈冷嘲："那还不把你给心疼坏了？"

苏凌青怒而抗议："我不心疼行了吧？就许你心疼，你天天疼，疼死你算了！"

真受不了这人成天护人跟护什么似的。

傅应呈垂了眼，懒得跟他斗嘴。

苏凌青嗅了嗅，打开傅应呈办公室的柜子，掏出一套茶具，自来熟地给自己泡了杯茶。

他端着茶，悠闲地倚着，吹了吹："所以呢，你下一步准备让她去哪里工作？"

"有什么可工作的，"傅应呈淡淡地提笔标注了几个点，"她这个年纪就该去读书。"

苏凌青挺赞同的："九月吗？"

"嗯，"傅应呈停了笔，抬头问，"你认不认识教育局里的人？"

"认识啊，荣老爷子我熟，年年见。"

"我想让她回去上学。"傅应呈说。

苏凌青眉毛一抬："上学？去北宛一中？"

傅应呈看着他："你知道了。"

是个陈述句。

苏凌青噎了一下，先是笑着打了个哈哈："啊？我知道什么？你不就是北宛一中毕业的嘛，我想着你肯定想让她也……"

傅应呈就这样看着他，没说话。

苏凌青对上男人淡然的眼，收敛了笑容，叹了口气："算了算了，我就知道瞒不过你。"

"知道多少了？"傅应呈没什么情绪波动地垂下眼。

"差不多都……"苏凌青说，"她是你同学吧？见义勇为那个？"

傅应呈淡淡"嗯"了声。

苏凌青虽然已经差不多确定了，但是听到傅应呈亲口承认，还是心里一惊："但是这怎么可能呢？为什么会这样啊？她怎么没死？"

"我怎么知道？"

"……那你的猜测呢？"

"没兴趣猜。"傅应呈眼皮都不抬。

苏凌青腹诽：合着你完全放弃思考了啊？

这简直太反常了。

正常人遇到这种死而复生、穿越时空十年不变的故人，都会想办法搞清楚她身上到底发生了什么吧？

更何况是傅应呈。

他可是从不允许自己掌控的公司里出现任何不可控的因素，他骨子里就不相信任何人，公司里每一个中层以上员工的背景档案他都会亲自过目。

从苏凌青在大学认识他的时候起，他就是个容不下疑问的犟种，碰上难题能熬通宵，解不开就不睡觉。

但他偏偏就毫无芥蒂地接受了季凡灵的存在。

"九月入学，现在差不多要准备了。"傅应呈说，"因为她没有学籍，也没有高一高二的入学记录。"

苏凌青问道："非北宛一中不可吗？说实话，现在高中名额都紧，毕竟是省重点，多少双眼睛盯着，更何况还是高三转学。"

"所以才找你。"傅应呈抬眼，"能搞定吗？"

苏凌青心里预估了下，耸了耸肩："能是能，就是要花不少钱。"

"钱不是问题。"

"那还有什么办不成的？"苏凌青笑吟吟的，说完抿了口茶，突然注意到了什么，低头打量手里的茶具，"这个我之前没见你用过，描金点银缠枝紫砂，包浆润泽，形制我看着像清代的。"

傅应呈好东西多，但大多是别人送的，他自己就算出手买，也只是为了偶尔应酬的时候以示尊敬。

都坐到这个位置了，总不能拿玻璃杯招待人。

他对这种身外之物可以说是毫无兴趣。

不像苏凌青，就爱到处买东西，都算半个评鉴家了，说起字画、珠宝来头头是道。

"我上次看见这么好的品相，还是去年在沪城嘉德拍卖会上，当时两百万都没拍下来，实在是囊中羞涩不能继续……"

傅应呈眼皮都不抬，摆了摆手："拿走。"

"好兄弟！"苏凌青喜出望外，喜形于色，"你简直就是我亲兄弟，灵妹妹的事我就当是亲妹妹的事一样上心。"

傅应呈无声地抬头看他，眼神黑漆漆的。

苏凌青改口："虽然你是我亲兄弟，灵妹妹也是我亲妹妹，但你们并不是亲兄妹，结婚也不是不可以。"

傅应呈抿了抿唇，好像忍无可忍了："别吵了行不行？我正忙着。"

苏凌青在嘴上做了个拉拉链的动作，小声说道："好好好，我不打扰你，你工作，你工作。"然后抱着东西跟偷米的老鼠一样，蹑手蹑脚地出去了。

门板留了条缝，又被他从外面用脚尖勾着，小心地合上。

办公室重新回归之前的冷寂。

傅应呈低头画了几笔，笔尖点了点。

半晌，他竟然想不起自己接下来要写什么。

他摘下眼镜，按了按鼻梁，扯着嘴角笑了下。

苏凌青还真是……

什么话都让他给说了。

转眼就到了六月，几场大雨一过，北宛的气温跟火箭一样攀升，很快就稳在三十多度居高不下。

季凡灵有点庆幸自己换了工作，要是还在赵三串大排档，每天只能靠那台老式空调支撑，自己绝对会在摇头电风扇来来回回的燥热夏风里汗流浃背。

虽然咖啡店长要了她的尺寸，给她定制了跟其他人一样的短袖短裙制服，但她从来没穿过，还是一直穿着长袖长裤。

同事问起，她就说自己怕冷，大厅空调温度太低了。

可没过两天，她就发现大厅的温度明显升高了。

公司员工不会一直待在一楼，所以没太大的感觉，只有咖啡店店员和前台全天待在一楼，热得受不住，都忍不住私下埋怨起来。

他们一边埋怨，一边还感慨，说要是都像季凡灵一样冰肌玉骨感觉不到热就好了。

还没过两天，他们偶然抓到季凡灵趁别人不注意的时候，偷偷拎着领口扇风。

同事们觉得奇怪："……你不是说不热吗？"

季凡灵扇风的手缓缓停下，沉默了会儿："其实是我思想非常封建。"

同事一蒙。

季凡灵面无表情地胡扯："谁看到我的胳膊，就要对我负责。"

当天下午，大厅的空调又开始呼呼全速运转。

温度悄无声息地降低，甚至比之前更冷了，季凡灵还以为是那几天空调温控坏了，没把这件事放在心上。

转眼到了十一点，傅应呈在微信给她留言，说他中午不在公司，让她吃完饭去他办公室等，他有事要说。

季凡灵索性打了饭，直接端去傅应呈的办公室吃。

她在这儿工作两个月了，随着时间的推移，注意她的人非但没有减少，反而越来越多。

她跟傅应呈一起吃饭时还好，不会有人盯着她看，如果她一个人在食堂吃饭，四面八方全是时不时投来的视线。

……她对这种算不上友好的目光格外敏感。

季凡灵正坐在傅应呈的位置上干饭，听见敲门声，含混地说了声："进。"

推门进来的是傅应呈的助理高义，季凡灵也见过很多次了。

高义冲她笑了笑，把文件整齐摆在傅应呈的桌上，看见她的饭，明显愣了下。

季凡灵停下筷子，抬头："怎么了？"

高义小心翼翼地说："呃……你要不坐到会客桌上去吃？"

季凡灵差点忘了，这个椅子是傅应呈的。

换作平时，高义也不会多此一嘴。

温蒂姐曾提点过他，说季凡灵想做什么就让她做，但也不是什么都可以让她做。

当时高义不解："什么意思？"

温蒂顿了顿，说："傅总的原话是，你得防着她往自己身上浇酒精，然后点火。"

高义笑容消失，目露惊悚："这句话是比喻吗？"

温蒂："……应该吧。"

虽然说是什么都可以让季凡灵做，但这可是在傅总的办公桌上吃饭啊！

众所周知，傅总是连一滴茶水都无法容忍的人，更别提菜汤或是油腻的酱汁，高义眼睁睁看着女孩肆无忌惮地大口扒饭，感觉头皮阵阵发麻，甚至觉得空气中都飘着一股菜味。

高义心如死灰地想，一会儿必须开窗散散味，还得再端来两瓶香薰。

　　季凡灵站起身，慢吞吞地收拾餐盒，她还没收完，大门再一次被推开，身高腿长的男人雷厉风行地走进办公室。

　　高义转头看见傅总。

　　该死！迟了一步！

　　他恭敬地喊了声"傅总"，下意识想用自己的身体挡住餐盘。

　　年轻英俊的男人站在桌边，单手别了别袖口，黑眸盯着女孩手里的饭，眉心皱紧，脸色很不好看。

　　高义：完蛋了，傅总果然生气了。

　　果然，傅总开口就是："剩这么多，就不吃了？"

　　高义一愣：重点是这个吗？

　　女孩抬头，朝旁边努了努嘴："不，去那边吃。"

　　"毛病还挺多，"傅应呈放下手里的东西，冷淡道，"就坐这儿吃。"

　　季凡灵"哦"了声，看了高义一眼。

　　高义冷汗都要冒出来了，但季凡灵也没说什么，重新坐下了。

　　傅应呈好像还不满意，目光落在她吃了一半的餐盘上，"啧"了声："你属兔子的，光吃菜不吃肉？"

　　"肉在我肚子里。"

　　"是吗？"

　　"不信把我肚子切开给你看看？"女孩慢腾腾地掀起眼皮。

　　高义在旁边汗流浃背。

　　怎么回事，她跟傅总说话这么没大没小的吗？

　　傅应呈定定地看了季凡灵一眼。

　　就在旁边的高义脚趾都快抠烂鞋底的时候，男人扯唇笑了声，轻描淡写地揭过了，伸手抄起他的笔记本电脑向会客桌走去，然后坐下来办公。

　　高义彻底麻木了。

　　傅总没生气就算了！居然还去会客桌办公！

　　就为了让季凡灵用他的办公桌吃饭！

　　高义两眼发直地盯着季凡灵，直到傅应呈喊他才猛地惊醒回头。

　　傅应呈扫了他一眼，眼神有点不悦的冷，蹙眉："过来说话。"

　　高义应了声，赶紧过去了。

　　季凡灵吃完，高义差不多也汇报完了，离开了办公室。

　　季凡灵擦了擦嘴，又顺手抹了桌子，把餐盘送去旁边的食堂，回来时有点懒洋洋的困意："找我干什么？"

　　傅应呈把手里的文件递给她。

季凡灵接过文件，是一份白纸黑字的档案，里面记录的是她从小学到高中的就读经历。

当然，并不是当年真实的就读记录，而是全部按照她新身份证上的出生日期顺延了十年的。

季凡灵抬头："谢谢，但是好像没什么用。"

"怎么会没用？"傅应呈说，"你读高三就要用。"

季凡灵呆住："……啊，什么意思？"

傅应呈："九月新学年就开始了，你现在去上学，还能赶上2024届毕业。"

季凡灵脸色僵硬："这是什么玩笑吗？"

"我什么时候跟你开过玩笑？"傅应呈拎出一个档案袋，从里面倒出她的学生证，顺着桌面推过去。

季凡灵伸手拿起，深蓝色烫金字的封面看起来有几分眼熟。

北宛一中的学生证。

傅应呈说："这两个月不如别上班了，正好复习一下高一高二的知识点。"

季凡灵垂着眼，打量了会儿，平静地把学生证丢回桌上："我不去。"

傅应呈看着桌上的学生证，睫毛轻颤了下，很快恢复了平静，抬头看她："为什么？"

"能有什么为什么？"季凡灵感到莫名其妙，"我去上学干什么？"

"获得更好的文凭和更好的工作。"

"我现在的工作就很好。"

"你打算做咖啡做到五十岁？"傅应呈看着她。

季凡灵迟疑："……也可以当你秘书。"

"温蒂本科复旦金融系，拿全额奖学金去伦敦读的硕士，"傅应呈眉心微蹙，语速不紧不慢，"你觉得我会在路上随便抓一个初中生当我的秘书？"

季凡灵这才知道温蒂的学历，震惊之余又后知后觉自己刚才的话有点难堪，恨不得撤回。

女孩指甲掐了掐手心，随即眉头紧蹙地反驳："……你才初中生！"

"再读一年就高中毕业，为什么不读？"傅应呈目光紧盯，像是想看穿她的内心。

"我去上学还怎么赚钱？"

"你现在的工资是六千，我每个月给你的薪酬也是六千。"傅应呈说，"如果你去上学，我给你一万二。"

"你为什么要给我一万二？"季凡灵反问，"我去上学对你有什么好处？"

"唯一的实验对象只有初中文凭，这点很难通过药监局的批准，我希望你能在一年后拿到大学录取通知书。"

季凡灵皱眉，弹了弹手里的学生档案："你都能给我伪造小学和初中的学习记录，伪造不了高中的？"

傅应呈侧脸轮廓绷得紧了点："我'伪造'的东西，是你本来就有的。"

"给你造一个高中文凭？"男人声线骤然冷了下去，"你当我是什么人？傅致远？"

季凡灵心脏轻轻抽了下。

她抬头，视线撞进那双冰冷的眼睛，从那双向来没有情绪的眼里，错觉看到了一丝隐晦的、经年累月的沉痛。

气氛紧绷得像是一根绷得快到极限的弦。

"我不是这个意思……"片刻，女孩别过视线，低声道，"也不觉得你会做弄虚作假的事。"

她把手里的东西丢在桌上："别的都可以配合，但我不会去上学，你死了这条心吧。"

傅应呈声音很沉："为什么？"

季凡灵转身往外走："对学习没兴趣。"

"要是真对学习没有兴趣，"傅应呈在她身后问，"你怎么进的北宛一中？"

女孩脚步顿了顿，拉开门，头也不回地轻飘飘说："运气好呗。"

门在身后合上。

季凡灵深深吐了口气，垂着眼，靠在门板上。

后背浸出一层细细的冷汗，仿佛后面有什么可怕的东西在疯狂追赶。

是什么东西呢？

她也不明白。

她上班上得好好的，凭什么要回去上学？

而且过了这么久，知识早就忘光了，她回去被一群比她小十岁的小屁孩环绕，玩也玩不到一起，学也学不会。

当她是什么，活傻子？

而且还是读高三。

疯了，人家一轮复习，她一轮预习？

而且……

女孩保有的本能让她类似于在危机四伏的环境中长大的小动物，相信自己的直觉甚至胜过逻辑。

季凡灵直起身，绷着脸往电梯间走。

不管傅应呈做什么，哪怕是拿赔偿金要挟，这个学她是绝不会去上的。

大不了她给他打一辈子工还钱。

很快，全公司上下都敏锐地发现傅总的心情差到了极点。

前阵子傅应呈甚至都算得上心情愉悦，再加上每天雷打不动五点半下班，让所有人都过了阵舒心日子。

结果好景不长。

最近傅总周身的气压简直低到让人窒息，以至于几个高层纷纷承受不住压力，开完早会后偷偷跟苏总通气，让他想办法。

谁知苏凌青只是耸了耸肩，爱莫能助道："这我可帮不了。"

他之前就被傅应呈赶去给季凡灵做说客，平时他也算是靠嘴吃饭，最能说会道，最会讨人欢心，最能劝别人改主意，谁知他刚开口，就被女孩察觉到了意图。

"行了，歇会儿吧。"季凡灵淡淡道，"我知道你跟傅应呈是一伙的。"

苏凌青讪笑："……冤枉啊，灵妹妹，咱俩才是一伙的。"

季凡灵把做好的咖啡放在桌上，面无表情："谁要跟你一伙？"

苏凌青无法接话。

平时季凡灵还是很好说话的，可他一带着目的来，女孩就跟浑身长了刺一样，连靠近一下都不肯，简直敏锐到可怕。

这阵子，季凡灵不再蹭傅应呈的车上下班，路过也不会跟他对视，中午不再跟他一起吃饭，宁可自己蹲在角落里吃外卖。

这天下午一点多的时候，季凡灵被蚊子咬了几个包，痒得受不了，打算去趟集团门口的便利店买瓶花露水。

结果刚走到门口，迎面碰见傅应呈和一行人从外边进楼。

女孩肉眼可见地愣了一下，小脸一垮，转头就走。

傅应呈身旁的钱主管本来还在陈述项目进度，打了个磕巴，话没讲完，僵硬地瞥了眼傅总的脸色。

身后一群人瞬间噤声，大气都不敢出。

真要人老命了。

临近下班，钱主管又有工作要找傅总汇报，正巧碰见高义："高助，傅总在办公室吗？"

"在的，"高义说，"就是刚刚好像说要找季小姐简单谈两句。"

钱主管现在都有点怕季凡灵了："季小姐在，我就不去了。"

高义也有些拿不准："都谈了半小时了，应该是谈完了，我也有东西要送过去，跟您一起。"

两人达成一致，往总裁办公室走。

走廊上。

钱主管想起中午女孩看见傅应呈转头就走的那幕，还是心有戚戚："那个……高助啊，平时季小姐都这么凶的吗……"

"最近，好像……格外的……可能是在冷战吧。"高义擦了擦汗。

钱主管想到中午傅总气得黑如锅底，偏偏又极力忍耐不能发作的脸，忍不住揶揄道："感觉季小姐恨不得指着傅总的鼻子骂。"

"没有没有，"高义觉得季凡灵平日里还是很客气的，试图挽回她的口碑，"季小姐平时只是对傅总有一点小小的不礼貌，骂傅总真的不至于。"

说话间，两人已经走到了办公室门口。

高义抬手敲了敲门，没听到傅应呈说"进"，等了几秒，又准备再敲。

他的手刚悬在空中，就听到里面传来女孩的嗓音，气急败坏，如雷贯耳："傅应呈，你是傻子吗？"

时间倒退到三十分钟前。

季凡灵和往常一样，坐在咖啡店柜台里的小凳上。

临近晚上下班，又快到饭点，根本没什么人买咖啡，她头很深地低着，偷偷打开手机玩消消乐。

手机屏幕突然跳出新的微信消息。

c：上来谈谈。

季凡灵觉得自己跟傅应呈根本没什么好谈的，但也想知道他有什么话要说，所以借口肚子痛，跟同事说了声，不情不愿地上了楼。

总裁办公室。

季凡灵推开门，迎面是屋内充足的冷气。

桌前的男人穿着浅色衬衫，衬得面容格外冷峻，垂着双眸，手腕搭在桌上，两指缓缓转着黑色的尾戒。

熟悉的人都知道，这是傅应呈惯常开始谈判的姿态。

他掀起眼皮，压迫感像剑冰冷地压在人的眉心。

女孩好像感觉不到一样，面不改色地开口："我不上学。"

傅应呈狭长的眼睛微眯："坐。"

"不坐。"季凡灵就站在那里，抗拒地抱着胸，"有事说事，没事我走了。"

"你在和谁置气？"傅应呈冷冷问道。

"我还想问你呢？找我来做什么？"季凡灵语气硬邦邦的，"做不成实验是你的事，上不上学是我的事。"

傅应呈："在我看来，这两件事是一件事。"

"真的是吗，傅应呈？"季凡灵笑了声，"就算你没有别的办法，你又凭什么替我做决定？"

江婉身体不好，无力管教她，又早早撒手人寰，季国梁只知道打骂，不闻不问。

根本就没有人管她。

所以，她也根本就不服管。

当年在一中时就是这样，傅应呈处处合矩，一丝不苟，连校服领子都是笔挺的。

而她逃课、睡觉，一身反骨。

"你要是不乐意，"季凡灵抬了抬下巴，"就按合同办事，随你拿我怎么办。"

傅应呈盯着她，下颌线绷得很紧，胸口压抑地起伏了几下。

他能拿她怎么办？

她不知道，他根本拿她一点办法也没有。

根本没有这样的谈判，一方什么都没做，另一方就无计可施。

傅应呈闭了闭眼，声线微沉："我还是那个问题。如果你不上学，你以后打算做什么？"

"玩消消乐。"

"我不是说明天，我是说十年后。"傅应呈说。

"玩消消乐。"

傅应呈盯着季凡灵的眼睛。

熟悉的对话，让他几乎错觉闻到一股潮热的水汽，仿佛一瞬间被拉回到十年前那个他什么都没能做到的天台。

璀璨的烟火落下时，她倾身靠近，他浑身绷紧。

"傅应呈。"

她喊他的名字，在他耳畔呼出温暖的气流，像是笑了一下。

"我只活这一瞬间。"

…………

"行。"傅应呈很慢地吐字，"你不上学，我不勉强，但你给我解释一下。"

男人的指尖敲了敲桌面，身体往后靠，漆黑的双眼紧盯着她。

"要是真的讨厌上学，当年为什么要攒钱交学费？"

季凡灵一愣，下意识想反驳："谁攒钱交学费了？"

话没出口，脑海中突然闪现十年前的那个大课间——

她拎着装了钱的黑塑料袋走进年级办公室，和傅应呈擦肩而过，走到老唐面前。

"一千零二十一，学费加书本费，"她把塑料袋里的钱倒在桌上，对老唐说，"你点一下。"

当时，傅应呈就在她身后。

他听见了？

他不仅听见了，他还记到现在？

浑身血液迅速冲上脑门，季凡灵觉得有种秘密被人戳破的羞恼："那是因为老唐自作主张帮我交了！他如果不帮我交，我哪用得着还钱？我本来就不想上学！"

"不巧。"傅应呈冷冷道，"和唐老师一样，学费我也替你交了。"

季凡灵掏出手机："不就两千，我现在就转给你，用不着你付！"

她早就不是当年连二十块钱都要从季国梁口袋里偷的那个人了。

区区两千，她出得起。

"两千？"男人意味不明地冷笑了声，拉开抽屉，抽出一沓苏凌青今早才给他报销的发票，丢到她面前。

"花了多少，你自己看。"

片刻后，连门外的高义和钱主管都听见了女孩气急败坏的怒音："傅应呈，你是傻子吗？"

傅应呈额前的青筋跳了下，眼神冷极了。

自从她将自己和他的关系定义为合同维系的利益关系，而不是基于老同学那点脆弱情谊的施舍关系后，她就越发理直气壮，胆子也越来越肥。

有朝一日，她真的出手挠他，甚至咬他，他都不会觉得奇怪。

傅应呈忍了半天，还是冷声开口："我看你也没聪明到哪儿去。"

"那也比你聪明多了！"季凡灵拎着手里的一沓发票，"你你你……怎么能……你！"

她结结巴巴半天，也没说出来什么东西。

女孩把发票往他桌上一丢，冷着脸："随你，我不认账，你全部退货吧。"

"这怎么退？"

"我不管。"

季凡灵说完，转身，大步流星地走向门口。

拉开门，撞见门外高义和钱主管颤抖的眼神，她居然还停下脚步，匆匆点了下头，然后面若冰霜地走远。

钱主管心想：是还挺有礼貌的，但是感觉怎么就这么怪呢？

她似乎把傅总的下属们都当成了需要尊敬的大人，就偏偏只把傅总当同龄人。

两人谈崩，季凡灵坐电梯下楼，回到咖啡店里，心里像是堵了块石头一样沉闷。

她万万想不到，傅应呈会为了让她上学花那么多钱。

或许是因为她不拿到这个文凭，实验就真的没法开展。

或许是因为傅应呈本来就非常看重上学这件事。

毕竟他曾经是年级第一，思想境界跟她不一样。

如果傅应呈跟她交换身份，听说别人为他上学花了这么多钱，绝对更是非学不可。

但季凡灵听到花了这么多钱，只觉得快要喘不过来气。

万一她学得很烂呢？

万一钱花了，她根本毕不了业呢？

万一她考了个倒数第一回来，傅应呈会怎么想？

很微妙的，季凡灵宁可傅应呈被她气死，也不想从他眼里看到哪怕一点失望的神色。

季凡灵坐在柜台里面刷着手机，心烦意乱，无意识地咬着自己的指节。

耳朵突然捕捉到柜台外两道熟悉的声线。

"温蒂姐，下午好，耽误你时间了，不好意思。"

"没事。"温蒂公事公办的声音很清冷，"你期末考完了？"

"考完了，今天早上出成绩。"

"怎么样？"

"这是我各科的成绩单，还有这张，是我这学期每次月考的成绩汇总。"

"好，我看看。"

过了十几秒，那个男生像是极为犹豫似的开口："那个，请问，傅先生今天也不在吗？"

季凡灵指尖一顿，锁了手机，小心地从柜台后探出一点头。

果然，咖啡店前的太阳伞下的两人，一个是温秘，一个是江柏星。

穿着衬衫、筒裙的温蒂马尾高束，双腿交叠，看着手里的成绩单，淡淡道："傅总很忙。"

"哦……"少年的声音带着遗憾。

"但是，傅总很关心你的学习，"温蒂移开一点视线，错开少年热切的眼神，"所以才让我每学期看你的成绩……我都会跟他汇报的。"

"我明白，我明白！"江柏星又打起精神。

江柏星还是太不了解傅应呈。

傅应呈一来没有多余的闲工夫，二来也没有多余的善心去操心别人的成绩，如果温蒂真跟他汇报成绩，他绝对会"啧"一声，然后不耐烦地打断："他自己的成绩，跟我有什么关系？"

倒是温蒂，为了让江柏星不难过，还编这么多瞎话来哄孩子，背着傅应呈看他成绩，用的也是她自己的时间。

"我其实比上次倒退了几名，"对这些一无所知的江柏星小心开口，"下次会努力赶回来的。"

同样一无所知的季凡灵头皮发麻。

……她已经代入自己被傅应呈看成绩单，然后眼看着男人眉心蹙起，似笑非笑地嘲讽："教教我，怎么做到每次都稳定在最后一名的？"

"不要放在心上，"温蒂说，"年级第三和年级第九没有本质上的差距，只是一两道题的运气而已，高三正常发挥，清北就不是问题。"

季凡灵眼睛缓缓瞪大。

这小孩也太有出息了。

"你理科天赋很好，就是语文和英语稍微差了些，最后一年，多阅读多积累，急不来的。"温蒂放下成绩单。

"谢谢温蒂姐。"

"下学期的学费没变吗？"

"没有。"

"月底之前我会汇款到你母亲的账户。"温蒂站起身，"想喝点什么？"

"您坐您坐，我来买。"江柏星马上站起，慌不择路，脚卡在了椅子腿边，差点把椅子拖翻。

正在偷听的季凡灵一瞬间有点慌张，四处看了下，没处躲，只好木着脸坐在那里。

少年气喘着冲到吧台，清秀的双眼瞬间瞪圆了，喜出望外地大声喊道："姐姐！"

季凡灵："……小点声。"

江柏星激动地双臂撑在柜台上往里探身："姐姐，你怎么在这儿？"他看见季凡灵身上的制服，"你在这儿工作？原来这就是你的新工作！我上次去大排档的时候，发现大排档倒闭了，可你又不愿意告诉我去了哪里。"

倒闭了？

大排档生意一直红火，她还以为赵老板赚了很多钱呢。

还真是天道好轮回。

江柏星语速很快："那你不是跟傅先生在一个地方工作吗？这么巧！哦，也对，你和傅先生是同……"

季凡灵扑上来，捂住他的嘴，瞪了他一眼："别逼我揍你。"

江柏星自知冲动，含混道："……对不起。"

季凡灵放开他，走到旁边，点了下屏幕："喝什么？"

温蒂要的是冰拿铁，江柏星要的是拉花卡布奇诺，季凡灵现在也学会拉一些简单的花样，就给江柏星拉了个白色的爱心。

江柏星还是跟在大排档时一样，抢着帮她端咖啡，送到了温蒂桌前。

温蒂起身点头向季凡灵问好，江柏星热情地拉开椅子，让季凡灵坐。

温蒂重新坐下，抿了口咖啡，似乎无意提起："对了，我听说下学期季小姐也要去北宛一中读书？"

季凡灵瞳孔一震，刚想否认，就看到江柏星已经高兴得跳了起来："啊，真的吗？"

季凡灵咬咬牙。

"姐姐去我们学校，不不，本来这就是姐姐的学校，应该是回来才对。那应该是……读高三？跟我一届？姐姐去哪个班？来我们班可以吗？"江柏星都想求她了，"姐姐，你来我们班吧，我们班可好了。"

季凡灵看着温蒂，欲言又止。

温蒂看着她，微微侧头，看起来毫不知情一样。

她当然知道季凡灵不愿意上学，她说这话，自然是有傅总的授意。

温蒂是知道傅应呈体力有多好的，他甚至连续通宵工作后赶红眼航班，次日还能在峰会上不显倦色艳惊四座。

可最近，温蒂觉得傅总都有点憔悴了，很像是碰到青春期得了厌学症女儿的老父亲，甚至会突然说一些类似于"你也可以说她两句"之类的话。

温蒂发现但凡碰上季凡灵的事情，素来用词精准的傅总话语都会变得模棱两可。

什么叫"说两句"？

说什么？

两句又是几句？

有次温蒂问道："那我……该说什么呢？"

傅应呈沉默了两秒，又改口："算了，别说了，免得她骂你。"

温蒂这次倒是很快接话："我想应该不会的。"

…………

果不其然。

女孩嘴唇动了动，最后也没怪温蒂乱说话，只是不轻不重地瞪了眼江柏星，闷闷道："瞎嚷嚷什么，还没定呢。"

温蒂不动声色地眨了下眼，又喝了口咖啡。

连季凡灵自己都没意识到，她平时就算再不高兴，表露出来的情绪也只是淡淡的，却好像本能地只会对傅应呈发脾气。

"我懂我懂，"江柏星被惊天动地的好消息冲昏了头脑，"这也是秘密，我不会告诉别人的。"

季凡灵一愣。

"等姐姐转来我们班，我们班第一不就是姐姐了？年级第一不也是姐姐的？"江柏星对季凡灵的滤镜重得近乎无脑崇拜，"温蒂姐，你不知道，我姐成绩超好的，不用学就遥遥领先！"

温蒂微微笑道："是吗？"

"真的，她会奥数，看一眼我的题就知道答案是什么，都不动笔，全是心算！"江柏星信誓旦旦的，两眼冒星星，"是吧，姐姐？"

季凡灵灵魂出窍，麻木地"嗯"了一声。

还上什么学？

她现在都有点想上吊了。

被江柏星知道了位置，季凡灵自然就再也清静不下来了。

这孩子正好放暑假，三天两头往九州集团跑，不是给她送吃的，就是帮她干活，赶都赶不走。

甚至季凡灵的同事都认识他了，时不时还帮着传"你弟刚走""喏，你弟给你带的吃的""你弟说中午还来"之类的话。

他来得这么勤，总会碰上傅应呈。

这天中午，江柏星趴在柜台上跟季凡灵说话，余光瞥见傅应呈的身影，高兴地转身举手喊："傅先生。"

傅应呈停下脚步，目光投来的时候，季凡灵冷冷地别过脸去，男人的脸色也随之变差。

傅应呈原本并没有跟江柏星说话的打算，但看到季凡灵对他避之不及的样子，又压不住心头的火气，三步并作两步走到柜台前。

季凡灵无处可躲，只能抱着胸站在里面。

江柏星还是满脸灿烂："傅先生，我这学期的成绩您看了吗？"

傅应呈把目光移到他身上，语气透着不耐烦："你来做什么？"

江柏星的笑容僵了一下。

他至今仍记得他中考完受到资助，第一次抱着花篮去感谢傅应呈，却只收到一句"以后少出现在我面前"的情景。

傅先生从来没有掩饰过对他的厌恶。

"我知道您平时忙，不敢来找您，"江柏星解释，"我是来找姐姐的。"

这句话一出，反而让傅应呈的脸色更冷了。

傅应呈没有再和江柏星说话，转向季凡灵："不是说工作的时候不喜欢被打扰？"

季凡灵头也不抬，慢吞吞道："是吗？那也得看是谁。"

傅应呈彻底冷了脸色。

旁边的同事大气都不敢出，看一眼傅应呈，又看一眼季凡灵，还有中间抬着双手强颜欢笑说不敢打扰姐姐只是想帮忙的江柏星。

同事逐渐产生诡异的幻觉，仿佛在看孩子被判给女方的离异夫妻，在女方带孩子的时候意外和前夫偶遇……

孩子喜欢爸爸，也喜欢妈妈，爸爸喜欢妈妈不喜欢孩子，妈妈喜欢孩子不喜欢爸爸，爸爸妈妈怄气，孩子夹在中间受苦。

同事沉默了一会儿，掏了颗冰块贴在头上，感觉自己精神逐渐变态……

自从这次以后，江柏星见季凡灵都不敢被傅应呈看到了，有时远远看到傅应呈进出大楼，都会飞快地猫腰躲起来，跟做贼一样。

季凡灵看着觉得恼火，冷脸道："躲什么？你又不欠他的。"

"欠的……"江柏星嗫嚅，"傅先生付了我高中的学费，还给我每学期的生活费、我爸爸的医疗费，还有开店的租金也……"

季凡灵冷笑了声。

傅应呈还真是喜欢到处给别人交学费。

她又问："现在江家小面赚的钱……还不够交你的学费吗？"

毕竟店面选址在跃通那么豪华的商圈，光客流量就能带来不菲的收入。

"够的，但傅先生一开始就说会一直资助到我大学毕业……"江柏星小声说，"而且，我家始终在攒钱，想尽早把这些年受资助的钱和少交的租金还给傅先生……"

季凡灵其实觉得没必要，傅应呈不会在乎这点小钱，但她又十分能理解江家人的心情。

江柏星犹豫了一会儿，还是开口问道："姐姐，你知道傅先生他……为什么有点……不喜欢我吗？"

季凡灵愣了下。

清秀的少年局促地绞着手指，脸有点红："我想知道该怎么做，才能让傅先生喜欢我。"

季凡灵："没可能。"

闻言，江柏星瞳孔一缩，颤抖地看向季凡灵。

女孩又开口："但，不是你的问题，是他的问题。"

江柏星有点蒙。

季凡灵面无表情地陈述："傅应呈不是针对你，而是平等地讨厌所有人。"

江柏星还是不解。

季凡灵扯了扯嘴角："他反人类。"

江柏星更是一头雾水了。

干活之余，江柏星还一直努力邀请季凡灵去他家吃饭。

季凡灵原本并不情愿，奈何江柏星死缠烂打软磨硬泡。

"是我妈特别想见你。"江柏星可怜道，"自从上次在面馆见到姐姐以后，她就说想请你到家里去吃饭，说了好久了。"

"她不是以为我是你同学吗？"季凡灵蹙眉，"同学有什么好见的？"

"也许是因为……"江柏星欲言又止，"姐姐你……长得比较像季凡灵。"

没想到继程嘉礼之后，她又一次被当作自己的替身。

身旁正在做生椰拿铁的同事突然停下了手里的活，悠悠冒出一句："你还是去吧。"

季凡灵奇怪地看了她一眼。

"孩子……不是，你弟弟也挺不容易的，"同事说，"傅总又不愿意见他，你就多陪陪他吧。"

季凡灵觉得这话怪里怪气，有种说不出的心虚："……我这不是天天都陪着吗？"

话虽如此，她还是勉为其难地答应了江柏星的邀约。

虽然她现在身体年龄跟江柏星一样，但就像其他姐弟一样，不管弟弟长多大多高，在她眼里，还是个会撒娇的小孩。

既然是小孩，她就拗不过他。

而且……

季凡灵心里有点隐晦的不安。

她又没死，却白白害得江姨愧疚那么多年，真不应该。

吃饭的时间约在周一晚上，这个时间面店里客人比较少，有其他店员在，江姨不去盯着也没关系。

下了班，季凡灵换掉了咖啡店制服，穿上她自己的衣服——轻薄的白色长袖和黑色阔腿裤。

江柏星带着季凡灵上了去他家的公交车，中间转一趟车，就到了和平小区。

这几天一直有种欲要下雨却又没下的闷热，天阴沉沉的，空气湿度很大，没走几步路就出了一身黏腻的汗，衣服都粘在了身上。

江柏星家在居民楼一楼，是一套三个人住显得局促的老房子，装修简朴却温馨，很多小物件被收纳整齐，摆在各个角落。

听见开门声，女人从厨房擦着手走出来，声音温柔热情，和当年一样："周穗来啦？累了吧？快坐下喝点果汁吧。"

季凡灵差点忘记了自己的假名，愣了几秒才应声："江伯呢？"

"他在里屋，"江姨说，"你甭管他，你睡着呢。"

虽然只有三个人吃饭，但江姨还是做了一桌子热腾腾的菜，地三鲜、小鸡炖蘑菇、山药炒木耳、笋丁火腿焖豌豆，还有一大锅排骨萝卜汤。

季凡灵本就喜欢江姨的手艺，闻到香味，左右扫视了圈："在哪儿洗手？"

江柏星："哦，去厨房的水池洗！就那里！"他指给季凡灵看。

季凡灵过去洗手，江姨又赞不绝口："你看看，穗穗多爱干净啊，你也学着点。"

季凡灵心虚地垂下眼。

她原本没有这么矫情，纯粹是在傅应呈家住久了，让她也养成了随时随地洗手的习惯。

她才刚想到傅应呈，手机就振了一下。

季凡灵擦了擦手，掏出手机。

c：？

季凡灵面无表情地把手机塞回口袋。

过了会儿，她绷着脸，重新掏出手机，还是回复了一条消息。

关我屁事：在江柏星家吃饭。

她打几个字的工夫，江姨已经给她夹了一碗菜。

季凡灵没动筷子，看了眼紧闭的卧室门："不喊江伯起来一起吃吗？"

母子二人都愣了下。

江柏星笑道："他都不跟我们一起吃的，而且他起床气大，叫他起来发好大脾气，反正我不叫。"

江姨也笑了："我也不叫。"

季凡灵温暾地眨了下眼。

她大概能猜到为什么江伯不上桌吃饭，大概是病人的特征太明显，怕她这个"江柏星的小同学"心里硌硬。

虽然尿毒症不传染，但他们还是小心翼翼地把江伯藏了起来，不让她看见心里难受。

他们一家人都是这样……热情又温柔。

季凡灵装作不知道的样子动了筷。

江姨和江柏星都是话多的人，不用她开口，就你一句我一句地说起来。

季凡灵来之前，江姨就下定决心这次不会再失态，可看着她的脸，还是克制不住对她的关注。

一会儿她怎么这么瘦，平时有没有补充营养；一会儿问她家里情况怎么样，父母做什么的；一会儿问她学费交了没有，生活费够不够，缺不缺零花钱……

季凡灵一通乱答。

她说自己妈妈性格好、人缘好，没什么脾气，从小爱跳舞，后来做了舞蹈老师，就好像江婉还活着一样。

她说自己爸爸在大公司里当领导，很厉害，万人敬仰，给零花钱也很大方。

说完，她突然惊觉自己好像在说傅应呈，懊恼地住了嘴。

江姨一直专注地听着，即便拼命忍住了，看向女孩欣慰、愧疚和遗憾交织的目光还是格外令人动容。

季凡灵有些不自在地低着头，都快把脸埋进碗里了。

江柏星察觉到气氛越来越凝重，赶紧岔开话题："对了，我们校队进市篮球决赛了，十月就比赛。"

"打篮球是好事，"江姨说，"就是别落下学习，毕竟高三了。"

"不会的，妈，"江柏星说，"比完最后这场，我们高三的就退役了。"

"说起来，穗穗成绩怎么样？"江姨三句不离季凡灵，一边给她夹肉，一边又把目光转过来了。

季凡灵："……凑合。"

"怎么能说是凑合？"江柏星立刻抗议，"她什么都会，跟傅先生差不多！"

季凡灵两眼一黑。

本来在江柏星心里，她就跟傅应呈一样完美，自从知道她跟傅应呈是同学后，他就更加坚定了她学神的形象。

季凡灵嘴里的肉有点难以下咽了，艰难吞下，才开口说："我呢，不太喜欢聊成绩。"

江柏星连忙"哦哦"了几声，对妈妈说："她特别低调。"

江姨连连点头："嗯嗯，大学霸都是这样的。"

季凡灵无语了。

快吃完的时候，江柏星的电话响了，他跑去卧室接电话，听语气似乎是校队里的其他男生打来约他训练。

江姨还在卖力往季凡灵碗里夹菜，女孩的手掌盖在碗口，摆了摆手："吃不下了，江姨……真的。"

江姨这才意识到自己夹得太多了，赶紧说道："吃不下就不吃，没事，剩在碗里就好了，是我做得太多了。"

少年和朋友交谈的声音隔着一堵墙隐隐约约传来，餐桌上只剩下两人，空气一时凝滞了几秒。

江姨就这样注视着季凡灵，愣愣的，眼睛突然红了，仓促地移开视线："唉，你看我，一下子吃到辣椒了。"

根本没有一道菜是辣的。

季凡灵心里一动："江姨，我想问你个事情。"

江姨用纸巾擤着鼻子："你说。"

"我有个……朋友，"季凡灵说，"她因为一些原因，辍学去工作了，也赚到了钱，现在有机会重新回学校，你觉得她现在应该去上学吗？"

"多大年纪？"

"跟我差不多。"

"当然应该回去上学！"江姨斩钉截铁。

季凡灵没想到江姨这么果断，愣了下："但是她成绩很烂，说不定都考不上大学。"

"那是两码事，"江姨说，"工作什么时候做都可以，错过这个年纪想再读书就很难了。"

"对她来说，读书没什么用。"

"或许她读了也会后悔，但是不读一定会后悔。"江姨说，"当年，如果傅先生没有资助小星星，就算是去乞讨，去住桥洞，我也一定会供他上大学。"

季凡灵说不出话来了，半晌才轻轻"嗯"了一声。

认真算起来，她才刚成年，身边已经没有长辈可以替她做决定了。

但是，她莫名觉得自己的妈妈会赞同江姨的想法。

厚重的云层间响起一串闷雷声，连绵不断。

很快，在室内也能听见外面滂沱的雨声。

"下大雨了？"江柏星拿着手机从卧室走出来。

江姨看向窗外："那怎么办？要不穗穗看会儿电视再走？"

"不用。"季凡灵站起身，她不想再收到傅应呈的问号了。

"那……这就走了？"江姨局促地站起来。

"明天还要早起工……"季凡灵下意识地道，说到一半紧急改口，"家里有人在等我。"

"也是，不要让家里人担心。"江姨从柜子里取出早就准备好的一大包东西，里面全是密封好的红薯片、香蕉片、山楂条之类的果蔬干，"这些都是自家做的，你带回去，当零嘴儿吃。"

季凡灵也没太推辞，换了鞋，一手拎着个沉甸甸的大包裹，推开门。

一瞬间，潮热的水汽扑面而来，铺天盖地的雨声喧嚣，满地跳动着半腿高的白色水花。

季凡灵"啧"了声："我没带伞，能不能拿把……"她看见门外桶里就插着伞，"过两天我还给小星星。"

"当然当然，你拿。"江姨出来送她。

天色昏暗，暴雨如注，飘摇的风雨里，女孩直起身，撑起一把黑色的直柄伞，走进雨幕。

"轰隆隆"的惊雷在低空忽然炸响，江姨像是被魇住了，眼瞳收紧，突然大喊："不行！凡灵！不要去！"

季凡灵眼神惊愕，在雨里回过头。

江柏星在妈妈身后也呆住了，然后率先反应过来："没事，我妈让你路上小心。"

"我送你，"江姨神情恍惚，手忙脚乱地穿鞋，"你等等，让我送你。"

季凡灵走回来，伸手试图阻止："我自己能走。"

"我来我来。"江柏星从狭窄的过道挤出来，飞快蹬上鞋，抢过季凡灵手里的伞柄和包裹，"妈，你回去吧，我来送她。"

江姨这才缓过神，慢慢直起身，声音颤抖道："嗯，千万要小心……"

江柏星撑着伞，和季凡灵走出小区，朝向公交车站的方向走去。

雨水打在伞面上"噼里啪啦"作响，连向来话多的江柏星都沉默了。

走过一个路口，季凡灵才注意到江柏星把伞完全靠在她这边，他自己全身都湿透了，没好气地抢过伞柄："过来。"

江柏星老实地"哦"了声，只把头伸近了，身子还是离得很远。

雨太大，江柏星又太高，季凡灵不得不把胳膊伸直了给他撑伞，走路也走得憋憋屈屈，最后两人都湿透了。

"姐姐，你别在意，我妈只是有点……心理阴影。"江柏星小声道。

"在意什么？"女孩问。

水汽朦胧，从她的侧脸看不出半点情绪。

江柏星刚想开口，视线向下，忽然顿住。

女孩穿的长袖太薄了，被雨水淋湿后粘在了身上，透出素白的肤色，内衣也……

少年心里突然涌起怪异的感觉，好像犯了什么禁忌，脸颊通红，立刻移开了视线，整个人都快站到雨里去了。

小区外的公交车站是比较老式的那一种，没有避雨棚和长凳，只有一个孤零零的站牌。

两人站在雨里，季凡灵想让江柏星先回去，这才意识到方才三个人竟然谁都没想起来多带一把伞。

只好一起等着。

江柏星试图缓和气氛，还在说些有的没的，但不知道为什么，话说得很乱。

季凡灵淡淡应着，忽然注意到公交车站十几米外，那辆停在路边的黑色库里南。

大雨里，那辆车打着双闪，像是在等人。

季凡灵的心跳突然漏了一拍。

她分明记得傅应呈说过，他讨厌雨天。

她忍不住走近了一点，抹了下脸上的雨水，隔着雨幕辨识着车牌。

旁边的江柏星指着路口的公交车说："姐姐，15 路来了。"

季凡灵："……不用了。"

她拽着江柏星朝车子走去，弓身敲了敲车窗。

副驾驶座的窗户缓慢落下，露出男人冷峻的半张脸。

江柏星在季凡灵身后惊讶道："傅先生？"

傅应呈根本就当江柏星是空气，敲了敲方向盘，有些不耐烦："……还不上车，等着我请？"

他转头瞥来一眼，目光在女孩湿透的衣服上顿住，然后，脸色肉眼可见地变得更差了。

– 未完待续 –